MIRA®

Der Preis dieses Bandes versteht sich einschließlich der gesetzlichen Mehrwertsteuer.

Umwelthinweis:
Dieses Buch wurde auf chlor- und säurefreiem Papier gedruckt.

Megan Hart

Zwischen uns

Roman

Aus dem Amerikanischen von
Mette Friedrichs

MIRA®

MIRA® TASCHENBUCH
Band 25723
1. Auflage: Januar 2014

MIRA® TASCHENBÜCHER
erscheinen in der Harlequin Enterprises GmbH,
Valentinskamp 24, 20354 Hamburg
Geschäftsführer: Thomas Beckmann

Deutsche Erstveröffentlichung

Titel der nordamerikanischen Originalausgabe:
The Space Between Us

erschienen bei: MIRA Books, Toronto

Published by arrangement with
Harlequin Enterprises II B.V./S.àr.l

Konzeption / Reihengestaltung: fredebold&partner GmbH, Köln
Umschlaggestaltung: pecher und soiron, Köln
Redaktion: Maya Gause
Titelabbildung: Harlequin Enterprises S.A., Schweiz
Autorenfoto: © Harlequin Enterprises S.A., Schweiz
Satz: GGP Media GmbH, Pößneck
Druck und Bindearbeiten: CPI – Ebner & Spiegel, Ulm
Printed in Germany
Dieses Buch wurde auf FSC®-zertifiziertem Papier gedruckt.
ISBN 978-3-86278-880-4

www.mira-taschenbuch.de

Dieses Buch ist in erster Linie Superman gewidmet, der zwar überhaupt nicht tanzen kann, aber immer bereit ist, es zu versuchen.

Natürlich und wie immer meiner Familie und meinen Freunden, denn ohne euch hätte ich keine Geschichten zu erzählen.

Dem BootSquad, weil ihr diesen Text gelesen und mir geholfen habt, ihn besser zu machen.

Meiner besten Freundin, Lauren Dane, die mir ab und zu Links zu schrecklichen Pornoseiten schickt.

Jeder hat eine Geschichte. Diese endet so:

Charlies Mund.

Den will ich jetzt auf meinem Körper. Seine Hände und seinen Mund. Zunge, Zähne, Finger. Ich will sein Gewicht auf mir spüren, sein Haar, das seidig über meine Haut streicht, das Flüstern seiner Wimpern, wenn er die Augen schließt und mich küsst.

Ich will Charlies Mund, und doch drehe ich aus irgendeinem Grund den Kopf zur Seite, als er näher kommt. Charlie seufzt und legt seine Stirn an meine. Seine Augen sind geschlossen, aber ich muss meine offen halten. Ich *muss* ihn sehen, so nahe, so dicht bei mir. Jedes Härchen und jede Pore, jede Narbe. Jeden Schönheitsfehler, der Charlie so perfekt macht.

„Wenn ich das nur geahnt hätte", sagt Charlie. Seine Hände ruhen schwer auf mir, eine auf meiner Schulter, eine an meiner Hüfte. Sein Atem riecht nach Whiskey und Zigaretten. Er sieht aus wie Charlie, aber er riecht nicht wie Charlie.

Ich möchte nicht, dass er sich wünscht, er hätte anders gehandelt.

Bitte, denke ich. *Bitte sag nicht, all das wäre besser nicht geschehen.*

Charlie seufzt. „Es ist nur ... Da ist dieser Raum zwischen uns. Diese riesengroße Lücke. Und ich weiß nicht, was ich damit machen soll."

Wir füllen sie, möchte ich ihm sagen, aber ich bleibe stumm. Die Worte wollen nicht raus. Wenn ich ihn nicht küssen kann, wie um alles in der Welt soll ich ihm dann sagen, dass ich ihn liebe? Dass es egal ist, wohin Meredith gegangen ist oder ob sie zurückkommt. Alles, was wir brauchen, ist genau hier. Wir zwei werden einen Weg finden. Und dann wird alles gut.

Ich könnte ihm *das* sagen, denke ich, als Charlie sich aus der Berührung löst. Er kehrt mir den Rücken zu. Mit hängenden Schultern. Am liebsten würde ich seine hervorstehenden Schulterblätter berühren, doch stattdessen balle ich die Hand zur

Faust. Ich könnte Charlie sagen, dass alles gut wird. Dass sich schon alles regeln wird. Doch auch wenn ich nicht behaupten kann, mir wäre noch nie eine Lüge über die Lippen gekommen – Charlie habe ich tatsächlich noch nie belogen. Und ich werde jetzt nicht damit anfangen.

„Es tut mir leid“, sagt Charlie erneut mit leiser, heiserer Stimme. Jetzt klingt er auch nicht wie Charlie.

„Mir nicht“, sage ich schließlich. „Mir tut all das nicht leid, Charlie.“

Und das ist die Wahrheit.

1. KAPITEL

Jeder hat eine Geschichte. Das war Merediths Masche, mit der sie uns zum Reden brachte. Manchmal fragte sie uns, welche Süßigkeiten wir als Kind besonders gern gegessen hatten, was unsere größten Ängste waren. Was wir die Nacht zuvor geträumt hatten. Sie fragte, wir antworteten. Ich bin nie auf den Gedanken gekommen, nachzuforschen, warum sie all das wissen wollte, so wie ich mich nie gewundert habe, warum wir ihr es erzählen wollten.

Heute ging es um Verrücktes.

„Also, Tesla, erzähl mal. Was war das Verrückteste, das du je getan hast?" Merediths Augen leuchteten, und ihre Lippen waren ganz feucht, weil sie immer wieder darüberleckte.

Anders als sonst meistens hatte ich diesmal keine Antwort parat. „Hab ich dir nicht schon genug Geschichten erzählt?"

Sie schüttelte den Kopf. Ihr glattes honigblondes Haar fiel auf ihre Schultern in einem weichen, hellblauen Cardigan. „Genug gibt es nicht. Der liebe Carlos hier zum Beispiel hat mir bereits erzählt, wie er dabei erwischt wurde, als er sich bei einem Oma-Porno einen runtergeholt hat."

Ich hielt inne, die Kaffeekanne in der Hand, und starrte die beiden an. „Waaaas?"

Carlos stand grinsend vor dem Tresen.

Er ist Schriftsteller. Von denen haben wir im *Mocha* reichlich, weil man sich bei uns für unter zwei Dollar so viel Kaffee nachschenken kann, wie man will – und kostenloses WLAN gibt es auch. Carlos kam jeden Morgen und tippte munter auf seiner Tastatur herum, mit Kopfhörern im Ohr. Das war sein festes Ritual, bevor er sich zu seinem Brotjob aufmachte. Heute hatte er sich allerdings Merediths verführerischem Charme ergeben und sogar seinen Laptop zugeklappt. Das war in der Tat ziemlich verrückt.

Meredith besuchte das *Mocha*, um wie die Schriftsteller kostenlos im Internet zu surfen und literweise Kaffee zu trinken …

nur, dass sie keine Schriftstellerin war. Meredith verkaufte diverse Sachen – Kerzen, Küchenutensilien, Schmuck und solches Zeug für Hausfrauenpartys. Sie nervte aber niemanden damit, so wie Lisa, die Produkte von *Scharf & Lecker* verscherbelte. Meredith verkaufte dir gern ein Paar Ohrringe oder eine toll riechende Enthaarungscreme, wenn du sie danach fragtest, aber sie drängte ihr Zeug niemandem auf. Sie war von der subtileren Sorte.

Meistens jedenfalls.

„Ein Porno über alte Leute beim Vögeln“, sagte sie. „Du weißt schon. Wie *Lemon Party*.“

Ich hatte keine Ahnung, was das war, aber Carlos verzog das Gesicht. Also schien er es zu kennen.

„Ich war noch jung. Und was anderes hab ich nicht gefunden.“ Er zuckte die Schultern, nur leicht peinlich berührt.

Ich lachte, stellte die volle Kaffeekanne auf den Tresen und nahm die leere in die Hand. „Seid mir nicht böse, aber das klingt für mich nicht sonderlich verrückt. Ich meine, wer hat sich noch nicht ein, zwei widerliche Pornos angesehen.“

Ich hielt inne, um ihn ein bisschen zappeln zu lassen. „Ich habe mir dabei aber nicht meine Perle poliert.“

Carlos verdrehte lachend die Augen. „Wie gesagt, ich war blutjung.“

„Siehst du.“ Meredith lehnte sich über den Tisch, um ihm einen Stups zu geben. „Unsere Tesla ist ein echter Wildfang.“

Das bekam ich öfter zu hören. Vielleicht waren es die Doc Martens, von denen ich mich weigerte zu glauben, dass sie jemals aus der Mode kommen könnten, oder mein kurzes Haar. Es war zurzeit platinblond, und ich hatte ein süßes, rot-weiß gepunktetes Kopftuch darumgebunden, ganz im Rosie-the-Riveter-Stil der Vierzigerjahre. Nur dass ich Milch aufschäumte und Kaffeekannen nachfüllte, statt Flugzeuge zu reparieren. Wenn „verrückt“ bedeutet, dass man Retro-Klamotten und Unmengen von Eyeliner trägt, dann war ich das vielleicht – aber bestimmt nicht wegen der Art und Weise, wie ich so lebte.

Ich malte Anführungszeichen in die Luft. „Ooooh ja, ich bin ja soooo wild. Und verrückt! Passt bloß auf, dass ich nicht was wirklich Durchgeknalltes mache, wie die Krümel von euren Tischen zu wischen."

„Ich hab das im besten Sinne gemeint", erwiderte Meredith.

„Danke." Ich wollte noch mehr sagen, doch in dem Moment kam meine Chefin aus dem Hinterzimmer und warf mir einen ihrer tödlichen Laserblicke zu. „Lasst uns später weiterreden, wenn ich Joy nicht im Nacken habe."

„Hast du den Selbstbedienungsbereich schon nachgefüllt?", fragte Joy und fuhr fort, ohne meine Antwort abzuwarten: „Die Backwaren müssen heute schon um vier statt um fünf herausgenommen werden. Es kommt jemand vom Frauenhaus, der sie abholt. Ach, und das Panino auf der Karte? Das nehmen wir Ende der Woche runter, also versuch, so viel wie möglich davon zu verkaufen, damit ich die Avocados loswerde."

Wir hatten ein halbes Dutzend Panini im Angebot, aber die Avocado gab mir zumindest einen Hinweis, welches sie meinte. Ich schenkte Joy mein schönstes und strahlendstes, wenn auch dümmstes Lächeln. Ich achtete dabei darauf, ausdruckslos wie eine Puppe zu gucken, weil ich wusste, wie gern sie sich überlegen fühlte. Hey, jeder hat sein Hobby, oder? Ihres war es, ein Biest zu sein. Meines war es, sie in dem Glauben zu lassen, dass ich absolut nach ihrer Pfeife tanzte.

„Ja, klar. Kein Problem." Ich stellte die leere Kanne auf die Kaffeemaschine.

„Koch jetzt besser keinen Kaffee – bis es Zeit ist, ihn nachzufüllen, ist die Kanne kalt." Sie sagte das, als würde ich nicht seit fast zwei Jahren für sie arbeiten.

Ich machte mir erst gar nicht die Mühe, irgendwas zu erwidern. Es gibt nun mal Menschen, denen du es nicht recht machen kannst. Und das Leben ist einfach zu kurz, um sich über so was aufzuregen, oder? Manchmal muss man einfach nett zueinander sein, auch wenn dein Gegenüber deine Play-Doh-Knete auf den Boden geworfen hat.

Aber was sie dann sagte, haute mich doch um.

„Ich gehe heute um halb eins und nehme mir den Rest des Tages frei."

„Alles okay mit dir?" Das war die erste Frage, die mir in den Sinn kam.

Joy nahm sich die meisten Wochenenden frei, das war ihr Privileg als Chefin. Aber dafür war sie sonst immer da. Und früher gehen? Nicht ums Verrecken. Insgeheim dachte ich sogar, dass es für sie überhaupt kein Leben außerhalb des Cafés gab.

Ihre saure Miene machte deutlich, dass ich etwas Falsches gesagt hatte. „Wie bitte? Natürlich! Jetzt sag bitte nicht, dass ich bleiben muss, Tesla. Ich meine, du kommst doch klar, oder? Oder soll ich Darek anrufen, dass er früher kommt?"

Ihr Tonfall machte deutlich, dass sie ungefähr so viel Vertrauen in meine Fähigkeit hatte, den Laden allein zu schmeißen, wie sie in den Wischmopp gehabt hätte, wenn der plötzlich zum Leben erwacht wäre und angefangen hätte, Panini zuzubereiten. „Ja, natürlich. Viel Spaß."

„Es ist ein Termin", sagte sie. „Von wegen Spaß."

Ich hielt daraufhin meinen Mund und konzentrierte mich darauf, Kaffee und Kuchen zu servieren und so viele Panini wie möglich unter die armen, ahnungslosen Langweiler zu bringen, die nicht wussten, dass ich so vom Truthahn-Avocado-Club-Sandwich schwärmte, weil wir es bis Ende der Woche los sein wollten. Als Joy sich zum Gehen fertig machte, reichte die Schlange wartender Kunden bis zur Eingangstür. Aber das kam jeden Tag vor. Ich machte mir deshalb keinen Kopf.

„Ich habe Darek angerufen", sagte Joy. „Er wird in zwanzig Minuten hier sein. Ich kann eigentlich nicht auf ihn warten ..."

Ich arbeitete gern mit Darek zusammen. Aber dass sie ihn unbedingt bitten musste, früher zu kommen, ging mir trotzdem gegen den Strich. „Alles bestens, Joy. Du kannst gehen. Ich krieg das schon hin."

„Selbst mit einer Hand hinter den Rücken gebunden", sagte

Johnny D., der in der Schlange vor dem Tresen stand, unaufgefordert. Ich liebe diesen Typen.

Wenn du einen Job machst, bei dem du mit Menschen zu tun hast, dann lernst du unweigerlich die, die tagtäglich kommen, besser kennen. Die Stammkunden. Nun, für mich gibt es die Stammkunden und dann noch meine Lieblingskunden.

Johnny Dellasandro gehört definitiv zu den Lieblingskunden. Er ist älter als mein Dad, aber er ist der liebenswerteste kleine Junge, den ich je gesehen habe. Dieser Typ ist einfach fabelhaft. Er hat immer ein Lächeln für dich, immer ein Augenzwinkern. Einen Dollar im Trinkgeldglas. Ein Mädchen bemerkt so was. Er mag aromatisierten Kaffee und alles Süße, und er sitzt mit seiner Zeitung gern in der Nische direkt neben dem Tresen. Manchmal bringt er seine Freundin mit, Emm, manchmal seinen kleinen Sohn, manchmal auch seine ältere Tochter und seinen Enkel.

Joy würde ihm nie einen bösen Blick zuwerfen. Deshalb bekam ich ihn ab, als wäre es meine Schuld, dass sie gehen musste. Dann schlüpfte sie in ihren Mantel und verschwand.

„Wo ist denn dein süßer Kleiner?", fragte ich Johnny, nachdem sie gegangen war.

„Der ist heute bei seiner Mama."

„Muss schön sein, so als Lebemann", neckte ich ihn. „Sich in Cafés und sonst wo rumzutreiben, immer schick angezogen und so."

Johnny lachte. „Du hast mich ertappt."

„Was kann ich dir bringen?"

„Ein Schokocroissant. Wann bekommt ihr diese Pfefferminz-Mokka-Lattes wieder rein?"

„Erst kurz vor Weihnachten", sagte ich, während ich das größte Croissant aus dem Korb nahm und es für ihn auf einen Teller legte. „Aber wir haben noch Kürbis-Zimt. Davon kann ich dir einen machen."

Nachdem ich Johnny bedient hatte, wandte ich mich dem nächsten Kunden zu. Ich arbeitete nach dem Prinzip: Immer schön einen nach dem anderen, und bei den Bestellungen gut zuhören – es bringt nichts, schnell zu sein, wenn man dann schlampig ist und Fehler macht.

Eric, der nächste Gast, arbeitete als Arzt in der Notaufnahme, saß im *Mocha* gerne an einem Tisch am Fenster und trank eine Tasse Tee, während er auf gelbe Notizblöcke eine Liste nach der anderen kritzelte. Jurastudentin Lisa aß, während sie lernte, immer eine mit Jalapeños und Käse gefüllte Brezel, dazu gab's einen Eistee. Jen war eine Stammkundin, die ich eine ganze Weile nicht mehr gesehen hatte, und wir quatschten kurz über ihren neuen Job. Dann entdeckte ich Sadie am Ende der Schlange und winkte ihr zu. Manchmal kam Sadie mit ihrem Mann Joe, einem richtig heißen Typen –, nur dass er zu der Art Männer gehörte, die andere Frauen nicht mal von der Seite anschauten. Heute war Sadie allein. Sie winkte mit der einen Hand, während sie sich mit der anderen über ihren dicken Schwangerschaftsbauch strich.

„Eine heiße Schokolade mit Schlagsahne und …“, ich musterte Sadie von oben bis unten, als sie an den Tresen kam, „Bagel mit Lachscreme, stimmt's?“

Sie lachte. „Tja … Eigentlich wollte ich mich ja mal zurückhalten, aber … ach, du hast mich überzeugt.“

„Wenn du nicht ordentlich schlemmst, während du schwanger bist, wann zum Teufel willst du es dann tun?“ Ich deutete zu Meredith hinüber, die grade ein paar andere Stammkunden dazu gebracht hatte, ihr Geschichten zu erzählen. Gelächter brandete auf und ebbte wieder ab. „Ich glaube, da ist was Aufregendes los. Such dir einen Platz. Ich bring dir die Bestellung.“

Sadie stieß einen Seufzer aus. „Danke. Ich schwöre, ich war vorher richtig fit. Jetzt bin ich schon von dem Weg bis hierher k. o.! Und meine Füße tun höllisch weh.“

„Mach dir keinen Kopf.“ Während sie zu einem Tisch watschelte, der von der Sonne, die durch das große Frontfenster schien, erhellt wurde, begann ich, den Bagel zu toasten, die Milch aufzuschäumen und Schokoladensirup hinzuzufügen.

„Die Königin hält Hof", sagte Darek, als er hinter mich trat, um seinen Mantel aufzuhängen und sich die Schürze umzubinden.

Ich sah auf. Merediths Lachen hallte durch den ganzen Coffeeshop. „Tut sie das nicht immer?"

Ich kannte sie erst wenige Monate und war nicht sicher, wann sie von einer Stammkundin zu einer Lieblingskundin und dann zu einer Freundin geworden war. Vielleicht an dem Tag, als Joy mal wieder einen Tobsuchtsanfall bekommen hatte. Meredith war ruhig und gelassen geblieben und hatte zu ihr gesagt: „Der Kunde hat immer recht ... ansonsten geht der Kunde nämlich woanders hin, um vier fünfzig für einen Mokka Latte zu bezahlen."

Seitdem hatte Meredith bei Kaffee und Sandwiches fast alles über mein Leben erfahren. Ich glaube, ich war aber schon vorher in sie verknallt, eigentlich seit dem Moment, als sie das erste Mal das *Mocha* betreten hatte, mit ihrer überdimensionalen Handtasche, der tiefschwarzen Sonnenbrille, den farblich zum Gürtel passenden Pumps und ihrem perfekt gestylten blonden Haar. Meredith verkörperte all das, was ich gerne wäre – nur dass ich letztlich akzeptieren musste, dass es dafür mehr Geld, Einsatz und Willenskraft bedurfte, als ich aufbringen konnte. Sie wurde Teil unserer kleinen Community, obwohl sie nicht in der Gegend wohnte. Mehr als das: Sie wurde Teil meines Lebens. Und, ja, sie dachte, ich wäre verrückt ... wild.

Sie kannte mich wirklich kein Stück.

Der Andrang an Gästen, die auf Kaffee und Essen warteten, nahm ab, auch wenn die meisten Tische besetzt blieben. Das *Mocha* war jeden Tag gut besucht.

Sadie war schon gegangen. Ebenso Johnny und Carlos. Ein paar von Dareks Stammkunden kamen rein, aber um die kümmerte er sich. Da Joy für den Rest des Tages weg war, hatte ich Zeit für eine Pause und trug meine Jumbotasse Chai zu Merediths Tisch.

Als ich mich setzte, sah sie von ihrem Laptop auf. „Du hast heute einige richtig gute Geschichten verpasst. Und deine hast du mir auch immer noch nicht erzählt."

„Hab ich dir nicht schon genug Geheimnisse anvertraut?" Ich hatte ihr schon so viele Geschichten erzählt, die meisten handelten von der Kommune, in der ich mal einen Sommer lang gelebt hatte. „War dir das *Compound* etwa nicht abgedreht genug?"

„Da ging es um einen Ort, an dem du warst, nicht um das, was du dort getan hast. Das ist ein Unterschied."

Ich schlürfte meinen Chai und musterte sie. „Sehe ich etwa aus wie jemand, der verrückte Sachen gemacht hat?"

„Hast du etwa nicht?"

Ich zuckte die Schultern. „Ich hab noch nicht mal Tattoos."

Meredith machte eine wegwerfende Handbewegung. „Jede brave Studentin hat heutzutage Tattoos. Und Piercings am ganzen Körper. Sie tragen Nippelringe, als wäre es etwas Besonderes." Sie sah mich an. „Als ich gesagt habe, du bist ein Wildfang, hat sich das nicht auf deine Klamotten oder dein Make-up bezogen."

„Worauf dann?" Die Tasse wärmte meine Hände besser als die Sonne, die durch die Fenster schien. Anfang Oktober kann es in Pennsylvania wunderbar sein, wenn die Luft noch warm war und nach Herbstlaub duftete. Dieses Jahr war es allerdings schon früh kalt geworden.

Meredith zuckte die Schultern auf so anmutige, leichte Weise, dass ich Neid in mir aufsteigen fühlte. Selbst wenn ich es jahrelang üben würde, sähe es bei mir nie so elegant aus. „Sagen wir mal, du hast so eine bestimmte Art."

„Jeder hat eine bestimmte Art, oder?" Ich zeigte unauffällig zu Eric hinüber, der allein am Tisch saß, mit seinen gelben Notizblöcken und Listen. „Guck dir nur Dr. McSexy dort an. Was macht der nur mit all dem Zeug? Jedes Mal, wenn er hierherkommt, kritzelt er auf seinen Notizblöcken rum. Warum fragst du ihn nicht mal nach einer Geschichte?"

Meredith lachte, ein tiefes, heiseres Lachen, nicht wie das, das zuvor den Laden erfüllt hatte. Dieses war nur für mich. „Weil er sie niemandem erzählen wird. Stille Wasser sind tief und all dieser Scheiß."

„Vielleicht bin ich auch ein stilles Wasser."

Sie schüttelte amüsiert den Kopf. Es sah hinreißend aus. „Nein, Süße, du bist eher wie ein Wasserfall."

„Weil ich alles überstürze?", fragte ich scherzhaft.

„Nein. Eine Naturschönheit, hinter der sich ein Schatz versteckt. Komm schon, Tesla. Erzähl's mir. Das Wildeste, das du je getan hast."

Man konnte ihr nichts abschlagen. Was Meredith wollte, das bekam sie auch, und sie schaffte es, dass ich es ihr sogar geben *wollte*. „Ich glaube nicht, dass ich jemals irgendwas ‚Wildes' getan habe. So was wie ... keine Ahnung. Einen toten Vogel in deinen Schulschrank zu legen, damit du ihn später beerdigen kannst. Etwas zu verbrennen."

„Okay, es muss nicht zu wild sein. Aber abenteuerlich. Einzigartig." Sie dachte kurz nach. „Ungezügelt."

„Ah. Du meinst was Sexuelles."

Meredith trug einen großen Diamanten und einen goldenen Ring an ihrer linken Hand. Sie sprach manchmal von ihrem Ehemann, aber immer nur in vagen Andeutungen. Ich wusste, dass er Charlie hieß und Lehrer an einer schicken Privatschule war. Sie hatten keine Kinder.

„Jaaa", raunte Meredith entzückt. „Was Sexuelles. Los, Tesla. Was war die verrückteste sexuelle Sache, die du je gemacht hast?"

Ich war nicht überrascht, dass sie danach fragte. Sie redete gern und viel über Sex. Nun ja. Wer tat das nicht?

„Hmmm." Ich drehte meine Tasse in der Hand hin und her. „Ich bin nicht sicher, dass ich Oma-Pornos toppen kann."

„Wusstest du, dass Sadie schon mal verheiratet gewesen ist, vor Joe?", sagte Meredith leise.

„Nein. War sie das? Tja." Ich zuckte die Schultern. „Was war das Verrückteste, das sie je getan hat? Sich scheiden zu lassen?"

Meredith schüttelte den Kopf. „Oh nein. Ihr erster Mann ist gestorben."

Stirnrunzelnd dachte ich an die hübsche Sadie mit ihrem dicken Bauch und dem tollen Mann. „Das ist ja schrecklich."

Meredith zuckte die Schultern. „So was passiert."

Es war nicht das erste Mal, dass sie klang, als würde sie der Kummer der anderen ein bisschen langweilen. Sie hörte gerne Geschichten, aber am liebsten lustige oder aufregende. Traurige Dinge passten ihr nicht in den Kram.

Ich sah zum Tresen rüber, aber Darek war damit beschäftigt, mit einer seiner Lieblingskundinnen zu flirten. Es wartete niemand sonst. Ich hatte also noch Zeit – und eine halbvolle Tasse Chai. „Okay. Aber du fängst an."

Sie schüttelte den Kopf und befeuchtete sich wieder den Mund. Ich musste einfach hinsehen, als sie sich mit ihrer Zunge über ihre Lippen fuhr. Meredith hat einen Mund wie Angelina Jolie. Volle, weiche Lippen. Wie ein sanftes Kissen. Wenn sie lächelt, zeigt sie alle ihre Zähne, und man kann nicht anders, als zurückzulächeln. Merediths Mund gehört zu denen, die du um keinen Preis der Welt traurig sehen willst.

„Ich hab nichts Verrücktes getan. Ich bin verheiratet."

Darüber musste ich lachen. „So? Warst du etwa noch Jungfrau, als du geheiratet hast? Und außerdem – machen verheiratete Leute keinen ausgefallenen Scheiß?"

Für einen Moment schloss sie die Augen, so als würde sie sich an etwas erinnern. „Nein. Eigentlich nicht."

„Du musst mir doch irgendwas erzählen können." Ich lehnte mich zurück, als Eric aufstand, um sich an einer der Kannen am Tresen neben uns Kaffee nachzuschenken.

„Tesla", sagte er und nickte Meredith zu. „Hi."

„Hi, Eric." Sie klimperte nicht mit den Wimpern oder machte irgendwas ähnlich Berechnendes. Meredith hatte das nicht nötig. „Was macht die Kunst?"

„Houdini würde wohl vor Neid erblassen", sagte Eric, obwohl er mit Meredith nicht den gleichen unbeschwerten Flirtton hatte wie mit mir. Er sah sie irgendwie misstrauisch an und hielt Distanz.

Sie musterte ausgiebig seinen Hintern, als er wegging, dann drehte sie sich zu mir um. „Den Mann würde ich nicht von der Bettkante stoßen."

„Wenn du Single wärst."

„Und wenn er mich nicht ansehen würde, als hätte er Angst, ich könnte ihn beißen, statt zu küssen." Meredith klang leicht verletzt.

Ich wandte meinen Blick von Eric ab, der sich wieder über seine Listen gebeugt hatte. „Ach, komm. Das hat er doch gar nicht."

Sie lächelte leicht. „Dich sieht er nie so komisch an."

„Weil ich mich nicht sonderlich dumm anstelle und weil ich ihm Koffein und Zucker gebe", sagte ich lachend. „Eric ist schon in Ordnung."

Meredith sah noch einmal zu ihm hinüber, dann beendete sie das Thema mit einer wegwerfenden Handbewegung. Sie hob ihre Tasse an den Mund und trank, den Blick auf mich gerichtet. Wieder leckte sie sich über die Lippen.

„Ich habe ein Mädchen geküsst", sagte sie.

„Und, lass mich raten: Es hat dir gefallen?" Ich trank einen Schluck heißen Tee.

Sie zuckte die Schultern. „Es war okay. Viel ist eigentlich auch gar nicht passiert. Es war während der College-Zeit. Wir haben nur so ein bisschen herumgealbert."

„Um zu sehen, wie es ist", kam ich ihr zu Hilfe. Ich hatte diese Geschichte schon viel zu oft gehört.

„Na klar. Das machen ja viele. Du auch?", sagte sie.

„Manchmal." Ich fand das nicht besonders außergewöhnlich, und sie offensichtlich auch nicht, da sie es ja schon wusste und anscheinend eine andere Geschichte aus mir herauszukitzeln versuchte.

„Und es hat dir gefallen."

„Nun ... natürlich." Ich lachte. „Ich würde es nicht tun, wenn es mir nicht gefallen würde."

„Siehst du? Das meine ich. Du machst, wozu du Lust hast, was dich anmacht." Meredith hielt kurz inne. „Das bewundere ich an dir. Darum beneide ich dich sogar."

Als ob es irgendetwas an mir gäbe, um das sie mich beneiden könnte – ein Mädel, das in einem Café arbeitete, ein abgewracktes Auto fuhr, noch nicht mal eine eigene Wohnung hatte. Abgesehen davon war es Ewigkeiten her, seit ich jemanden geküsst hatte, egal ob Mann oder Frau.

„Du bist niemandem Rechenschaft schuldig. Du bist dein eigener Boss“, sagte Meredith.

„Sag das mal Joy.“

„Ach komm, Tesla. Ich sehe es in deinen Augen. Du hast gute Geschichten zu erzählen.“

Ich lachte. Man konnte ihr einfach nicht widerstehen. Ich hatte sie dabei beobachtet, wie sie ihre Waffen einsetzte, ob bei den anderen Gästen oder bei einem Polizisten, der ihr einen Strafzettel verpassen wollte. Selbst Joy hatte Meredith in ihr Herz geschlossen – auch wenn sie danach immer so tat, als würde ihr ihre Freundlichkeit auf die Nerven gehen, und stundenlang noch unmöglicher war als sonst, so als müsste sie sich von jeder Spur an Liebenswürdigkeit wieder reinwaschen.

„Ich hab mal mit zwei Brüdern gevögelt. Zwillinge.“ Ich sagte das nicht selbstgefällig oder voller Stolz, auch wenn ich daran, wie Merediths Augen größer wurden, erkannte, dass sie beeindruckt war.

„Gleichzeitig?“

Ich zögerte eine Millisekunde. Sie *hatte* nach der verrücktesten, wildesten Sache gefragt, und auch wenn ich persönlich nicht glaubte, dass irgendetwas, das ich getan hatte, als verrückt durchgehen würde, so hatte Meredith da eindeutig ihre eigene Messlatte. Nun, die hatten die meisten Leute. „Ja.“

Sie atmete tief und langsam aus. „Wow.“

„Es war nicht …“, begann ich, aber sie hob die Hand. Ich verstummte.

„Erzähl mir davon.“

Ich hatte noch nie irgendjemandem davon erzählt. Warum sollte ich das jetzt tun? Weil sie etwas Besonderes war.

„Erzähl schon“, drängte Meredith mich.

Also tat ich es.

2. *KAPITEL*

Chase und Chance Murphy waren noch nie voneinander getrennt gewesen. Ich war neu in der Gegend, während alle anderen sich schon seit der Mittelstufe kannten, manche sogar schon seit dem Kindergarten. Die Mütter der beiden Jungen, Mrs Eugene Murphy – falls sie einen Vornamen hatte, und das musste sie, benutzte ihn niemand – war so etwas wie eine Urgewalt in der Schule, wo ihre Söhne beide zur ersten Riege in den Basketball- und Football-Mannschaften gehörten. „Die Zwillinge", nannte sie sie. Sie machte eine Einheit aus ihnen, betrachtete sie nicht als Individuen.

Vielleicht war es deshalb so leicht für mich, sie beide gleichzeitig zu vögeln, oder besser ausgedrückt, war es *für sie beide* so leicht, mich gleichzeitig zu vögeln. Sie waren gut darin, etwas zu teilen. Ich wette, das war es nicht unbedingt, was ihre Mutter sich für sie vorgestellt hatte. Aber ich bin mir auch ziemlich sicher, dass Mama Murphy überhaupt nicht an die kommenden Jahre gedacht hatte, wenn den Zwillingen Haare am Kinn wuchsen – und an den Eiern.

Wir gingen alle schon in die Oberstufe. Ich, die Neue an der Schule, befand mich noch in der Eingewöhnungsphase. Chase und Chance waren ziemlich beliebt, obwohl ihre Mutter so eine berühmte Nervensäge war. Sie waren groß, schlaksig, athletisch. Sie sahen vollkommen gleich aus, obwohl sie sich zu dem Zeitpunkt schon nicht mehr gleich anzogen. Später entdeckte ich, dass ich sie daran unterscheiden konnte, in welche Richtung ihr Schwanz leicht gekrümmt war. Der eine zur Linken, der andere zur Rechten. Spiegelverkehrt. Sie waren beliebt, gut in der Schule. Früher waren sie Messdiener gewesen. Bald sollten sie aufs College gehen.

Und ich? Ich war klein und trug Secondhand-Klamotten, aber anders als Molly Ringwald in „Pretty in Pink" ließ mich das nur ärmlich aussehen, nicht cool und unkonventionell. Es gab keinen Duckie, der mich bewundert hätte, oder zumindest war ich nicht so verrückt nach den reichen Jungs. Auch keinen Andrew Dingsdabums, zum Glück. Leider aber auch keinen James Spader. Den hätte ich damals sofort geknallt. Scheiße, vermutlich würde ich das selbst heute noch tun.

Wenn es um Mathe ging, hatte ich mehr drauf als die Murphy-Jungs und alle anderen aus meiner Klasse. Da ihre Mutter sich fest vorgenommen hatte, dass die beiden ihre Eignung für die Sportteams behielten, heuerte sie mich deshalb als Nachhilfelehrerin an. Ja, Mama Murphy war fest davon überzeugt, dass Sport den Charakter festigt – auch wenn in Anbetracht ihrer eigenen Unsportlichkeit oder der ihres Mannes, ein Zahnarzt mit dicken Brillengläsern und krummen Zähnen, nur schwer vorstellbar war, dass sie an so was glaubte.

Mama Murphy bezahlte mich also quasi dafür, dass ich ihre Lieblinge entjungferte. Natürlich fing es nicht so an. Ursprünglich hatte ich wirklich vor, ihnen Infinitesimalrechnung beizubringen. Ich brauchte das Geld und hatte auch keine Skrupel, von Mrs Eugene doppelt so viel zu verlangen wie sonst, weil ich ja zwei Schüler hatte statt einem – auch wenn sie mich zu überzeugen versuchte, dass nicht die Anzahl der zu unterrichtenden Personen zählte, sondern die aufgebrachte Zeit.

„Und da du sie beide gleichzeitig unterrichtest", argumentierte sie, „solltest ich dir auch nur das normale Honorar zahlen."

„Es sind aber zwei Schüler." Ich blieb standhaft.

„Aber sie sind Zwillinge!"

Ich erinnere mich, dass ich, statt zu antworten, nur eine Augenbraue hob. Sie hatte mich genau gemustert: meinen langen Jeansrock, die kniehohen Doc Martens, mein schwarz gefärbtes Haar. Ich schätze, ich sah für sie ziemlich furchterregend aus.

„Du bist mir vom Vertrauenslehrer der Schule nachdrücklich empfohlen worden." Sie klang zweifelnd.

„Ich werde dafür sorgen, dass Chase und Chance ihre Prüfungen mit Bestnote bestehen – sonst bekommen Sie Ihr Geld zurück."

Und das war's. Sie bezahlte mich jede Woche. Und ich hielt mein Versprechen ein.

Es fing nicht als Sexparty an. Ganz im Gegenteil, die Brüder waren echt nervig. Sie hatten keine Lust auf Infinitesimalrechnung. Schlimmer noch, sie kümmerten sich einen Dreck darum. Dabei waren sie darin so schlecht, dass es ihren Platz in der Schulmannschaft gefährdete. Es war ihnen trotzdem egal. Wenn es nach den Murphy-Brüdern ging, war Mathe was für Warmduscher.

Aber wie gesagt: Ich brauchte das Geld. Auf keinen Fall würde ich das Versprechen, das ich ihrer Mutter gegeben hatte, brechen. Ich hätte ihr das Geld auch gar nicht zurückzahlen können – schließlich hatte ich es schon längst für Klamotten, Bücher und Musik ausgegeben.

„Wenn ihr das lernt" – so lautete das erste Angebot, das ich ihnen machte –, „dann blas ich euch einen."

Das unterbrach ihr blödes Gebrabbel und dieses Rumgerutsche auf den Stühlen, als wären sie Welpen, die nicht stillsitzen können. Beide sahen zu mir auf, mit einer geradezu unheimlichen Synchronizität. Sie waren nicht derselbe Mensch, aber sie hatten eine beeindruckende Art, sich auf die gleiche Weise und zur selben Zeit zu bewegen oder etwas zu sagen. Sie waren miteinander verbunden, darüber gab's keinen Zweifel.

„Du verarschst uns doch nur!", sagte Chase.

„Das machst du doch niemals, verdammte Scheiße", sagte Chance.

„Ich blas euch beiden einen", sagte ich, legte die Hände flach auf den Tisch und lehnte mich vor, um ihnen in die Augen zu sehen, einem nach dem anderen. Ich weiß nicht mehr, wen ich zuerst ansah. Ich dachte damals nicht, dass es einen Unterschied machte, aber das tat es. „Ich werde es euch so heftig besorgen, dass ihr Sterne seht."

Ich könnte nie eine Lehrerin sein und habe auch nie davon geträumt, es zu werden, aber eins habe ich übers Unterrichten gelernt: Wenn man eine Belohnung in Aussicht stellt, läuft alles wie von selbst.

So fing es an. Sie beendeten ihre Aufgaben in Rekordzeit und, von ein paar kleinen Fehlern abgesehen, ohne Beanstandung. Wie mit den meisten Dingen im Leben war die Aufgabe, die Murphy-Brüder zum Lernen zu bringen, nur eine Frage der Motivation. Ich wollte, dass sie Bestnoten erhielten – sie wollten, dass ich ihnen einen blase.

Erst als sie die Hosen runterließen, wurde mir klar, dass bei dem Deal vermutlich sogar ein Gewinn für mich raussprang. Ich hatte Chase und Chance nie groß als potenzielle Partner angesehen. Erstens schien man sie nur im Doppelpack zu bekommen, auch wenn ich ihrer Mutter gegenüber betont hatte, dass es sich um zwei unabhängige Menschen handelte. Zweitens sahen sie aus wie Fred und George, die Weasley-Zwillinge aus den Harry-Potter-Filmen: rote Haare, helle Haut und dunkelbraune Augen. Ich wusste damals nicht, dass sie noch nie mit einem Mädchen zusammen gewesen waren. Doch das wäre mir auch egal gewesen, ich hatte nur noch Augen für ihre prachtvollen Schwänze.

Ich gierte nach ihnen.

Ich ließ sie Schulter an Schulter dastehen, Hüfte an Hüfte. Dann ging ich vor ihnen auf die Knie. Der Teppich im Hobbykeller ihrer Eltern war weich und dick, ein perfektes Kissen. Ich nahm erst den einen Schwanz in den Mund, dann den anderen. Diesmal erinnere ich mich, welcher der Zwillinge der Erste war, weil ich währenddessen zu ihm hochsah. Und er sah zu mir runter.

Es war Chase, auch wenn es sein Bruder hätte sein können – die Wahl war vollkommen willkürlich. Später sollte es einen Unterschied machen, doch zu dem Zeitpunkt, glaube ich, war es uns allen noch egal. Ich schob seinen dicken hübschen Schwanz so tief ich konnte in meinen Mund und lutschte ihn, während ich mit der Hand den Schwanz seines Bruders rubbelte, auf und ab, auf und ab.

Beide stöhnten im selben Moment auf. Sie hörten sich gleich an. Sie sahen gleich aus. Einen Augenblick später entdeckte ich, dass sie auch gleich schmeckten.

Wenn ich beide gleichzeitig hätte in den Mund nehmen können, ich hätte es getan. So mussten sie sich damit begnügen, dass ich meine Aufmerksamkeit gerecht aufteilte.

Weil ich zusehen wollte, wie sie kamen, lehnte ich mich am Ende zurück und brachte sie mit der Hand zum Höhepunkt. Sie kamen wenige Sekunden nacheinander, spritzen auf ihre flachen, durchtrainierten Waschbrettbäuche. Beide hatten die Augen geschlossen, den Kopf gesenkt. Ihre Münder, von denen ich später erfahren sollte, welches Talent sie im Küssen und Lecken und Saugen hatten, waren entspannt und offen.

Chase sah mich als Erster an. Mit seiner rechten Hand – mit der er noch kurz zuvor Infinitesimalrechnungen niedergeschrieben hatte – strich er mir durchs Haar. Sein Daumen fuhr über meine Unterlippe, die sich geschwollen und feucht anfühlte. Er blinzelte langsam, als erwachte er aus einem Traum, den er noch nicht verlassen wollte.

„Scheiße noch mal“, sagte Chance in die Stille hinein. „War das geil.“

Und das war nur der Anfang.

3. KAPITEL

Wow", sagte Meredith, als ich zu Ende erzählt hatte. „Das ist …"

Ich hoffte, sie würde nicht „verrückt" sagen. Es würde das Geschehene zwar nicht abwerten können, es zu etwas machen, dass es nicht gewesen war, und dennoch: Ich wollte nicht, dass sie so etwas sagte.

„… so unglaublich verdammt heiß", sagte Meredith.

Ich errötete, Hitze stieg in meinem Hals und weiter unten auf. Ich hatte ihr den Rest nicht erzählt, aber vielleicht würde ich es tun, wenn sie mich fragte. Von dem langen Herbst mit den Murphy-Brüdern, wie wir drei uns weiterbildeten in allen relevanten Bereichen: von simultanem Blasen über Cunnilingus bis hin zu jeder erdenklichen Sexvariante, die zwei Schwänze und eine Muschi beinhaltet. Erst an Weihnachten in jenem Jahr hatten wir damit aufgehört.

„Damit hatte ich absolut nicht gerechnet", sagte sie mit einem Kopfschütteln. „Wow. Kein Stück."

„Womit hattest du denn gerechnet?" Ich trank meinen Chai aus, um mit der Arbeit weiterzumachen, blieb aber noch sitzen. Weil ich neugierig war, wie sie mich eingeschätzt hatte.

„Hab ich dir doch gesagt. Verborgene Schätze."

Ich blinzelte, weil ihr Blick so feurig war. Sie hatte mal ein Mädchen geküsst, na klar, aber was hieß das schon? Nichts.

Es ist sinnlos, mit Hetero-Mädels zu flirten. Nicht mal mit den „neugierigen". Heten glauben heutzutage, dass es vollkommen in Ordnung ist, auf der Tanzfläche die Sau rauszulassen, um so die Aufmerksamkeit der Typen zu erhaschen, oder weil sie betrunken sind, oder weil es einfach in Mode ist. Sie denken: Solange du keine Möse leckst, ist es nur ein Spiel … und selbst wenn du es dann doch tust, bist du noch lange keine Lesbe.

Ich bin weder hetero noch lesbisch.

Man kann sagen, dass ich mich sexuell nicht so richtig festlege. Liebe kommt in allen Formen und Farben und in allen

Geschmacksrichtungen, und ich möchte in der Lage sein, sie kompromisslos auszuleben. Aber wenn ich irgendwas von meinem Job im *Mocha* gelernt habe – wo der Kaffee fließt wie die Niagarafälle und der Hosenbund schon eng wird, wenn man nur in die Nähe der Kuchenvitrine kommt –, dann, dass Wollen und Haben zwei unterschiedliche Paar Schuhe sind.

„Das ist lange her." Ich klang wenig überzeugend.

„So lange kann das gar nicht her sein", erwiderte sie mit Sarkasmus in der Stimme. „Du hast die Schule doch grade erst abgeschlossen."

Ich lachte. „Quatsch. Ich bin sechsundzwanzig."

„Damit bist du immer noch ein Baby", beharrte sie. „Aber ein erfahrenes Baby."

Mein Alter war mir ziemlich schnuppe. „Ich muss wieder arbeiten. Darek hat mir gerade diesen verzweifelten Blick zugeworfen, der besagt, dass jemand was zu trinken bestellt hat, von dem er nicht weiß, wie man es macht."

„Tesla, die Retterin in der Not. Dann hilf ihm besser mal. Ich muss sowieso los. Hab noch was zu tun." Meredith lachte erneut auf ihre dunkle sinnliche Art, bei der sich mir immer die Nackenhaare aufstellten.

Wir standen beide im selben Moment auf. Sie kam schon seit Monaten hierher, aber heute war es das erste Mal, dass sie mich umarmte. Erst war ich so überrascht, dass ich nicht wusste, wie ich reagieren sollte. Sie trat noch etwas näher. Von ihr ging ein dezenter exotischer und sicherlich teurer Duft aus. Sie legte die Arme um mich und zog mich dichter an sich heran. Ihr Pulli fühlte sich weich an auf meiner Haut, ihre Hände warm auf meinem Rücken, zwischen den Schulterblättern. Für die Länge eines halben Herzschlags standen wir Brust an Brust und Schritt an Schritt.

Gerade, als ich mich ihrer Berührung hingab, die Augen schloss und ihren köstlichen Duft einatmete, war es vorbei. Zurück blieb nur die Wärme ihres Atems in meinem Ohr, nachdem sie sich leise verabschiedet hatte, und das Kitzeln auf meiner

Wange, wo sie mich – aber vielleicht war das pure Einbildung – mit den Lippen gestreift hatte.

„Tesla?", rüttelte Eric mich aus meinem wohl ziemlich offensichtlichen Schockzustand. Meredith hatte den Laden bereits verlassen, die Türglocke bimmelte noch. Eric, der vor dem Selbstbedienungstresen stand, neigte den Kopf zur Seite und musterte mich von oben bis unten. „Alles okay bei dir?"

„Ja, klar. Natürlich." Ich streckte meine Hand nach seiner leeren Tasse aus. „Bist du fertig? Soll ich abräumen?"

Er sah mich amüsiert an. „Nö. Ich trink noch einen, wenn es dir nichts ausmacht."

Ich lachte. Es war mir ein bisschen peinlich, dass mich so etwas Simples wie eine kurze Umarmung derart umhauen konnte. „Natürlich. Trink, so viel du willst. Wenn du's nicht machst, macht's jemand anderes."

„Ist das nicht immer so?" Er prostete mir zu.

Dann wandte er sich ab, um sich Kaffee nachzuschenken. Darek entfuhr am Tresen ein Hilfeschrei, und ich konzentrierte mich wieder auf meinen Job.

4. KAPITEL

Als ich von der Arbeit nach Hause kam, war es im Haus ungewöhnlich still, und von den anderen war nichts zu sehen. Normalerweise hätte ich einen leisen Freudenschrei ausgestoßen – ich liebte meine Mitbewohner heiß und innig, aber ich sehnte mich auch danach, das Haus ab und zu ganz für mich allein zu haben. Was so gut wie nie vorkam. Heute Abend aber deprimierte es mich, nach Hause zu kommen, ohne dass wenigstens das Licht im Flur an war, um mich willkommen zu heißen.

Abendessen gab es auch nicht, und das war noch schlimmer. Ich machte mir ein Thunfischsandwich mit Käsemakkaroni, weil es einfach nichts Besseres gibt. Außer Hotdogs mit Käsemakkaroni, aber leider hatten wir keine Hotdogs mehr.

Ich fragte mich unwillkürlich, was sie seither wohl angestellt hatten, diese Murphy-Brüder. Die Erinnerung an sie war ein kleiner empfindsamer Punkt in meinem Hirn, der ab und zu schmerzte wie eine Wunde im Mund, wenn ich die Zahnseide zu hart eingesetzt hatte. Aber ich hatte seit Langem nicht mehr an Chase und Chance gedacht, nicht so bewusst jedenfalls. Die Zeit hat diesen merkwürdigen Effekt, die rauen Kanten der Dinge glatt zu schmirgeln, selbst solche, die ein wenig wehtun. Oder auch sehr.

„Du bist eine Egoistin, Tesla“, hatte Chance gesagt, als wir das letzte Mal zusammen waren. „Ein Egoist, weiter nichts.“

Das stimmte nicht. Ich war mehr als nur ein Egoist. Ich war viele Dinge, die wir damals zu jung und zu dumm waren zu verstehen. Und als er das zu mir sagte, drehte ich mich um und ging davon, voller selbstgerechter Wut angesichts dieser Beleidigung. Heute, mit Zeit und Abstand und Erfahrung, verstand ich jedoch, warum Chance es damals so empfunden hatte.

Ich hatte seit Jahren nichts mehr von ihnen gehört. Mein Bruder Cap, der drei Jahre jünger war als ich, wüsste vermutlich alles über sie. Ich hatte in der Schule nur wenige Freunde gehabt; Cap dagegen war bei allen beliebt gewesen. Football-Spieler, Mitglied in der Theatergruppe, König des jährlichen Alumnitreffens, im Jahrbuch zum witzigsten Schüler gekürt ... Außerdem hatte die High School ihm genügend Spaß gemacht, um auch danach noch den Kontakt zu seinen Kumpeln von damals zu halten. Er war zwar mit den Murphys nicht befreundet gewesen, aber er könnte was über sie rausfinden.

Allerdings war, meinen Bruder anzurufen, um Infos über ein paar Jungs zu bekommen, mit denen ich Sex gehabt hatte, ungefähr so peinlich, wie die eigenen Eltern in flagranti im Bett zu ertappen ... Ja, das war mir tatsächlich schon passiert, auch wenn ich mich nicht sonderlich gern daran erinnere ...

Cap war vermutlich der Einzige, der von mir und den Murphy-Brüdern wusste. Aber nur weil er vor Jahr und Tag eingeweiht gewesen war, musste er ja nicht unbedingt heute noch Lust darauf haben, mit mir darüber zu reden.

Doch selbst Affen setzen gern irgendwelches Werkzeug ein. Also wendete ich mich dem zu, was mir zur Verfügung stand: dem Internet. Meinen Laptop hatte ich vor ein paar Monaten geschrottet, und ein neuer war bisher nicht drin gewesen. Ich wollte warten, bis ich genug gespart hatte, um mir den größten, schnellsten, schicksten Mac zu leisten, und das würde noch eine ganze Weile dauern – es sei denn, ich würde auf der Stelle meine Sucht nach tollen Retro-Klamotten und glitzerndem Eyeliner überwinden. Was reichlich unwahrscheinlich war. Bis dahin checkte ich deswegen meine E-Mails und anderen Kram über mein Handy und benutzte ansonsten den alten Computer im ersten Stock.

Ich hatte mir ein eigenes Benutzerkonto auf dem PC angelegt – weniger, weil ich mir Sachen angucken wollte, die nichts für kleine Kinder waren, sondern damit sie nicht irgendwas, das ich gespeichert hatte, durcheinanderbrachten. Mit ihren vier Jahren fand Simone sich schon ziemlich gut im Labyrinth der Online-Spiele für Kinder zurecht, aber sie war auch eifrig mit der Delete-Taste zugange. Ich hatte dadurch mehr als einmal wichtige Dokumente und E-Mails verloren. Ihr Bruder Max, zweieinhalb Jahre alt, hämmerte gern ohne Sinn und Verstand auf den Tasten herum und brachte den Computer immer wieder dazu, eine Reihe merkwürdiger Funktionen auszuführen, von denen wir gar nicht wussten, dass er sie hatte, und die er vermutlich auch nicht haben sollte.

Da noch niemand zu Hause war, musste ich mir keine Sorgen machen, dass jemand unbedingt Videos von süßen Haustieren ansehen oder sich vor eines dieser pädagogischen Lernspiele setzen wollte, von deren grellen Farben einem die Augen wehtun. Ich musste nicht aufpassen, dass ein kleines Wesen über meine Schulter starrte, während ich mir Bilder ansah, die Connex-Freunde für mich hochgeladen hatten. Meredith lag falsch mit ihrer Annahme, ich wäre niemandem Rechenschaft schuldig. Ich lebte mit vier anderen Menschen zusammen, und einer davon würde mir meinen Hintern auf einem Silbertablett servieren, wenn ich seine Kinder irgendwelchem Zeug aussetzen würde, das nicht gut für sie war.

Leute auf Connex auszuspionieren ist supereinfach, wenn sie nicht vorsichtig genug sind, die entsprechenden Icons zum Schutz der Privatsphäre anzuklicken. Ich hab meinen Account nicht geblockt, weil ich nie Fotos oder irgendwas zu Privates hochlade, das nicht jeder sehen soll. Außerdem will ich ja, dass Leute mich finden können. Dafür sind Social Networks schließlich da.

Ich fand die Murphy-Brüder nach nur wenigen Klicks. Sie gehörten beide zu einer Fan-Gruppe unserer Abschlussklasse. Ich war nicht beigetreten. Auf ihren Profilbildern sahen sie sich nicht mehr so ähnlich wie damals. Sie waren noch immer groß und schlaksig, aber sie hatten ein wenig zugenommen, und das stand ihnen.

Chance war verheiratet. Zwei kleine Kinder. Ich klickte mich durch seine Fotos, auch wenn mir dabei ein wenig unheimlich zumute war. Er lebte in Ohio und arbeitete für ein Wirtschaftsprüfungsunternehmen. Er hatte eine wunderbare Familie und schien glücklich zu sein. Mein Cursor schwebte über dem „Freund hinzufügen"-Button, klickte ihn jedoch nicht an. Es freute mich, dass Chance anscheinend ein glückliches Leben führte, aber ich hatte nicht das Bedürfnis, auch nur ein klitzekleiner Teil davon zu sein.

Chase war nicht verheiratet.

Und er sah gottverdammt gut aus, warum sollte ich lügen. Er hatte unheimlich viele Bilder hochgeladen. Ganze Alben voll: beim Klettern, Fahrradfahren, Rudern. Viele Schnappschüsse mit nacktem Oberkörper, Waschbrettbauch, muskulösen Armen. Einfach zum Anbeißen. Er hatte auch eine Menge Bilder von sich mit immer dem gleichen Typen eingestellt. Den Arm entspannt über der Schulter des anderen. Lachend. Ich sah mir nochmal Chases Profilinformationen an: Da hieß es nur „Single", aber mir war klar, dass der andere Mann nicht ohne Grund in seinen Alben auftauchte. Vielleicht hatte Chase sich nicht dazu entschieden, es aller Welt direkt mitzuteilen, aber zu übersehen war es nicht.

Ich fügte auch ihn nicht zu meinen Freunden hinzu. Ich hätte es gern getan. Ich hätte ihm gern eine Nachricht geschickt, ihn gefragt, ob er glücklich war. Ob der Grund, warum er nicht mit mir hatte zusammen sein wollen, der war, dass er auf Jungs stand, und nicht, dass er mich nicht so geliebt hatte wie ich ihn. Ich hätte ihn gern so viele Dinge gefragt, tat es aber letzten Endes nicht. Wozu alte Wunden aufreißen.

Ich lenkte mich damit ab, auf der Homepage von Apple zu surfen – mir anzusehen, was ich wollte, aber niemals bekommen würde. Das schien das Motto des Tages zu sein. Ich erinnerte mich an den Duft von Merediths Parfum und wie weich ihr Pullover gewesen war, als sie mich umarmt hatte ... Mit einem tiefen Seufzer drehte ich mich auf dem Schreibtischstuhl im Kreis, den Kopf in den Nacken gelehnt, nur meine Füße bewegten sich. Eine Runde nach der anderen, alles um mich herum drehte sich, bis ich einen Zeh in den Teppich bohrte.

Ich hörte auf. Der Raum bewegte sich weiter. Wenn ich jetzt

aufstand, würde ich stolpern, vermutlich hinfallen. Der Drehschwindel war zwar nicht so schlimm, dass ich mich übergeben müsste, auch wenn im Nachhinein der Thunfisch vielleicht nicht grade die beste Idee gewesen war. Ich versuchte angestrengt, irgendetwas im Raum zu fokussieren, und drehte mich langsam wieder zum Computer um. Da hörte ich, wie die Haustür ins Schloss fiel, dann das Geräusch von kleinen, tapsenden Schritten auf den Fliesen im Eingangsbereich. Stimmen. Simone kreischte auf, ihr Bruder kicherte wie verrückt. Elaine, ihre Mutter, wies sie matt zurecht. Dann verlagerte sich der Lärm die Treppen hinauf, vermutlich Richtung Badezimmer, wo die Kinder abends immer gewaschen wurden, bevor es Zeit fürs Bett war.

Ich löschte den Verlauf und schloss die offenen Browser-Fenster, bevor ich mich ausloggte. Gerade, als ich meinen Stuhl Richtung Zimmertür drehen wollte, um aufzustehen, kam er herein.

„Hallo, Vic“, sagte ich.

„Hallo.“ Er sah müde aus. So ist das eben, wenn man Kinder hat.

Vic presste sich die Handballen gegen die Augen, dann sah er kurz zum Computer rüber. „Dachte nicht, dass du zu Hause bist.“

„Nicht jeder hat so einen überquellenden Terminkalender voller gesellschaftlicher Verpflichtungen wie du“, neckte ich ihn.

Er verzog schwach einen Mundwinkel. Nur einen. „Wir sind mit den Kindern zu Elaines Mutter, es war Nancys Geburtstag. Hätte ich gewusst, dass du Zeit hast, hätte ich dir Bescheid gesagt.“

„Schon okay. Ich hatte eh zu tun.“ Elaines Familie war mir gegenüber zwar nicht richtiggehend unfreundlich, aber sie strengte sich auch nicht sonderlich an, nett zu sein. Wenn sie hierherkamen oder wir uns woanders trafen, waren wir distanziert, aber höflich zueinander und vermieden die Frage, welche Rolle ich im Leben ihres Schwiegersohns spielte. Zu ihnen nach Hause ging ich nie.

Er nickte. „Ich helfe Elaine mal mit den Kindern. Hast du später Lust auf ‚Resident Evil 4'?"

Das war unser Lieblingsvideospiel, vor allem, wenn wir Vics Wii benutzten, mit den Spezialpistolen als Controller.

„Na klar! Soll ich euch beiden helfen?"

„Nö." Er zuckte die Schultern und gähnte. „Haben wir im Griff."

„Wie fühlt sie sich?" Elaine war mit ihrem dritten Kind schwanger und litt nicht unter Morgenübelkeit. Ihr war einfach den ganzen Tag lang schlecht.

„Beschissen." Er zuckte wieder die Schultern.

Allein es von außen mitzuerleben reichte mir aus, um niemals schwanger werden zu wollen. Nie im Leben. Na ja … Vielleicht würde ich mich überzeugen lassen, wenn Christian Bale der Samenspender wäre. Aber ansonsten: nein danke.

„Ich schmeiß die Konsole schon mal an."

Es gab für mich keinen Grund, warum ich Vic sagen sollte, dass ich im Internet nach Chase und Chance Murphy gesucht hatte. Trotzdem fühlte es sich wie eine Lüge an, eine, die schwer genug wog, dass ich mich nicht richtig aufs Spiel konzentrieren konnte. Da „Resident Evil" nur für einen Spieler war, wechselten Vic und ich uns ab, wann immer einer von uns starb. Ich starb ziemlich häufig.

„Was ist los mit dir, Tesla?" Vic nahm mir die Wii-Pistolen aus der Hand, weil rote Flüssigkeit als Beweis über den Bildschirm sickerte, dass ich schon wieder krepiert war.

„War ein langer Tag, schätz ich." Ich stand auf. „Ich sollte ins Bett gehen. Muss morgen früh raus."

„Ja. Ich auch", erwiderte Vic, blieb aber sitzen. Er zielte mit der Pistole wieder auf den Bildschirm, wechselte auf das nächste Level. „Gute Nacht."

Im Rest des Hauses war es schon seit Stunden ruhig, Elaine und die Kinder schliefen längst. Es gab nur noch Vic und mich, wie wir im Dunkeln saßen und Zombies töteten. Das flackernde Licht des Bildschirms warf Schatten auf Vics Gesicht, verfremdete es.

Er ertappte mich dabei, wie ich ihn anstarrte, und unterbrach das Spiel. „Was?“

„Du solltest zu Bett gehen. Du musst doch morgen auch früh raus.“

„Danke, Mama“, sagte Vic.

Ich zuckte die Achseln. „Ich sag’s dir nur.“

„Ja, ich weiß schon. Ich will nur noch dieses Level schaffen, das ist alles. Geh schlafen. Ich komm schon klar.“

Da Vic häufig noch vor mir aufstand, wusste ich, dass er nicht klarkommen würde. „Du siehst müde aus …“

„Ich bin kein kleines Kind mehr, Tesla“, unterbrach er mich harsch, den Blick starr auf die Horden von Zombies gerichtet, die gekommen waren, um den Helden des Spiels, Leon S. Kennedy, zu töten. Er sah mich kurz an. „Ich kann schon selbst entscheiden, wann ich ins Bett gehe.“

Ich trat einen Schritt zurück, hob die Hände. „In Ordnung. Du hast recht. Gute Nacht.“

„Nacht“, hörte ich ihn wiederholen, als ich das Arbeitszimmer verließ und in mein Zimmer ging.

Natürlich hatte er recht. Ich war nicht seine Mutter, Gott sei Dank. Und ich war auch nicht seine Frau. Aber das hieß nicht, dass ich kein Recht hatte, mir Sorgen um ihn zu machen. Vic arbeitete hart, verbrachte Stunde um Stunde in seiner Autowerkstatt und dem dazugehörigen Gebrauchtwagengeschäft. Er hatte eine schwangere Frau und zwei Kinder. Und mich, als Untermieterin im Keller.

Als ich geduscht und mich ins Bett gelegt hatte, hörte ich durch die Tür leise das Röcheln der sterbenden Zombies. Als ich kurz davor war, einzuschlafen, wurde es still. Dann hörte ich das beruhigende Knarzen des Fußbodens in der Küche, dem Wohnzimmer, dem Esszimmer. Vic drehte seine Runden. Prüfte Türen und Fenster, stellte sicher, dass er überall abgeschlossen hatte und wir in Sicherheit waren.

Als er die Kellerstufen hinabkam, starrte ich mit weit aufgerissenen Augen in die Dunkelheit. Was machte er hier? Wollte er hier unten auch die Fenster überprüfen? Sie waren zu klein, als dass irgendjemand hätte hindurchschlüpfen können. Ich hörte das Geräusch einer Rassel, und wie er leise fluchte. Dann das metallische Quietschen, als mein Türknauf langsam gedreht wurde.

Das hereinfallende Licht erhellte einen Teil meines Zimmers, als die Tür aufging. Zwar konnte ich Vics Silhouette nicht erkennen, aber ich hörte ihn atmen. Er schlich näher an mich heran, und ich schloss fest die Augen. Ich atmete ruhig ein und aus, damit er nicht merkte, dass ich wach war.

Als er sich über mich beugte, spannte ich unwillkürlich jeden Muskel in meinem Körper an. Doch anstatt mich zu berühren, drückte er die Verriegelung an dem hohen, schmalen Fenster über meinem Bett hinunter. Dann, beruhigt, dass alles in Ordnung war, verließ er den Raum und schloss die Tür hinter sich.

Ich atmete hörbar aus und drückte mich tiefer in meine Kissen. Kalter Schweiß rann über mein Gesicht. Langsam erfüllte Wärme die kleine Höhle, die ich mir unter der Decke geschaffen hatte, doch es dauerte noch lange, bis ich nicht mehr zitterte.

Und als ich endlich schlief, hatte ich einen Traum.

Ich habe keine Ahnung, was Vic macht, wenn er nicht im *Compound* ist, aber wenn er da ist, schraubt er an Autos rum. Manche der Leute hier, wie meine Eltern zum Beispiel, fahren normalerweise Volvos oder BMWs, aber den Sommer über kurven sie in alten Kisten durch die Gegend. Verbeulte alte Jeeps und verrostete Muscle-Cars, so was halt. Denn im *Compound* geht es nicht um Geld oder Status, sondern um den Umgang miteinander – und um Gemüseanbau, Blumensäen und den ganzen anderen Scheiß.

Ich komme hierher, seit ich denken kann, und ich weiß nur, dass ich mich diesen Sommer zu Tode langweile.

Hier gibt es nicht viel für mich zu tun. Ich könnte in der Krippe abhängen und ihnen mit den Kleinkindern helfen, aber der Gestank von vollgeschissenen Stoffwindeln macht mich nach einer Weile völlig fertig. Ich könnte im Garten helfen, Unkraut jäten und so, aber es ist der wärmste Sommer seit zwanzig Jahren, und es ist einfach brutal heiß auf den Feldern. Und wofür auch? Ich mag Tomaten noch nicht mal.

Ich bin sechzehn, bald siebzehn, ich besitze keinen Fernseher, keinen Computer, kein Handy, und es gibt hier zwar Unmengen von Kleinkindern und viele Erwachsene, aber nur ein Mädchen in meinem Alter, und mit dem verstehe ich mich nicht sonderlich. Ihre Eltern leben hier das ganze Jahr über, und sie tut so, als wäre sie deshalb ein besserer Mensch als ich, dabei ist es eigentlich andersherum. Sie denkt, Adam Ant war bei Culture Club! Und ich weiß, das wäre andern Leuten egal, aber mich regt es tierisch auf.

Also verbringe ich die meiste Zeit damit, in der Werkstatt rumzuhängen. Hier ist es zwar ziemlich laut, weil immer irgendwo gehämmert und geschraubt wird, aber Vic besitzt ein Radio und hört noch dazu Rock-Sender. Mein kleiner Bruder, Cap, hängt hier auch ab. Er kennt sich mit Autos besser aus als ich. Na ja, eigentlich ist er regelrecht brillant, was Autos angeht. Ich kann vielleicht ein Scheibenwischerblatt austauschen – meine Bestleistung des Sommers –, aber Cap kann tatsächlich einen ganzen Motor auseinandernehmen und auch wieder zusammenbauen.

Vic gibt mir trotzdem nie das Gefühl, im Weg zu sein. Geduldig zeigt er mir, welche Teile wohin müssen und wie sie alle zusammengehören. Er hat immer Schmiere an den Fingerknöcheln und unter den Nägeln, selbst wenn er seine Hände an einem der T-Shirt-Fetzen abwischt, die er in einer großen Kiste neben der Werkbank aufbewahrt. Manchmal, wenn er sich mit dem Handrücken den Schweiß von der Stirn wischt, ist auch sein Gesicht dreckig.

Heute ist Cap mit ein paar anderen Kindern schwimmen gegangen, in einem ekligen Teich, der voller Algen ist. Sie haben einen Picknickkorb mitgenommen. So gesunde Sachen wie Hummus, Pita und Gurken aus dem eigenen Garten. Ich würde sterben für einen Cheeseburger mit Pommes und einen Milchshake. Ich sieche nur so dahin diesen Sommer, brate in der Hitze, das Hirn weichgespült von dem pausenlosen Lächeln der Leute hier. Am liebsten würde ich mal so richtig losbrüllen.

Und das mache ich dann auch. Richtig laut und hart, die Fäuste geballt, die Augen geschlossen. Ich stampfe mit den Füßen auf den staubigen Boden vor der Werkstatt, eins-zwei, eins-zwei. Dabei stoße ich mir die Zehen durch meine alten schwarzen Chuck Taylors hindurch an den Scheunenbrettern. Und dann beuge ich mich vor, um meinen Kopf gegen das splitterige Holz zu lehnen, und denke daran, dass nur noch wenige Wochen fehlen. Dass ich normalerweise total traurig bin, das *Compound* verlassen zu müssen, es dieses Jahr aber nicht erwarten kann.

„Na komm. So schlimm kann's nicht sein." Vic lehnt im Türrahmen, einen Schraubenschlüssel in der Hand und die Stirn ölverschmiert.

„Ich langweile mich zu Tode."

Vic zuckt die Schultern. „Ich geb dir was zu arbeiten, Tesla. Das weißt du."

Aus diesem Grund bin ich hier. Weil er eine Beschäftigung für mich hat. Und weil er vielleicht sein Hemd auszieht, wenn ihm zu heiß wird, und ich zusehen kann, wie ihm der Schweiß den Rücken hinunterläuft, zwischen die Grübchen direkt oberhalb seines Hinterns. Vic trägt seine Jeans tief auf den Hüften und über seine großen schwarzen Motorradstiefel gekrempelt.

Wegen Vic liege ich nachts in meinem Bett wach und wälze mich unruhig in der stickigen Sommerluft hin und her.

Ich weiß alles über Sex. Hier treibt es jeder mit jedem. Niemand spricht darüber, aber es ist kein Geheimnis. Und falls du glaubst, es sei eklig, daran zu denken, wie deine Eltern es miteinander treiben, dann versuch mal, dir vorzustellen, wie sie es mit anderen Leuten machen. Manchmal sogar mit mehreren zur selben Zeit. Neben Peace, Love und Bio-Gemüse geht es im *Compound* vor allem um Sex.

Ich weiß alles darüber, aber ich hab es noch nie getan. Die Jungs in meiner Schule interessieren mich nicht. Zu jung, zu unreif, und außerdem, ich bin ja den ganzen Sommer weg. Das ist die wichtigste Zeit für diese Freund-Freundin-Sache. Das eine Mal, als ich letztes Jahr versucht habe, mit einem Jungen zu gehen, kam ich im Herbst in die Schule zurück, nur um zu erfahren, dass er den Sommer über die gesamte Cheerleader-Riege gedated hatte. Erstens: Ich bin alles andere als ein Cheerleader. Zweitens: Ich glaube, ich konnte es ihm noch nicht mal übel nehmen. Eine Freundin, die für drei Monate verschwindet, macht nicht sonderlich viel Spaß.

Ich arbeite den ganzen heißen Sommernachmittag Seite an Seite mit Vic. Wir reparieren einen alten Impala, der nicht so aussieht, als würde er jemals wieder laufen. Vic zieht tatsächlich sein Hemd aus, und ich versuche, nicht hinzustarren, aber wir wissen beide, dass ich es trotzdem tue.

„Scheiße", knurrt er, als ihm der Schraubenschlüssel ausrutscht und gegen das Metall schlägt.

Ich benutze das Wort immer und überall, doch irgendwas daran lässt mich diesmal erstarren. Ich stehe zu dicht neben Vic, unsere Hüften berühren sich, als wir beide uns vorbeugen und ich zusehe, wie er etwas mit dem Schraubenschlüssel anzieht. Er flucht wieder, leiser diesmal.

„Lass uns eine Pause machen", sagt er.

In dem kleinen Hinterzimmer steht eine Kühltruhe mit kaltem Bier und ein paar Flaschen Cola. Vic nimmt sich ein Bier und reicht mir eine Cola. Ich überlege kurz, ob ich ihn nach einem Bier fragen soll. Ich bin zwar minderjährig, aber solche Sachen spielen im *Compound* kaum eine Rolle. Doch ich mag Bier eigentlich gar nicht und würde es deshalb eh nicht trinken.

„Wir kriegen die Karre schon zum Laufen. Wir sind ein gutes Team, du und ich." Er prostet mir zu.

Tausende von Sachen sind mir wichtiger als dieses blöde Auto. Zum Beispiel die Art, wie Vic mich ansieht ... Oder eher wie er mich *nicht* ansieht. Ich möchte nicht Teil seines Teams sein. Ich möchte, dass er mich wahrnimmt.

Draußen in der Werkstatthalle singen die Rolling Stones davon, eine Tür schwarz anzumalen. Vic stemmt die Finger in die

Hüfte, während er die Flasche an den Mund führt, den Kopf in den Nacken legt und einen großen Schluck trinkt. Die Flasche ist feucht, seine Fingerspitzen sind nass. Seine Kehle bewegt sich, wenn er schluckt.

Ich will die Kuhle an seinem Hals ablecken. Ich will mit meiner Zunge über die gebogene Linie seines Schlüsselbeins fahren. Über seine Schultern.

Es kommt ganz plötzlich über mich. Ich will ihn.

Dieses Mal sehe ich nicht zur Seite, als er mich ansieht und mich dabei ertappt, wie ich ihn anstarre.

Vic leckt sich über die Lippen.

Er könnte mich problemlos zurückstoßen, als ich die Distanz zwischen uns überwinde und mich zwischen seine Beine stelle. Es hätte mich am Boden zerstört. Hätte mich vermutlich für den Rest meines Lebens unfähig gemacht, noch mal den ersten Schritt zu wagen. Aber er schiebt mich nicht zurück, als ich so dastehe, meine Waden gegen seine gepresst, meine Knie an den Innenseiten seiner Schenkel.

Es ist heiß in diesem Raum. Schweiß glänzt über Vics Oberlippe, und ich denke an nichts anderes, als mich vorzulehnen und ihn abzulecken. Meine Zunge fährt über sein salziges Fleisch, meine Lippen berühren seine.

Das ist zu viel, ich weiß. Ich habe einen Fehler gemacht, bin zu weit gegangen. Vic ist älter als ich. Er hat nie mit mir geflirtet. Und ich habe erst ein paar Jungs geküsst, wenn auch noch nie so. Mutig und frei und ungestüm.

Vic stoppt mich nicht. Sein Mund öffnet sich unter meinem. Seine Hände legen sich auf meine Hüften, direkt über den Bund meiner Jeansshorts und unter den Saum meines T-Shirts. Bei der Berührung seiner Finger auf meiner nackten Haut entschlüpft mir ein leiser Seufzer. In dem Moment bin ich mir sicher, dass er mich gleich rausschmeißt. Oder auslacht.

Schließlich lande ich auf seinem Schoß. Wir küssen uns lange, sehr lange. Seine Zunge liebkost meine. Es ist noch besser, als ich es mir vorgestellt habe. Unter meinem Hintern fühle ich ihn hart werden. Mein Herz schlägt noch schneller als all die Male, als ich ihm zugesehen habe, wie er mit nacktem Oberkörper arbeitet.

Ich würde jetzt alles für Vic tun. Sein Reißverschluss ist offen, meine Hand in seiner Jeans, noch bevor ich weiß, was ich da tue. Dann stoppt er mich. Er schiebt mich nicht weg, er hält mich nur fest.

„Tesla." Seine Stimme ist tief und grummelnd, so wie vorhin, als er wegen des Schraubenschlüssels geflucht hat.

Ich will nicht, dass er sagt, wie müssen damit aufhören. Ich drücke mich gegen ihn, meine Finger umschließen die ungewohnte Größe seines Schwanzes. Ich sehne mich danach, ihn heißzumachen, auch wenn ich gleichzeitig fürchte, dass ich es vielleicht nicht richtig kann.

Er stöhnt, als ich meine Hand bewege.

Zum ersten Mal begreife ich, welche Macht man hat, wenn man jemandem Befriedigung verschafft.

Ich bewege meine Hand wieder, erforsche die Länge seines Schwanzes, so gut es in der Jeans geht. Die Couch quietscht und knarzt, als wir unser Gewicht verlagern, bis wir irgendwie nebeneinanderliegen. Ohne Vics Hand auf meinem Kreuz würde ich auf den dreckigen Betonboden fallen.

Unsere Küsse werden härter. Unsere Zähne stoßen gegeneinander. Irgendwie gelingt es mir, seinen Schwanz aus der Jeans zu holen. Ich würde ihn in den Mund nehmen, wenn ich mutig genug wäre, wenn ich wüsste, wie, doch ich begnüge mich erst mal damit, meine Finger hoch und runter zu bewegen. Vic erschauert. Er schmeckt nach Schweiß und Bier, und irgendwie stört mich der Geschmack diesmal nicht.

Ich bin so damit beschäftigt, herauszufinden, wie ich ihm am besten einen runterhole, dass ich es anfangs gar nicht merke, als Vic seine Hand in meine Shorts steckt. Doch als seine Finger vorne über meinen Slip streicheln, verstehe ich plötzlich, warum Vic so erschauert ist. Seine Hand bewegt sich. Mit der Fingerspitze vollführt er kleine Kreise, langsam, langsam, drückt sie durch den Stoff hindurch an mich. Dann schneller, bis ich keuche.

Ich weiß alles über Sex, aber von dem hier habe ich keine Ahnung. Alles, was ich in diesem Moment weiß, ist, dass dieses heiße, intensive Gefühl, das ich bekomme, wenn ich Vic beim Arbeiten oben ohne zusehe, dass dieses Gefühl sich nun zwischen meinen Beinen und in meinen Nippeln aufbaut. Verrückterweise auch an meinen Fußsohlen.

Wir sind noch nicht mal nackt. So weit sind wir nicht gekommen. Vic und ich küssen und küssen und küssen. Mein Griff um seinen Schwanz lockert sich, meine Bewegungen werden unregelmäßiger. Seine nicht. Als er seine Hand unter meinen Slip gleiten lässt, direkt auf meine Haut, glaube ich, ich sterbe. Ein paar Minuten später, als er einen Finger in mich hineinschiebt und wieder heraus, als er feuchte Kreise um meine Klit zieht, da sterbe ich tatsächlich.

Oder zumindest explodiere ich, was sich vielleicht genauso anfühlt. Es fühlt sich so gut an, dass ich meine Hüfte gegen ihn schiebe und drücke und schüttle, auf der Suche nach etwas, von dem ich nicht genau weiß, was es ist. Vic weiß es. Seine Finger bewegen sich etwas schneller. Dann noch schneller.

Und ich … ich reite auf dieser Welle der Lust, die so stark ist, dass ich nicht entscheiden kann, ob ich will, dass sie nie endet, oder ob ich sie keine Sekunde länger ertrage.

Als es vorbei ist und ich wieder scharf sehen, wieder atmen kann, blinzle ich ihn an. Meine Hand ist klebrig, liegt flach auf seinem strammen Bauch. Seine Finger sind zwischen meinen Beinen zur Ruhe gekommen, auch wenn meine Klit im Takt meines Herzens schlägt. Ich bin mir nicht ganz sicher, was passiert ist, aber ich weiß: Was immer das war, ich möchte es am liebsten gleich noch mal machen. Vic sieht zu mir herunter, leckt sich über die Lippen und lächelt. Entgegen meiner Befürchtung lacht er nicht.

Aber ich tue es.

5. KAPITEL

Als ich aufwachte, lachte ich immer noch. Und ich war im Schlaf gekommen. Ich bekam einen Schluckauf und öffnete die Augen. Mit den Fingern umklammerte ich meine verknäulten Laken, demzufolge war die Nacht stürmisch gewesen. Ich unterdrückte das Lachen, indem ich die Lippen zusammenpresste, aber nichts konnte die Welle der Lust stoppen, die mich durchlief – und so schrecklich war das ja auch gar nicht.

Eine Welle der Scham folgte ihr.

Ich hatte seit langer Zeit nicht mehr auf diese Art an Vic gedacht. Jetzt drehte sich alles um mich herum, wurde auf den Kopf gestellt. Mein Körper schmerzte von all den Verrenkungen, die ich in der Nacht angestellt hatte, aber zum Glück hatte ich noch ein paar Stunden Zeit, bis ich aufstehen musste, um ein paar Sachen vor meiner Morgenschicht zu erledigen.

Ich war gerade wieder ein wenig eingenickt, als zwei kleine Körper begannen, auf mir herumzuspringen. Das kam nicht unerwartet, war aber dennoch ein Schock. Ich schrie unwillkürlich auf und fiel dann mit einem Stöhnen zurück in die Kissen, eine Hand über den Augen.

„Kinder, bitte", bettelte ich, „geht weg."

„Zeichentrick gucken?", sagte Max, der nur dann gutes Benehmen an den Tag legte, wenn es ihm etwas nützte.

Seine Schwester, die sich mit ihren vier Jahren sehr viel reifer vorkam, pikste ihn. „Das heißt ‚Bitte' und ‚Dankeschön'."

„Dankschon", sagte ihr Bruder. Er roch nach vollen Windeln, ein Geruch, der mich mehr, als mir lieb war, an meine Pflichtstunden in der Krippe des *Compounds* erinnerte. „Zeichentrick?"

Ich schob mir Kissen und Decken zurecht und setzte mich auf. „Wie kann es sein, dass ihr beiden mit allen technischen Geräten klarkommt, nur nicht mit dem Fernseher?"

„Fernbedung", erklärte Max geduldig. „Mama nicht anfassen Fernbedung."

Natürlich wollte ihre Mutter nicht, dass sie mit der Fernbedienung herumspielten – es war ein kompliziertes und teures Ding, das Vics gesamte komplizierte und teure Multimedia-Anlage regelte, inklusive Fernseher, Festplattenrekorder, Stereoanlage und Wii. Sie sollte alles leichter machen, weil man nur eine Fernbedienung für das gesamte Wohnzimmer brauchte, aber sie war eben nur für Erwachsene. Ich war die nächstgelegene Erwachsene – deshalb kamen die Kinder zu mir.

„Was machen Mama und Daddy?" Ich hatte Angst, auf die Uhr zu schauen, aber das Licht, das durch mein Fenster schien, bedeutete, dass es mindestens nach sechs war. „Machen sie sich für die Arbeit fertig?"

„Mama liegt im Bett", sagte Simone, stolz auf ihr Wissen. „Daddy hat gesagt, wir sollen sie in Ruhe lassen, damit sie schlafen kann."

Max hatte auch etwas dazu zu sagen und begleitete es mit einem finsteren Blick, der genau ausdrückte, was er davon hielt. „Baby."

„Gebt mir nur ein paar Minuten, okay?", bat ich sie, als sie wieder anfingen, auf mir herumzuspringen. „Ich mach euch die Zeichentrickfilme gleich an. Wieso spielt ihr nicht solange mit eurem Spielzeug oder so?

Sie hatten Massen davon, und es lag meist überall da auf dem Boden rum, wo ich nachts barfuß herumlief. Ich bin schon so oft auf Lego getreten, dass ich die Füße nicht mehr vom Boden nahm und durch die Wohnung schlurfte, wie wenn sich Stachelroggen im Sand verstecken und man sie lieber zur Seite schiebt, als draufzutreten. Das war aus meinem Leben geworden – ich schlurfte, um nicht gestochen zu werden.

Sie spielten tatsächlich mit ihrem Spielzeug, aber wie sich herausstellte, war das Quietschen, das ihr Spielen begleitete, nervtötender als das gedankenlose Gebrabbel der Zeichentrickserien. An Schlafen war nicht mehr zu denken. Also stellte ich alles für sie ein, legte dann die Fernbedienung hoch auf den Schrank, sodass sie nicht rankamen, und begann meinen vorsichtigen, schlurfenden Gang die hohen und blanken Treppen zur Küche hoch.

Die hell erleuchtet war. Zu hell. Ich schirmte mein Gesicht mit der Hand ab und blinzelte, doch trotzdem kamen mir die Tränen. Ich rieb mir die Augen. Alles verschwamm, klärte sich dann wieder.

„Harte Nacht?", fragte Vic vom Herd aus, wo er etwas briet, was vermutlich Eier waren; die aß er jeden Morgen.

„Fühlt sich so an." Ich ließ mich auf einen der harten Holzstühle fallen und stützte den Kopf in die Hände. Ein paar Haarsträhnen kitzelten mich in der Nase, bis ich sie nach hinten strich, und als ich aufsah, bemerkte ich, dass Vic mich lachend beobachtete. „Leck mich, Vic."

Er wandte sich wieder dem Herd zu. „Möchtest du Eier? Ich mach Elaine nur einen Toast. Du kannst welche haben."

Er schob Rührei auf zwei Teller und legte frische Toasts dazu, dann stellte er die Teller auf den Tisch und setzte sich mir gegenüber. Er hatte Gabeln vergessen, was typisch für ihn war, also stand ich auf und holte welche.

Er stellte keine Fragen, und ich gab keine Antworten. Wir aßen in einvernehmlichem Schweigen, das nur durch das Ticken der Wanduhr unterbrochen wurde und gelegentliches Kichern aus dem Wohnzimmer. Als Vic fertig war, stellte er seinen Teller in die Spülmaschine. Dann schmierte er eine dünne Schicht Butter auf einen Toast, legte ein Ginger Ale und einen Strohhalm bereit und wollte schon die Küche verlassen, als ich sagte: „Mach dich ruhig fertig. Ich bring es ihr."

Er sah zur Uhr. Obwohl ein paar gute Jungs für ihn arbeiteten, machte er die meisten Mechaniker-Sachen lieber selber. Er hatte die Werkstatt gern früh auf, damit Leute bereits vor der Arbeit zu ihm kommen konnten, und ging stattdessen gern zeitig, um mit seiner Frau und den Kindern noch Zeit vor dem Schlafengehen zu verbringen. Vic war ein großartiger Ehemann und Vater.

„Danke." Er nahm seine Jacke und rief ein „Tschüss" runter ins Wohnzimmer, wartete ein paar Minuten, bis seine Kinder die Stufen hinaufgerannt kamen, ihn an den Knien umschlangen und sich an ihn schmiegten. Er wuschelte ihnen durchs Haar, drückte und küsste sie, dann lockerte er ihren Griff und schickte sie wieder runter ins Wohnzimmer, wo sie ihr Hirn weiter mit animiertem Chaos verdarben.

Für mich gab es von Vic keinen Kuss, keine Umarmung. Wir hatten das vor langer Zeit hinter uns gelassen. Es machte uns zwar nicht verlegen oder so. Und es war auch kein Geheimnis vor Elaine. Aber wir sprachen nie darüber, und niemand, der es nicht wusste, würde je denken, dass Vic und ich einmal so was wie Liebhaber gewesen waren.

In Elaines Schlafzimmer waren die Rollläden heruntergelassen, aber sie hatte die Nachttischlampe angemacht – eine wirklich hässliche Nachttischlampe in Form einer Ballerina. Aber Elaine schien sie zu mögen.

„Hab dir einen Toast mitgebracht."

Sie seufzte. „Danke, Süße."

Ich setzte mich auf den Bettrand und hielt ihr den Teller hin. Sie stellte ihn auf ihren Bauch, der gerade anfing, sich zu runden. Elaine sah blass aus, hatte Ringe unter den Augen und strähniges Haar. Ich war mir ziemlich sicher, dass ich nicht viel besser aussah, dabei hatte ich keinen Urzeitkrebs im Bauch.

Sie knabberte am Toast. „Die Kinder gucken Fernsehen?"

„Ja."

„Vic ist bei der Arbeit?"

Ich nickte. Elaine verzog das Gesicht, und ich reichte ihr das Ginger Ale mit Strohhalm. Sie trank einen Schluck und seufzte wieder.

„Schwanger sein ist ätzend."

„Glaub ich dir. Schon vergessen? Ich hab dich dabei schon zwei und ein viertel Mal begleitet!"

Sie nahm noch einen Schluck und schielte zum Toast rüber, aß aber keinen Bissen mehr. „Ich weiß, in ein paar Wochen ist es besser. Oder in einem Monat. Und dann hab ich noch ein paar Monate, in denen ich essen kann, was immer ich will."

„Und dann kannst du dich schon auf die Geburt freuen", sagte ich mit todernstem Gesicht. „Ich wette, du kannst es kaum erwarten."

Elaine gelang ein Lächeln. „Vielleicht rutscht das Kind diesmal einfach raus."

„Ich schätze, das passiert frühestens bei Nummer vier, wenn nicht sogar erst bei Nummer fünf oder sechs." Ich strich die Tagesdecke zwischen unseren Beinen glatt.

„Ach, halt den Mund." Sie machte ein erschrockenes Gesicht, doch da ich wusste, dass sie gesagt hatte, wenn sie drei Kinder bekämen, müssten sie es auch mit einem vierten versuchen, wusste ich, dass das überwiegend gespielt war.

Elaine plante, dieses Kind so zur Welt zu bringen wie auch Max und Simone: zu Hause. Hier in diesem Bett. Ohne Schmerzmittel. Sie würde von einer Doula und einer Hebamme unterstützt werden, die gleichen, die auch die anderen Kinder zur Welt gebracht hatten, und sie hatte bereits begonnen, alles für die Geburt vorzubereiten.

Ehrlich gesagt, hielt ich sie für verrückt. Ich bräuchte die sterilen grünen Wände eines Krankenhauses, einen Arzt mit Mundschutz und Nadel und eine ordentliche PDA ab der ersten Wehe.

„Also, wieso siehst *du* so fertig aus?", fragte Elaine. Langsam kehrte die Farbe in ihr Gesicht zurück. Vielleicht würde sie den Toast sogar drin behalten.

„Irgendwelche Kinder haben mich verdammt früh geweckt." Ich kniff mir in den Nasenrücken. „Hab Kopfschmerzen. Will noch weiterschlafen. Frage beantwortet?"

„Ausreichend, glaub ich. Tut mir leid wegen der Kinder. Ich bin mir sicher, Vic hat sie runtergeschickt. Ich hab ihnen gesagt, sie sollen in ihren Zimmern spielen."

Wir sahen uns an, und ich lachte. „Geeeenau."

Sie lachte auch, aber als ob es ihr wehtäte. „Wann musst du zur Arbeit?"

„Nicht vor drei."

„Dann leg dich doch noch mal hin. Ich gehe mit den Kindern zur Mittagszeit auf den Spielplatz. Dann hast du das Haus für dich."

„Ah, süße Freiheit." Ich legte einen Finger ans Kinn. „Soll ich erst nackt rumlaufen? Oder Milch direkt aus der Packung trinken? Oder beides?"

Ich war froh, dass ich Elaine zum Lachen bringen konnte, vor allem, da es sie von der Übelkeit ablenkte. Auch wenn meine Gefühle für Vic immer schon kompliziert waren und es auch immer bleiben würden, so stand meine Liebe zu Elaine außer Frage. Sie war die ältere Schwester, die ich nie gehabt hatte – die Art Frau, die ich nie sein würde.

„Hast du deine Liste neben das Telefon gelegt?", fragte sie und nahm noch einen Schluck Ginger Ale, noch einen Happen Toast. Die erste Scheibe war fast weg, und sie sah etwas besser aus. „Ich gehe später noch einkaufen."

„Das kann ich machen, wenn du willst. Vor der Arbeit."

„Würdest du das machen?" Sie sah erleichtert aus. „Ich hasse es, die Kinder mitzuschleifen."

„Weiß ich doch." Sie brachte immer irgendwelche Cornflakes und Süßkram mit, wenn sie Max und Simone dabeihatte. Und auch wenn ich selbst ein Fan von Marshmallow Mateys war, fand ich es doch wesentlich besser, wenn mein finanzieller Beitrag zur Haushaltskasse sich in Nahrungsmitteln niederschlug, die nicht zu den Speckringen beitrugen, die ich so hart loszuwerden versuchte. „Ich gehe. Kein Problem."

Zu meiner Überraschung griff Elaine nach meiner Hand. „Ich bin so froh, dass du da bist, Tesla. Das weißt du, oder?"

Die meisten Frauen würden ihr Zuhause nicht irgendeinem Mädchen öffnen, das ihr Ehemann mal auf einer schmierigen Couch mit dem Finger gefickt hat, und erst recht würden sie mich nicht so gut behandeln, wie Elaine es immer getan hat. Ohne Vic und Elaine wäre ich vielleicht in der Gosse gelandet. Nein, nicht vielleicht. Definitiv.

Trotzdem wischte ich das Kompliment beiseite, denn ich sah

Tränen in ihren Augen. Eliane war super emotional, erst recht im schwangeren Zustand. Ich wollte den Tag nicht mit Tränen beginnen. Dafür fühlte ich mich selbst ein bisschen zu fragil.

„Ich bin ja auch euer Sklave", erwiderte ich. „Euer Babysitter im Haus. Und Klo-Schrubber. Klar liebst du das."

Sie drückte meine Hand, weil sie mich zu gut kannte, um beleidigt zu sein. „Tja. Wir lieben dich wirklich, Tesla Martin. Vergiss das nicht."

Ich konnte das nicht vergessen und hätte es auch nicht gewollt. Ich befreite meine Hand aus ihrem Griff und streckte sie nach ihrem Teller aus. „Fertig?"

Sie seufzte schwer und nickte. „Kannst du für mich nach den Kindern sehen? Ich werde dann mal aufstehen und duschen gehen."

„Kein Problem."

Nachdem ich mich überzeugt hatte, dass die Biester nicht allzu viel zerstört hatten, stellte ich fest, dass währenddessen eine SMS auf meinem Handy eingegangen war. Sie bestand nur aus drei Wörtern: *Ruf mich an.*

Ich wählte die Nummer und schob gleichzeitig dreckige Wäsche zu einem Haufen zusammen. „Cap. Was ist?"

„Ist Vic schon los?"

„Ja, ungefähr vor einer halben Stunde. Warum?"

„Hier ist eine Dame, die sagt, sie hätte um sieben einen Termin gehabt, aber …" Mein Bruder stockte. „Vergiss es, Vic kommt grade. Sie wird ihm gehörig eins überbraten."

„Damit kommt Vic schon klar. Hey, was meinst du, kannst du dir den Contour diese Woche mal ansehen? Er macht immer noch so ein seltsames Geräusch."

„Welches denn?"

Mein Wagen – ein von Träumen zusammengehaltener Trümmerhaufen, wie unser Dad sagen würde – war so alt, dass er immer irgendwelche merkwürdigen Geräusche machte. Aber dieses klang wirklich seltsam. Ich ahmte es nach. „Ungefähr so: wha-h-hm wham-m-m. Wie die Tardis. – Ach leck mich doch."

Mein Bruder hatte angefangen zu lachen. „Wie klingt das noch mal?"

„Du hast schon richtig gehört." Ich musste auch lachen. Ich liebte und hasste das, wie er mich immer zum Lachen brachte. „Kannst du das machen? Ich hab vergessen, Vic zu fragen."

„Na klar. Bring ihn vorbei, wann's dir passt."

„Ja, mach ich. Aber ich hab nicht die Zeit, um dann den ganzen Tag drauf zu warten."

„Mensch, Tesla, du nervst vielleicht."

„Wenn ich ihn dalassen muss, brauch ich was anderes zum Fahren."

Cap machte ein ersticktes Geräusch. „Natürlich."

Ich grinste. „Also?"

„Du kannst meinen Wagen nehmen. Wenn's unbedingt sein muss", fügte er rasch hinzu. „Was nicht der Fall ist, schätze ich."

Cap besaß einen tollen Schlitten, einen restaurierten 1978er-Mustang, der aufheulte, wenn man aufs Gas trat. Cap hatte mehr Zeit und Geld in den Wagen investiert, als er je für eine Frau übrig gehabt hatte – was vielleicht einer der Gründe war, warum er allein lebte. Oder es lag daran, dass er in seine Mitbewohnerin verliebt war, die überhaupt nicht mitbekam, dass mein Bruder sie so bewunderte, dass er glaubte, sie könnte übers Wasser gehen. Selbst schuld, wenn er es ihr nicht sagte.

Aber wie sollte ausgerechnet ich irgendjemandem Beziehungstipps geben?

„Ich fahr ihn vorbei", sagte ich. „Und später bring ich dir dann Schokoladenkuchen aus dem Café mit. Wie wär's?"

„Nicht grade ein toller Deal. Aber okay."

„Bis später", sagte ich und legte auf.

6. KAPITEL

Ich vögelte mit den Murphy-Brüdern bereits seit anderthalb Monaten, als ich eine wichtige Entdeckung machte. Ich liebte es, zwei Schwänze zu lutschen und zu reiben, einen in meiner Muschi und einen in meinem Mund zu haben – wenn auch nie im Hintern. Sie fragten nicht danach, und ich bot es ganz sicher nicht an. Ich bin mir nicht sicher, ob wir wussten, dass es so was auch jenseits von Pornofilmen gab, und wir waren von dem, was wir taten, so ausgefüllt, dass es nicht notwendig schien, noch etwas Verbotenes hinzuzufügen.

Mehr als die körperlichen Aspekte, den Bonus von zwei Paar Händen und zwei Zungen, merkte ich, dass ich die Aufmerksamkeit der beiden genoss. Wenn ein Freund gut war, waren zwei doch umso besser, oder? Nur dass wir drei nicht Händchen haltend über den Schulhof scharwenzeln oder vor unseren Spinden rumknutschen konnten, wie die anderen es taten.

„Such dir einen aus", sagte Chase. Er saß auf einem alten Fernsehsessel im Hobbykeller ihrer Eltern, die Füße flach auf dem Boden, die Hände um meinen Kopf gelegt, sein Schwanz in meinem Mund.

Ich saugte noch mal kräftig an seinem Schwanz, bevor ich ihn in die Hand nahm und mich auf meine Fersen setzte, um zu Chase hochzusehen. Sein Bruder fläzte auf dem Sofa neben uns und streichelte abwesend seine eigene Latte.

„Wie meinst du das?"

Chase, ganz typisch für einen Jungen, legte seine Hand auf meine, um seinen Schwanz an meinem Mund zu reiben, aber ich zog mich so weit zurück, dass er meine Lippen nicht berührte.

„Such dir einen von uns aus, Tesla", wiederholte er.

Ich lachte, weil ich dachte, er mache Witze. „Wofür?"

„Du weißt schon", sagte Chance.

Ich sah von einem zum anderen. Ich würde die Zwillinge nie wieder als irgendwas anderes als zwei unterschiedliche Menschen sehen, aber trotzdem konnte ich sie mir nur als eine Einheit vorstellen.

„Ich will nicht nur einen."

„Sie will uns beide. Ich hab's dir doch gesagt", meinte Chance.

Sein Bruder veränderte seine Position, sein junger, dicker Schwanz noch genauso steif und groß wie zuvor. „Du musst aber."

„Wieso?"

Chase war als Erster auf die Welt gekommen. Niemand hatte mir das gesagt; ich wusste es einfach. Wenn Entscheidungen getroffen werden mussten, war er normalerweise derjenige, der sie traf. Chance wartete meistens ab, was passierte. Jetzt fuhr mir Chase durchs Haar, und ich spannte mich an, weil ich dachte, dass er mein Gesicht wieder an sich heranziehen würde.

„Du kannst weiter uns beide vögeln", sagte er. „Such dir nur einen für die Öffentlichkeit aus."

„Oh." Ich streichelte seinen Schwanz, rieb mit meinen Handflächen über seine Eichel, was ihn immer zum Erschauern brachte. „Dafür."

In Wahrheit hatte ich gar nicht groß das Bedürfnis, mich in der Öffentlichkeit mit ihnen zu zeigen. Ich genoss den Vorteil, etwas anders als die anderen zu sein, etwas exotisch. Ich war nicht das einzige Mädchen, das Docs trug oder eine Haarfarbe hatte, die die Schule als „störend" empfand. Ich war nicht die Einzige mit Piercings oder einem fast schon wöchentlichen Termin beim Vertrauenslehrer. Aber ich war anders als die anderen, weil mich keiner von ihnen ein Leben lang kannte. Oder weil ich nicht ihre Anerkennung zu brauchen schien.

„Wer sagt, dass ich mit einem von euch gehen will?" Ich lehnte mich vor, um ihn zu lecken, dann nahm ich ihn wieder in den Mund. Ich schloss die Augen, um mich auf dieses Gefühl von heißem, hartem Fleisch an meiner Zunge zu konzentrieren.

Chance machte ein tiefes Geräusch, auch wenn der Prügel in meinem Mund seinem Bruder gehörte. Ich sah ihn mit halb geschlossenen Augen an, lächelte um Chases Schwanz herum, während ich saugte und rieb. Ich wollte nicht, dass er so kam.

Ich wollte ihn zuerst vögeln.

Ich wollte sie beide vögeln.

Ich wollte, dass sie beide schwitzten und stöhnten, sich in mir und gegen mich bewegten. Ich wollte spüren, wie der sich hochschraubende Orgasmus durch mich hindurchfuhr. Anders ausgedrückt, ich wollte rein, rauf, runter, mich anziehen und raus.

Selbst damals war ich mir ziemlich sicher, dass der Rest meiner Klassenkameraden nicht so tickte. Ihnen war es wichtig, dass man sie als Pärchen zusammen sah – mit all diesen notwendigen Requisiten des Miteinander-Gehens wie Freundschaftsringe und Knutschflecke. Dinge, die deutlich machten, dass sie zu jemandem gehörten. Der Gedanke, zu jemandem zu gehören, war mir nicht nur fremd, ich fand ihn auch ein bisschen abstoßend. Als ich mir vorstellte, dass ich mir einen der Murphy-Brüder aussuchen sollte, um mit ihm vor allen herumzustolzieren, nur um das hier, was wir heimlich in ihrem Keller taten, zu legitimieren … Unwillkürlich verzog ich mein Gesicht, als hätte ich etwas Verfaultes angefasst.

Was für ein Gespräch die beiden Brüder auch vorgehabt hatten, mit mir zu führen – und ich war mir sicher, dass sie sich ausführlich darauf vorbereitet hatten –, ich würde es sie schon wieder vergessen lassen. Vor allem, als ich eine Faust um Chances Schwanz schloss, während ich seinem Bruder einen blies und er mit einem rauen Aufschrei in meinen Mund kam, einem Schrei, der mich zum Grinsen brachte, weil er ein bisschen … nun ja, wie mein Name klang.

„Wenn du dich für einen von uns entscheiden müsstest“, sagte Chance, nachdem ich in dem kleinen Badezimmer gewesen war und mir das Gesicht gewaschen hatte, den Mund ausgespült, die Haare gebürstet und den Slip wieder angezogen hatte, „wen würdest du nehmen?“

Chase war schon nach oben gegangen. Es war Chance, der immer auf mich wartete und mich zu meinem Auto brachte, dieser Schrottkarre, die ich noch heute, neun Jahre später, fahre. Es war Chance, der seine Hand auf die Fahrertür legte, sodass ich sie nicht öffnen konnte, der mich mit ernstem Blick ansah. Es war Chance, der es unbedingt wissen wollte.

„Ich kann mich nicht entscheiden", sagte ich ihm, obwohl ich wusste, dass das gelogen war. „Ich bin in euch beide verknallt."

„Ja, aber …"

Ich stellte mich auf die Zehenspitzen, um ihn zu küssen, und dachte – sicher im Gegensatz zu ihm – dass meine Zunge noch nach seinem Bruder schmeckte. „Nicht diese Freund-Freundin-Sache, ja? Es ist alles gut so. Okay?"

Er nickte. Was sollte er auch sonst tun? Er bekam regelmäßig und zuverlässig ziemlich abgefahrenen Sex geboten. Sollte er das ablehnen, nur damit wir Händchen halten und gemeinsam zu Football-Spielen gehen konnten? Später vielleicht zum Abschlussball und zu Klassentreffen?

„Das ist nichts für mich", sagte ich zu ihm, und meinte es auch so.

Er nahm seine Hand nicht von der Tür, obwohl ich sie irritiert anstarrte. „Warum nicht?"

Ich hatte darauf keine Antwort. Ich konnte diesem netten Jungen, dessen Mutter immer noch zu sehr an ihm klebte, nicht erklären, warum ich nicht wollte, was alle Mädchen wollten, die ich kannte. Also antwortete ich einfach nicht. Ich küsste ihn noch mal, und als ich mich von ihm losmachen wollte, legte er seine Hände um meine Hüften und zog mich dichter zu sich heran.

Später würde ich diesem Jungen das Herz brechen und mir keinen Kopf darum machen, weil mein eigenes Herz schon in Stücke gerissen war. Aber das wussten wir damals noch nicht. Zu diesem Zeitpunkt küssten wir uns einfach, während die Herbstluft um uns herum immer kälter wurde.

Ich dachte an die beiden, als ich auf den Parkplatz von *Autohandel Capriotti* fuhr und eine Lücke für meinen Wagen suchte. Ich dachte noch daran, als ich ausstieg. Ich sah mich nach Cap um, stieß aber stattdessen auf Vic.

„Hallo. Was machst du denn noch hier? Wo ist Cap?"

Vic sah wieder einmal müde aus. Die Werkstatt schloss um sieben, aber die Autohandlung hatte bis neun offen. Von Dennis, dem Verkäufer in der Spätschicht, war nichts zu sehen.

Vic zuckte die Schultern und gähnte. „Ich musste ihn losschicken, ein paar Teile zu besorgen, die nicht rechtzeitig geliefert wurden."

„Und Dennis?"

„Ist nach Hause gegangen. Krank. Hat die ganze Herrentoilette vollgekotzt."

Ich verzog das Gesicht. „Igitt."

Vic grinste. „Ja, das kommt davon, wenn du das Mittagessen von jemand anderem isst und vorher nicht guckst, wie lange es schon im Kühlschrank stand. Vielleicht lernt er ja daraus."

„Trotzdem eklig." Ich warf ihm meine Schlüssel zu. „Wieder dieses Klappern, vorne links."

Vic nickte und steckte die Schlüssel ein. „Vor morgen schaff ich es aber nicht. Weißt du schon, wie du nach Hause kommst?"

„Cap hat gesagt, ich kann seinen Wagen benutzen. Lyndsay nimmt ihn mit, oder er geht zu Fuß."

„Cap lässt dich seinen Wagen fahren?"

Ich gab ein fieses Lachen von mir. „Hahaha! Na logisch! Er liebt mich."

Vic schnaubte. „Er ist leicht zu manipulieren."

„Das denkst du also von mir?", erwiderte ich stirnrunzelnd. Mein Tonfall war ein bisschen zickig. Man könnte sogar sagen, spitz. „Wie nett."

Vic sah mich überrascht an, bevor auch er die Stirn runzelte. „Häh?"

„Vergiss es." Der Traum hatte mich durcheinandergebracht. Es war nicht Vics Schuld, auch wenn er mit seinem unerwarteten Besuch in meinem Zimmer der Auslöser gewesen war. „Hör mal. Was ist eigentlich mit dir los?"

„Was? Mit mir? Nichts. Warum?“ Er wirkte ehrlich verwirrt.

„Du schläfst nicht“, erwiderte ich und fügte hinzu, bevor er mich unterbrechen konnte: „Und ja, ich weiß, ich bin nicht deine Mutter. Oder deine Frau. Das ist nichts Neues. Aber deine Mutter lebt nicht mit dir zusammen, und Elaine ist so erschöpft, dass sie überhaupt nicht mitbekommt, ob du nachts neben ihr im Bett liegst oder nicht. Deshalb bin ich die Einzige, die weiß, dass du die ganze Nacht auf bist.“

„Nicht die ganze Nacht.“

„Ich hör dich auf und ab gehen. Ich hör den Boden knarren.“ Ich überlegte kurz, ob ich seinen Besuch in meinem Zimmer erwähnen sollte. „Also, was ist los?“

„Schlaflosigkeit.“

„Uh-huh.“ Ich musterte ihn scharf. „Das klingt nicht nach dir.“

Bevor er sich verteidigen oder zustimmen konnte, kam mein Bruder ins Büro und brachte einen Schwall kalte Luft und den schwachen Geruch nach Öl und Benzin mit sich. Als er uns sah, blieb er stehen. Dann seufzte er.

„Mist. Er hat dir die Schlüssel schon gegeben, oder?“

Ich warf Vic noch einen Blick zu, aber die Chance war schon vorbei. „Ja. Und du kriegst ihn auch nicht mehr zurück.“

„Kannst du nicht kurz warten, während ich mir deinen Wagen ansehe?“, fragte Cap.

„Jetzt, wo Dennis nicht da ist, könnte ich gut Hilfe gebrauchen“, mischte sich Vic ein.

Er konnte natürlich nicht wissen, was ich geträumt hatte. Oder wie ich mich seitdem fühlte.

„Nee. Ich muss vor der Arbeit noch ein paar Sachen erledigen. Ich habe Elaine versprochen, dass ich für sie einkaufen gehe. Anscheinend haben wir kaum noch was im Haus.“

„Kannst du mir auch was mitbringen?“, fragte Cap.

Ich hob eine Augenbraue. „Was denn?“

„Butterkekse. Kaffeesahne.“

Meine andere Augenbraue ging hoch. „Wirklich? Wofür denn das, Captain?“

Mein Bruder zuckte zusammen, als er seinen vollen Namen hörte. „Lyndsay tunkt sie gern in ihren Kaffee, und ich knabber gern ab und zu einen."

Ich lachte. „Du willst, dass ich was mitbringe für deine …"

„Halt bloß den Mund", warnte Cap mich grimmig, damit ich nicht weiterredete. „Sie ist meine Mitbewohnerin, sonst nichts."

Ich war mir ziemlich sicher, dass, entgegen ihrem Verhalten gegenüber der Außenwelt, Cap und Lyndsay wie zwei Kaninchen miteinander vögelten. Nein, nicht wie Kaninchen. Wie Ninjas, ganz geheim und nur im Dunkeln. Ich hörte auf zu lachen.

„Na klar. Ich bring es nachher vorbei. Da Dennis nicht hier ist, sollte es im Kühlschrank sicher sein. Hey, Cap … Sag mal, hast du Lust, diesen neuen Zombie-Film zu sehen, irgendwann nächste Woche. ‚The Risen' oder wie der heißt?"

„Wieso wird er gefragt und ich nicht?", warf Vic ein, der nur halb zuhörte, weil er grade eine SMS schrieb.

„Weil er Single ist und du ein alter verheirateter Kerl mit einer schwangeren Frau." Ich wandte mich wieder meinem Bruder zu. „Hast du Lust?"

„Ja, klar." Cap zuckte seine breiten Schultern.

Ich zögerte kurz, um abzuwägen, wie tief ich das Messer in die Wunde stoßen sollte. „Musst du nicht erst Lyndsay fragen?"

Zu tief. Cap machte ein finsteres Gesicht. Ich wählte den Rückzug, hob die Hände, bereit, mich mit Gesten und Worten zu entschuldigen – aber nicht aus tiefstem Herzen. Er musste sich dem irgendwann stellen. Dass er wie verrückt in seine Mitbewohnerin verknallt war und sie auch ganz scharf auf ihn war, selbst wenn keiner von ihnen es zugeben würde.

„Ich hol dich dann also ab."

„Mit meinem Wagen", erwiderte Cap und seufzte so resigniert, dass Vic lachen musste.

„Es sei denn, du reparierst meinen vorher noch." Es gelang mir, meinen Bruder ein bisschen zu knuffen, obwohl er das problemlos hätte abwehren können. Vermutlich ließ er es zu, weil ich älter war als er.

„Er wird fertig sein", versprach er.

Ich boxte ihn in die Schulter und winkte Vic zu, der zu sehr mit Telefonieren beschäftigt war, um es wahrzunehmen. Auf dem Parkplatz ließ ich den Motor des Mustangs ein paarmal aufheulen, um Cap zu ärgern. Allerdings verzichtete ich darauf, die Räder durchdrehen zu lassen oder den Wagen im Kreis zu drehen, um nicht als vollkommener Depp dazustehen. Die Art, wie Cap mir zuwinkte, als ich das Gelände verließ, zeigte mir, dass er leider nicht sonderlich beeindruckt war.

Im Supermarkt schob ich den Wagen durch die Gänge und versuchte mich zu erinnern, was auf der Einkaufsliste stand, die ich auf dem Küchentisch liegengelassen hatte. Ich achtete nicht sonderlich darauf, wo ich langging, weshalb ich fast ein kleines Kind gerammt hätte, das vor dem Süßigkeitenregal durchdrehte.

Das sah mir sehr nach einem aufziehenden Tobsuchtsanfall aus, und ich wollte schon meinen Wagen an dem Jungen vorbeischieben, als ich seine Mutter sah. „Mandy?"

Sie drehte sich um. „Oh mein Gott! Tesla! Wow! Wie lange ist das denn her!"

Mandy war eine meiner besten Freundinnen in Lancester gewesen, bis die Ehe meiner Eltern in die Brüche ging und mein Leben sich radikal veränderte. Ich hatte seit Jahren nichts mehr von ihr gehört oder gesehen. Sie hier zu treffen, mit einem Kind, war überraschend – aber schön, stellte ich fest, als sie mich so fest in die Arme nahm, dass ihr Sohn sie mit großen Augen anstarrte.

„Du siehst toll aus!" Sie strahlte mich an, musterte mich. „Du hast dich kein bisschen verändert. Wow."

„Du schon." Grinsend zeigte ich auf den Jungen, der jetzt an ihrem Bein hing. „Deiner?"

Sie hob ihn hoch, unverkennbar stolz. „Ja, das ist Tyler. Sag Hallo."

Tyler vergrub das Gesicht am Hals seiner Mutter. Ich war nicht beleidigt.

„Also ... Wohnst du hier in der Gegend?"

„Ja. Mein Mann und ich sind vor ein paar Monaten hierhergezogen. Er arbeitet bei der Stadt. Und ich bin mit dem Kleinen hier zu Hause. Was ist mit dir?“

„Ich arbeite im *Mocha*. Das wirst du nicht kennen.“

„Doch, natürlich! Das kenne ich! Ich komm mal vorbei. Lebst du noch bei …?“ Sie beendete den Satz nicht.

„Vic? Ja. Und seiner Frau, Elaine. Und ihren zwei Kindern. Cap ist ausgezogen.“

„Ach ja, Cap.“ Mandy lachte. „Wie geht es ihm?“

„Es geht ihm gut. Richtig gut.“ Kaum vorstellbar, dass wir uns früher fast täglich die Ohren vollgequatscht hatten, und jetzt fiel uns nicht mehr ein als ein bisschen Smalltalk vorm Regal mit den Schokoriegeln. „Hör mal. Komm mich doch mal im *Mocha* besuchen. Ernsthaft. Es wäre toll, in Ruhe mit dir zu quatschen.“

„Das mach ich“, sagte sie, obwohl wir beide wussten, dass sie es vermutlich nicht tun würde.

So viel Zeit war vergangen. So viel hatte sich verändert. Sie hatte Mann und Kind, ich war noch immer Single. Unsere Lebensumstände waren einfach zu verschieden.

„Ich muss weiter. Der Kleine hier muss ins Bett. Machs gut, Tesla. Es war schön, dich wiederzusehen.“

„Gleichfalls.“ Ich sah ihr hinterher.

Ich hatte nie eine „Haustür“ gewollt, wie Cap und ich es nach dem alten Adam-Ant-Lied „Place in the Country“ nannten. Eine „Haustür“ bedeutete Ehe, Kinder, einen Kredit, einen Hund. Aber trotzdem war da wieder der Neid, dieses komische Gefühl. Er befällt dich ohne Vorwarnung, haut dir mit der Schaufel auf den Kopf. Neid schmeckt manchmal wie die Schokolade, die du dir kaufst, weil du plötzlich was Süßes brauchst.

7. KAPITEL

Hier ist eine Geschichte, die ich Meredith nie erzählt habe …

Am Ende meines dritten Jahres auf der High School, als Cap in der achten Klasse war, überraschte unser Vater unsere Mutter dabei, wie sie einen ihrer Kollegen von dem College vögelte, an dem sie beide arbeiteten. Anscheinend ist es auch in einer offenen Ehe eine Form von Betrug, wenn dein Partner nicht weiß, mit wem du es treibst, denn mein Dad packte sofort seine Sachen und ging – ohne irgendjemandem von uns zu sagen, wohin. Da es jetzt für die Sommermonate kein *Compound* mehr gab, beschloss meine Mutter, mit ihrem neuen Liebhaber in einem alten VW Golf quer durchs Land zu fahren und zu campen.

Cap und ich hatten kein Problem mit ihrem neuen Freund, aber keine zehn Pferde würden uns dazu bringen, auf dem Rücksitz eines Golfs quer durch die USA zu reisen. Meine Mom, die man sicherlich einen Freigeist nennen konnte, war trotzdem die Verantwortungsbewusstere unsere beiden Eltern und wollte uns nicht alleine zurücklassen, selbst wenn wir mit siebzehn und vierzehn schon ganz gut selbst auf uns aufpassen konnten. Sie bestand darauf, dass wir mit ihr kämen. Wir bestanden darauf, dass wir das nicht wollten. Also machte ich, was jeder hitzköpfige Teenager macht, wenn er mit etwas konfrontiert wird, das für ihn die Hölle sein würde.

Ich lief davon.

Ich musste nicht sehr weit laufen, und ich nahm meinen Bruder mit. Ich wusste, wie ich Vic finden würde. Und ich hoffte, dass ich auf ihn zählen konnte. Wir tauchten vor seiner Haustür auf mit nicht viel mehr als unseren Klamotten am Leib und ein paar Hundert Dollar, die ich aus Moms Kommode geklaut hatte.

Wie sich herausstellte, konnte ich tatsächlich auf ihn zählen. Cap und ich zogen bei Vic ein, der vermutlich ziemlich erstaunt war, uns zu sehen, sich davon aber nicht irritieren ließ. Meine Mutter landete letztendlich in Kalifornien – wo der Wagen ihres Liebhabers liegen blieb. Sie lebt immer noch dort. Meinen Dad verschlug es ausgerechnet nach Brasilien. Er fand dort eine Kommune ähnlich dem *Compound* und arbeitet als Englischlehrer in einer nahe gelegenen Stadt.

Vic war für mich dagewesen, als ich ihn brauchte. Und das hatte nichts mit Sex zu tun gehabt. Der Grund für sein Verhalten lag in seinem Wesen, daran, was für eine Art Mensch Vic war: nämlich durch und durch gut.

Und ich beneidete ihn darum.

Meredith hatte gesagt, ich würde mir nehmen, was ich wollte. Dass ich niemandem Rechenschaft schuldig wäre und ich tun und lassen könnte, was mir gefiel. Auf eine gewisse Weise hatte sie recht. Ich meine, ich hatte meinen Job und meine Aufgaben im gemeinsamen Haushalt mit Vic und Elaine. Ich hatte Rechnungen und Schulden. Aber ich besaß eigentlich keine Ideale. Niemand würde zu mir kommen, wenn er Schwierigkeiten hatte. Verflucht, ich war sechsundzwanzig und wohnte noch immer im Keller – nicht, weil ich nicht alleine leben konnte, sondern weil zu bleiben einfacher war als auszuziehen.

Und das war nicht gerade typisch für eine angeblich so wilde, unabhängige Frau.

Als ich ins Café kam, versuchte Meredith wieder einmal, Leute davon zu überzeugen, ihr private Geschichten zu erzählen. Das wurde mir in der Sekunde klar, als ich durch die Eingangstür ging und sie an ihrem Lieblingstisch sitzen sah, den Kopf lachend zurückgeworfen. Ich kannte die meisten vom Sehen her, wenn auch nicht unbedingt beim Namen, aber sie sahen alle so aus, als hätten sie viel Spaß.

Sie winkte mir zu. „Da ist ja unsere Tesla!"

Ich grüßte stumm zurück. Merediths Lächeln vertrieb die Kälte in mir, aber ich ging nicht zu ihrem Tisch. Sie war mitten im Gespräch, und ich musste mit der Arbeit loslegen.

„Was ist eigentlich so Besonderes an ihr?", fragte Darek, als ich hinter den Tresen kam.

Ich tat so, als wüsste ich nicht, wovon er sprach. „Wen meinst du? Meredith?"

„Ja, Queen Meredith, sie gibt grad wieder eine Audienz für ihre … wie nennt man sie am besten?"

„Untertanen?", bot ich an, während ich mich aus meinem Mantel schälte und ihn in dem Flur zum Vorratsraum an die Garderobe hängte.

Darek schüttelte den Kopf. „Lakaien."

„Das klingt, als wäre sie irgendein böser Lehnsherr."

„Ja. Was ist denn jetzt so Besonderes an ihr?"

Ich dachte kurz nach. „Keine Ahnung. Sie ist halt … Ach, ich weiß nicht. Du musst nicht immer alles hinterfragen, Darek."

Entrüstet schnaubte er kurz auf. Ich sah zu Meredith rüber, die gerade ein perlendes Lachen von sich gab. Sie fuhr sich mit ihren perfekt manikürten Fingern durch ihr honigblondes Haar, und es fiel genau richtig zurück.

Und wieder flammte Neid in mir auf.

Die späte Nachmittagssonne schien durch das Fenster, und Meredith sah so wunderschön aus, dass es mir einen Stich im Herzen gab. Nicht nur hübsch. Nicht nur sexy, auch wenn sie das sicher war mit diesem Mund, diesen Augen, diesem Lachen. Sie war wie etwas, das man in eine Vitrine gestellt hatte, um es zu bewundern und zu bestaunen. Begehrt, aber unerreichbar.

Ich musste geseufzt haben, denn Darek sah mich mitleidig an. „Du hast dich in sie verknallt."

Ich warf ihm einen kurzen Blick zu, sah ihm aber nicht in die Augen. „Schau sie dir doch an."

„Oh ja, das tue ich." Er stemmte die Hände in die Hüften. „Das will sie ja – dass die Leute sie anschauen."

„Wer will das nicht?" Ich schnürte die Bänder meiner grünen Schürze fest um meine Taille und wuschelte mir mit den Fingern durchs Haar, das durch die Wollmütze vollkommen platt gedrückt worden war. „Ich meine, wollen wir nicht alle, dass andere uns wahrnehmen?"

„Vermutlich."

Ich starrte erst sie an, dann ihn. „Magst du sie etwa nicht?"

„Ich find sie ganz okay." Er grinste. „Verheiratete Frauen sind meine Spezialität. Aber du hast sie als Erste gesehen."

Ich lachte. Darek war ein liebenswertes Großmaul. In all der Zeit, die wir zusammenarbeiteten, hatte er meines Wissens nicht eine einzige Affäre mit einer verheirateten Frau. „Wir sind nur Freunde. Sie ist nicht … Du weißt schon."

„Aber du bist …?"

Ich zuckte die Schultern und notierte mir, welche Desserts wir später wegwerfen mussten, wenn wir sie bis Feierabend nicht verkaufen konnten. „Manchmal. Ab und zu. Je nachdem."

„Wie viele?"

Ich drehte mich um. „Was?"

„Wie viele Frauen hattest du schon?"

Darek interessierte sich ein bisschen zu sehr für meine Angelegenheiten, fand ich.

„Dieses Café", sagte ich mit leicht säuerlicher Stimme, „ist wirklich zu einem Sündenpfuhl geworden."

„Und an wem liegt das?", fragte Darek mit einer Kinnbewegung in Richtung Meredith.

„Pffft. Du kannst ihr doch nicht für alles die Schuld geben. Du bist doch derjenige, der mich über mein Sexleben ausquetscht! Ich habe Meredith schon gesagt …"

„Ja?" Wieder schien er mir ein bisschen zu interessiert zu sein, er hechelte beinahe und riss seine Augen weit auf.

Ich hielt mir eine Faust vor den Mund, die andere an die Wange, und deutete ein Kurbeln an. „Fahr deine Zunge wieder ein. Es ging um keine Frau-mit-Frau-Aktion."

Darek wirkte nur leicht enttäuscht, bevor er munter fragte: „Worum ging es dann?"

Nein, ich würde ihm nicht von den Murphys erzählen. Dieses ganze vergangene Zeug wieder hervorzukramen hatte mein Hirn schon genügend verwirrt. „Das geht dich nichts an. Mein Gott, frag ich dich so über dein Sexleben aus?"

„Kannst du ruhig machen", sagte er. „Also ... Ich bin nur neugierig, Tesla, das ist alles."

„Auf meine lesbische Vergangenheit?" Ich musste lachen, weil das so typisch Mann war. „Ich hatte eine richtige Freundin. Wir gingen vier Monate miteinander, bis sie mich wegen der Gitarristin einer Folk-Rock-Band verließ, die das ganze Jahr über Muskelshirts trug und sich das Frauenzeichen über die Muschi hatte tätowieren lassen."

Sein Blick sagte alles.

„Ja", erwiderte ich, „genau das dachte ich auch."

Darek verzog das Gesicht. „Das ist alles? Mehr hast du nicht zu bieten?"

„Hör mal", sagte ich, plötzlich verärgert. „Was hast du denn erwartet? Eine lange reißerische Bestandsaufnahme aller lesbischen Flirts, inklusive detaillierter Beschreibungen? Mit wem und wie oft?"

„Entschuldige." Darek runzelte die Stirn. „Ich dachte nur ... Du weißt schon. Dass es vielleicht ein bisschen aufregender war."

Ich seufzte auf. „Warum?"

„Weil ... Du wirkst so, als würdest du aufregende Dinge erleben, Tesla. Das ist alles. Verdammt ... Es tut mir leid!"

Jaja, ich bin ein echter Wildfang. Ich berührte meinen Hals, den Anhänger mit dem Regenbogen und dem Stern. Heute trug ich ein schwarzes Hemd mit dem Motiv vom Rolling-Stones-Cover „Sticky Fingers" vorne drauf – der Schritt von irgendeinem Typen, deutlich ausgebeult. Schwarze Leggings mit Stulpen in Regenbogenfarben. Schwarze Ballettschuhe. Und ich hatte Glitzer im Haar. Na und? Das war vielleicht unkonventionell, aber so aufregend nun auch wieder nicht.

„Tja", sagte ich, „dem ist leider nicht so."

Darek sah über den Tresen zu den lachenden Gästen hinüber. „Vielleicht solltest du es ihr sagen."

„Ihr was sagen?" Ich runzelte die Stirn und wünschte, es würde jemand kommen und was bestellen, oder Joy würde plötzlich hinter uns auftauchen und uns anschnauzen. Alles, nur um dieses Gespräch nicht fortzuführen. „Ach, das. Ich bin nur ein bisschen verknallt, sonst nichts. So was hab ich schon ein paarmal erlebt. Das geht vorbei, Darek."

„Tja, da kenn ich mich nicht aus."

„Warst du noch nie verknallt?" Ich verdrehte die Augen. „Komm schon. Ich seh doch, wie du dieses eine Mädchen immer ansiehst, die mit den roten Haaren."

„Ja, die ist heiß. Aber verknallt bin ich nicht in sie."

„Was auch immer." Ich machte eine wegwerfende Handbewegung. „Wirst du ihr sagen, dass du sie magst? Vielleicht zu einem Date einladen?"

„Sie hat einen Freund."

„Dann verstehst du, was ich meine", sagte ich. „Manchmal ist es besser, verliebt zu sein, ohne es dem anderen zu sagen."

Er wirkte nicht sonderlich glücklich über meine Antwort, aber er setzte dem auch nichts entgegen. Dann trennte sich endlich einer von Merediths Verehrern lange genug von dem Haufen, um zu uns zu kommen und ein Stück Kuchen und einen weiteren Latte zu bestellen, sodass wir beide etwas zu tun hatten und uns nicht weiter unterhalten mussten.

Ebenso half die Stoßzeit, uns beide so auf Trab zu halten, dass wir keine Zeit hatten für tiefschürfende, seelenergründende Gespräche über den traurigen Zustand unseres Liebeslebens. Als wir den größten Andrang hinter uns hatten, rechnete ich damit, dass Meredith bereits gegangen war, doch als ich schließlich durch das Café ging, um Tische sauber zu wischen und Geschirr abzuräumen, war sie immer noch da.

Die Sonne war gewandert, und Meredith saß allein an ihrem Tisch. Sie war noch immer wunderschön. Ihr nachdenklicher Gesichtsausdruck, während sie etwas in ihren Laptop tippte, ließ mich innehalten. Sie strich sich eine Haarsträhne hinter das Ohr. Sie trug schlichte und elegante Perlen, von denen ich wusste, dass sie trotz ihrer Größe echt sein mussten. Es war kein Modeschmuck. Sie verkaufte solches Zeug zwar, trug es aber nicht.

Sie hatte leichte Falten an den Mund- und Augenwinkeln, aber das tat ihrer Schönheit keinen Abbruch.

Sie ertappte mich dabei, wie ich sie anstarrte. „Hi."

„Oh. Hi. Du bist noch da. Kannst wohl vom Caramel Crunch nicht genug bekommen, was?" Ich deutete auf die Reihe an Selbstbedienungskannen.

„Mein Koffeinspiegel ist auf seinem Höhepunkt." Sie zeigte mir ihre leere Tasse. „Aber ich hab heut was für mein Geld bekommen, das kann ich dir sagen."

„Joy wird noch Miete von dir verlangen." Ich warf einen Blick über die Schulter zum Tresen hin. Joy bediente gerade Eric, schenkte ihm sogar so etwas wie ein aufreizendes Lächeln. „Du meine Güte, dieser Typ macht sogar Joy kribbelig."

Meredith schloss ihr Laptop. „Das liegt an seinem Lächeln. Ich glaube, er macht alle etwas kribbelig."

„Ja", sagte ich grinsend und beobachtete, wie Eric Teller und Tasse zu seinem Lieblingstisch brachte und seine Unterlagen ausbreitete.

„Du hast heute ein paar gute Geschichten verpasst." Meredith lehnte sich in ihrem Sessel zurück. „Was die Leute alles so anstellen, du würdest es nicht glauben."

„Doch, bestimmt. Soll ich das mitnehmen?" Ich zeigte auf ihre leere Tasse und den Teller daneben. „Wie war der Apfelkuchen?"

„Tesla", murmelte sie.

Ich hielt ertappt inne, die Hand über dem Tisch. „Hmm?"

„Wir sollten was zusammen unternehmen."

Ich zwang mich, das Geschirr abzuräumen, obwohl es verräterisch klapperte, als ich es mit zitternden Händen hochhob. „Was denn?"

„Irgendwas Lustiges. Außerhalb dieses Cafés." Sie schnippte mit den Fingern in Joys Richtung. „Ohne dass deine Chefin uns belauert."

„Na klar. Hört sich gut an." Ich nahm ihre Serviette, auf der ein leichter Abdruck ihres Lippenstifts zu sehen war, und knäulte sie in der Hand zusammen. Die würde ich nicht wegwerfen …

„Wann hast du morgen Schluss?“

„Ich habe Frühschicht, also um drei.“

„Was hältst du davon, wenn wir abends was essen gehen? Danach vielleicht noch in einen Club?“ Sie hielt inne. „Es ist Freitagabend. Du hast nicht zufällig ein Date, oder?“

„Ich? Oh. Nein.“ Ich lachte.

„Gut“, sagte Meredith, als ob damit alles klar wäre. „Jetzt hast du eins.“

8. KAPITEL

Du siehst hübsch aus." Simone beobachtete genau, wie ich Eyeliner und Lidschatten auftrug. „Darf ich das haben?"

„Du willst dich hübsch machen?" Ich drehte mich vom Spiegel weg, um die Kleine anzusehen. Mit ihren blonden Haaren und den großen blauen Augen stand ganz außer Frage, nach wem sie kam: hundert Prozent Elaine. Aber wenn sie etwas wollte, dann hatte sie um den Mund herum auch etwas von ihrem Dad. Ich hielt die rechteckige Box mit Lidschatten in der einen Hand und die gebogene Bürste in der anderen. „Grün oder Blau?"

„Ich mag das Glitzernde."

Ich betrachtete die Tube mit flüssigem Glitzer-Eyeliner. „Das ist noch nichts für dich, Mäuschen. Es ist ganz schön schmierig und ..."

Ihr kleiner Bruder heulte manchmal richtiggehende Sturzbäche, aber Simone machte in der Regel keine große Szene. Sie konnte allerdings eine Schnute ziehen, und auch jetzt verzog sich ihr süßer Mund auf eine Weise, dass ich ihr ihren Wunsch nicht abschlagen konnte. Ich seufzte. „Deine Mama wird vermutlich ziemlich wütend auf mich sein."

Viel wahrscheinlicher war es, dass ihr Vater mir eine Standpauke halten würde, wie ich eine Vierjährige sich nur so auftakeln lassen konnte, auch wenn Vic keinen Deut besser darin war, Simone einen Wunsch abzuschlagen. Sie seufzte, zuckte ihre kleinen Schultern. Die Schnute blieb.

„Also schön. Komm her." Ich legte den Lidschatten weg und hielt ihr den Glitzer-Eyeliner hin. „Aber du musst mir versprechen, dass du nachher ohne großes Gejammer duschen gehst, hörst du? Ehrenwort! Es ist wirklich wichtig, dass du das ganze Zeug abwäschst, bevor du schlafen gehst."

„Damit man keine Pickel bekommt", sagte Simone mit diesem glücklichen Grinsen von Kindern, die ihren Willen bekommen haben.

„Genau. Keine Pickel." Mit sechsundzwanzig sollte ich eigentlich zu alt sein für Pickel, doch ich wurde jeden Monat daran erinnert, dass dem nicht so war. „Setz dich hier hin."

Sie kletterte auf den Rand des Waschbeckens und ließ ihre kleinen Füße gegen den Unterschrank baumeln, bis ein strenger Blick von mir ihr Einhalt gebot. Ich befahl ihr, die Augen zu schließen, hob dann ihre Oberlider mit Glitter-Eyeliner hervor. Es war billiges Zeug, das eigentlich junge Mädchen als Zielgruppe hatte, aber ich liebte es, wie alles, was glitzerte und leuchtete. Genauso erging es Simone. Sie summte glücklich vor sich hin, während ich ihr mit einer anderen Farbe eine kleine Blume auf die Wange malte – dagegen konnte ihr Dad doch nichts haben, oder? Es war wie Schminken zum Fasching.

„Fertig. Und, wie gefällt's dir?"

Sie drehte sich, um in den Spiegel zu gucken, die Augenbrauen zusammengezogen. Sie sah noch mehr aus wie ihr Dad, wenn sie das tat. Prüfend. Dann grinste sie. „Ich mag die Blume!"

„Gut. Und jetzt", sagte ich, hob sie hinunter und klopfte ihr auf den Hintern, „verschwinde, Kleine, ich muss mich fertig machen."

„Du hast ein Date", sang Simone. „Stimmt's? Das hat Daddy jedenfalls zu Mama gesagt."

„Ach, hat er?" Jetzt war es an mir, die Stirn zu runzeln. Nur ein kleines bisschen. Ich betrachtete mich im Spiegel.

„Ja." Ich sah im Spiegel, wie Simone mit den Schultern zuckte, kaum noch interessiert.

„Also … na schön: Ja, ich habe ein Date."

„Wirst du ihn küssen?"

Ich drehte mich zu ihr um. „Woher hast du so was?"

„Fernsehen", sagte sie unbekümmert.

„Du solltest mehr lesen", murmelte ich. Dabei war das absurd, Simone ging noch nicht mal zur Vorschule. „Jetzt verschwinde. Geh schon. Ich hab zu tun, Kleine."

Sie ließ mich nur widerstrebend allein, meine Date-Vorbereitungen waren anscheinend sogar spannender als Fernsehen.

Über mir hörte ich tapsende Schritte und Willkommensrufe. Vic war nach Hause gekommen. Ich würde ihm also vermutlich noch begegnen, bevor ich ging.

Und tatsächlich saßen sie alle in der Küche, als ich aus dem Keller hochkam. Elaine, die sich, Bauch voran, langsam mit einem Topf voller Käsemakkaroni hinüber zum Tisch bewegte, warf mir einen prüfenden Blick zu, sagte aber nichts. Vic dagegen schnaubte leise und schüttelte den Kopf. Aber er verlor kein Wort, was vielsagend genug war – früher hatte er den Mund nicht halten können. Die Ehe hatte ihn weichgespült, ein bisschen zumindest.

„Viel Spaß", sagte Elaine, während sie einen Löffel Nudeln auf Max' Teller schob. „Sei vorsichtig."

Ich lachte. Allein diesem Date zugestimmt zu haben erschien mir das Gegenteil von „vorsichtig" zu sein. „Es kann spät werden. Wartet nicht auf mich."

„Wir lassen das Licht für dich an", sagte Vic.

Ich drückte Vics Schulter. „Danke."

„Cap lässt ausrichten, dass dein Wagen morgen fertig ist." Vic hielt seinen Teller hoch, um seine Portion Makkaroni entgegenzunehmen, sah mich dabei aber unverwandt an. „Ich kann dich morgens mit zur Werkstatt nehmen, wenn du willst."

Das war seine Art zu fragen, ob ich plante, nachts nach Hause zu kommen. Aber erstens ging ihn das nichts an, zweitens wusste ich das selbst noch nicht, und drittens hatte ich ja den Wagen meines Bruders. Also lächelte ich nur und winkte ihm zu, was ihn zur Weißglut brachte. Elaine lachte. Sie liebte ihn zwar so sehr, dass sie ihn geheiratet und Kinder mit ihm hatte, aber das harmlose Sticheln machte ihr trotzdem Spaß.

Und ihm tat es gut, so geneckt zu werden.

Und vor allem: so geliebt zu werden.

„Bis später", sagte ich und war aus der Tür, bevor mich irgendjemand zurückhalten konnte.

Meredith hatte es ein Date genannt, und ich nahm an, dass sie das nur zum Spaß gesagt hatte. Trotzdem hatte ich mich entsprechend zurechtgemacht. Mein Herz schlug schneller, ich hatte schwitzige Hände, und ich war genauso aufgeregt wie bei jedem anderen Date. Vielleicht sogar noch mehr.

Wir hatten ausgemacht, uns im *Slaughtered Lamb* zu treffen, weil es dort nach Merediths Worten einen himmlisch leckeren Shepherd's Pie und Live-Musik gab. Irgendeine irische Band. Das Lokal gehörte nicht zu den angesagten Bars und Clubs auf der Second Street, sondern lag in einer Seitenstraße, weshalb ich erst höchstens ein- oder zweimal da gewesen war.

Meredith dagegen schien Stammgast zu sein, der Art und Weise nach zu urteilen, wie der Türsteher sie begrüßte, und auch die Kellnerin lächelte, als sie uns zu unserem Tisch geleitete. Meredith machte es sich auf ihrem Stuhl bequem und zog ihre Lederhandschuhe mit dem Seufzer einer Frau aus, die froh war, der Kälte entronnen zu sein ... während ich ernsthaft darüber nachdachte, meine Fäustlinge anzulassen, um das Zittern meiner Hände zu verbergen.

„Hallo, meine Hübsche", sagte Meredith, nachdem die Kellnerin uns die Karte gebracht hatte und wieder gegangen war. „Ich liebe diesen Schal."

Es war nichts Besonderes, nur ein blaugrünes Seidentuch, das ich mir um den Hals gebunden hatte, seitlich geknotet, über dem U-Boot-Ausschnitt meiner schlichten Bluse. Ich berührte es jedoch bei Merediths Kompliment.

„Schöner Fünzigerjahre-Stil, wie ein französischer Matrose", sagt sie. „Sehr Audrey Hepburn."

Das war genau der Stil, den ich hatte imitieren wollen, auch mit meinem Make-up. „Danke."

Und danach war alles gut.

Vor allem war es ihre Art. Wie einfach sie es einem machte, mit ihr zusammen zu sein. Sie war hier anders als im Café. Ein bisschen weniger strahlend, ein bisschen sanfter, ihre Stimme ein Flüstern, sodass ich mich über den Tisch lehnen musste, um sie zu verstehen, auch wenn ich ihr Lachen immer problemlos hörte.

Ich brachte sie gern zum Lachen.

„Siehst du“, sagte sie, als ich ihr die Situation zwischen meinem Bruder und seiner Mitbewohnerin beschrieben hatte, „du hast ein großes Talent fürs Geschichtenerzählen. Ich verstehe nicht, warum du im *Mocha* immer so zögerst, dazuzustoßen.“

„Ich möchte meine Geheimnisse nicht mit Fremden teilen. Dann wären es ja auch keine Geheimnisse mehr.“

„Warum muss etwas ein Geheimnis sein?“ Sie lächelte.

Ich fuhr mit meiner Gabel durch den restlichen Kartoffelbrei auf meinem Teller. Sie hatte recht gehabt mit dem Shepherd's Pie. „Ich begegne diesen Leuten jeden Tag auf der Arbeit. Ich möchte nicht, dass sie über mein Sexleben Bescheid wissen.“

„Es geht bei uns nicht immer nur um Sex. Wir sprechen über alles Mögliche.“ Meredith hatte ihren Teller nur zur Hälfte gegessen, und jetzt schob sie ihn mit den Fingerspitzen von sich.

Ich wischte mir mit einer Papierserviette den Mund ab und dachte daran, wie sie den Abdruck ihrer Lippen auf der Serviette hinterlassen hatte, die ich dann doch irgendwann in den Müll geworfen hatte. „Was interessiert dich eigentlich so an Geheimnissen und Geschichten?“

Sie zuckte die Schultern. „Keine Ahnung. Ich interessiere mich einfach für andere Menschen. Man kann vermutlich sagen, dass ich so was wie eine ... Sammlerin bin.“

„Sammlerin wovon?“

„Von Menschen“, sagte Meredith. „Interessanten Menschen.“

„Wie machst du das?“, fragte ich leichthin, auch wenn ich mich unwillkürlich wieder vorlehnte.

„Ich beobachte sie eine Weile, gucke, ob sie interessant sind. Das weiß man nämlich nicht immer gleich.“

Ich nickte. „Natürlich nicht.“

„Also unterhalte ich mich mit ihnen. Um zu sehen, ob sie nicht vollkommen verklemmt sind. Wenn sie cool drauf sind, bringe ich sie dazu, mir von sich zu erzählen. Menschen erzählen unheimlich gern von sich selbst, Tesla.“ Sie hielt inne. Lächelte leicht vorwurfsvoll. „Die meisten jedenfalls.“

Ich dachte an die Gruppe, die sie im Coffeeshop immer um sich scharte. Ich war vermutlich nie so langweilig wie auf der Arbeit, wo Joy jegliche meiner kreativen Anwandlungen im Keim erstickte. „Und, gehöre ich zu deiner Sammlung?"

„Ich versuche es zumindest", sagte Meredith und schenkte mir eines dieser Lächeln, die mich vollkommen durcheinanderbrachten. Sie neigte den Kopf zur Seite zurück. „Ich bin keine Fremde, oder?"

Ich war mir nicht ganz sicher, was sie war, aber das nicht. „Nein."

Sie sah sich in der Kneipe um, die sich im Laufe des Abends zunehmend gefüllt hatte, aber uns immer noch genügend Privatsphäre bot. „Und du bist nicht auf der Arbeit."

„Gott sei Dank."

Diesmal beugte sich Meredith zu mir vor. „Also, Tesla. Dann erzähl mir was."

„Was möchtest du wissen?"

Sie tat so übertrieben, als würde sie nachdenken, dass ich mir sicher war, sie wusste schon, bevor sie gefragt hatte, was sie hören wollte. „Was war der beste Sex, den du je gehabt hast?"

„Erst du." Ich machte ihr dasselbe Angebot wie beim letzten Mal, doch wieder wimmelte sie mich ab.

„Der beste Sex, den ich je gehabt habe, ist immer der letzte Sex, den ich hatte", sagte sie. „Was wäre sonst der Sinn des Ganzen?"

„Du Glückliche", murmelte ich.

Sie lehnte sich noch weiter vor. Der Tisch war gerade groß genug für zwei Teller und die Gläser, und da ich selbst mich schon vorgelehnt hatte, kam sie mir ziemlich nah. Ihre Pupillen hatten sich in dem schummerigen Licht geweitet und verliehen ihr einen Ausdruck kompletter Unschuld, der im Widerspruch zu ihren vollen, verführerischen Lippen stand.

„Also. Erzähl", sagte sie.

Und wieder tat ich es.

9. KAPITEL

Ihr Name war Melissa. Sie war zwei Jahre älter als ich, und anders als andere Partner, die ich hatte, machte sie den Anfang. Wir waren campen. Als gäbe es nichts Besseres im Spätherbst zu tun! Aber die Blätter verfärbten sich bunt, die Preise auf den Campingplätzen waren in den Keller gefallen, und ich war mit ein paar Leuten befreundet, die gerne in den Wald gingen, um sich dort zu betrinken und die Sau rauszulassen.

Sie hatte dunkles, sehr dunkles Haar, das ihr in langen, glatten Strähnen bis zum Hintern ging. Ihr Haar war schwer. Noch heute erinnere ich mich an sein Gewicht auf mir, wie ihr Haar, wenn sie neben mir schlief, mich zudeckte, warm wie eine Decke. Sie hatte auch dunkle, ein wenig mandelförmige Augen und sie benutzte Eyeliner, um diesen Effekt noch zu unterstreichen.

Wir besaßen gemeinsame Freunde und hatten uns schon ein paarmal getroffen, aber wir selbst waren nicht miteinander befreundet. Als wir zu den Hütten kamen, die wir für das Wochenende gemietet hatten, begannen die meisten, sich in Zweiergrüppchen zusammenzufinden – manche waren Paare, manche Freunde, die bereits beschlossen hatten, dass sie zusammen übernachten wollten. Ich hatte an sich kein Problem damit, mir ein Zimmer mit einem Typen zu teilen, allerdings sollte es nicht unbedingt Shawn sein, dessen Hygiene zu wünschen ließ. Und Kent hatte so ein nervöses Lachen und schlimme Akne, was an sich kein Thema gewesen wäre, nur dass das Gerücht kursierte, er wäre scharf auf mich – und ich hatte keine Lust, ständig seine Avancen abwehren zu müssen und damit mir und allen anderen das Wochenende zu verderben. Die anderen Mädchen, Cindy, Dee und Tina, kannte ich noch nicht. Als mich Melissa also beiläufig fragte, ob ich mir ein Zimmer mit ihr teilen würde, erwiderte ich: klar, warum nicht.

„Wir haben das Zimmer mit nur einem Bett“, sagte sie, als wäre sie überrascht, und ich bilde mir gern ein, dass sie es wirklich war. „Ich hoffe, du hast kein Problem damit, es zu teilen.“

Mir war das egal. Wir stellten unsere Sachen ab und gingen zum Lagerfeuer, wo es Massen an Bier und Marshmallows gab. Ich wunderte mich nicht, dass Melissa auf dem Baumstamm, der als Bank diente, etwas dichter neben mir saß als normal … es waren eben viele Leute da und es gab nur wenige Sitzplätze.

Mir war nicht bewusst, dass Melissa etwas für mich empfand – bis zu dem Moment, als wir irgendwelche Pfade durch den Wald nahmen zu diesem angeblich „verdammt geilen Wasserfall", wie Scott es ausdrückte, einer der Typen, die den Trip organisiert hatten. Als sie meine Hand nahm und ihre Finger mit meinen verhakte, muss ich ganz schön verdutzt aus der Wäsche geguckt haben.

„Ist das okay?" Ihre Handfläche lag warm auf meiner, ihre Finger waren stark.

„Na klar." Und das war es tatsächlich. Vor diesem Augenblick hätte ich dir nicht sagen können, dass ich, abgesehen von meiner Schwärmerei für Marilyn Monroe, auf Mädchen stand. Nicht eindeutig zumindest.

Die Murphy-Brüder waren Vergangenheit, Vic sogar noch mehr als das. Ich hatte ab und zu einen Freund, aber nichts Ernstes. Niemand, bei dem mich so ein Kribbeln durchlief, wie in dem Moment, als Melissa meine Hand nahm.

Wir schliefen das gesamte Wochenende gemeinsam in dem Bett, und obwohl ich wach lag und ihrem Atem zuhörte, während sie einschlief, und darauf wartete, dass sie mich berührte, tat sie es nie. So schnell war sie nicht, sagte sie an unserem letzten Morgen ernst zu mir, nachdem wir uns beide im Bett umgedreht hatten, um uns in die Augen zu sehen.

„Ich hab keine Lust auf Spielchen", sagte sie. „Ich möchte, dass du dir sicher bist, dass du es willst."

Zu diesem Zeitpunkt wollte ich es. Ich wollte sie. Die anfängliche Neugierde hatte sich in Begierde verwandelt, die heiß und pochend durch meine Adern floss. Ich wusste nicht, wie ich bei einem Mädchen den ersten Schritt machen sollte. Ich hatte zwar keine Angst, dass sie mir einen Korb geben könnte, aber ich fühlte mich plötzlich wieder wie eine totale Jungfrau. Ich wusste nicht, wo ich meine Hände hinlegen sollte, wie ich meinen Kopf beugen sollte für einen Kuss.

Wir sahen einander noch zwei weitere Wochen nur an, bevor sie mich endlich küsste. Es kam mir länger vor als die Ewigkeit. Und als sie es tat, war ihr Mund so weich, so anders als der von Jungs, dass ich einfach nur dasitzen konnte, mit geschlossenen Augen, und sie machen ließ.

„Du darfst mich zurückküssen." Sie wirkte amüsiert.

Also tat ich es.

Ich schloss wieder die Augen und öffnete den Mund, und ich küsste Melissa mit allem, was ich hatte. Ich verlor mich in ihrem Geschmack. Erdbeer-Lipgloss. In dem Duft ihres Shampoos und dem Gewicht ihres Haars gegen meine Hände, als ich sie darin verbarg. Und, mehr als alles andere, in ihrer Weichheit.

Ihr Bauch, glatt und rund, fest, aber nicht muskulös. Ihre Arme, die Haut wie Satin. Die Mulde in ihrer Kehle, ohne einen Adamsapfel, der mich ablenkte. Ihre glatten Wangen, keine Bartstoppeln. Alles an ihr war glatt und weich und süß, und ich sog es tief in mich ein. Wir knutschten stundenlang. Sie nahm sich ihre Zeit mit mir, und ich wusste nicht genau, wie ich damit umgehen sollte.

„Entspann dich", flüsterte Melissa in meinen Mund. „Wir haben die ganze Nacht."

Und die nutzten wir. Ich hatte in der Vergangenheit von den Typen, mit denen ich schlief, gerne multiple Orgasmen eingefordert, aber da sie selbst immer nur einen einzigen Höhepunkt hatten, war, wenn sie gekommen waren, auch das Vögeln vorbei. Nicht so mit Melissa. Sie erregte mich mit dem Mund und mit den Händen, immer schneller, immer wilder, bis ich kurz davor war, zu kommen … und dann wurde sie wieder langsamer, ließ sich Zeit mich zu verwöhnen.

Melissa war der erste Mensch, der mich mit der Zunge zum Orgasmus gebracht hat. Ich flog immer höher, höher, bis ich ganz abhob. Und dann noch mal, noch mal, bis ich nicht mehr konnte. Ich weinte normalerweise nicht beim Sex, aber dabei kamen mir die Tränen, so gut fühlte es sich an.

Das amüsierte sie erneut. Ebenso wie mein unbeholfener Versuch, sie zu lecken. Es mangelte mir nicht an Engagement, und ich hatte eine ganz gute Vorstellung, was bei Frauen funktionieren könnte, da ich mir vorstellen konnte, was bei mir funktionieren würde. Aber ich war zu hart, zu schnell.

„Du bist zu zielorientiert", erklärte sie mir, während ich zwischen ihren Beinen aufsah und sie mein Gesicht streichelte. „Denk an Schmetterlinge, nicht an Bienen."

Irgendwann fand ich heraus, wie ich ihre Klit unter meiner Zunge pulsieren lassen konnte, wie ich meine Finger in sie hineinstoßen musste. Ich lernte, sie zum Höhepunkt zu bringen, und dann gleich noch mal, so heftig, dass das Bett wackelte und sie aufschrie.

„Und das", sagte ich zu Meredith, „war der beste Sex, den ich je hatte."

10. KAPITEL

Ich hatte die Geschichte etwas ausgeschmückt – nicht gelogen, aber doch Details hinzugefügt, die ich normalerweise außen vor gelassen hätte. Denn ich wollte sehen, wie sie reagierte. Ich fühlte mich von Merediths Hunger nach Geschichten etwas unter Druck gesetzt. Und ich war ein bisschen verschnupft, dass sie damit angab, eine Frau geküsst zu haben.

Vor allem aber wollte ich sie wissen lassen, dass ich eine Frau war, die eine andere Frau zum Höhepunkt bringen konnte. Dass es bei mir das volle Programm gab.

„Was ist passiert?“, fragte sie.

Ich lachte spöttisch. „Ach. Ja. Vier Monate später ließ sie mich sitzen.“

„Wegen einer anderen Frau?“

„Ja, natürlich. Melissa würde nie was mit Jungs anfangen. Nie im Leben.“

Meredith sah mich mitfühlend an. „Warum hat sie dich bloß sitzen gelassen? Was für ein Biest.“

So was Ähnliches hatte ich damals auch gedacht.

„Melissa war damals absolut ehrlich zu mir, das muss ich ihr lassen. Sie hatte zu mir gesagt: ‚Mal im Ernst, Tesla, glaubst du, du kannst dir vorstellen, den Rest deines Lebens mit mir zu verbringen? Gemeinsam Kinder zu haben und all das? Denn wenn ich mich erst mal drauf einlasse, dann will ich auch was auf Dauer.‘ Das hatte sie gesagt, nachdem ich es ihr dreimal hintereinander besorgt hatte, mit den Tricks, die sie mir beigebracht hatte. Deshalb war ich natürlich entsprechend beleidigt und wollte wissen, was das bedeuten sollte.“ Ich zögerte kurz, bevor ich weitersprach.

„‚Du weißt, was ich meine‘, war alles, was Melissa erwidert hatte, und das war’s dann. Das Ende. Sie suchte sich eine, die mehr war wie sie selbst … was immer das auch heißen sollte. Und das Letzte, was ich von ihr gehört habe, ist, dass die beiden noch zusammen sind und zwei Kinder haben", fügte ich hinzu. „Ich schätze, sie hat gefunden, wonach sie suchte."

„Aber ... Was meinte sie?", fragte Meredith. „Jemanden wie sie? Jemanden der ... ‚lesbischer' ist?"

Ich zuckte die Schultern und hob mein Glas, um einen Schluck zu trinken. Es hinterließ einen feuchten Ring auf der Serviette, und als ich es wieder abstellte, konzentrierte ich mich darauf, exakt dieselbe Stelle zu treffen. Dann sah ich Meredith an. „Vermutlich."

„Eine Fotze zu lecken war ihr nicht homosexuell genug?" Meredith klang, als erwarte sie keine Antwort.

„Ich bin weder homosexuell noch heterosexuell", betonte ich, weil mir wichtig war, das klarzustellen. „Und ich bin auch nicht wild."

„Du hast so viel erlebt", sagte Meredith, als hätte sie mich nicht gehört. „Und was habe ich getan? Nichts."

Ich lachte. „Du hast eine Frau geküsst. Und es hat dir gefallen."

Ihre Augen leuchteten. Bildete ich es mir nur ein, oder sah sie auf meinen Mund, als sie sich über die Lippen leckte? Vielleicht nicht.

„Ach, das war doch nichts", sagte sie.

„Du wolltest eine Geschichte", sagte ich und zuckte wieder die Schultern. „Es ist kein Geheimnis. Aber die Wahrheit."

„Diese Geschichte war mindestens ein Abendessen wert."

Ich hätte nicht gedacht, dass meine Worte so wertvoll sein konnten.

Meredith beugte sich über den Tisch, um ihre Hand auf meine zu legen, und drückte sie. „Tesla, Baby, mach dir keine Gedanken deswegen. Außerdem sollte derjenige, der um ein Date bittet, auch bezahlen, oder?"

Sie zwinkerte mir grinsend zu, um klarzustellen, dass sie es nicht ernst meinte, zumindest nicht das mit dem Date.

Sie hätte sich nicht so ins Zeug legen müssen, um mich zum Tanzen zu überreden. Ich arbeitete am nächsten Tag in der Spätschicht, was ich an einem Samstag normalerweise ätzend fand, worüber ich aber am Sonntagmorgen, wenn ich liegen bleiben konnte, dankbar war. Als wir beim *Pharmacy Club* ankamen, reichte die Schlange schon bis auf die Straße. Mit Drinks für einen Dollar, einer Band im Keller und zwei Tanzflächen darüber war es ein beliebter Treffpunkt. Wir zeigten unsere Ausweise und drängten uns rein.

Meredith hatte kein Interesse an dem unteren Bereich. Sie warf einen Blick zur Bar, wo ein Typ im College-Alter, der schon ziemlich hinüber aussah, sich auf einem Frisörstuhl niedergelassen hatte. Eine knapp bekleidete Bedienung tänzelte um ihn herum, mit einer Flasche in der Hand, die sie ihm gleich einflößen würde, und einem Gürtel, um ihm später einen überzuziehen – wenn er dann noch nüchtern genug sein würde, um aufzustehen und sich vorzubeugen.

Meredith verdrehte die Augen und zeigte zu den Treppen. Es machte keinen Sinn, sich hier zu unterhalten. Ich versuchte, ihr durch die Menge zu folgen, doch ein paar kichernder Freundinnen eines Junggesellinnenabschieds mit Krönchen auf den Köpfen schob sich dazwischen. Ich wusste, wohin Meredith wollte – es war also kein Problem. Aber sie sah sich um, um zu sehen, ob ich noch da war, und verzog beim Anblick der Mädchen genervt das Gesicht. Sie hielt den Arm in meine Richtung, drängte die Mädchen ein wenig zur Seite und ergriff meine Hand. Wir verschränkten unsere Finger miteinander, und sie verdrehten sich, als sie sich wieder den Treppen zuwandte.

Diesmal hatte ich keine Schwierigkeiten, ihr zu folgen.

Es hatte nichts zu sagen, dieses Händchenhalten. Auch nicht, dass sie meine Hand nicht losließ, als wir oben ankamen, wo die Tanzfläche nicht ganz so voll war, und sie mich problemlos hätte loslassen können. Ich wusste, dass ich besser nicht zu viel von ihr erwarten sollte. Nicht in dieser Hinsicht jedenfalls – egal, ob sie schon mal eine Frau geküsst hatte oder nicht.

„Willst du was trinken?" Sie sprach direkt in mein Ohr, ihr Atem heiß, das Flüstern ihrer Lippen gegen meine Haut genug, um mich erschauern zu lassen.

Sie duftete teuer und köstlich. Ich schüttelte den Kopf. Sie vergrößerte den Abstand, sodass sie mir in die Augen sehen konnte, den Kopf etwas geneigt. Die roten, blauen, grünen und goldenen Lichter der Tanzfläche tanzten über ihr Gesicht wie bunte Sonnenstrahlen. Sie lehnte sich wieder an mich, als jemand hinter ihr vorbeiwollte.

„Sicher? Kein Bier?"

„Nein, danke." Ich löste sanft meine Hand aus ihrer und täuschte Interesse an der Menge vor. „Geh du ruhig."

Scheiße.

Ich hätte ihr anbieten sollen, Getränke zu holen, nachdem sie schon das Essen bezahlt hatte. Aber Meredith sah schon prüfend zur Bar hinüber und nickte einem älteren Typen zu, der dort mit einem Glas in der Hand lehnte. Er schien ebenfalls auf der Suche zu sein.

„Der würde dir ein Bier ausgeben", sagte sie zu mir. „Ich bringe ihn dazu."

Darüber musste ich lachen. Ich hatte keinen Zweifel, dass Meredith diesen Fremden dazu bringen würde, uns zu kaufen, was immer sie wollte. „Ich will nichts, danke."

Doch sie war schon weg. Ich sah zu, wie sie Wunder an dem Typen an der Bar vollbrachte. Sie war gut darin. Sie warf lachend den Kopf zurück, schüttelte ihr langes Haar. Sie hielt sogar ihre Hand mit dem Ehering hoch und machte ihm spielerisch ein „Nein-nein-nein"-Zeichen, auch wenn der Blick, den sie mir zuwarf, besagte, dass sie ihn da hatte, wo sie wollte. Sie würde ihn dazu bringen, dass er dachte, die Drinks wären seine Idee.

Tatsächlich kam sie mit einem Mojito in der einen Hand und einem Bier für mich in der anderen zurück. Er sah ihr hinterher, wie sie quer durch den Raum ging – zwar hing seine Zunge nicht bis zum Boden, aber fast. Meredith blickte nicht zu ihm zurück, nicht ein einziges Mal. Sie drückte mir die kalte Flasche in die Hand, und ihre Augen funkelten, als sie mich angrinste.

„Na los, trink", sagte sie. „Und dann lass uns tanzen."

Heute Nacht schienen alle Männer daran interessiert zu sein, das kulturelle Phänomen der Junggesellinnenabschiedsparty zu beobachten. In der Tat machten diese Mädels einen ganz schönen Aufriss. Mindestens drei verschiedene Gruppen, mit jeweils den gleichen T-Shirts, Krönchen oder Penis-Halsketten, hatten den Raum in Beschlag genommen. Für die Männer war bei all den umherspringenden und im Kreis tanzenden Frauen nicht mehr viel Platz auf der Tanzfläche.

Irgendwie schaffte es Meredith aber, uns da hineinzuschleusen. Nicht in den Kreis. Den beobachtete sie mit Verachtung, verdrehte die Augen auf eine Weise, die mich auch ohne das letzte Bier zum Lachen gebracht hätte. Mit ernstem Gesicht machte sie das Rumgeeiere von einer der Jungesellinnen nach, und nicht einmal die Freundinnen merkten, dass ihre zukünftige Braut verarscht wurde.

Meredith warf einen Blick auf die zweite Gruppe, die näherkam. Es war die Penis-Halsketten-Gruppe – und die entpuppte sich als noch ein wenig unerträglicher als die anderen beiden. Sie spielten ein Kuss-Spiel, bei dem die Braut den Männern anbot, für einen Dollar an ihrer Süßigkeitenkette zu knabbern. Es schien ein einfacher, wenn auch feuchter Weg zu sein, ein paar Dollar zu verdienen.

Meredith amüsierte das eindeutig nicht.

„Was für Schlampen", zischte sie mir ins Ohr und zog mich von ihnen davon, hinüber zu einem der Käfige am Rand der Tanzfläche.

Ihre Empörung brachte mich erneut zum Lachen. „Die haben doch einfach nur Spaß. Hattest du keine Junggesellinnenparty?"

„Doch, klar, mit Strippern und allem Drum und Dran. Aber das war im privaten Rahmen." Sie verzog den Mund, als sie einen Blick über die Schulter war. „Oh mein Gott, sieh dir die an. Wie provokativ sie tanzen."

Ich sah hin. Zwei der Frauen krümmten und wanden sich auf eine Weise, die sexy sein sollte und es auch gewesen wäre, wenn sie sich wenigstens passend zum Rhythmus der Musik bewegt hätten. Ich lachte. „Sie amüsieren sich doch nur."

„Sie sind unmöglich.“ Meredith machte ein finsteres Gesicht.

Ihr eigentliches Problem, dachte ich insgeheim, war, dass die Mädels ihr die Show stahlen und sie niemand mehr beachtete. Ich war mir sicher, dass das nicht häufig vorkam, jedenfalls nach dem, was ich mitbekommen hatte. Meredith zog normalerweise immer alle Blicke auf sich.

Als ein Pfeifkonzert losging, drehten wir uns beide um. Die zwei Frauen, die vorher wie Schlangen getanzt hatten, pressten nun Hintern und Schritt aneinander, und die vordere beugte sich vor, während ihre Freundin ihr einen Klaps auf den Hintern gab und Cowboy-Lasso-Bewegungen mit der anderen Hand machte. Sie waren beide kurz davor, hinzufallen – ob vor Lachen oder weil sie zu viel getrunken hatten, war nicht ganz klar.

„Sie versuchen noch nicht mal, sexy zu sein“, sagte Meredith. „Was für ein Haufen dummer Fotzen.“

„Ja, sie sind echte Schlampen“, stimmte ich ihr zu. „Aber na und? Wenn du nicht tanzen willst, Meredith, können wir auch woanders hingehen.“

Oder nach Hause gehen, dachte ich und unterdrückte ein Gähnen. Im Gegensatz zu Meredith, die bestimmt so lange schlafen konnte, wie sie wollte, würde ich am nächsten Morgen garantiert früher geweckt werden, als es mir lieb war.

„Ein Dollar für ’nen Kuss“, rief eines der widerwärtigen Mädchen und zog die zukünftige Braut am Handgelenk mit sich mit. „Hey, ihr alle! Ein Dollar für ’nen Kuss!“

„Ich geb ihnen zehn Dollar, wenn sie ihre dicken Ärsche von der Tanzfläche schwingen“, sagte Meredith, und bevor ich reagieren konnte, hatte sie sich schon umgedreht. Wie sie es gesagt hatte, hielt sie einen Zehn-Dollar-Schein hoch. „Was bekomme ich für ’nen Zehner?“

Die Mädchen kicherten wie verrückt. Einige von ihnen vollführten immer noch Schlangenbewegungen, als hätten ihre Hüften ein Eigenleben entwickelt. Das Mädchen, das die Braut festhielt, riss Meredith den Schein aus der Hand und fuchtelte mit ihm in der Luft herum. Die Menge grölte begeistert.

„Ein Dollar für ’nen Kuss? Dann mach dich mal bereit“, glaubte ich Meredith sagen zu hören, aber die Musik war so laut, dass ich mir nicht sicher war.

Das arme Mädchen hatte keine Ahnung, wie ihm geschah. Meredith legte ihre Hände auf die Hüften der Braut, zog sie an sich heran und schob ihr ein Knie zwischen die Beine. Die Idee des Spiels war es, an der Süßigkeitenkette zu knabbern, die die Braut um den Hals trug, und die einzelnen Zuckerstücke abzubeißen oder -saugen. Aber Meredith, die für zehn bezahlt hatte, sorgte dafür, dass sich ihr Einsatz auch wirklich lohnte.

Die Pseudolesben-Aktion, die vorher abgegangen war? Nichts gegen das, was jetzt kam. Diese Mädels, diese Hetero-Mädels, die gedacht hatten, ein bisschen Dirty Dancing oder vorgetäuschtes Rummachen würde die Aufmerksamkeit der Jungs erregen, waren meilenweit von dem entfernt, was Meredith jetzt hinlegte. Meredith fuhr mit ihren Lippen über die Kette, ohne sich groß um die Süßigkeiten zu kümmern, und fand stattdessen die Kehle der Braut. Ihre Hände verstärkten den Griff, als sie ihr Bein gegen die Möse der anderen Frau drückte. Ihre Körper bewegten und verbanden sich.

Ich dachte, die zukünftige Mrs-Wer-zum-Teufel-sie-auch-immer-war würde Meredith von sich stoßen. Ich schätze, alle, die zusahen, dachten das. Aber sie musste zu betrunken gewesen sein, oder zu geil oder einfach zu überrascht, denn alles, was sie tat, war, den Kopf nach hinten zu legen und Meredith ihren Hals lecken zu lassen.

Und dann küsste Meredith sie.

Mit hundert Prozent Einsatz. Ihre Münder waren weit geöffnet und ihre Zungen wanden sich wie Schlangen umeinander. Meredith schob ihre Hand unter das pinkfarbene Glitzer-T-Shirt der zukünftigen Braut und umschloss ihre Brüste. Sie tanzten eigentlich nicht mehr, sie rieben sich aneinander und vögelten mit den Zungen. Die Freundinnen sahen mit offenen Mündern zu.

Die Männer um uns herum konnten sich gar nicht mehr einkriegen, sie brüllten, pfiffen und johlten.

Meredith blickte zu mir herüber, und obwohl ihre Lippen noch mit denen der hilflosen Braut in spe verbunden waren, sah ich die Andeutung eines Lächelns. Sie brach den Kuss abrupt ab, die Lippen noch nass. Die Braut stolperte rückwärts. Sie wirkte wie betäubt, ihr Mund schlaff, die Augen glasig. Ihre Nippel waren hart, das konnte man durch das dünne Shirt gut erkennen. Sofort umringten sie ihre Freundinnen, schirmten sie ab, stützten sie, und in der Tat sah sie so aus, als würde sie gleich umkippen.

Nach dieser Aktion waren wir sehr beliebt.

Nicht bei den Junggesellinnengruppen – die machten einen großen Bogen um uns. Aber die Männer, die zugeguckt hatten? Oh, die konnten nicht genug bekommen. Sie wollten natürlich alle eigentlich Meredith, aber ich bekam den Rest ab. Zu schade nur, dass ich nicht daran interessiert war, mit irgendeinem von ihnen zu tanzen.

Ich entdeckte die Braut, deren Welt Meredith auf den Kopf gestellt hatte. Sie wirkte ziemlich betrunken, tanzte wild, die Arme in die Luft erhoben, drehte sich im Kreis, rundherum und rundherum. Irgendjemand hatte ihr eine Handvoll blinkender Schwanz-Ketten gegeben, und es sah so aus, als wäre sie endlich alle Süßigkeiten losgeworden. Ich war mir sicher, dass sie es nicht mehr lange machen würde, und ich hoffte für sie, dass die Hochzeit erst in frühestens ein paar Tagen stattfand, denn sie sah ziemlich hinüber aus. Und trotzdem starrte sie die ganze Zeit zu Meredith rüber.

Ich wusste, wie sie sich fühlte.

Hier kommt das Schlimmste über einseitiges Verknalltsein: Du denkst, es wäre besser, wenn du weißt, dass der Hauptgrund, warum dein Schwarm nicht „auf diese Weise“ an dir interessiert ist, der ist, dass seine oder ihre Tür sich nur nicht in deine Richtung öffnet. Es sollte leichter sein, mit diesem Brennen, diesem Schmerz klarzukommen, wenn du weißt, dass es nicht deine

Schuld ist, sondern die der Natur oder der Erziehung ... oder was auch immer uns so macht, wie wir sind.

Aber lass dir gesagt sein: Dem ist nicht so.

Es hatte mir nie etwas ausgemacht, dass Meredith verheiratet war. Ich war nie eifersüchtig auf ihren Ehemann gewesen, diesen namenlosen, gesichtslosen Mann, der ihr einen Ring auf den Finger gesteckt hatte und dem es egal zu sein schien, wo sie hinging oder mit wem. Ich war nicht eifersüchtig auf die Männer, mit denen sie flirtete oder tanzte, die ihr Drinks ausgaben. Aber ich wollte quer durch den Raum gehen und dieser Süßigkeitenketten-Schlampe direkt in ihre betrunkene Fresse hauen.

„Ich muss gehen“, sagte ich zu Meredith, nachdem einer der Männer mir einmal zu oft an den Arsch gegrapscht hatte.

„Was ist los?“, rief sie, vollkommen damit beschäftigt, nicht nur von einem, sondern gleich von zwei Arschlöchern in Tigerhemden angebaggert und in einer Aftershave-Wolke erstickt zu werden.

„Ich muss los!“, rief ich und schupste den einen Arsch-Banditen mit der Hüfte weg. Er wich mit erhobenen Händen zurück, als ich ihn wütend anblitzte. „Ich bin fix und alle.“

„N-e-e-i-i-n-!“ Meredith ließ ihre Verehrer stehen und lief mir hinterher, nahm meine Hände in ihre. „Tessie, es ist doch noch früh!“

Mein Vorname ist schlimm genug. Aber „Tessie“ genannt zu werden ist, als würde man mir einen Holzsplitter nicht allzu sanft unter einen Fingernagel schieben. Ich verzog das Gesicht und ging weiter Richtung Ausgang, ohne Rücksicht darauf zu nehmen, wen ich dabei anrempelte. Plötzlich war es hier drinnen zu heiß und zu stickig, das Bier schwappte ungut in meinem Magen herum, und ich wollte nur noch unter die Dusche und in Ruhe heulen.

Auf der Straße sog ich gierig die kühle Luft ein, auch wenn ich eine Gänsehaut bekam und meine Nippel sich mitleidig aufrichteten. Meredith kam direkt nach mir aus dem Club. Sie hakte sich bei mir ein.

„Hey, Süße.“ Ihre Stimme war zu laut, selbst auf einer belebten Straße. Sie dämpfte sie. „Hey, was ist passiert?“

„Nichts. Ich bin nur müde, das ist alles.“ Das war nicht gelogen, aber ich konnte ihr nicht in die Augen sehen, als ich es sagte.

Meredith zog mich dichter an sich heran. Das war das Problem mit ihr: Sie war jemand, der andere gern in den Arm nahm, auf die Wangen küsste. Sie dachte sich nichts bei all dem Drücken und Streicheln und Schmusen. Ich wusste, dass das Teil ihrer Persönlichkeit war, aber in diesem Moment war es mir zu viel.

„Ich verhungere“, rief sie aus. „Begleite mich erst noch zu *Tom's Diner*. Lass uns Eier bestellen. Und Speck. Und Toast. Komm schon, Tesla. Du willst es doch auch.“

Sie schenkte mir dieses Lächeln, das jeden zur Strecke brachte, mich eingeschlossen. „Meredith …“

Sie zog mich noch etwas fester an sich und drückte ihre Hüfte an meine. Mit ihren zehn Zentimeter hohen Absätzen war sie um einiges größer als ich, doch sie beugte sich herunter, um ihr Kinn auf meine Schulter zu drücken. „Bitte, bitte, bitte …?“

Ich hatte keinen Hunger, und obwohl das normalerweise keine Rolle gespielt hätte, schüttelte ich trotzdem den Kopf. „Ich kann nicht. Wirklich nicht. Ich kippe gleich um. Meine Füße tun weh wie Sau.“

Sie sah auf meine Schuhe. „Du kannst dich ja hinsetzen. Und die Schuhe ausziehen.“

Bei anderen Leuten war ich nicht so nachgiebig. Aber Meredith machte mich willenlos. Und das ging nicht nur mir so – ich hatte mitbekommen, wie sie andere verzauberte. Zu wissen, dass ich niemand Besonderes war, machte es nicht besser, eher schlimmer. Aber so war es nun mal.

„Nee. Wirklich. Ich muss nach Hause. Es ist schon spät“, fügte ich hinzu, auch wenn wir beide sicher schon mal länger aus gewesen waren. „Und ich muss morgen vor der Arbeit noch einiges erledigen.“

Sie nickte zögernd. Ich fragte mich, und das nicht das erste Mal, wie häufig es wohl vorkam, dass Meredith nicht ihren Willen bekam. Sie breitete die Arme für eine Umarmung aus, die ich kaum ablehnen konnte, aber anstatt mich an sich zu drücken und dann loszulassen, hielt Meredith mich fest.

Ich liebte ihren Duft. Liebte das Kitzeln ihres Atems an meiner Wange und ihr verführerisches tiefes Lachen. Ich versuchte, sie loszulassen, aber meine Arme schlossen sich wie selbstverständlich um ihre Hüfte, meine Hände flach auf ihren Schulterblättern, da, wo sie sich gegen die seidene Textur ihres Shirts abzeichneten. Ich schloss die Augen und kam mir erbärmlich vor, weil ich etwas wollte, von dem ich wusste, dass ich es nicht bekommen würde.

„Tesla, Tesla", flüsterte Meredith in mein Ohr. „Da gibt es etwas, worum ich dich bitten möchte."

Dass uns niemand weiter beachtete, zeigt, was nachts so in Harrisburg los ist. Zwei rausgeputzte Frauen umarmen sich auf dem Bürgersteig. Ich schätze mal, die Männer, die auf der Straße miteinander rangelten, oder auch das Mädchen, das stolperte und hinfiel, zu betrunken, um selbst mithilfe ihrer Freundinnen aufzustehen, waren für Außenstehende spannender. Meredith umarmte mich und flüsterte in mein Ohr, und ich dachte, dass ich gern für eine sehr lange Zeit so stehen bleiben wollen würde.

„Worum denn?"

Sie drehte ihren Kopf leicht, wobei ihre Lippen mein Ohrläppchen streiften und ich vor Lust zu beben begann. „Ich habe Angst, dich zu fragen."

Mein Herz klopfte, während ich versuchte zu atmen. Als sie dieses Mädchen auf der Tanzfläche geküsst hatte, hatte sie deutlich gemacht, dass es um Macht, nicht um Verführung ging, aber das hinderte mich nicht daran, mir vorzustellen, wie es wäre, wenn Meredith stattdessen mich küsste. Ich dachte immerzu daran, jedes Mal, wenn ich sie ansah.

„Frag mich einfach", sagte ich und hoffte, sie würde nicht fragen, würde es einfach … tun.

Sie presste sich an mich heran, dann wich sie so weit zurück, dass sie mir ins Gesicht sehen konnte. Meine Lippen waren leicht geöffnet, ich wartete und fuhr mit meinen Händen über ihre Hüften.

Meredith lächelte, und wieder war ich verzaubert von ihrem wunderschönen Mund. Dem Funkeln ihrer Augen. Sie lehnte sich an mich, und ich tat das Gleiche. Und wartete.

„Ich möchte, dass du meinen Mann vögelst", sagte Meredith.

11. KAPITEL

„Du bist mit dem Taxi gekommen, oder? Lass mich dich nach Hause fahren." Meredith fuhr mit ihrer Hand über meine, griff dann kurz nach meinem Handgelenk. „Lass uns darüber reden. Okay?" Wir gingen zu ihrem Auto.

Sie wirkte nervös, als sie aus dem Parkhaus herausfuhr, klopfte mit den Fingern schneller auf das Lenkrad, als es der Beat der Musik vorgab. Sie hatte ihren iPod eingestöpselt, und ich hob ihn hoch, um zu sehen, welches Lied lief. Ich kannte es nicht, irgendwas Langsames und Klebriges. Es erinnerte mich an den schweren Duft von Blumen, kleine glitzernde weiße Lichter, die in ein Moskitonetz verwoben sind. Solche Sachen halt. Sexy Musik.

Ich fragte mich, ob sie das Stück extra ausgewählt hatte oder ob es Zufall war. Als der nächste Song sich sehr ähnlich anhörte, vermutete ich, dass sie eine Playlist erstellt hatte. Ich stellte den iPod wieder hin.

Meredith hielt den Blick starr auf die Straße gerichtet, nachdem sie mich zuvor nur ganz kurz angesehen hatte. „Du musst mir sagen, wo ich langfahren soll."

„Über die Market Street Bridge zur Nineteenth Street, Höhe der Bibliothek. Ich sag dir Bescheid."

Sie seufzte. Mit den Fingern trommelte sie leicht auf das Lenkrad. Tapp-tapptapp. Wir schwiegen die gesamte Fahrt über, abgesehen von kleinen Wortwechseln, wenn ich ihr Fahranweisungen gab. Sie hielt vor Vics Haus. Als sie den Motor ausstellte, lief die Musik weiter, wenn auch leiser. Wir saßen im Dunkeln und hörten einer Frau zu, die über Sehnsucht sang.

Ich sagte nichts.

Als der Song zu Ende war, schaltete Meredith die Anlage aus. Die Stille war lauter als die Musik zuvor. Und auch das Geräusch ihres Atems. Sie drehte sich zu mir um, und ihr Parfum wehte in dem kleinen geschlossenen Raum zu mir herüber.

„Charlie und ich sprechen schon seit einer Weile darüber, aber es ist schwer, weißt du. Jemanden zu finden, meine ich."

„So schwer wird es schon nicht sein."

Auch ihr Lachen klang nervös. Ich fand diese Meredith, die nicht wusste, was sie tun sollte, bezaubernd und süß und ein bisschen irritierend. „Wenn du Ansprüche hast, schon."

„Freut mich, dass ich euren Ansprüchen genüge", sagte ich leise.

„Aber du willst es nicht tun?"

„Ich kenne ihn ja noch nicht mal, Meredith."

„Du könntest ihn vorher kennenlernen. Selbstverständlich." Sie lehnte sich ein wenig zu mir herüber und wurde von dem schwachen Licht der Straßenlaterne erhellt. Sie hielt inne, lächelte. „Du hast nicht Nein gesagt."

Ich hatte nicht beschlossen, Nein zu sagen. „Ich möchte wissen, warum."

„Warum du?"

„Vor allem erst mal, warum du möchtest, dass eine andere Frau deinen Mann vögelt."

„Weil ich glaube, dass ihm das gefallen würde", antwortete sie.

„Was ist mit dir?"

Sie warf mir einen prüfenden Blick zu. „Ich will ihm zugucken, wie er es mit einer anderen Frau treibt. Eine meiner Fantasien, okay? Verstehst du das?"

„Ja klar. Logisch." Vermutlich besser, als sie ahnte. „Machst du dir keine Sorgen?"

„Worüber?"

„Dass es zu Problemen führen könnte. Weißt du, die meisten kommen nicht gut damit klar, jemanden, den sie lieben, mit einer anderen Person zu sehen. Sie denken, sie packen es, aber das tun sie nicht."

„Wir haben darüber geredet. *Ich komm schon klar.*" Sie wirkte wieder selbstbewusst, nicht mehr so nervös. „Ich möchte zusehen, wie er eine Frau leckt und sie zum Höhepunkt bringt. Ich glaube, das wird heiß."

Mein Hals wurde etwas trockener. „Also gut. Und warum ich?"

„Weil du wahnsinnig sexy bist. Weil ich mir vorstellen kann, dass du mitmachst, ohne dass es merkwürdig wird."

„Weil ich so ‚wild' bin."

„Weil du weißt, was du willst, Tesla, und es dir nimmst."

„Ich schätze, du hast schon ausgiebig darüber geredet. Mit Charlie?" Ich wusste nicht, wie ich das finden sollte. Sollte ich mich geehrt fühlen? Vielleicht sollte es mich ein bisschen misstrauisch machen. Aber es machte mich nur noch mehr an.

Merediths Mann vögelte sie. Und ihn zu vögeln ... Nun, das war vermutlich so nah, wie ich ihr jemals kommen würde, um zu wissen, wie sie schmeckte. Trotzdem konnte ich mich nicht dazu überwinden, einfach zuzustimmen.

„Und jetzt rede ich mit dir darüber." Sie lehnte sich noch weiter zu mir herüber, und eine Wolke ihres Dufts umhüllte mich. Mit jedem Atemzug sog ich mehr davon in mich hinein. „Sag mir, dass dir das keine Angst macht, Tesla."

Es brauchte natürlich schon etwas mehr als einen Vorschlag, um mir Angst einzujagen, aber es rührte mich, dass Meredith sich Sorgen machte. „Ich habe keine Angst. Ich bin nur überrascht, das ist alles. Und ich fühle mich ein bisschen geschmeichelt, schätze ich."

Ihr Lächeln wurde sogar noch breiter. Sie sagte nichts, und in dem Raum zwischen uns wuchs das Schweigen, bis ich mich gezwungen fühlte, es mit irgendeinem witzigen oder schlauen Spruch zu brechen – obwohl mir beim besten Willen keiner einfiel. Meredith schien das jedoch nicht zu stören.

„Es wird dir Spaß machen", sagte sie. „Versprochen."

Diesen Satz hörte ich nicht zum ersten Mal ...

12. KAPITEL

Es wird dir Spaß machen“, sagte Chance zu mir. „Versprochen.“

Meiner kurzen Erfahrung mit den Murphy-Brüdern nach konnte man sich auf dieses Versprechen verlassen – wenn man denn verbotenen Sex als Spaß empfand, was ich vermutlich zu der Zeit tat. Auf der anderen Seite war Chance nicht immer zuverlässig, wenn es um das Einhalten von Versprechen ging. Er spielte nicht bewusst falsch, sondern ließ sich nur leicht ablenken. In diesem Fall versuchte er mich zu überreden, mit ihm zum Weihnachtsball zu gehen.

Nur mit ihm.

Chase würde mit Becka Miller dorthin gehen. Sie war im Basketball-Team der Mädchen, gut fünfzehn Zentimeter größer als ich und trug ihr glattes braunes Haar in einem praktischen Kurzhaarschnitt, der bei Weitem nicht so süß war wie eine Pixie-Frisur. Ich hatte nie mehr als ein paar Sätze mit ihr geredet und, ganz ehrlich, dabei sollte es auch bleiben, wenn es nach mir ging. Becka Miller war eine Sportskanone, die mich mit einem Schlag problemlos niederstrecken konnte, wenn sie das wollte – und da ihr Temperament so schrecklich war wie ihre Frisur, würde ich ihr keinen Anlass geben, so etwas tun zu wollen.

Also wirklich, der Weihnachtsball? Ich hätte nicht gewusst, wozu ich weniger Lust hatte, als mir ein halbformelles Kleid anzuziehen und eine vertrocknete Blume zu kaufen, die ich in das Knopfloch seines Jacketts stecken sollte, dann zu einem Abendessen im IHOP zu gehen und zu hundertprozentig schlechter Musik zu tanzen, während all die verliebten Pärchen um uns herumwirbelten.

Jedenfalls nicht mit Chance Murphy.

Zu meiner Überraschung – denn er war nicht die Art Mann, von der ich erwartet hätte, dass sie sich Gedanken um so einen blöden Scheiß macht – sagte Vic, ich solle hingehen. Er stand gerade am Herd und braute irgendwelches Fertigzeug zusammen, das es zusammen mit den Schweinekoteletts zum Abendessen geben sollte. Ich hatte welche von diesen Instant-Keksen aus der Tube gebacken, und Cap war irgendwo und machte Cap-Sachen wie Gewichte heben oder vielleicht die Stringtheorie zu dekonstruieren oder was zum Teufel auch immer. Wir waren eine kleine, unkonventionelle Familie, aber trotz allem rechnete ich nicht damit, dass Vic mir einen väterlichen Rat gab.

„Vielleicht hast du sogar Spaß dabei", sagte er.

„Das Gleiche hat Chance auch gesagt." Ich stellte die Butter auf den Tisch, holte Teller und Besteck.

Vic drehte sich zu mir um, während er den Brei mit einem Holzlöffel umrührte, der vermutlich eine ganze Armee von Bakterien beherbergte. „Und du glaubst ihm nicht?"

Ich hatte Vic natürlich nicht erzählt, was wirklich während der Nachhilfestunden abging, und wie oft hatte ich gesagt, dass ich sie unterrichtete, und dabei nicht mal ein Buch aufgeschlagen. Deshalb achtete ich jetzt darauf, ihn nicht anzusehen, während ich den Tisch fertig deckte. „Weiß nicht."

„Tesla", begann Vic, hielt dann aber inne.

Ich sah ihn immer noch nicht an. Ich tat so, als wüsste ich nicht, dass er mich anstarrte, während ich im Kühlschrank nach Salat und was zu Trinken suchte. Aber als ich schließlich den Kühlschrank wieder schließen und mich umdrehen musste, war sein Blick noch immer auf mich geheftet.

„Es könnte dir guttun", sagte Vic.

Als Antwort verzog ich das Gesicht. „Was? Der Weihnachtsball? Du willst mich verarschen, oder?

„Mit einem Jungen auszugehen, Spaß zu haben. Was … Normales zu machen."

Die Flasche mit dem Joghurtdressing schepperte auf dem Tisch, als ich sie abrupt absetzte und ihm schließlich ins Gesicht sah. „Ich bin nicht normal, Vic. Cap und ich sind nicht n-o-r-m-a-l. Du bist nicht normal." Ich machte eine ausschweifende Bewegung. „Nichts von dem hier ist normal. Und du bist echt der Einzige, der anscheinend ein Problem damit hat."

Sein Gesicht verhärtete sich bei meinen Worten, und während Vics Gesichtsausdruck normalerweise etwas Unschuldiges hatte, sah er jetzt erschreckend wütend aus. Er stellte den Topf mit dem Essen so heftig auf dem Tisch ab, dass die Teller einen Satz machten. Und ich auch.

„Ist das wirklich so bescheuert, sich das zu wünschen? Dass du und Cap ein normales Leben habt, nachdem …"

„Mir ist doch nichts Schlimmes passiert", schrie ich.

Vic war mit einem Satz bei mir und packte meinen Oberarm so hart, dass ein blauer Fleck zurückbleiben würde. „Nein, aber das hätte es!"

Er tat mir weh, aber ich würde ihm nicht den Gefallen tun und ihm das zeigen, damit er sich später deshalb schuldig fühlen konnte. Der Tisch hinter mir versperrte mir den Fluchtweg, weswegen ich stehen bleiben und warten musste, bis er von sich aus bemerkte, was er tat.

Mit einem unterdrückten Fluch ließ Vic schließlich meinen Arm los. Er wich zurück. Fuhr sich mit der Hand übers Gesicht. Dann stemmte er die Hände in die Hüften, ließ den Kopf hängen und die Schultern hinabsinken. Ein großes und schmerzhaftes Schweigen füllte den Raum. Ich hatte nicht geweint, als er meinen Arm gepackt und mir wehgetan hatte, doch jetzt wischte ich mir die Tränen ab.

„Es wäre nicht dein Fehler gewesen, wenn etwas passiert wäre, Vic. Nichts von dem, was passiert ist, war dein Fehler." Selbst mit achtzehn wusste ich, dass das keine Rolle spielte. Vic gab sich selbst die Schuld, vielleicht, weil es leichter war, sich dafür schuldig zu fühlen, dass er versagt hatte, als zuzugeben, dass es letztlich egal gewesen war, was er getan oder nicht getan hatte.

„Das hätte es", sagte Vic wieder mit leiser, gebrochener Stimme.

„Aber das hat es nicht." Ich versuchte nicht, ihn zu berühren. „Es geht mir gut. Cap geht es gut. Und das wegen *dir*, Vic."

„Du solltest zu diesem Ball mit diesem Jungen gehen." Vic wandte sich wieder dem Herd zu, um die Schüssel Koteletts auf den Tisch zu stellen, gemeinsam mit einem Topf grüner Bohnen. „Kauf dir ein schönes Kleid, lass dich fotografieren. Hab Spaß mit Freunden in deinem Alter."

Darum ging es also. Freunde in meinem Alter. Ich hatte unseren Sommerflirt überwunden, aber Vic hatte das nicht getan – was nicht bedeutete, dass er mir immer noch hinterhertrauerte oder sich nach mir sehnte oder so was. Tatsächlich war ich näher dran, ein Wiederaufleben unserer sexuellen Beziehung vorzuschlagen als Vic, dem es unangenehm zu sein schien, sich auch nur daran zu erinnern.

„Was geht? Essen fertig?" Das war Cap, zurück, von wo auch immer er gewesen war. Er hatte Dreck auf der Vorderseite seines Hemdes und Grasflecken auf den Knien. Seine Jeans war nass.

„Was zum Teufel hast du gemacht?", fragte ich.

„Flag Football gespielt", antwortete er.

„Im Schnee?" Ich verdrehte die Augen.

Mit sechzehn hatte Cap endlich angefangen, der Größe seiner Hände und Füße entsprechend zu wachsen. Er futterte viel und wann immer es ging, schlief wie ein Murmeltier und duschte so lange, dass für den Rest von uns nur noch eiskaltes Wasser übrig blieb. Er war der Beste beim Football, bekam in der Schule aber nur befriedigende Noten – nicht, weil er den Stoff nicht verstand, sondern weil er immer wieder vergaß, die Hausaufgaben abzugeben.

Jetzt sah er mich verständnislos an. „Na und?"

„Wasch dir die Hände, setz dich hin und iss." Vics Blick glitt über mich hinweg. „Du auch."

Also aßen wir alle, wobei Cap mehr in sich hineinschaufelte als Vic und ich zusammen. Danach sagten wir Cap, dass er mit dem Abwasch dran war, da wir gekocht hatten. Vic ging ins Arbeitszimmer, um Fernsehen zu gucken. Ich musste noch Hausaufgaben machen, doch anstatt in mein Zimmer zu gehen, folgte ich Vic.

„Ich mach dir ein Angebot", sagte ich vom Türrahmen aus.

Vic hatte sich in seinen Sessel gefläzt, die Füße hochgelegt, in einer Hand das Bier. Er drehte sich noch nicht mal zu mir um. „Das wäre?"

„Ich gehe mit Chance zum Weihnachtsball, wenn du mit Elaine ausgehst."

Jetzt drehte Vic den Kopf halb zu mir um. „Mit wem?"

„Elaine", wiederholte ich geduldig. Ich war mir sicher, dass er genau wusste, um wen es ging. „Roter Ford, kommt alle paar Monate für einen Ölwechsel rein, egal, ob ihr Wagen einen braucht oder nicht."

Vic widersprach nicht und versuchte auch nicht so zu tun, als wüsste er nicht, wen ich meinte. „Warum sollte ich mit ihr ausgehen?"

„Weil sie total scharf auf dich ist. Und du magst sie auch." Das stimmte. Ich sah Vic nie so viel lachen, wie wenn Elaine im Warteraum der Werkstatt saß. „Sie ist hübsch, sie ist klug, und sie hat alle fünf Sinne beisammen."

Schweigen.

Dann: „Okay."

„Okay", sagte ich, als ob es das damit wäre. Auch wenn ich dachte, dass ich den schlechteren Part des Deals abbekommen hatte. Nicht, dass Vic auch nur ahnte, warum oder wie kompliziert die Situation wirklich war. Aber ich wollte nicht, dass er sich noch länger Sorgen um mich machte, und ich wollte auch nicht, dass er Abend für Abend zu Hause saß und nichts tat, außer Fernsehen zu glotzen.

Vic hatte auch ein eigenes Leben verdient.

Also ging ich mit Chance tanzen und sah zu, wie sein Bruder mit Becka auf der Tanzfläche rumknutschte, und ein Teil von mir tief innen drinnen starb in diesem Moment. Denn auch wenn ich es bis dahin nicht gewusst hatte oder es nicht hatte zugeben wollen: Ich liebte nur einen der Murphy-Brüder, und das war nicht der, mit dem ich zum Ball gegangen war.

13. KAPITEL

Liebe ist alles, was zählt? Pah! Was wirklich zählt, sind Zucker und Koffein!

Neben den normalen Kaffeesorten hatten wir wöchentlich drei verschiedene Spezialgetränke im Angebot. Außerdem gab es immer frische Backwaren, die morgens angeliefert wurden, darunter saftige Brownies mit zentimeterdicker Zuckerglasur, Schokomuffins und unglaublich leckere Apfelstreusel-Muffins, die nach mir zu rufen schienen.

Und dann … dann hatten wir ja noch Meredith …

Ich hatte einerseits gehofft, sie würde an diesem Tag nicht reinkommen. Aber auch gleichzeitig befürchtet, dass sie wirklich nicht kommen würde. Ich hätte mir keine Gedanken machen sollen. Sie kam hereingeschwebt wie immer, mit einem Lächeln für alle und einem ganz besonderen für mich.

„Und, was gibt's hier heute Schönes? Ich meine, außer dir?"

In der Vergangenheit hatte ich ihre Komplimente ignoriert, hatte darauf so reagiert, dass sie meine Antwort nur als Spaß aufnehmen konnte. Heute schaffte ich das irgendwie nicht. „Wir haben Pfefferminz-Mokka-Lattes, die es sonst erst später im Jahr gibt. Aber die Nachfrage war so groß. Die sind lecker."

„Ohne Zucker?"

„Selbstverständlich." Ich zeigte zur Tafel, auch wenn sie natürlich schon Dutzend Male hier gewesen war und die Angebote vermutlich genauso gut auswendig aufsagen konnte wie ich. „Der Karamell-Macchiato ist auch lecker. Aber den haben wir nicht ohne Zucker. Uns ist der Sirup ausgegangen. Tut mir leid."

„Dann nehm ich den Pfefferminz-Latte." Sie lehnte sich über die Theke. „Und bring ihn mir bitte an den Tisch, wenn er fertig ist."

Meine Chefin Joy konnte auf viele verschiedene Arten ein unerträgliches Biest sein, aber heute war sie hinten mit Lagerbestellungen beschäftigt – wenn sie nicht gerade neue Wege austüftelte, wie sie uns den Tag vermiesen konnte. Ich machte

Merediths Latte so, wie sie ihn gerne mochte, fügte noch eine Extraportion Sirup hinzu, ohne sie in Rechnung zu stellen, denn so was tat ich gern für meine Lieblingskunden, auch wenn sie nichts davon wussten.

Sie hatte wie immer zwischen der Glasfront und dem Selbstbedienungsbereich Platz genommen, und als ich die Tasse vor ihr abstellte, starrte sie gerade aus dem Fenster. Es dauerte ein paar Sekunden, bis sie lächelte. Sie legte seufzend die Hände um die Tasse. „Mmhhmm."

„Probier erst mal. Ob du ihn auch magst."

„Ich bin mir sicher, er ist köstlich." Sie nahm trotzdem einen Schluck und machte wieder „mmhhmm", diesmal klang es fast wie ein lustvolles Stöhnen.

Ich hielt kurz inne beim Auffüllen der Servietten, um zu ihr hinüberzusehen. Das *Mocha* hatte sich geleert, auch wenn sich das mit der Stoßzeit am späten Nachmittag bald wieder ändern würde. Meredith starrte mich über ihren Tassenrand an.

„Setz dich zu mir, Tesla."

Ich sah mich rasch im Raum um. Dann schob ich schulterzuckend den Serviettenhalter wieder an Ort und Stelle. „Kann nicht."

„Ich muss mit dir reden."

„Ich hör dir zu." Ich bückte mich, um im Schrank nach weiteren Päckchen Süßstoff zu suchen. „Aber ich muss auch arbeiten."

„Hast du noch mal über das nachgedacht, was ich dich gefragt habe?"

Die Türglocke bimmelte und Carlos kam rein. Er nickte mir zu und winkte in Merediths Richtung, bevor er sich auf seinen Lieblingsplatz setzte. Manchmal war es, als würde ich statt der Kunden ein perfekt choreographiertes Ballettstück ansehen – dieser Kunde hier mochte diesen Sitzplatz und würde dann und dann wieder gehen, sodass danach ein anderer den Platz einnehmen konnte. Wehe dem, der zu lange blieb oder die Sitzordnung durcheinanderbrachte. Carlos bevorzugte einen Tisch am rechten Fenster, weil dort in der Nähe ein Anschluss für seinen Computer war und gleichzeitig merkwürdigerweise (so sagte er) der Internetempfang dort schlechter war. Weniger Versuchung, abgelenkt zu werden.

Ich wiederum konnte gut eine Ablenkung von diesem Gespräch vertragen.

„Carlos, kann ich dir irgendwas bringen?“

„Ich brauch gleich einen ‚Bodenlosen‘.“ Das war der Kaffee zum kostenlosen Nachfüllen. „Aber ich kann mir selbst eine Tasse holen.“

Nur wenn Joy ihn nicht sah. Sie hatte so eine blöde Regel, dass die Kunden sich nicht selbst Tassen nehmen durften, selbst die Stammgäste nicht. Und das, obwohl sie, ähnlich wie bei den Tischen, alle bestimmte Tassen bevorzugten und die Kollektion deshalb extra vielfältig war. Einige hatten sogar schon Tassen gespendet.

„Carlos, du liebst es bodenlos, oder?“, rief Meredith zu ihm rüber, und beide lachten. Zu mir sagte sie: „Setz dich bitte kurz hin.“

Ich schüttelte den Kopf. „Muss wieder hinter den Tresen.“

„Tesla. Wir müssen darüber reden.“

„Nicht hier“, erwiderte ich.

„Also schön.“ Sie setzte sich auf. „Aber bald. Ich lasse nicht zu, dass das unsere Freundschaft zerstört.“

„Und du meinst, deinen Mann zu ficken führt nicht dazu?“, zischte ich.

Sie wich nicht zurück, fluchte nicht und verzog keine Miene. „Nicht, wenn ich dich darum bitte, dann nicht.“

„Und du bittest mich darum.“

„Ich lade dich dazu ein, ja.“ Sie lächelte, hob leicht eine Augenbraue. „Und ich würde nicht jede bitten.“

Mir wurde schwindelig und mein Herz klopfte schneller. „Fragst du viele Frauen?“

Jetzt sah sie besorgt aus. Sie griff nach meiner Hand. Ich drehte mich so, dass Carlos, selbst wenn er herüberschauen würde, uns nicht unbedingt beim Händchenhalten ertappen würde wie zwei verliebte Teenager. Aber ich entzog ihr meine Hand auch nicht.

„Nein. Du bist die Erste."

Sie blickte plötzlich an mir vorbei, hinter mich. Ich hörte das Quietschen von Sneakern auf dem gefliesten Boden – Joys charakteristische Schritte – und dann einen tiefen Seufzer, der mir sagte, dass sie sich gleich über irgendetwas beschweren würde. Ich räumte die überzähligen Süßstoffe und Servietten weg, sodass sie nicht über mich meckern konnte, und zerknüllte die Papierverpackung, in der die Vorräte gewesen waren.

„Ich habe darüber nachgedacht."

Meredith lächelte und lehnte sich in ihrem Stuhl zurück. „Und?"

„Ich habe mich noch nicht entschieden."

„Du könntest ja mal vorbeikommen und ihn kennenlernen. Er wird dich mögen, Tesla." Sie hielt kurz inne. „Und ich weiß, dass du ihn auch mögen wirst."

Ich seufzte. „Weiß er davon?"

„Natürlich weiß er davon. Komm schon. Lass uns heute Abend essen gehen. Dann reden wir darüber."

Ich sagte nicht Nein.

14. KAPITEL

„Du solltest dir selbst einen kaufen. Dann musst du nicht mit dem von Cap fahren.“ Vic zeigte mit dem Kinn in Richtung Parkplatz, wo Caps Mustang stand.

Ich zuckte die Achseln. „Nö. Der Contour muss es noch eine Weile für mich tun. Es sei denn, du machst mir ein gutes Angebot ...“

Vic lachte. Er hatte mir den Wagen damals verkauft. „Auf diese Schrott...“

„Ui-ui-ui. Siehst du, wohin mich Freundschaft bringt? Nirgendwohin, Mann.“ Ich schüttelte den Kopf in gespieltem Kummer und warf ihm die Schüssel von Caps Wagen zu. „Woran hat's gelegen?“

Vic zuckte die Schultern und steckte die Schlüssel ein. „Keine Ahnung. Cap hat irgendwas angezogen. Hat auch Öl und so gewechselt. Warum wartest du immer so lange damit?“

Ich klimperte mit den Wimpern und legte meine Hände unters Kinn, um charmant zu wirken. „Weil ich keinen großen starken Mann habe, der es für mich machen könnte?“

Vic verzog das Gesicht. „Du hast deinen Bruder. Und mich. Hey, hör zu, ich muss noch ein paar Besorgungen machen. Cap müsste gleich da sein, er verspätet sich sicher nur ein bisschen. Könntest du solange auf den Laden aufpassen?

Ich hatte schon einige Schichten in der Werkstatt geschoben, aber auf meinen Bruder zu warten konnte eine Ewigkeit dauern. „Eigentlich hab ich was vor. Wie viel ist er denn schon zu spät?“

Vic sah auf seine Uhr. „Zehn Minuten. Er sollte gleich hier sein. Ich glaub, ich hab ihn mitten in einem Projekt oder so erwischt.“

„Das würde es erklären. Ja, klar, ich kann auf ihn warten. Was musst du denn erledigen?“, fragte ich – nicht, um ihm hinterherzuschnüffeln, sondern aus reiner Neugierde. Aber Vics Gesichtsausdruck war so verschlossen, als hätte er mir eine Tür direkt vor der Nase zugeschlagen.

„Besorgungen. Und was hast *du* vor?"

„Ach … so was wie ein Date."

Das ließ ihn aufhorchen. „Schon wieder?"

„Ja. Kaum zu glauben, aber da findet mich jemand *so* toll, dass er gleich zwei mal mit mir ausgehen will", sagte ich leicht angesäuert. „Herrje, Vic. Schön, dass du so nett zu mir bist. Außerdem, es ist auch nur so was Ähnliches wie ein Date. Eigentlich gar kein Date."

„Wieso ist es eigentlich kein Date?"

Ich zögerte und überlegte, ob ich es überhaupt erklären wollte. Oder wie. „Nun … ich treffe mich mit Meredith. Und ihrem Mann."

Vic sah mich verdattert an. „Und wie funktioniert das?"

Ich lachte. „Bisher funktioniert da gar nichts. Es ist nur … du weißt schon. Ein Date. Irgendwie."

Vic wusste, dass ich mich auch mit Frauen traf, und hatte bisher nie was dazu gesagt. Aber jetzt sah er mich etwas schief an. „Mit wem hast du denn das Date? Mit deiner Freundin? Oder ihrem Mann?"

„Ähm … mit beiden."

Vic zuckte zusammen. „Tesla."

Ich schnaubte leise. „Du hast gefragt."

Er verzog das Gesicht und fuchtelte mit den Händen vor mir herum. „Hätte ich nicht tun sollen. Ich muss los. Kannst du wirklich bleiben, bis Cap kommt?"

„Ja, klar. Es sei denn, er verspätet sich saumäßig, dann schließe ich ab und gehe."

Vic nickte. „Das versteh ich. Wir sehen uns zu Hause."

Rausgeputzt, wie ich war, wollte ich eigentlich nicht auf seinem Stuhl vor dem Schreibtisch Platz nehmen, aber die im Wartezimmer waren auch nicht viel besser. Ich entschied mich dafür, mir einen Pappbecher Wasser einzugießen und mir Vics Sammlung an alten Pin-up-Kalendern anzuschauen. Keine nackten Brüste – Vic achtete auf so was, wenn Kinder es sehen könnten. Aber viele hübsche Mädchen mit Bettie-Page-Frisuren und High

Heels. Ich wollte gerade meinen Bruder anrufen und ihm sagen, dass er seinen Hintern hierherschwingen sollte, als Scheinwerfer den Hof erleuchteten und ein Wagen hielt. Ich ging zur Tür.

„Hallo.“ Cap stieg vom Beifahrersitz aus, lehnte sich in den Wagen, um etwas zum Fahrer zu sagen, schloss dann die Tür und klopfte aufs Dach, bevor der Wagen davonfuhr. Er drehte sich zu mir um. „Was machst du denn hier?“

„Ich freu mich auch, dich zu sehen. Vic musste los. Hab dir deinen Wagen zurückgebracht. Ohne Kratzer“, fügte ich hinzu, weil er sich automatisch nach dem Mustang umsah. „Ich hab ihn nur ein bisschen mit Stahlwolle poliert.“

Cap zuckte zusammen. „Das ist nicht witzig.“

Eigentlich konnte ich jetzt ja gehen, weil Cap da war, aber ich blieb noch einen Augenblick stehen. „Hey, hör mal. Hat Vic in letzter Zeit was gesagt?“

Cap, mein großer, breitschultriger Bruder, war hübsch genug, dass sich die Frauen nach ihm umdrehten, aber auch wenn ich wusste, dass er klug war, setzte er doch alles daran, das zu verbergen. „Worüber denn?“

„Keine Ahnung, irgendwas.“

„Vic spricht mit mir über nichts anderes als Autos, Tesla.“ Cap zuckte mit den Schultern.

„Du siehst müde aus.“

Er gähnte. Zuckte wieder mit den Schultern. Cap redete nie viel.

Ich sah in die Richtung, in die der Wagen davongefahren war. „Hat Lyndsay dich hergefahren? Wie geht es ihr?“

Keine Antwort.

Ich seufzte. Was immer auch zwischen Cap und seiner Mitbewohnerin lief: Es ging schon so lange, dass ich Besseres zu tun hatte, als ihn deswegen zu löchern. Es konnte Stunden dauern, bis er das kleinste Detail preisgab. Stattdessen stellte ich mich auf die Zehenspitzen, um ihn auf die Wange zu küssen und fest zu umarmen. Ich klopfte ihm auf die Wange.

„Du riesiger kleiner Bruder“, sagte ich.

Das entlockte ihm ein Lächeln. „Kleine große Schwester."

„Muss los." Ich ging zu meinem Wagen, aber gerade als ich die Tür öffnete, hörte ich die Stimme meines Bruders.

„Hab gehört, du hattest ein Date."

Ich hielt inne und sah über meine Schulter. „Was? Wer hat dir das erzählt? Und wann?"

„Vic rief mich an, weil ich zu spät war, und sagte, du würdest warten."

„Ich dachte, er redet mit dir über nichts anderes als Autos."

Cap lächelte. Ich lächelte auch. Aber ich gab keine Details preis. Wenn mein Bruder sich über das in Schweigen hüllte, was auch immer er mit seiner Mitbewohnerin trieb, dann konnte ich meine Zunge ebenfalls im Zaum halten, wenn es um ein erstes Date ging.

Und dabei blieb es.

15. KAPITEL

Ich hatte mit Meredith ausgemacht, dass wir uns vor dem *Firehouse* treffen würden, einem der besseren Restaurants in Downtown. Als ich auf dem Parkplatz wartete und neben meinem Wagen hin und her marschierte, wünschte ich, ich wäre Raucherin. Dann hätte ich was mit meinen Händen anstellen können, neben Fingernägelkauen. Als sie in Merediths vertrautem schwarzen Saab um die Ecke bogen, überlegte ich schon, den Schwanz einzuziehen. Einfach ... wegzulaufen. Aber es war ja schließlich nur ein Date. Kein lebenslanger Vertrag.

Also holte ich stattdessen tief Luft, strich meinen Rock glatt und zwang mich, mir nicht zum hundertsten Mal durch die Haare zu fahren. Es sah bereits zerzaust aus, mit Fransen, die verspielt – so hoffte ich zumindest – meine Wangen umschmeichelten. Sie anzufassen würde es nicht besser machen, sondern nur schlimmer.

Meredith stieg als Erste aus, so durchgestylt und schön wie immer. Sie winkte mir zu. Ihr Lächeln war vertraut, beruhigte mich aber nicht gerade. „Tesla! Hallo!"

Charlie sah vollkommen anders aus, als ich es mir vorgestellt hatte.

Er war natürlich sehr attraktiv. Ich hatte nichts anderes erwartet, bei einer Frau wie Meredith. Doch ich hatte einen athletischen, braun gebrannten Mann mit blonden Haaren und braunen Augen erwartet ... einen Ken für die Barbie. Charlie allerdings war ein ganz anderer Typ.

Er war knapp einen Meter achtzig, trotzdem noch gute fünfzehn Zentimeter größer als ich und etwas größer als seine Frau. Er hatte dunkles Haar mit silbergrauen Schläfen, an den Ohren und im Nacken war es kurz geschoren. Um seine blauen Augen hatte er ein paar Fältchen. Um den Mund herum auch – eindeutig Lachfältchen. Unter seiner schwarzen Anzugjacke trug er ein blaugrünes Hemd und eine bunt gemusterte Krawatte. Er hatte sich schick gemacht ... *Für mich?*

„Tesla?“ Er kam auf mich zu und nahm meine Hand. Dann legte er noch die andere darüber, umhüllte meine Hände. „Meredith hat mir so viel von dir erzählt. Schön, dich kennenzulernen.“

Für einen langen Augenblick standen wir so da, und all das, was eventuell vor uns lag, war irgendwie zwischen uns spürbar. Wie etwas Festes, das ich anfassen konnte, wenn ich mich doch endlich dazu überwinden würde, meine Hand Charlies Griff zu entziehen. Er grinste, das sah ich, bevor ich bemerkte, dass ich selbst auch lächelte wie ein Idiot.

Er ließ meine Hand nicht abrupt fallen, sondern ganz sanft los, und, ja, ungelogen: Es fühlte sich an, als ob meine Hand mehr zu mir zurückschwebte als fiel. Jeder einzelne Teil meines Körpers fühlte sich in dem Moment an, als wäre er schwerelos. Albern und taumelig. Ich habe vergessen zu erwähnen, dass seine Frau ihm vielleicht viel von mir erzählt hatte, aber mir so gut wie nichts über ihn.

„Lasst uns reingehen“, schlug Meredith vor.

Wir folgten ihr beide sofort, und ich weiß nicht, wie es Charlie ging, aber ich war froh, dass ich nur hinterhertraben und mir keine Gedanken darüber machen musste, wo ich meine Füße hinsetzte. Sie schnatterte wie immer vor sich hin und hörte selbst dann nicht auf, als Charlie ihr – und mir – die Tür aufhielt. Er führte uns hinein und legte dabei kurz seine Hand ganz leicht auf mein Kreuz. Sie war so schnell wieder weg, dass ich vielleicht geglaubt hätte, es mir nur einzubilden, hätte sich dieser Abend nicht auf ewig und immer in meinem Hirn eingebrannt, mit allen Details.

An unserem Tisch angelangt, rückte Charlie einen Stuhl für mich zurecht.

Nun, gute Manieren waren mir nicht unbekannt. Meine Eltern, so freiheitsliebend sie auch gewesen waren, hatten sehr viel Wert auf „Bitte“ und „Danke“ gelegt. Aber einen Stuhl zurückzuziehen wäre für ihre lässige Haltung ungewöhnlich gewesen. Ich stockte für den Bruchteil einer Sekunde, während Meredith es sich auf ihrem Stuhl bereits bequem machte und Charlie mich neugierig ansah.

„Danke“, sagte ich.

Er lächelte. „Das ist doch selbstverständlich.“

„Ich sterbe vor Hunger.“ Meredith nahm die Karte in die Hand. „Was willst du, Schatz? Worauf hast du Appetit?“

„Ich weiß nicht …“, begann ich.

Und hielt inne, als Charlie sagte: „Ich glaube, ich …“

Es war Meredith, die die Situation mit ihrem Lachen rettete. Mir gefiel die Art, wie Charlie schüchtern den Kopf einzog und sich kurz die Hand vor die Augen hielt, bevor er mich ansah. Er machte eine Geste, dass ich als Erste sprechen sollte. Ein wahrer Gentleman.

„Ich bin hier noch nie gewesen. Was könnt ihr empfehlen?“ Ich studierte die Karte, um die aufsteigende Röte auf meinen Wangen zu verbergen.

„Ich mag das T-Bone-Steak“, sagte Charlie. „Oh … es sei denn, du bist Vegetarierin.“

Es rührte mich plötzlich, dass er genauso nervös wirkte, wie ich mich fühlte. „Gott, nein.“

„Oh, unsere Tesla mag Fleisch.“ Meredith zwinkerte mir zu und ließ meine Wangen noch mehr brennen. „Nicht wahr?“

Zu diesem Zeitpunkt war der Kellner gekommen, um uns zu fragen, was wir trinken wollten. Meredith bat Charlie, einen Wein auszusuchen, und gemeinsam debattierten sie, welche Flasche sie nehmen sollten, während ich dasaß und die Liebe zwischen ihnen spürte. Und urplötzlich hatte ich das Gefühl, ich müsste an meinem Neid ersticken.

„Tesla?“, sagte Charlie schließlich, während der Kellner mit kaum verhohlener Verachtung vor sich hin starrte. „Welchen würdest du gern trinken?“

Ich kannte mich mit Wein nicht sonderlich aus, aber ihre Blicke waren erwartungsvoll auf mich gerichtet. „Was immer ihr auch mögt, schätz ich mal.“

„Charlie“, sagte Meredith mit leichter Schärfe in der Stimme. „Bestell den Merlot.“

Er sah sie an. „Also schön. Wir nehmen den Merlot.“

Es sollte die einzige unangenehme Situation während des Essens bleiben. Den Rest der Zeit lachten wir drei miteinander und waren wie die besten Freunde. Charlie hatte einen großartigen Sinn für Humor und war das, was meine Mutter immer ein „kluges Köpfchen" genannt hatte. Und er war einfach süß – er sorgte immer dafür, dass unsere Gläser gefüllt waren und es uns an nichts fehlte.

„Erzähl Charlie von deinen Sommerabenteuern", bat Meredith mich, als der Kellner uns den Nachtisch brachte.

„Oh. Meine ‚Sommerabenteuer'." Ich hielt inne, meine Gabel schwebte über dem Schokoladenkuchen auf meinem Teller. „Von welchem soll ich ihm denn erzählen?"

„Egal. Er wird fasziniert sein", sagte Meredith.

Charlie lächelte. „Werde ich das?"

„Ich habe viele Sommer in einer Kommune verbracht." Ich stocherte mit der Gabel auf dem Schokoguss meines Kuchens herum, kratzte aber nichts davon ab. „Meine Eltern unterrichteten beide am Franklin and Marshall College. Sie waren Mitinhaber eines großen Geländes in Upstate New York, das *Compound* genannt wurde. Ein echtes Überbleibsel aus den Sechzigern, auch wenn das meiste erst in den Siebzigern gebaut worden war. Es war sehr … hmmm … also …"

Was sollte ich über das *Compound* sagen? Meine Erlebnisse schienen mir nie sonderlich interessant, spannend oder verrückt zu sein. Zumindest, bis ich das erste Mal Meredith davon erzählt hatte …

„Kreativ", sagte ich schließlich. „Meine Eltern und ihre Freunde waren kreativ."

„Sie haben dich Tesla genannt", sagte Charlie. „Also hab ich mir das schon gedacht."

Ich lachte. „Ja. Nach Nikola Tesla, nicht nach der Heavy-Metal-Band."

„Was?" Meredith sah von ihrer Crème brulée auf. „Ich dachte, nach der Band."

„Nein. Nikola Tesla, Erfinder des Zweiphasenwechselstroms." Ich hob meine schwer mit Kuchen und Sahne beladene Gabel. „Aber ich hab noch mal Glück gehabt. Mein Bruder heißt Captain, und ihr werdet nie erraten, nach wem er benannt wurde."

„Captain America", sagte Charlie.

„Schön wär's. Nein. Captain Ahab." Ich kicherte und schüttelte den Kopf. „Er wird Cap genannt. Und solltet ihr ihn je nach seinem eigentlichen Namen fragen – er würde es abstreiten. Er hört zwar auf den Namen Captain, aber er würde euch nie das mit Ahab erzählen. Er hält unsere Eltern für Vollidioten."

„Wow. Also dieser ‚Compound-Ort'. Der war voll mit was? Hippies?" Charlie goss heißes Wasser über den Teebeutel in meiner Tasse. Er und ich tranken Tee, Meredith Kaffee.

„Althippies. Von der allerschlimmsten Sorte. In den 60ern waren sie noch zu jung, um an der Hippie-Bewegung teilzuhaben. Deshalb mussten sie ihre Fantasien nun während der Sommerferien ausleben." Ich schwieg. Das hatte bitterer geklungen, als es gemeint war. „Sie bauten ihr eigenes Obst und Gemüse an. Lebten zusammen, mit gemeinsamen Finanzen und so – zumindest während dieser drei Monate."

Ich erwähnte die anderen kommunalen Sachen nicht, wie die Krippe für Babys und Kleinkinder, die dort betreut wurden, während die Eltern ihren täglichen Pflichten nachkamen. Die gemeinsamen Schlafräume für Teenies, wo wir ermuntert wurden, uns selbst „zu entdecken" … auf Arten und Weisen, die „normale" Eltern aktiv zu verhindern versuchten. Drogen und Alkohol, aber nichts Hartes. Vor allem Bier und Gras. Ich erwähnte auch nicht, wie die Erwachsenen dort lebten. Wie sie Paare und Gruppen bildeten, unabhängig von Ehebündnissen. Sie bezeichneten sich nicht als Swinger, sondern nannten ihr Konzept „Freie Liebe".

„Hört sich faszinierend an", sagte Charlie.

„Hab ich dir doch gesagt!" Meredith fuchtelte mit ihrer Gabel in der Luft herum.

Als ich noch jünger war, dachte ich, es wäre toll. Wie die

Sommercamps, von denen vieler meiner Freunde sprachen, auch wenn meine Eltern immer sehr deutlich gemacht hatten, dass wir über das, was wir dort erlebten, nicht reden sollten. Was wir in unseren Sommerferien machten, fiel in die Kategorie „Sachen, die wir nur zu Hause besprechen". Und tatsächlich sprachen wir nicht mal zu Hause viel darüber.

Jeden Herbst, nach drei Monaten des Schwelgens und der Orgien und wer weiß, was sonst noch abgegangen war, brachten meine Eltern immer Cap und mich zurück in unsere Vorortsiedlung mit den eingezäunten Gärten, dem Fernseher, unseren Socken und Schuhen. Überhaupt, unsere Klamotten! Das war jedes Mal ein ziemlicher Schock, nach der laschen Kleidungspolitik im *Compound*. Wir verbrachten den Winter wie jede andere Familie auch, aber wenn sich im Frühjahr das Ende des Schuljahrs näherte, konnte ich beobachten, wie meine Eltern unruhig wurden.

Das war nicht immer was Schlechtes; die Vorfreude auf den bevorstehenden Sommer ließ meinen Dad häufiger lachen, dafür fielen die Standpauken weg, die er so gerne hielt: über Verhalten, Noten und die Erwartungen der Gesellschaft und wie wir ihnen entsprechen sollten – oder nicht.

Bei meiner Mom war es mal so, mal so. Sie wurde entweder leicht zwanghaft und stopfte trällernd unsere Koffer mit allem voll, was sie im Haus fand. Oder sie war wegen jeder Kleinigkeit eingeschnappt und schrie ständig: „Viel zu viel zu tun und nicht genügend Zeit dafür!" Später wurde mir klar, dass meine Mom das *Compound* nicht so sehr liebte, wie Dad es tat, und dass sie dafür handfeste Gründe hatte. Aber damals wusste ich nur, dass unser Leben jeden Sommer vollkommen aus dem Ruder lief.

Als ich etwas älter war, sah ich auf der Halloween-Party eines Freundes „Das Tier". Während die anderen bei den Furcht einflößenden Passagen aufschrien, war ich vollkommen absorbiert von der Atmosphäre dieses Ortes in den Bergen, den die Reporterin aufsucht – die *Kolonie*. Okay, das *Compound* hatte keine Gestaltwandler, aber es gab schon Werwölfe in Menschenkleidung. Und die waren schlimmer als der Typ, der sich eine Kugel aus dem Hirn pult oder die Reporterin, die am Schluss zu einem süßen kleinen Wolfswelpen wird.

Mir ist dort nie etwas Schlimmes geschehen. Nichts, das mir Angst gemacht hätte, nichts, weswegen ich eine Therapie gebraucht hätte. Es ist um mich herum passiert, aber nicht mir direkt.

Ich zuckte die Schultern. „Es war definitiv nicht die Art von Kindheit, die man aus den Disneyfilmen kennt."

„Tja, wer zum Teufel hat die schon gehabt?" Meredith zuckte die Schultern und leckte ihre Gabel ab. „Ich meine, selbst Bambis Mutter wird von einem Jäger erschossen."

„Kurz nach meinem letzten Sommer dort wurde das *Compound* bei einer großen Drogenrazzia durchsucht. Dabei sind einige Leute gestorben."

Das ließ sie beide innehalten. Ich hatte nicht vorgehabt, das zu sagen, vor allem nicht bei unserem ersten Date. Aber es war mir trotzdem rausgerutscht, und ich wusste nicht genau, warum.

„Gras?", fragte Meredith sichtlich interessiert.

Ich schüttelte den Kopf. „Mohn."

Sie sah verwirrt aus, aber Charlie lachte leise. „Heroin?"

„Opium", erwiderte ich. „Das kann man von den Blumen ernten und rauchen, ohne es groß zu verarbeiten."

Meredith schüttelte den Kopf. „Opium? Wer raucht denn so was?"

„Anscheinend", sagte ich trocken, „Möchtegern-Hippies, die etwas brauchen, das etwas stärker ist als Marihuana."

„Wow." Charlie lehnte sich ein wenig vor. „Wie ist es dir damit gegangen?"

Es war eine nette Frage. Aber bevor ich ihm antworten konnte, dass es keinerlei Auswirkungen auf mich hatte, dass ich, auch wenn ich von den Blumengärten gewusst hatte, nicht im *Compound* gewesen war, als die Razzia stattfand, fuhr Meredith dazwischen.

„Wie ist es?“, fragte sie und beugte sich noch mehr vor, als es Charlie getan hatte. „Opium, meine ich.“

Ich musste lachen. „Ähm … Keine Ahnung. Ich hab es nie geraucht.“

Sie sah enttäuscht aus. Das Gespräch drehte sich danach um andere Dinge, wobei Meredith den Ton angab, doch ich bemerkte, wie Charlie mich ab und zu ansah. Er sah nicht weg, als ich ihn dabei ertappte. Und ich auch nicht.

Am Ende des Abends war ich mir sicher, dass dies eines der nettesten Dates gewesen war, die ich je gehabt hatte, egal, wie unkonventionell es gewesen war. Vielleicht mochte ich auch gerade das daran. Den Umstand, dass sie zu zweit waren. Und mir beide ihre Aufmerksamkeit schenkten.

Wie Chase und Chance zuvor, waren Meredith und Charlie eine Einheit. Mann und Frau, aber noch mehr als das. Eindeutig Freunde. Sie fühlten sich so wohl miteinander, dass sie schon im Voraus wussten, wann sie bei den Witzen des anderen lachen mussten, oder wann sie dem anderen die Sahne oder den Zucker reichen sollten, ohne dass der gefragt hätte. Doch genau wie die Jungs aus meiner Vergangenheit waren sie zwei Individuen, die sich eindeutig voneinander unterschieden.

Auf dem Parkplatz wartete ich darauf, dass sie mich fragten, ob ich noch mit zu ihnen nach Hause kommen wollte. Ich sah die Frage in Merediths Blick, auch wenn ich Charlie nicht gut genug kannte, um den seinen zu entziffern. Ich legte eine Hand auf den Griff meiner Wagentür und hielt kurz inne, um einem oder beiden die Möglichkeit zu geben, mich einzuladen.

Ich war mir immer noch nicht sicher, was ich antworten würde.

„Das war ein schöner Abend, Tesla.“ Charlie kam als Erster auf mich zu.

Ich reckte ihm das Gesicht entgegen, doch anstatt mich auf die Lippen zu küssen, berührte er nur meine Wange. Mit seiner Hand drückte er kurz meine Hüfte, zog sich dann zurück. Er ging zwei Schritte zurück. Es hätte mir peinlich sein können, dass ich einen leidenschaftlichen Kuss angeboten und stattdessen einen freundschaftlichen bekommen hatte. Doch nichts, was Charlie tat, könnte mich in Verlegenheit bringen. So fühlte es sich zumindest für mich an.

In diesem Moment wusste ich, dass ich ganz bestimmt Ja sagen würde, wenn der Zeitpunkt gekommen war.

16. KAPITEL

Um vier Uhr morgens ist es schwer, gut gelaunt zu sein, selbst wenn man ein Morgenmensch ist wie ich. Ich kenne Leute, die sich dann gerade erst ins Bett rollen – mein Bruder, zum Beispiel, könnte durchaus noch unterwegs sein. Ich dagegen musste um fünf im Café sein, damit ich um sechs öffnen konnte. Es konnte Tumulte geben, wenn die Tür um diese Uhrzeit noch verschlossen war.

Als ich die Treppen hochkam, saß eine dunkle Gestalt am Küchentisch. Ich kreischte erschrocken auf und stolperte rückwärts – hätte ich mich nicht gerade noch am Türrahmen festgehalten, wäre ich die Treppen runtergefallen. Für ein paar schreckliche Sekunden hingen meine Fersen in der Luft. Das war's, dachte ich, erstaunlich ruhig. *Jetzt geht's ab in den Himmel.*

Aber dann gelang es mir, mich aufzurichten und wieder auf die Füße zu kommen.

„Wie nett", sagte eine vertraute Stimme.

„Scheiße noch mal, Vic! Du hast mich zu Tode erschreckt!" Ich legte eine Hand auf meine Brust, die andere auf einen Stuhlrücken. Für einen Moment glaubte ich wirklich, ich würde ohnmächtig, dann zwang ich mich, ruhig durchzuatmen. Noch wackelig auf den Beinen, ging ich zum Spülbecken, um mir ein Glas Wasser einzugießen.

Ich wollte ihn nicht fragen, warum er hier im Dunkeln saß. Ich war zu feige, um mit ihm darüber zu reden. Aber das war nicht fair. Vic hatte mir oft genug seine Schulter angeboten. Wenn er jemanden zum Zuhören brauchte, durfte ich die Letzte sein, die ihn im Stich ließ.

„Entschuldige", sagte er leise. Er stand auf, ging zum Kühlschrank, nahm eine Dose Bier heraus. Er öffnete sie nicht. Klopfte nur ein paarmal drauf, bevor er sie zwischen seinen Händen hin und her drehte.

Meine Augen hatten sich inzwischen so weit an die Dunkelheit gewöhnt, dass ich das erkennen konnte. Ich drehte mich um, lehnte mich gegen die Arbeitsplatte, und trank mein Wasser. Den ganzen Tag lang hatte ich nur Kaffee oder Tee gehabt. Für Bier war es noch zu früh, selbst für mich.

„Du bist früh auf“, sagte ich. „Oder vielleicht noch spät wach.“

„Max hatte vor einer halben Stunde einen Albtraum. Bin mit ihm aufgestanden, um Elaine nicht zu wecken. Seitdem hab ich nicht mehr einschlafen können.“

„Ah.“ Dazu gab es nicht viel zu sagen, aber ich versuchte es. „Warme Milch?“

Das brachte ihn zum Lachen, was ein gutes Zeichen war. „Äh, nein. Zu eklig.“

„Ich muss los zur Arbeit. Aber ...“ Ich näherte mich ihm, um kurz seine Schulter zu drücken. Einmal war immer mehr als genug bei ihm. „Ist alles in Ordnung? Brauchst du ... irgendwas?“

Er sah mich an. Die abgewaschenen Gläser über der Spüle waren heller geworden. Der Tag begann. Ich konnte schwach die Konturen seiner Augenbrauen sehen, sein Nasenbein und den Schatten seines Mundes. Ich liebte diesen Mann auf eine vertrackte Weise, die keiner von uns beiden verstand und es vermutlich auch nie tun würde. Aber in diesem Moment konnte ich ihm nur einen Handdruck anbieten.

„Nein. Nein, es geht mir gut. Hey“, sagte Vic bemüht ungezwungen, sodass ich unwillkürlich den Kopf hob und die Schultern erwartungsvoll durchdrückte, „wie war dein Date?“

„Fantastisch“, antwortete ich und versuchte nicht einmal, mein teuflisches Grinsen zu unterdrücken. „Das Beste, das ich seit Langem hatte.“

Vic hob die Augenbrauen. „Aha. Tatsächlich.“

„Ja. Es war großartig.“ Ich boxte in die Luft, eins-zwei, eins-zwei. Vollführte einen kleinen Tanz, bei dem ich grazil mit meinen Chucks über den ausgetretenen Linoleumboden schlurfte. „Einfach großartig.“

Vic gluckste leise. „Okay. Gut. Alles klar. Wie hieß er noch mal?”

Ich durchschaute ihn sofort, sagte es ihm aber trotzdem. „Charlie."

„Charlie wie weiter?"

„Stone", sagte ich nach kurzem Zögern.

„Charlie Stone. Das merke ich mir."

„Herrje, Vic", sagte ich seufzend. „Bitte googele ihn nicht. Ja? Überlass das Cyber-Stalking mir."

„Jeder googelt, Tesla."

Ich hob eine Hand. „Vic, ich schwöre …"

Er lachte, diesmal aus vollem Herzen, so laut, dass die Kinder davon wach werden konnten. „Dich kann man so leicht auf die Palme bringen."

Ich boxte ihn auf den Oberarm. „Halt den Mund, du Idiot."

Von oben war das Knarren der Holzdielen zu hören, dann Gemurmel. Wenn wir verschwinden wollten, ohne von Vics Kindern umschwärmt zu werden, mussten wir das jetzt sofort tun. Wir tauschten einen Blick aus, dachten beide das Gleiche, und grinsten uns schuldbewusst im grauen Morgenlicht an. Er griff nach seinen Schlüsseln. Ich nahm meine Handtasche. Schon waren wir durch die Hintertür raus und kicherten wie bekloppt, als wir die Stufen hinuntergehechtet und auf dem Bürgersteig angekommen waren.

Er war als Erster bei seinem Wagen. Ich kam eine Minute später bei meinem an. Wir winkten beide mit den Schlüsseln. Das brachte mich zum Lachen.

Natürlich würde er Charlie googeln.

17. KAPITEL

Als Nächstes luden Meredith und Charlie mich ins Kino ein. Er saß zwischen uns und reichte das Popcorn weiter, das wir uns alle teilten. Es war eine Liebeskomödie, einer dieser Filme, die ein halbes Dutzend Nebenhandlungen hat, die irgendwie am Schluss zusammenlaufen. Ich bin mir sicher, dass er witzig und toll und romantisch und vielleicht sogar erotisch war … aber ich war so abgelenkt davon, wie Charlies Oberschenkel meinen berührte, wie seine Fingern im Popcorn-Eimer kurz auf meinen lagen, dass ich nicht sagen könnte, wer in dem Film mitgespielt hat, geschweige denn, wie er endete. Aber es gab etwas, das ich wusste, als der Abspann lief.

Ich wollte ihn.

Ich wollte wissen, ob er so gut schmeckte, wie er roch. Wie er küsste. Wollte wissen, wie groß sein Schwanz war, ob er so schön war wie der Rest von ihm. Was er mit diesen starken Händen anstellen konnte.

Sie boten mir Charlie sozusagen auf dem Silbertablett an. Ich brauchte mir keine Sorgen zu machen, ob er mich wollte oder nicht. Was er von mir wollte … was nicht. Natürlich gab es genügend Worst-Case-Szenarien, die ich mir hätte vorstellen können, wenn ich der Typ Mensch wäre, der seine Zeit damit verbringt, über die Was-wäre-Wenns nachzugrübeln. Aber das war Sache meines Bruders, nicht meine.

Auf dem Parkplatz hängte Meredith sich bei mir ein, zog mich dicht an sich heran und flüsterte in mein Ohr. „Also …?“

Charlie war bereits vorgegangen, als wir noch auf der Toilette gewesen waren. Er saß in ihrem Wagen, hatte die Innenbeleuchtung angemacht und sah sich etwas auf seinem Handy an. Mir gefiel, dass er ein schickes Handy besaß. Mir gefiel, dass er für den Kinoabend Hemd und Weste angezogen hatte und eine Jeans mit einem dicken schwarzen Gürtel. Und mir gefiel es, dass sein Haar kurz genug war, um ihm nicht in die Augen zu fallen.

„Also was?“, erwiderte ich, um sie zu necken.

Sie verstärkte den Griff um meinen Arm etwas und drehte sich zu mir um. „Also, willst du mit uns nach Hause kommen?“

Sie musste etwas in meinem Gesicht entdeckt haben, von dem ich nicht wusste, dass es da war, denn ein Schatten verdunkelte kurz ihres. Sie zog mich noch ein wenig dichter an sich heran, und für einen atemberaubenden Moment dachte ich, sie würde mich küssen. Aber sie beugte sich nur vor, um mir ins Ohr zu flüstern: „Ich will dich nicht unter Druck setzen.“

Ich atmete ihr Parfum ein, und wie immer jagten Lustschauer durch mich hindurch. „Mich kann man nicht unter Druck setzen. Weißt du das immer noch nicht?“

Ihr dröhnendes Lachen schien mich zu überrollen. „Dann komm. Komm mit uns mit.“

Und das tat ich.

Charlies Zögern war rührend. Ich hatte vergessen, dass er mich erst zweimal getroffen hatte, dass die unkomplizierte Freundschaft, die ich mit seiner Frau aufgebaut hatte, über Monate gemeinsamen Plauderns im Café entstanden war. Es war so anrührend, wie er auf meinen ersten Schritt wartete.

Eigentlich war es Meredith, die den ersten Schritt machte. Sie legte eine Hand auf meinen Rücken und schob mich Zentimeter für Zentimeter vorwärts, bis Charlie und ich dicht voreinander standen. Ich hatte mir zu dem Date Absätze angezogen, sodass ich ungefähr auf Augenhöhe mit ihm war. Auch auf gleicher Höhe mit seinem Mund.

„Tesla“, sagte sie, „darf ich dir Charlie vorstellen. Charlie, Tesla.“

Seine Lippen verzogen sich zu einem Lächeln, und er sog die Luft so tief ein, dass seine Schultern sich hoben. „Hallo.“

„Hallo, Charlie.“ Da Meredith hinter mir stand, konnte ich ihr Parfum riechen und die Wärme ihrer Hand spüren, aber ich sah nur das Gesicht ihres Mannes.

Er blickte an mir vorbei, hinter mich, und was immer er da sah, musste ihn ermutigen, denn er legte eine Hand auf meine

Hüfte. Wir bewegten uns ein wenig aufeinander zu. Ich schob meine Hände vorne unter sein Hemd.

Keiner von uns bewegte sich.

Nicht, bis Meredith mich noch näher zu ihm schob. Ich neigte meinen Kopf und hatte meinen Mund schon geöffnet, als ich ihn küsste. Er fasste fester zu, und Meredith, die vielleicht das Gefühl hatte, dass sie ihre Aufgabe erledigt hatte, ließ mich los.

Dann gab es nur noch uns zwei, gefangen in der Magie des ersten Kusses.

Es währte nicht lange, und er war derjenige, der seufzend den Kuss beendete. Seine Augen waren noch geschlossen, als er sich leicht zurückzog. Unter meiner Hand spürte ich den harten und abrupten Schlag seines Herzens, das zarte Beben seiner Muskeln. Ich wollte nicht, dass er sich fürchtete.

Sanft schob ich mein Bein zwischen seine und drückte nur so viel nach oben, dass er wieder aufseufzte. Ich küsste ihn erneut und legte eine Hand in seinen Nacken, wo sein Haar zu kurz war, um meine Finger darin zu vergraben. Härter, dann noch härter küsste ich ihn, dann zog ich mich zurück. Und dieses Mal hatte Charlie die Augen geöffnet, als ich es tat.

„Wir sollten nach oben gehen", murmelte Meredith hinter mir. Ich spürte ihre Wärme an meinem Rücken, obwohl sie mich nicht mehr berührte. „Komm, Baby. Lass uns Tesla das Bett zeigen."

Oben drückte sie die Tür zu ihrem gemeinsamen Schlafzimmer auf. Es roch nach ihr. Das Himmelbett war riesig und so hergerichtet, als würde es eine Fotosession für ein Einrichtungsmagazin geben. Weiche, elegante Decken in matten Grün- und Goldtönen, dazu einen Berg passender Kissen.

Erst da wurde mir klar, was das alles bedeutete. Mich zu bitten, ihren Mann zu vögeln, war das eine, aber es hier in ihrem gemeinsamen Bett zu tun, machte alles noch viel bedeutsamer und intimer. Und ich begann, bei so viel Intimität zu zögern, auch wenn Meredith leise, ermutigende Worte murmelte und Charlie einen Schritt zurückblieb, um mich vorgehen zu lassen.

Auf halbem Wege zu ihrem Bett blieb ich stehen und sah zur Tür, wo er stand. Meine Schuhe hatten Abdrücke in dem dicken cremefarbenen Teppich hinterlassen, der eindeutig noch nie von Kindern oder Haustieren zertrampelt worden war. Er trug noch die Spuren vom letzten Staubsaugen, und war, abgesehen von meinen Schritten, noch jungfräulich.

Meredith hatte sich Sorgen gemacht, mich unter Druck zu setzen, aber es war Charlie, der bemerkte, dass irgendwas nicht in Ordnung war. „Tesla?“

Ich gab mir einen kleinen Ruck und bemerkte, dass mich beide ansahen. „Ich bin nur … das ist …“

Mit drei großen Schritten war er bei mir. Er legte seine Hände auf meine Oberarme, sah mich prüfend an. Charlie lächelte nicht, und das machte es irgendwie einfacher. Dass er dies nicht auf die leichte Schulter zu nehmen schien.

Er küsste mich. Lange, sanft, behutsam. Liebevoll. Legte seine Hand auf meinen Hinterkopf, und als wir uns beide losrissen, war ich außer Atem. Unwillkürlich pressten wir uns aneinander, er drückte mich an seinen Schritt, wo ich durch seine Jeans hindurch die Härte seines Schwanzes spürte, die mich erschauern ließ.

„Dein Mund schmeckt so gut“, sagte Charlie, ohne seinen Blick von mir zu wenden. „Darf ich auch den Rest von dir kosten?“

Unfähig, irgendwas zu sagen, nickte ich stumm. Mein Mund war trocken geworden. Ich konnte nur aufstöhnen, als er vor mir auf die Knie ging – die Hände leicht auf meine Kniekehlen gelegt, wo ich sofort Gänsehaut bekommen hatte. Er sah zu mir hoch, mit seinen dunklen blauen Augen und lächelte mich an. Er schloss die Augen, als er sich nach unten wandte, um meine nackten Schenkel zu küssen, genau unterhalb meines Rocksaumes.

Er küsste mich dort, wie er vorher meinen Mund geküsst hatte, sanft und bedächtig. Er leckte zart die weiche Haut meiner Innenschenkel, bevor er seine Nase ein wenig höher gegen meinen Slip schob. Ich hatte mich in der Erwartung angezogen, ausgezogen zu werden, und war jetzt froh, dass ich diese Spitzenwäsche gewählt hatte, bei der ich seinen Atem und die Feuchte seines Mundes durch das Material hindurch spüren konnte. Ich unterdrückte den Wunsch, seinen Namen zu murmeln – das kam mir, ähnlich wie das tolle große Bett, zu intim vor für das erste Mal.

Ich sah zu Meredith hinüber, die über das Bett geklettert war und die Decken weggenommen hatte, unter denen schlichte weiße Laken zum Vorschein gekommen waren. Sie strich sie mit der Hand glatt, schob die Kissen beiseite. Schnell knöpfte sie ihre Bluse auf und schlüpfte aus ihr heraus, sodass sie nur noch in Rock und schwarzem Seiden-BH dastand. Während sie uns zusah, öffnete sie den Verschluss ihres BHs und beugte ihre Schultern so vor, dass die Riemen hinunterglitten, auch wenn sie die Körbchen vorne mit der Hand festhielt, sodass er nicht herunterfiel.

Charlie schob seine Hände von meinen Kniekehlen hoch zu meinen Schenkeln und zog meinen Slip herunter. Ich stieg aus ihm heraus, den Blick auf Charlie gerichtet. Noch trug ich meinen Rock, doch ich konnte einen Lufthauch auf meiner Haut spüren. Charlie schob den Rock langsam hoch, legte mich für sich bloß, auch wenn sein Blick bis zuletzt auf meinem ruhte. Dann näherte er sich meinen Oberschenkeln, und ich fühlte den Druck seiner Lippen auf meiner Klit.

Ich verschluckte einen Schrei, streckte unwillkürlich eine Hand nach seinem Kopf aus. Als er begann, seine Zunge kreisen zu lassen, reckte ich mich ihm entgegen, sodass er jeden Teil meines Körpers erreichen konnte. Meine Augenlider flatterten und Charlie machte ein tiefes, zufriedenes Geräusch, das von meiner Muschi gedämpft wurde.

Ich konnte meinen Blick nicht von Meredith abwenden. Sie hatte ihren BH beiseitegeworfen, und ihre Brüste waren groß und rund, mit kirschfarbenen Nippeln, die sich hart und fest in die Luft reckten. Ich fragte mich, wie es sich anfühlen würde, wenn ich sie so herrlich lecken würde, wie Charlie gerade meine

Klit. Der Gedanke jagte einen Hitzeschwall durch meinen Körper, stark genug, dass sich alles um mich herum leicht drehte.

Ich sagte kein Wort, aber Charlie sah mich an. Er leckte sich über die Lippen, dann stand er auf. „Komm ins Bett."

Meredith hatte ihren Rock ausgezogen und lag auf diesen sauberen weißen Laken mit nichts bekleidet als ihrem kleinen schwarzen Slip. Ihre Finger strichen träge über ihre Klit unter der Seide. Sie streckte ihre Hand nach meiner aus.

„Komm her, Tesla."

Ich hatte gedacht, dass ein Dreier für mich ein Kinderspiel wäre – schließlich hatte ich schon mit den Murphy-Brüdern gevögelt. Ich hatte gedacht, die paar mal, die ich mit Frauen ins Bett gegangen war, würden es leicht machen. Ich hatte gedacht, meine Schwärmerei für Meredith und der Umstand, dass ich scharf auf ihren sympathischen, attraktiven Mann war, würde bedeuten, dass ich bestens vorbereitet war.

Ich hatte mich geirrt.

Oh, wie sehr ich mich geirrt hatte.

Ich erbebte, als Meredith meine Hand nahm und ihre Finger mit meinen verschränkte. Ich zitterte, als Charlie mir das T-Shirt über den Kopf zog und meinen BH öffnete. Sanft umarmte er mich von hinten, legte seine Hände auf meine Brüste, ließ mich seine Wärme an meinem Rücken spüren und presste seinen Schwanz an meinen Hintern.

Mit wackeligen Knien kroch ich auf das hohe Bett. Die Laken fühlten sich weich, sauber und frisch an.

„Ich will, dass er es dir mit dem Mund besorgt. Ich will zugucken", murmelte Meredith.

Ich sah zu Charlie, dessen Mund noch feucht war. Sein Gesicht glühte, seine Augen funkelten und sein sonst so perfekt sitzendes Haar war endlich verstrubbelt. Er hatte seine Krawatte gelockert und ein paar Knöpfe am Kragen geöffnet, war aber noch vollständig angezogen. Während seine Frau sprach, sah er sie unverwandt an. Dann wischte er sich mit dem Handrücken über den Mund.

„Willst du das auch?“, fragte er mich.

Er machte es mir leicht.

Statt einer Antwort rollte ich mich auf den Rücken und schob mit den Daumen meinen Rock runter. Mein Kopf lag neben ihrem nackten, weichen Schenkel. Ich spreizte meine Oberschenkel, bot mich ihm an.

Charlie lächelte. Unsere Blicke trafen sich. Etwas, das keiner Worte bedurfte, das wir aber dennoch verstanden, ließ die Distanz verschwinden. Er kletterte auf das Bett und schob seine Knie zwischen meine Beine. Langsam fuhr er mit den Händen über meine Haut, über meinen Bauch, sah mir nicht mehr ins Gesicht, sondern erforschte mit den Augen jeden Zentimeter von mir.

Ich veränderte meine Lage nur so weit, dass ich Meredith ansehen konnte, aber sie beobachtete ihren Mann, wie er mit seinem Mund mein Schienbein, Knie und meinen Oberschenkel hinauffuhr. Als er meine Möse erreichte, schloss sie ihre Augen für einen Moment, ließ ihre Hand nach oben wandern, um ihre Brust zu umfassen, die harten rosa Nippel zu kneten.

Bei der Hitze von Charlies Mund auf meiner Klit war es schwer, die Augen aufzubehalten, doch ich schaffte es. Ich wollte nichts von dem verpassen, nicht eine Sekunde. Charlie hatte gekniet, aber jetzt streckte er sich flach auf dem Bett aus. Er schob seine Hand unter meinen Hintern, hob ihn ein klein wenig an.

„Oh, Baby, das ist so gut.“ Merediths Augen waren wieder offen. Sie beobachtete ihn, nicht mich. Ihre Hand streichelte sein Haar. „Ja, genau, Schatz, leck ihre Klit. Besorg es ihr.“

Charlie konnte Wunder mit seiner Zunge vollbringen, keine Frage, aber ich war noch längst nicht so weit, um zu kommen. Ich konnte ziemlich schnell einen Orgasmus haben, aber ich hatte Liebhaber gehabt, die dachten, der Körper einer Frau arbeitet wie eine Maschine. *Drück diesen Knopf, schon hast du die Belohnung.* Es brauchte bei mir schon mehr als das.

Ich stützte mich auf meinem Ellbogen ab, um zuzusehen, wie Charlie mich leckte. Meredith vergrub ihre Finger in seinem

Haar. Sie drückte ihn fester an mich. Zu fest. Zu hart. Sie veränderte die Position seines Kopfes – und das gefiel mir gar nicht.

Ich legte meine Hand auf ihre.

Wir hielten alle inne.

Eine heikle Angelegenheit, dieser Tanz zu dritt. Es braucht mehr als eine Choreographie ... es braucht Feingefühl. Sie hatte gesagt, sie wollte, dass ihr Mann es mir besorgte. Vielleicht dachte sie, dass sie ihm dabei half. Ich zog ihre Hand an meinen Mund und leckte ihren Zeigefinger, nahm die Spitze in den Mund und lutschte sie nass. Dann führte ich ihren Finger in kleinen Kreisen um meine Nippel, bis sie hart waren.

Ich wollte, dass sie mich küsste, aber sie tat es nicht. Stattdessen zog sie ihre Hand zurück und legte sich ohne ein Wort auf die Kissen. Die Hand mit dem Finger, den ich geleckt hatte, ließ sie in ihren Slip gleiten, und ihr Kopf sank mit einem Stöhnen nach hinten.

Charlie hatte sich nicht zwischen meinen Beinen wegbewegt, auch wenn er sein Lecken und Saugen unterbrochen hatte. „Meredith?"

„Besorg es ihr", sagte sie mit verträumter Stimme.

Er sah mich an. Ich legte eine Hand auf sein Haar, ohne ihn zu ziehen oder zu drücken, wie sie es getan hatte. Er überraschte mich damit, dass er uns beide umdrehte, sodass er auf dem Rücken lag und ich auf seinem Gesicht ritt. Meine Hände rutschen auf den glatten Laken weg, aber Charlie hielt mich an den Hüften fest, suchte und fand meine Klit.

Ich lachte. Das schien sie beide aufzuschrecken. Meredith sah mich an. Charlie hielt inne.

„Tesla?", sagte Meredith.

„Bin nur überrascht. Fühlt sich aber gut an, Charlie. Hör nicht auf."

„Fühlt sich gut an?" Meredith lächelte. Die seltsame Stimmung war vorüber. Sie wirkte wieder ganz wie die Alte. Gierig ließ sie ihre Finger in ihrem Slip kreisen, und bewegte ihre Hüften im Rhythmus dazu auf und ab. „Mhhmm, gut."

Ich wollte zwischen ihre Beine kriechen, um ihre hübsche Möse zu kosten, sie zu lecken, wie Charlie mich grade leckte – aber in dieser Position kam ich nicht an sie heran, ohne mich umzudrehen. Außerdem: Auch wenn es so aussah, als ob Meredith scharf auf mich war – zumindest machte es sie scharf, zuzusehen, wie ihr Mann es mir besorgte –, war ich mir dennoch nicht sicher, dass sie wirklich auf Frauen stand. Abgesehen davon hatte Charlie nun genau den richtigen Rhythmus und Druck gefunden, um mich zu stimulieren, und es war schwer, sich auf etwas anderes zu konzentrieren als darauf, wie gut es sich anfühlte.

Ich würde das nicht kaputt machen. Ich hatte einen attraktiven Mann zwischen meinen Beinen, dessen orales Talent verdammt außergewöhnlich war. Und auch wenn ich gern den Gefallen an Meredith weitergegeben hätte oder auch an Charlie, wenn er seine Klamotten ausgezogen und es möglich gemacht hätte – niemand wollte mehr von mir, als dass ich mich entspannte und es genoss. Worüber sollte ich da also noch groß nachdenken?

Soweit es mich betraf, über rein gar nichts.

Als ich meine Klit gegen seine Zunge drückte, entfuhr Charlie wieder einer dieser sexy klingenden Seufzer. Diesmal lachte ich nicht, sondern ließ die Luft in einem Stöhnen raus, das von Meredith aufgegriffen wurde. Sie drückte ihren Rücken durch und bearbeitete ihre Muschi noch intensiver.

Ich konnte nicht anders, als ihr Knie zu küssen. Die Lust in mir wurde einfach übermächtig. Ich würde bald kommen und wollte meinen Mund auf ihr haben. Meine Hände.

Ihre Haut war weich, die kleinen Härchen, die sie beim Rasieren übersehen hatte, kratzten ein bisschen meine Wange. Kitzelten meine Lippen, als ich an ihrer Haut saugte. Meredith zuckte zusammen, als ich sie berührte. Sie veränderte ihre Position, das Bett erbebte, als wir drei uns bewegten, und ich war mir nicht sicher, ob sie ihr Knie extra wegzog oder ob es einfach passiert war.

Einen Augenblick später war sie hinter mir. Ich sah über meine Schulter und sah zu, wie sie Charlies Gürtel öffnete, dann seine Hosen runterzog. Sein Schwanz war groß und hart in ihrer Hand. Dann nahm sie ihn in den Mund.

Mich so zu verdrehen, tat mir im Nacken weh, also kehrte ich in meine alte Position zurück. Plötzlich war nichts mehr wichtig, außer, dass ich mich immer schneller, immer wilder dem Höhepunkt näherte. Ich gab mich dem Gefühl hin, dachte an nichts mehr als an Charlies Zunge auf meiner Klit. Den Druck seiner Finger in meiner Möse und wie er mich genau richtig spreizte.

Ich sah nicht, ob sich Meredith immer noch mit der Hand befriedigte oder ob sie Charlies Schwanz noch mit dem gleichen Eifer lutschte, wie er sich meiner Muschi zuwendete, aber die Art, wie er mich immer schneller leckte, ließ mich vermuten, dass sie es tat.

Er stöhnte auf. Meredith gab einen heiseren Schrei von sich. Und ich kam auf Charlies Zunge, bäumte mich auf, vergrub meine Finger in den Laken.

Danach lachte ich wieder, mein Gesicht in die weiche Kühle des teuren Stoffes gedrückt. Charlie bewegte sich unter mir weg, sodass ich bäuchlings auf dem Bett liegen konnte. Seine Hände fuhren über meinen nackten Hintern und meine Schenkel, und ich drehte mich so, dass ich ihn ansehen konnte. Er kniete sich hin und starrte mich mit leicht geöffneten Lippen an, als würde er am liebsten in mein Lachen einstimmen.

Meredith war immer wunderschön, aber im Nachspiel ihrer Lust sah sie so zauberhaft aus, dass es mir den Atem raubte. Sie sah erst Charlie an, dann mich. Sie grinste. Dann packte sie seinen Schlips und zog ihn zu sich heran, um ihn zu küssen.

„Mmm. Mein Gott, Baby, das war der Wahnsinn." Ihr Blick wanderte zu mir herüber. „Ich kann dich schmecken."

Mein Orgasmus lief noch wie flüssiges Feuer durch meine Adern, und ich fühlte mich so, als wäre ich high. Ich strich mit einer Hand über Charlies Rücken und lehnte mich an ihn. „Ist das was Schlechtes?"

Meredith fuhr sich mit der Zunge über ihre Unterlippe. Sie legte den Kopf zurück, um ihren Mann ausgiebig zu betrachten. „Was meinst du, Liebster?"

Charlie schüttelte den Kopf. „Nein, ich denke nicht."

„Ich hab Hunger", sagte sie plötzlich und sprang vom Bett. Sie nahm einen Bademantel von einem Stuhl und war bereits an der Tür, als sie stehen blieb und sich zu uns umsah. „Kommt schon. Essen."

Charlie und ich warfen uns einen Blick zu. Wir lachten im selben Moment. Ich hätte ihn gern geküsst, aber er war schon aus dem Bett. Er zog sich seine Hose an und streckte eine Hand nach mir aus. „Komm schon, Tesla. Essen."

„Also ... Du hast es mir nicht nur unglaublich besorgt", sagte ich und folgte ihm, „sondern willst mich auch noch füttern?"

Er sah mich an, blickte mir tief in die Augen, nachdem er seinen Blick für mehr als ein paar Sekunden über meinen nackten Körper hatte wandern lassen.

„Ja. Scheint so. Meredith will was essen."

Ich hob meinen Slip auf und schlüpfte in ihn rein, beschloss aber, mein T-Shirt ohne BH darunter anzuziehen. „Und lass mich raten ... Du tust alles, was Meredith möchte?"

Ich sagte es leicht dahin, neckend, aber Charlie lächelte nur halbherzig. „Tja. Sie ist meine Frau."

„Ja", sagte ich. „Das ist sie wohl."

18. KAPITEL

Ich blieb nicht über Nacht – aus verschiedenen Gründen. Ich hatte Vic und Elaine nicht Bescheid gesagt, und ich wollte nicht, dass sie sich Sorgen machten, wenn ich nicht nach Hause käme. Außerdem musste ich am nächsten Morgen zur Arbeit und hatte keine passenden Klamotten dabei. Der wichtigste Grund war aber schlicht und ergreifend: Sie baten mich nicht darum.

Meredith brachte mich jedoch noch zum Wagen. Sie steckte ihre nackten Füße in ihre Stiefel und zog sich einen Parka über die Unterwäsche. Zähneklappernd tanzte sie auf der Stelle, um warm zu bleiben, während ich die Fahrertür aufschloss.

Ich dachte und hoffte, sie würde mich küssen, aber stattdessen presste sie ihre Wange an meine und umarmte mich rasch. „Mmhhmm, das war toll."

„Ja." Ich hatte meine Fäustlinge vergessen und steckte meine Hände unter meine Achseln, um sie warm zu halten; die Autoschlüssel piksten mich in die Seite. „Hast du … war es … okay?"

„Natürlich war es das. Es war großartig!" Sie strahlte. „Du bist einfach unglaublich, weißt du das?"

Ich war mir dessen nicht so sicher, aber es war trotzdem schön zu hören. „Also … Seh ich dich morgen? Oder heute, also nachher … im *Mocha*?"

Ich stammelte, aber Meredith schien das nicht zu bemerken. „Oh, natürlich. Warum nicht?"

Weil ich mit deinem Mann gefickt habe, während du zugeguckt hast, dachte ich. *Weil er zwischen meinen Beinen versunken ist wie die* Titanic, *nachdem sie einen Eisberg gerammt hat.*

„Tesla, du Dummerchen", sagte sie und umarmte mich noch einmal. Dann trat sie einen Schritt zurück auf den Bürgersteig in Richtung Eingangstür. „Fahr vorsichtig. Und schick mir eine SMS, wenn du angekommen bist, ja? Es sieht glatt aus."

Ich hätte so viel mehr zu sagen gehabt, aber mir fehlten die Worte. Also nickte ich ihr nur zu, setzte mich in meinen Wagen und fuhr heim. Ich simste ihr von der Einfahrt aus; in der Garage war nur Platz für Vics und Elaines Wagen, und ich war noch nicht bereit, mich der Kälte zwischen meinem Wagen und der Haustür zu stellen.

Wie sich herausstellte, war es schlau gewesen, noch diese Extraminuten Wärme ausgenutzt zu haben, denn als ich zur Haustür kam, konnte ich sie nicht öffnen.

„Scheiße." Meine Finger waren schon ganz taub vom Rumfummeln mit dem Schlüssel, der nicht so problemlos ins Schloss glitt, wie er eigentlich sollte. Es war drei Uhr morgens, die anderen schliefen schon alle, und Vic hatte anscheinend seine üblichen Runden gedreht.

Ich versuchte es erneut. Diesmal brach der Schlüssel im Schloss ab.

Scheiße, Scheiße, Scheiße.

Ich hatte mein Handy in der Handtasche. Nur würde Elaine sich nicht gerade freuen, wenn ich sie alle weckte, indem ich den Festnetzanschluss wählte. Ich könnte Vic eine SMS schicken, aber er fände es sicher nicht toll, wenn ich ihn eine Stunde, bevor er aufstehen musste, aufscheuchen würde. Würde er es überhaupt hören? Ich hatte mein Handy nachts immer neben meinem Bett, aber Vic ließ seines häufig unten bei seinem Portemonnaie und den Schlüsseln, damit er es nicht vergaß, wenn er zur Arbeit ging.

„Scheiße", murmelte ich wieder und stieg die zwei Stufen vor der Haustür wieder hinunter.

Vics Haus lag in einem schönen Wohngebiet mit genügend Beleuchtung durch die Straßenlaternen, doch seitlich und hinter dem Haus war es dunkel. Unser Nachbar hatte eine Lampe mit Bewegungsmelder installiert, die anging, als ich um das Haus schlich. Doch sie beleuchtete vor allem seinen eigenen Garten und brachte noch dazu seinen Hund zum Bellen. Ich hatte nicht viel davon. Ich beschloss, die Taschenlampen-App auf meinem Handy zu benutzen, was bedeutete, dass ich meine bereits steifen Hände wieder der kalten Luft aussetzen musste.

Was wiederum bedeutete, dass ich mein Handy in die Büsche neben den Wintergarten fallen ließ. Dirckt in dic Pfütze, die sich unter dem Regenrinnenablauf gebildet hatte und noch nicht zugefroren war. Ich war mir nicht sicher, was schlimmer war: das Spritzen des Wassers oder das Knirschen des Plastiks auf dem Asphalt.

„Scheiße! Verdammte Scheiße …“ Ich griff danach, fand es, aber konnte nicht erkennen, ob es kaputtgegangen war. Ich drückte es an mich und murmelte ein stilles Gebet zu den Göttern der Technologie, dass man es noch reparieren könnte.

Dann rüttelte ich – entschlossen, zitternd und mehr als ein bisschen sauer – an der Tür des Wintergartens, bis ich das kleine Schloss aus der Verankerung im Holz gerissen hatte. Der Haken baumelte noch in der Öse, und als ich die Tür hinter mir schloss, nahm ich mir die Zeit, die Schraube wieder in die Tür zu drücken. Vic hatte das Schloss schon hundertmal repariert, aber das Holz war alt und mürbe.

Die Fenster waren zwar mit großen Plastikfolien abgedichtet, aber es war drinnen nicht viel wärmer als draußen. Zumindest waren die Möbel ordentlich aufeinandergestapelt und mit Laken abgedeckt, sodass ich nicht befürchten musste, mir das Schienbein zu stoßen oder über irgendetwas zu stolpern. Ich machte mir nur wenig Hoffnung, dass die hintere Tür, die zum Arbeitszimmer führte, nicht abgeschlossen war. Sie war es natürlich. Also blieben mir nur die kleinen schmalen Fenster direkt über dem Boden. Eines führte ins Wohnzimmer, das andere zum Lagerraum im Keller. Beide waren gerade breit genug, dass ich meine Schultern durchbekam, wobei unklar war, ob auch meine Hüften hindurchpassen würden. Ich konnte nur hoffen, dass ich es schaffte, ohne wie Pu der Bär in der Tür des Kaninchens festzustecken.

Seitdem ich hier bei Vic lebte, hatte ich nie ein Ausgehverbot erteilt bekommen, deshalb hatte ich mich auch noch nie so ins Haus geschlichen. Aber ich hatte gelernt, wie man die Fenster aus dem Rahmen hob und hindurchkrabbelte, falls mal ein Feuer ausbrach. Vic trichterte einem solche Sachen gerne ein.

Natürlich war es eine vollkommen andere Sache, ob man die Fenster von innen und entsprechend der Gebrauchsanweisung aus dem Rahmen hievte, oder ob man von außen daran herumfummelte. Dass meine Finger sich taub anfühlten, machte es auch nicht gerade leichter. Fluchend und vor Frust kurz vorm Heulen, gelang es mir schließlich, meine Fingerspitzen in die schmalen Fugen an den Seiten des Fensterrahmens zu schieben. Ich drückte, drückte noch fester. Metall quietschte, und das Fenster war so plötzlich lose, dass ich nach vorne fiel und mir das Gesicht an dem rauen Putz darum verschrammte. Aber zumindest, das muss ich mir anrechnen, ließ ich es nicht fallen.

Es gelang mir, es mit einer Hand festzuhalten und langsam hinuntersinken zu lassen, auf die Couch, die direkt unter dem Fenster stand. Dann steckte ich Kopf und Schultern hindurch, zog den Bauch ein. Ich musste mich leicht seitwärts drehen, um meine Hüften durchzubekommen, weshalb ich mit dem Kopf nach unten hing und mich fragte, warum ich nicht mit den Füßen zuerst durch das Fenster gestiegen war.

Aber schließlich, nach einigem Manövrieren, schaffte ich es, mich auf der Couch abzustützen, sodass ich, als meine Beine endlich durch waren, nicht runterfiel und dabei das Fenster kaputt machte oder so.

Nichts davon half mir viel, als ich vom Sofa auf den Boden des Wohnzimmers kullerte, der zwar mit Teppich ausgelegt, aber trotzdem hart wie Stein war.

Oder als zwei starke Hände mich von hinten am Nacken und am Arm packten und mich hochhievten, bevor sie mich mit dem Gesicht nach unten wieder auf den Teppich drückten.

Ich war zu überrascht, um aufzuschreien, also trat ich stattdessen um mich. Es gelang mir, meinem Angreifer ein paar harte Tritte zu verpassen, bevor er mich wieder aufgriff und hinuntersausen ließ. Diesmal auf die Couch. Und das Fenster. Das an meinem Ellbogen zerbrach – zum Glück war der durch meine dicke Militärjacke geschützt. Dann wurde ich wieder auf den Boden geworfen, und ein Knie bohrte sich in meinen Rücken.

Endlich gelang es mir zu schreien. Nicht sehr laut, da ich kaum noch atmen konnte und mein Gesicht in den Teppich gedrückt wurde. Mir tat alles weh. Ich hatte Glassplitter im Haar; ich hörte es auf dem Teppich knirschen.

„Tesla?"

Das Gewicht auf meinem Rücken verschwand. Die Hände, die gerade noch hart zugepackt und Schmerzen verursacht hatten, wurden sanft, halfen mir hoch, bis ich wackelig aufsitzen konnte. Das Licht ging an.

„Scheiße. Oh, Scheiße. Tesla. Was zum Teufel hast du da bloß gemacht?" Vic kauerte sich vor mir hin, griff sanft nach meinen Oberarmen. „Oh, Mäuschen. Was zum Teufel?"

Es musste wirklich schlimm für ihn gewesen sein, wenn er mich „Mäuschen" nannte, ein Kosewort, das er nur verwendete, wenn die Kinder oder Elaine sich wehgetan hatten oder krank waren. Ich holte tief Luft und hätte ihn gern angebrüllt, doch mir versagte die Stimme. Mein Ellbogen pochte, aber ich glaubte nicht, dass ich mich geschnitten hatte. Mein Gesicht tat weh, mein Rücken und meine Schultern schmerzten, und selbst meine Knie fühlten sich aufgekratzt an.

Vic strich mir mit den Fingern das Haar aus der Stirn und sah mir in die Augen. „Es tut mir leid. Verflucht, du kannst froh sein, dass ich dich nicht erschossen habe."

Ich hatte die Pistole nicht bemerkt. Eine SIG Sauer, die er in einer Ledertasche an seinem Gürtel trug. Ich hatte sie natürlich schon Hunderte Male gesehen. Hatte sogar schon ein paarmal auf der Wiese damit geschossen. Ich wusste, welchen Schaden sie anrichten konnte. Und trotzdem wollte es mir nicht in den Kopf, warum Vic hätte auf mich schießen sollen.

„Ich hab gehört, wie jemand versucht hat, reinzukommen", sagte er. „Dann bellte der Hund von nebenan. Jemand war an der Gartentür. Ich wusste nicht, dass du das warst. Verflucht, Tesla, warum hast du nicht einfach geklopft? Oder, herrje, mich angerufen? Ich hätte dich reingelassen!"

„Ich wollte dich nicht wecken", war alles, was ich sagen

konnte. Mein Mund fühlte sich taub an, meine Lippen waren geschwollen. Ich bemerkte, dass ich Blut schmeckte. Ich hatte mir auf die Lippe gebissen.

„Was hast du dir nur dabei gedacht, verflucht noch mal?"

„Was ich mir gedacht habe? Was hast du dir denn gedacht – dass du Rambo bist? Warum hast du nicht erst das Licht angemacht, um zu sehen, wen du da anspringst? Guter Gott, Vic, hast du wirklich gedacht, da versucht jemand einzubrechen?"

„Ja", sagte er emotionslos. „Das habe ich."

Ich schluckte Blut und presste meine Finger gegen die Nasenwurzel. „Scheiße, ich hab das Fenster kaputt gemacht."

„Hast du dich geschnitten? Blutest du?" Er begann, meinen Arm zu untersuchen. „Deine Jacke ist aufgeschlitzt."

„Na großartig. Das war meine Lieblingsjacke. Du Arschloch, Vic."

„Ich kauf dir eine neue." Er beugte meinen Ellbogen. „Er ist nicht gebrochen. Was ist mit dem Rest? Zieh das aus. Lass mich dich ansehen."

Ich riss mich von ihm los und kam wacklig auf die Beine. „Du hast genug angerichtet."

Vic stand ebenfalls auf. „Ich hab gesagt, dass es mir leidtut. Herrje, Tesla. Soll ich mich etwa dafür entschuldigen, dass ich meine Familie beschützen möchte? Ich dachte, hier unten wär jemand. Ich dachte, er hätte es auf dich abgesehen. Würde dir wehtun ..."

Langsam wich mein Ärger. Stattdessen fühlte ich die Schrammen. Ich konnte nicht länger auf ihn wütend sein. Es war ziemlich dumm von mir gewesen, zu versuchen, auf diese Weise durch das Fenster zu kommen. Und seine Besorgnis rührte mich so sehr, dass mir die Tränen kamen.

„Verflucht", sagte Vic kläglich. „Es tut mir leid. Nicht weinen, Tesla. Bitte nicht, ja?"

Ich wischte mir übers Gesicht. „Ich glaube, ich brauche etwas Eis."

„Komm, ich helf dir." Und das tat er, die Treppe hinauf in die Küche, wo er mich zu einem Stuhl schob. Ich zog den Mantel aus, und wir sahen uns den Ellbogen an.

Vic reichte mir einen riesigen Beutel mit gefrorenen Erbsen. „Hier. Die Kinder essen sie eh nicht."

Ich hielt ihn mir über das rechte Auge, das am meisten abbekommen hatte. „Danke."

Er machte für uns beide Tee, nahm den Kessel vom Herd, bevor er zu pfeifen anfing, dann setzte er sich mit einer großen Tasse in der Hand mir gegenüber. Wir redeten nicht viel. Die Schmerzen wurden stärker, aber ich wollte nichts sagen, weil er sich sonst nur noch schlechter gefühlt hätte.

„Du solltest dich heute bei der Arbeit krankmelden", meinte Vic. „Vielleicht sogar zum Arzt gehen."

Ich konnte heute auf keinen Fall zur Arbeit gehen, das stand fest. Ich würde die Augen nicht eine ganze Schicht lang offen halten können, geschweige denn gut drauf sein. Oder mit Joy klarkommen. „Ich brauch keinen Arzt. Nur Schlaf."

„Es tut mir leid", sagte Vic wieder.

Ich legte die Erbsen zwischen uns auf den Tisch, um einen Schluck heißen Tee zu trinken. Wieder saßen wir zusammen im Dunkeln, wieder warteten wir auf den Sonnenaufgang, während alle anderen im Haus schliefen. Es schien mir ein guter Zeitpunkt zu sein, nicht schlechter als andere jedenfalls, also fragte ich: „Was zum Teufel ist mit dir los?"

Er antwortete nicht. Drehte seine Tasse auf dem Tisch herum, bis das Geräusch des Porzellans auf Holz mich dazu brachte, eine Hand auf sein Handgelenk zu legen. Er hörte auf. Er hatte immer noch die Pistole an seinem Gürtel, auch wenn ich sie unter der Tischkante nicht sehen konnte. Bei dem Gedanken fiel mir etwas anderes auf.

„Du hast deine Sachen noch an."

„Ja und?"

Ich verzog den Mund, aber das schmerzte. „Ich meine, du trägst keinen Schlafanzug."

„Ich hab das angezogen, als ich aufstand. Als ich hörte, dass jemand einbrechen wollte."

„Und das war ich." Ich nippte an dem heißen Tee und zuckte zusammen, weil es in der Wunde auf meiner Zunge brannte. Ich sah zu ihm rüber, fing seinen Blick auf. Als er meinem Blick auswich, wusste ich Bescheid. „Du Lügner."

„Na schön. Ich war schon aufgestanden."

„Weil du noch nicht zu Bett gegangen warst? Was hast du gemacht?"

„Ich hab das Gitterbett zusammengebaut. Überprüft, ob alles in Ordnung ist. Den Anforderungen entspricht und so." Vic drehte wieder die Tasse in seiner Hand, hörte aber auf, als er meinen Blick bemerkte.

„Und das konnte nicht bis morgen warten? Das Baby kommt nicht heute Nacht zur Welt, Vic." Und selbst wenn es das täte, es würde in den ersten Wochen erst mal im Stubenwagen bei seinen Eltern schlafen.

„Ich wollte auch noch ein paar Sachen auf dem Laptop erledigen."

Das war vollkommen ungewöhnlich für ihn. Vic benutzte so gut wie nie den alten Computer. Den hatte er den Kindern überlassen und dann auch mir, als mein Laptop den Geist aufgegeben hatte. Elaine hatte er einen Laptop gekauft, den sie nutzen konnte, wenn ihr zu übel war, um aufzustehen. Sie konnte sich darauf Videos ansehen, ihre E-Mails checken, Rechnungen überweisen und einkaufen. Dass auch Vic ihn benutzte, hatte ich nicht gewusst, aber anscheinend tat er das.

„Im Babyzimmer?"

„Elaine schlief schon." Er klang, als müsste er sich verteidigen. „Ich musste was nachgucken, wie man das Gitterbett zusammenbaut – die blöden Anweisungen fehlten. Und noch ein paar andere Sachen."

Eins muss man über Vic wissen: Er ist ein hervorragender Lügner. Das macht ihn zu einem ausgezeichneten Kartenspieler, und er würde auch nie verraten, was er einem zum Geburtstag gekauft hat. Er kann einem in die Augen sehen und ohne mit der Wimper zu zucken eine unglaubliche Lüge vom Stapel lassen und einen so davon überzeugen, dass es sich dabei um die Wahrheit handelt, dass man dies sogar vor Gericht bezeugen würde. Ich wusste nicht deshalb, dass er log, weil ich irgendeine besondere Begabung hatte oder es eine übernatürliche Verbindung zwischen uns gab. Wenn er mich mitkriegen ließ, dass er log, dann nur, weil er aus irgendeinem Grund wollte, dass ich es wusste.

„Du gehst wieder dahin zurück. In Gedanken zumindest. Stimmt's?" Ich wollte eigentlich keinen Tee mehr, nahm aber einen Schluck, weil das meinen betont leichten Tonfall noch unterstrich.

„Also ... warum machst du so ein großes Geheimnis darum?", fragte ich. „Du musst dich deswegen doch nicht schämen, Vic."

„Elaine weiß davon nichts."

„Dass du darüber nachdenkst, zu deinem alten Job zurückzukehren?"

„Dass ich überhaupt mal einen alten Job hatte."

Überrascht lehnte ich mich auf dem Stuhl zurück. „Was?"

„Sie weiß nichts davon", sagte Vic warnend. „Und ich bin mir nicht sicher, ob ich will, dass sich das ändert. Nicht jetzt zumindest."

„Du kannst doch nicht ... Das ist ..." Wieder fehlten mir die Worte. Ich schüttelte den Kopf, wobei mich ein Schmerz durchfuhr. Ich drückte die Erbsen wieder gegen mein Auge. „Du musst es ihr sagen."

„Natürlich muss ich es ihr sagen", fuhr er auf. „Erst recht, wenn ich dorthin zurückkehre. Was ich noch nicht entschieden habe."

„Wieso ist das gerade jetzt ein Thema?" Die Erbsen wurden langsam warm, fühlten sich aber immer noch gut an meinem Auge an. Außerdem verstellten sie mir zum Teil die Sicht, sodass ich ihn während unserer Unterhaltung nicht ansehen musste. Ich war mir nicht sicher, was für ein Gesicht ich machte.

„Ein alter Kumpel hat mich angerufen. Sagte, sie bräuchten ein paar gute Leute für das neue Team, das er hier in Harrisburg aufbaute. Sagte, er könnte mir ein großartiges Startgehalt garantieren. Zusatzleistungen. Falls du es nicht mitbekommen hast, werde ich bald noch ein Kind bekommen."

Diesmal verletzten mich seine Worte so sehr, dass es mir egal war, ob mein Kopf bei jeder Bewegung schmerzte. „Wow, so was zu sagen ist echt beschissen. Als ob ich nicht auch hier leben würde. Als ob ich so was Wichtiges nicht mitbekommen würde."

Er seufzte. „Tut mir leid."

„Du hast heute Abend häufiger gesagt, dass es dir leidtut, als in all den Jahren, die ich dich kenne." Das war etwas übertrieben, fühlte sich aber nur zu wahr an. „Hör auf damit."

„Die Arbeitszeiten wären ziemlich beschissen, aber andererseits wäre ich auch flexibler."

„Klingt, als hättest du dich schon entschieden." Ich stand auf, um die Erbsen in einen Gefrierbeutel zu legen, und schrieb mit einem Edding „Nicht essen!" darauf. Als wäre das zu befürchten.

„Ich kann das nicht entscheiden, ohne vorher mit Elaine darüber gesprochen zu haben."

„Tatsächlich, Sherlock." Ich sah ihn an, den Rücken an die Arbeitsplatte gelehnt; meine Hände umklammerten die Kante. „Ich begreife nur nicht, warum du es ihr nie erzählt hast."

„Sie kennt mich nur als den Kerl, der Autos repariert. Autos verkauft. Sie kennt mich nicht als Bullen, Tesla. Und als wir zusammenkamen ..." Vic senkte die Stimme. „Ich wollte nicht, dass sie mich als diesen Typen kennt. Das ist alles."

Ich presste die Lippen aufeinander. Ich befühlte mit meiner Zunge eine Wunde auf der Wangeninnenseite. Aber kein Schmerz der Welt würde mich vom Sprechen abhalten. „Du sagst ‚diesen Typen', als müsstest du dich dafür schämen."

Er sah mich an. „Muss ich das etwa nicht?"

„Nein." Ich wollte zu ihm hinübergehen und sein Gesicht berühren. Ich wollte in seine Augen sehen und ihn zwingen zu erkennen, wie falsch er lag. Wenn es ihn überzeugt hätte, dass ich vor ihm niederkniete, ich hätte es getan. Stattdessen blieb ich, wo ich war, so wie er auch. So wie wir es uns angewöhnt hatten.

Er schüttelte den Kopf „Ich hab Scheiße gebaut. Sachen gemacht, die ich nicht hätte tun dürfen."

„Du meinst mich."

„Nein. Ich meine ... Scheiße. Nein, Tesla, du bist keine Scheiße. Das meinte ich nicht."

Ich starrte ihn an. „Was dann? Meinst du all das andere? Meinst du, dass du deinem Boss erzählt hast, was du beobachtet hast, sodass er genügend Gründe für eine Razzia hatte? Du hast einfach deinen Job gemacht."

„Dabei sind Leute ums Leben gekommen", sagte Vic mit gepresster Stimme.

„Du musst es ihr erzählen, Vic. Es ist ein Job. Nicht das Ende der Welt." Ich hielt kurz inne. „Sie weiß schon vom *Compound*. Von mir. Nichts davon ist ein Geheimnis. Ich verstehe nicht, warum du ihr den Rest verheimlicht hast."

Aber eigentlich wusste ich warum. Ich sah es ihm an. Weil er sich schämte für das, was er getan hatte. Egal, was danach kam, ob er mehr Gutes als Böses getan hatte, Vic fühlte sich immer noch schuldig.

„Du wünschst dir, du hättest nie was mit mir angefangen", sagte ich. In all den Jahren, die ich bei ihm lebte, hatten wir nie darüber geredet, dass wir es mal miteinander getrieben hatten.

„Tesla ..."

Ich hob eine Hand und ging an ihm vorbei zum Keller. „Ich versteh schon. Ich hatte nur gedacht, wir wären beide darüber hinweg. Es ist passiert. Und ich bereue es nicht – aber du. Vielleicht denkst du ja jedes Mal, wenn du mich ansiehst, wie blöd du nur gewesen bist, dass du mit mir rumgevögel..."

„Ich hätte es nie tun dürfen", stieß er hervor.

Von oben hörte ich das Knarren der Holzdielen.

Weil ich zu jung war. Weil du da warst, um zu arbeiten. Weil, weil, weil.

Ich hätte die Worte ausgespuckt, wenn mein Mund nicht zu wehgetan hätte. Also flüsterte ich stattdessen wütend. „Um das mal klarzustellen, Vic. Ich hab den Anfang gemacht. Ich wollte dich ficken. Ich wollte dich. Und hier ist noch ein Stück Information, auf dem du herumkauen kannst: Ich habe jede Sekunde, die wir zusammen waren, geliebt. Ich habe es geliebt, dich zum Orgasmus zu bringen, ich habe es geliebt, wie du mich zum Orgasmus gebracht hast, und ich liebe es zu wissen, dass ich mein ganzes Wissen über Sex von dir habe, weil du es mir beigebracht hast. Okay? Ich bereue nichts von alledem, weil ich dich liebe."

Er machte ein Geräusch, das klang wie ein Krächzen.

„Ich bin nicht verliebt in dich", fügte ich rasch hinzu. „Ich liebe dich, ich liebe Elaine, ich liebe deine Kinder. Ich liebe es, dass wir eine Familie sind. Ich liebe es, dass du Cap und mich aufgenommen hast, als unsere Eltern zu sehr mit ihrem eigenen Scheiß beschäftigt waren, um uns gerecht zu werden. Ich liebe es, dass du ein guter und bescheidener Mann bist, der die Menschen, die er liebt, beschützt, koste es, was es wolle. Ich liebe dich, *obwohl* wir rumgemacht haben, Vic, nicht deshalb, und ich weiß, dass das absurd klingt. Aber wenn ich damit klarkomme, wenn deine Frau verdammt noch mal damit klarkommt, dann denke ich, du solltest das auch können. Und ich hasse es, dass du das nicht kannst. Ich hasse es, dass du zulässt, dass das, was wir getan haben – wir beide getan haben, übrigens, nicht nur du –, dass das alles, was wir heute haben, in den Dreck zieht. Ich hasse das."

Ich wartete nicht auf eine Antwort, sondern ging nach unten.

19. KAPITEL

Ich musste wirklich fürchterlich am Telefon geklungen haben, denn erstaunlicherweise hielt mir Joy keine große Standpauke, weil ich es nicht zur Arbeit schaffen würde. Sie fragte nur, ob ich am Tag drauf kommen würde, da sie einen Termin hatte und Darek das Café nicht allein schmeißen lassen wollte, was blödsinnig war, weil er das genauso gut konnte wie ich. Wie dem auch sei: Ich versicherte ihr, dass ich da sein würde, und verbrachte den Rest des Tages in meinem Zimmer, sah mir alte Filme an und spielte mit den Kindern Brettspiele, damit Elaine im Bett bleiben konnte.

Ich wollte Elaine nicht sagen, dass ich etwas wusste, von dem sie keine Ahnung hatte, und ich ärgerte mich, dass Vic mich in diese Lage gebracht hatte. Es war leichter, Elaine aus dem Weg zu gehen. Zumindest hatte ich nicht das Gefühl, dass sie etwas bemerkte, da sie an diesem Tag – einer der härteren für sie – einfach nur dankbar war, dass ich mich um Max und Simone kümmerte.

Gegen Abend, als meine Schmerzen endlich nachließen, backten die Kinder und ich sogar Cupcakes. Ich hatte eine Reihe blauer Flecken erwartet, aber ich war anscheinend härter im Nehmen als gedacht. Denn obwohl ich mich so angeschlagen fühlte, waren nur wenige zu sehen.

„Tesla, ich hab dich lieb“, teilte mir Simone sachlich mit, als wir die Cupcakes, die etwas schief und krumm, aber dennoch unglaublich lecker aus dem Ofen gekommen waren, mit dickem Schokoguss überzogen.

„Dolle lieb!“, fügte Max hinzu. Er war über und über mit Schokoguss beschmiert und schwer damit beschäftigt, sich die Finger abzulecken.

„Ich hab euch auch lieb.“ Ich kratzte mit dem Kuchenspachtel die Schüssel aus, um selbst ein wenig von dem flüssigen Gold zu naschen. „Mmhhmm.“

Anscheinend fand Simone ihre mündliche Liebeserklärung nicht ausreichend, denn sie legte plötzlich die Arme um meinen

Bauch und drückte mich, so fest sie konnte. Für ein kleines Mädchen war das ziemlich fest. Verbunden mit den Schrammen und Flecken, die ich eh schon hatte, konnte ich mich ehrlich gesagt nicht so sehr darüber freuen, aber es gelang mir, die Umarmung zu erwidern, ohne meine Schmerzen zu zeigen oder Schokoguss in ihr hellblondes Haar zu schmieren.

Sie sah zu mir auf. „Du wirst uns niemals verlassen, oder?"

„Ähm …" Ich hielt nicht viel davon, Kinder anzulügen, den Weihnachtsmann und die Zahnfee eingeschlossen. „Ich habe jedenfalls nicht vor, euch so bald zu verlassen."

„Cappy ist gegangen." Simone zog eine Schnute.

Cap war noch vor Max' Geburt ausgezogen. „Tja, er wollte nun mal alleine wohnen."

„Mit Lynds", sagte Max. „Nicht allein."

„Ja, schon, aber bevor er mit Lynds zusammenzog, hatte er eine eigene Wohnung." Er hatte mich gefragt, ob ich bei ihm einziehen wollte, aber ich hatte Vics Keller dem Rattenloch vorgezogen, das mein Bruder für sich gefunden hatte.

„Aber du wolltest bei uns bleiben!" Simone strahlte, als hätte ich das ihr zuliebe getan.

Ehrlich gesagt, hatte ich öfters darüber nachgedacht auszuziehen. Mit Kleinkindern zusammenzuleben, vor allem, wenn es nicht die eigenen sind, ist nicht immer eitel Sonnenschein. Auch nicht, in einem Keller zu wohnen. Ja, natürlich wollte ich eine eigene Wohnung. Und ich hätte mir auch eine leisten können, vermutlich sogar ohne einen Mitbewohner. Aber ich blieb, weil ich das Gefühl hatte, hier zu Hause zu sein. Vic, seine Frau und seine Kinder. Das war Familie. Etwas unkonventionell vielleicht, aber es fühlte sich für mich normaler an als alles andere.

„Du uns lieb!", sagte Max.

„Genau. Weil ich euch liebe. Euch alle." Ich küsste Simone auf den Scheitel und schob sie sanft beiseite, damit wir die Cupcakes fertig machen konnten.

„Du hast Mama lieb. Und mich. Und Max. Und Daddy auch."

Sie griff nach einer kleinen Plastikdose voller Zuckerstreusel in Dinosaurierform und verteilte sie großzügig über das Gebäck.

„Ja. Euch alle." Das stimmte, aber nach meinem Gespräch mit Vic letzte Nacht fühlte es sich an wie etwas, das ich vielleicht nicht durfte.

„Hat Cappy Lynds lieb?", fragte Simone.

Ich sah zu ihr hinunter. „Ich glaube schon."

„Wird er sie heiraten?" Simone leckte nachdenklich ihre Finger ab.

„Das weiß ich nicht, mein Schatz. So, ihr beide, ihr geht jetzt nach unten, damit ich die Küche sauber machen kann, okay?"

Max sprang von seinem Stuhl und war in Windeseile an der Treppe, aber Simone blieb zögernd zurück. Sie würde mir keine große Hilfe beim Saubermachen sein, da sie nicht groß genug war, um die Schüssel abzuwaschen, aber ich schickte sie trotzdem nicht davon. Sie hatte etwas auf dem Herzen. Das sah ich ihr an.

„Was ist, Kleine?"

„Wirst du heiraten?"

Ich lachte. „Nicht so bald zumindest. Vielleicht nie."

„Und wieso?" Simone sah zu mir auf.

„Oh … Ich weiß nicht." Ich stellte die Rührschüssel in den Abwasch und ließ heißes Wasser ein, tat einen Spritzer Spüli hinzu. „Schätze, ich hab bisher niemanden gefunden, den ich gern genug hab."

„Ich bin mir sicher, dich wird jemand gern genug haben, Tesla."

Ich drehte mich zu ihr um und kniete mich hin, um sie mit nassen Händen zu umarmen. „Danke, Kleine. Danke."

Sie erwiderte die Umarmung. „Hab dich lieb, Tesla."

„Ich hab dich auch lieb, Kleine. Und jetzt Abmarsch, ich muss das Zeug hier noch abwaschen." Ich gab ihr einen leichten Klaps, um sie zum Gehen zu bewegen, aber was sie gesagt hatte, hallte noch lange in mir nach.

20. KAPITEL

Ich glaube, keiner von uns dreien dachte, dass es länger währen könnte. Was war während der High School schon von Dauer. Beziehungen schossen wie Pilze über Nacht aus dem Boden, und manche waren genauso giftig. Was ich mit Chase und Chance hatte, sollte eigentlich nichts Ernstes werden.

Aber das wurde es.

Etwas hatte sich geändert nach dem Weihnachtsball. Wie ich es ihrer Mutter versprochen hatte, bekamen die Brüder Bestnoten in Infinitesimalrechnung. Um das zu feiern, lud mich ihre Mutter das nächste Mal, als ich sie besuchte, um ihnen bei den „Hausaufgaben“ zu helfen, zum Abendessen ein.

Mrs Murphy trug tatsächlich eine Schürze zum Kochen und einen dicken Backhandschuh. „Es gibt Hackbraten und Kartoffelbrei.“

„Klar“, nahm ich die Einladung an, „ich bleibe gerne.“

„Musst du deine Eltern anrufen und um Erlaubnis bitten?“

Bei Vic würde es Tiefkühl-Pizza aus dem Supermarkt geben, noch nicht mal vom Pizzaservice. Vic würde vermutlich ein oder zwei Bier vor dem Fernseher trinken, bevor er zu Bett ging. Wenn ich Glück hatte, würde er mir von seinem Tag erzählen und nach meinem fragen. Cap würde uns zum Lachen bringen. Wir würden noch Karten spielen oder so. Vic würde mir Geld über den zerkratzten Küchentisch schieben, genug, um die Wocheneinkäufe und ein paar Rechnungen zu bezahlen. Aber er würde mich nicht küssen. Würde mich nicht mal berühren. Genau genommen würde er mich kaum ansehen.

„Nein. Ich lebe nicht bei meinen Eltern.“

Mrs Murphys Augenbrauen gingen bis zum Haaransatz hoch. „Nein? Oh, das wusste ich nicht. Es tut mir leid.“

„Schon in Ordnung.“ Es war eine lange Geschichte, nicht, dass sie sie etwas anging, aber ich sah ihr an, dass sie mich liebend gern gefragt hätte. „Kann ich Ihnen irgendwas in der Küche helfen, Mrs Murphy?“

Sie schien sich zu freuen, dass ich meine Hilfe angeboten hatte. Das war für mich keine große Sache. Als ich noch zu Hause wohnte, hatten meine Eltern zu unmöglichen Zeiten gearbeitet und es mir überlassen, für mich und Cap zu kochen, der unfähig dazu war. Außerdem hatte ich im *Compound* meinen Anteil an Küchenarbeit geleistet. Und natürlich herrschte in Vics Haus während der Essenszeiten ein absolutes Chaos, je nachdem, was sonst noch anstand.

Es machte mir nichts aus, Mrs Murphy zu helfen, auch wenn ich sie nicht sonderlich mochte. Ich fand, dass sie ihre Söhne zu sehr bemutterte und sich zu sehr in ihr Leben einmischte. Sie war der Typ Mutter, der ich nie sein wollte. Während wir gemeinsam den Tisch deckten und die Kartoffeln stampften, entdeckte ich allerdings, dass sie einen ziemlich feinen Sinn für Humor hatte, auch wenn der nur selten zum Vorschein kam.

Es stellte sich heraus, dass Chance nicht beim Essen dabei sein würde. Er war zu einem Freund gegangen – etwas, das mich nicht hätte überraschen sollen. Ich meine, ich wusste ja schließlich, dass beide Brüder Freunde hatten und dass sie manchmal getrennt voneinander etwas unternahmen.

Ich war sogar froh darüber. So hatte ich Chase für mich allein. Das wollte ich seit dem Weihnachtsball, als ich zugesehen hatte, wie er mit Becka Miller rumknutschte. Nicht, dass ich es nicht weiterhin genoss, wenn Chance mich von hinten nahm, während ich Chases Schwanz lutschte, oder dass sie beide zitterten und bebten und meinen Namen stöhnten. Nur wollte ich inzwischen all das andere mit Chase machen, und nicht mit seinem Bruder. Händchen halten, während wir zwischen den Unterrichtsstunden spazieren gingen, seine Collegejacke tragen – ja, selbst ein Rockabilly-Mädchen wie ich ließ sich von einem Statussymbol wie einer Collegejacke beeindrucken.

Nach dem Essen gingen die Murphys irgendwelche Besorgungen machen, und Chase und ich stiegen hinunter in den

Hobbykeller, um zu „lernen". Zu diesem Zeitpunkt hätte ich vielleicht bereits ein schlechtes Gewissen haben sollen, dass ich das Geld von Mrs Murphy akzeptierte. Aber wenn ich keinen Nachhilfeunterricht mehr gab, hätte ich keinen Vorwand mehr gehabt, um vorbeizukommen und sie zu vögeln, und mit achtzehn war ich nicht zu stolz für eine Ausrede, die nichts mit dem zu tun hatte, was ich wollte. Ich bin nicht mal sicher, ob ich heute zu stolz dafür wäre.

„Ich hab die Hausaufgaben schon gemacht", sagte Chase. „Wir schreiben morgen einen Test."

„Soll ich dich abfragen?" Ich knöpfte mir bereits mein Hemd auf, die Hitze der Erregung sammelte sich in meinem Bauch und weiter unten.

„Nö." Er schüttelte den Kopf. „Alles klar."

Als ich ihn küssen wollte, drehte er in letzter Sekunde den Kopf zur Seite, sodass meine Lippen nicht auf seinem Mund landeten, sondern leicht daneben. Ich zog mich nicht gleich zurück, und er bewegte sich nicht, sodass wir für eine gefühlte Ewigkeit so verharrten. Als ich mich zurückzog – die Hitze in meinem Bauch war bereits zu Eis geworden –, griff er nach meinem Handgelenk, um mich neben sich auf der Couch festzuhalten.

„Willst du mich nicht küssen?", fragte ich leise.

„Doch. Doch, ich will dich küssen. Aber vielleicht …" Er sprach nicht weiter, es schien ihm unangenehm zu sein.

Chase war immer selbstbewusst, selbst wenn er in Mathe versagte. Ich lehnte mich auf der Couch zurück, seine Finger umschlossen noch immer mein Handgelenk. „Vielleicht was?"

„Vielleicht sollten wir warten, bis Chance zurückkommt."

Mein Hirn arbeitete wie verrückt. „Warum?"

Chase wich meinem Blick aus. „Weil er dazugehört, oder? Er hat immer dazugehört."

Ein ungutes Gefühl durchfuhr mich. „Und du kannst es nicht ohne deinen Bruder tun? Oder willst du es nicht?"

„Nein!", schrie Chase auf und verzog den Mund. „Das ist es nicht."

Ich rückte ein wenig dichter an ihn heran. Unsere Knie pressten sich aneinander. „Was dann? Ich meine … Ja, ich bin gerne mit euch beiden zusammen. Das hab ich dir schon gesagt. Aber abgesehen davon: Er ist nicht da. Du ja."

Chase umfasste mein Handgelenk fester, zog mich näher zu sich heran. Dann küsste er mich, ausdauernd und intensiv. Als hätten wir alle Zeit der Welt. Seine Zunge liebkoste meine. Er küsste besser als sein Bruder.

Der Sex war zuvor immer etwas hektisch gewesen, weil wir zu dritt waren, nicht zu zweit. Dazu trug auch die Angst bei, von ihren Eltern erwischt zu werden. Heute Abend waren Mr und Mrs Murphy nicht da, und da ich mich nur auf einen der Zwillinge konzentrieren musste, fühlte sich alles anders an. Es war das vertraute Lecken, Streicheln und Blasen, aber das erste Mal, seit ich das mit den Murphy-Brüdern begonnen hatte, fühlte es sich wie etwas anderes als Ficken an. Es fühlte sich an wie … *Liebe machen.*

Trotzdem ging es ziemlich schnell. Wir waren Teenager, noch begierig, schnell zur Sache zu kommen, und hatten im Kopf, dass die Murphy-Eltern zwar unterwegs waren, aber irgendwann auch zurückkehren würden. Innerhalb weniger Minuten waren wir nackt bis auf die Haut, etwas, das wir zu dritt nie getan hatten, weil wir immer sichergehen wollten, dass wir uns im Notfall sehr schnell wieder anziehen konnten.

Chase schien es nervös zu machen, sich vor mir auszuziehen, auch wenn ich seinen Schwanz schon dutzendmal gesehen hatte. Es schien ihn noch nervöser zu machen, mich nackt zu sehen. Ich war die Ruhe selbst. Wir hatten es bisher noch nie in der Missionarsstellung gemacht, aber ohne seinen Bruder gab es keinen Grund, nicht auf diese konventionelle Weise zu vögeln. Chase drückte mich auf den gammeligen Teppich des Hobbykellers – Mann, was wir als Teenager alles bereit waren zu tun! Während er mich küsste, holte er ein Kondom aus der Schachtel, die er und Chance schlauerweise unter der Couch versteckt hatten. Als er in mich eindrang, stöhnten wir beide.

Blinzelnd stützte sich Chase auf seinen Armen auf, um mich anzusehen. Ich streckte mich nach ihm aus. Zog ihn zu mir herunter, um ihn zu küssen. Und während er mich küsste, begann er, sich zu bewegen.

Ich war schon zuvor bei ihm gekommen, und auch bei seinem Bruder. Ich bin eine gierige kleine Schlampe, was Orgasmen angeht, und selbst damals sah ich keinen Grund, warum ich die nicht haben sollte, wann immer es ging. Aber diesmal war es anders. Diesmal musste ich nicht meine Hand benützen, um mir einen runterzuholen, während ich den einen Bruder lutschte und der andere mich fickte. Ich musste nicht eine übereifrige Hand lenken oder ihr Tempo drosseln, wenn sie mich befingerte. Diesmal bewegten wir uns gemeinsam, und die Lust baute sich mehr und mehr auf, bis ich meine Fingernägel in Chases Rücken grub und mit meinen Fersen seinen Hintern umklammerte, um ihn noch tiefer in mich hineinzudrücken.

Es war wie der Unterschied zwischen einer Fahrt mit einer alten hölzernen Achterbahn oder einer Hightech-Loopingbahn. Wir machten die gleichen Sachen, aber es war besser zu zweit, als es je zu dritt gewesen war. Ich kam bereits, als er tief Luft holte und stöhnte. Er öffnete die Augen und unsere Blicke trafen sich. Wir kamen nur Sekunden nacheinander – auch das war ein erstes Mal. Er ließ sich auf meinen Hals sinken, und ich streichelte sein Haar, während ich versuchte, meinen Atem zu beruhigen.

„Ich hätte dich genommen“, flüsterte ich. Ich musste die Wahrheit einfach aussprechen, ich war so sehr im Nachhall dieses unverschämt guten Sex’ gefangen, dass ich nicht mehr darauf achtete, was ich sagte.

Chase, der noch in mir gewesen war, veränderte seine Position und zog sich zurück. Er kniete zwischen meinen Beinen, eine Hand an seinem Schwanz, um zu verhindern, dass das Kondom abrutschte. „Aber du bist mit Chance zum Ball gegangen.“

Ich stützte mich auf einen Ellbogen. Plötzlich bemerkte ich, wie verschwitzt wir beide waren. Wie stark die Luft nach Sex roch. Ich musste aufs Klo und hatte Durst, aber ich war noch zu schlapp, um mich zum Aufstehen zu bewegen, auch wenn ich so den Druck des Teppichs unter meinem Hintern losgeworden wäre. „Nun ja, er hat mich gefragt. Du nicht. Du bist ja mit Becka hingegangen. Aber ich … Wenn ich hätte wählen müssen …"

Ich hielt inne. Diese Wahrheit war wie eine Wand zwischen uns, die ich einreißen wollte. „Wenn ich die Wahl hätte, wärst du es. Nicht ihr beide."

Im Keller der Murphys gab es einen Schrank, der die gesamte Länge des Raums einnahm. Ich hörte das Knarren der Schranktür nicht sofort, aber Chase tat es. Er sprang auf, zog sich das Kondom von seinem schlaffen Schwanz und wickelte es in Taschentücher ein. Ich schaffte es gerade mal, mich aufzusetzen, als ich Chance in der Schranktür sah, und selbst dann raffte ich es nicht. Jedenfalls nicht gleich.

„Du bist eine Egoistin, Tesla", sagte Chance mit hoher, wackliger Stimme, die so ganz anders klang als sonst. Sein Gesicht war blass wie immer, aber jetzt hatte er außerdem rote Flecken auf den Wangen. Er zitterte. „Du bist eine Egoistin, weiter nichts!"

Es schien mir angebracht, mich anzuziehen, also griff ich, so schnell ich konnte, nach meinen herumliegenden Sachen. Ich hatte meinen Slip bereits an und schloss den BH, bevor ich meine Stimme wiederfand. „Ich dachte, du wärst bei Brett", sagte ich.

Keiner von beiden antwortete. Ich stieg in meinen Rock, ließ die Strumpfhose liegen, und knöpfte mir stattdessen das Hemd zu. Die Euphorie, die ich beim Sex mit Chase empfunden hatte, war völlig verschwunden. Ich starrte sie beide an.

„Was zum Teufel ist hier los? Was hast du da eigentlich gemacht, Chance? Uns zugesehen? Wie krank ist das denn!"

„Ich hab's dir doch gesagt." Chase sah mich nicht an. Er war ebenfalls dabei, sich anzuziehen, mit dem Rücken zu Chance und mir und mit hängenden Schultern. „Ich hab dir gesagt, dass du es eigentlich nicht wissen willst, Chance."

„Oh, ich wollte es nicht wissen. Aber ich bin froh, dass ich es weiß." Er hörte sich alles andere als froh an.

Chase zog sich Jogginghose und T-Shirt an. Ich hoffte, er

würde sich neben mich stellen, obwohl mir eigentlich ziemlich klar war, dass so etwas so gut wie ausgeschlossen war.

„Hattest du das geplant?“, wollte ich von ihm wissen. „Chase?“

„Ich … Er wollte wissen …“

„Was wollte er wissen?“ Ich setzte mich auf die Couch, um endlich meine Strumpfhose anzuziehen, und weil ich plötzlich das Gefühl hatte, gleich umzukippen.

„Für wen du dich entscheiden würdest“, antwortete Chance an ChasesStelle. „Und das weiß ich jetzt. Scheiße, ich kann einfach nicht glauben, dass ich dich zu diesem beschissenen Ball mitgenommen habe. Ich hab dir Blumen gekauft, Tesla! Ich bin mit dir essen gegangen und hab dann auch noch brav die Rechnung bezahlt! Und die Eintrittskarten!“

„Aber … du wolltest das.“ Ich wusste nicht, wie ich darauf reagieren sollte. Es war ein Verrat, das ja, aber ich war mir nicht sicher, wer hier eigentlich wen verraten hatte. Ich fand meine Schuhe und schob meine Füße hinein, band langsam die Schnürsenkel zu, sodass ich keinen der beiden ansehen musste. „Ich hab dich nicht darum angebettelt oder so. Scheiße noch mal.“

„Wenn Chase dich gefragt hätte, wärst du dann mit ihm gegangen?“

Ich stand auf. Sah Chance an. „Ja. Natürlich. Aber er hat mich nicht gefragt, sondern du. Also bin ich mit dir gegangen.“

„Aber du wärst lieber mit ihm gegangen.“ Chance hörte sich erbärmlich an.

Da verstand ich endlich. Ich hatte nicht vorgehabt, irgendjemandem das Herz zu brechen, aber genau das war anscheinend geschehen. Ich runzelte die Stirn. Ich konnte ihm nicht widersprechen, wollte es aber auch nicht noch mal sagen.

„Er will nicht mit dir zusammen sein“, sagte Chance.

Ich sah zu der Stelle auf dem Teppich hinüber, wo wir gerade Sex gehabt hatten, dann zu Chase, der mich immer noch nicht ansah. „Nein? Was haben wir dann gerade gemacht?“

„Wir wollten rausfinden, ob du es tun würdest.“ Chases Stimme war nicht schrill oder wacklig, wie die seines Bruders gewesen war. Seine war tief und rau geworden, ein Hinweis darauf, wie sie in den kommenden Jahren werden würde. Wenn er zum Mann werden würde.

Chance räusperte sich, und zu meinem Schrecken kämpfte er mit den Tränen. „Ohne mich. Und du hast es getan."

„Ihr habt mich reingelegt?" Ich war nicht sonderlich wütend, noch nicht. Das würde später kommen, wenn ich erst mal darüber nachdachte, wie beschissen alles geendet hatte. „Warum habt ihr das gemacht?"

Jetzt sah Chase mich an. „Weil wir es wissen wollten."

Wir drei hätten ein Kreis sein können, weich und rund, aber was geschehen war, hatte uns in ein Dreieck verwandelt mit scharfen, verletzenden Ecken. Ich hatte ihnen beiden nichts zu sagen. Ich hatte Chance unwillentlich verletzt, aber was sie getan hatten, war mit Vorsatz gewesen. Es gelang mir gerade so, nicht in Tränen auszubrechen.

„Nun", sagte ich, „jetzt wisst ihr es."

Ich wartete ihre Reaktion nicht ab. Ich ließ sie beide dort im Hobbykeller zurück, und als ich am nächsten Tag in der Schule vor ihren Spinden an ihnen vorbeiging, drehte ich mich nicht einmal zu ihnen um. Das zumindest war nichts Neues – so hatten wir uns bisher ja auch verhalten. Ich schickte Mrs Murphy ihren letzten Scheck zurück mit einer kleinen Notiz, dass ich ihre Söhne nicht weiter unterrichten konnte. Sie brauchten mich eh nicht mehr.

Chase Murphy hatte mich nicht gewollt. Melissa hatte mich wegen einer Frau verlassen, die besser zu ihr passte. Vic empfand etwas für mich, aber er hatte deswegen solche Schuldgefühle, dass es fast besser wäre, er täte es nicht.

Ich war mit Jungs zusammen, mit Mädchen, hatte One-Night-Stands. Nichts war von Dauer gewesen, und ich sagte mir selbst, dass ich es so wollte. Aber jetzt, mit Simones Frage im Kopf, musste ich ständig daran denken, wie Meredith und Charlie sich liebevoll wegen des Weins gezankt hatten.

Warum konnte ich so was nicht auch haben?

21. KAPITEL

Sonntage sind die besten Tage im *Mocha*. Nicht nur, weil sich Joy an diesem Tag immer freinimmt, sondern weil die meisten Gäste nicht wie sonst unter Zeitdruck stehen, weil sie noch irgendwo anders hinmüssen. Selbst früh aufzustehen, um das Café zu öffnen, ist deshalb sonntags gar nicht so schlimm.

An diesem Sonntag war Eric einer der Ersten, die durch die Tür kamen. Wie immer war sein Haar zerzaust, und er hatte eine Ledertasche und einen Notizblock bei sich. Er sah so müde aus, wie ich mich fühlte.

„Harte Nacht gehabt?", fragte ich ihn, als ich ihm einen Becher für seinen „Bodenlosen" gab.

„Nachtschicht in der Notaufnahme ist nie angenehm", antwortete er mit einem Grinsen und nahm seinen Becher entgegen. „Und du?"

„Ich musste niemanden zusammennähen, also ist es mir vermutlich besser ergangen als dir."

„Keine Frage." Er trottete zu seinem Tisch.

Ich beobachtete ihn eine Weile lang. Meredith hatte gesagt, jeder hätte eine Geschichte zu erzählen, manchmal mehr als eine. Ich fragte mich, wie seine wohl lautete.

„Geht's dir besser?", fragte Darek und trat dann einen Schritt zurück, um mich von oben bis unten zu mustern. „Ach du meine Güte. Bist du okay? Was ist passiert?"

Obwohl mir noch fast alles wehtat, war der einzig sichtbare Beweis für meinen Zusammenstoß mit Vic eine kleine Prellung oben an der Wange. Ich hatte sie mit Concealer abgedeckt, aber jeder, der genauer hinschaute, konnte sie sehen. Ich berührte sie vorsichtig.

„Ja, mir geht's gut. Es war ein Unfall."

Zu meiner Überraschung machte Darek ein finsteres Gesicht und ballte die Fäuste. „Wer war das? Hat dich irgendein Arschloch geschlagen? Wer war das?"

Ich blinzelte, dann lachte ich. „Oh … der Typ, mit dem ich zusammenwohne. Vic. Aber es war wirklich ein Unfall. Ich meine, er wollte mich nicht schlagen, Darek. Danke, trotzdem."

Darek sah nicht so aus, als würde er mir glauben. „Verarsch mich nicht. Ich mein's ernst. Wenn dich jemand geschlagen hat …"

Ich wusste nicht, wie ich ihm das Ganze so erklären sollte, dass es Sinn machte. „Wirklich. Es geht mir gut. Glaubst du etwa, ich lasse mich einfach so von jemandem schlagen?"

Dareks Blick wurde sanfter, aber er war immer noch erkennbar wütend. „Keine Ahnung. Vermutlich nicht. Tut mir leid."

„Es muss dir nicht leidtun. Das ist total süß." Ich klimperte mit den Wimpern. „Wusste übrigens nicht, dass dir das wichtig ist."

Das brachte ihn zum Lachen. „Ich wäre ein riesengroßer Depp, wenn es mir nichts ausmachen würde, wenn einer meiner Freunde geschlagen wird."

„Du bist kein riesengroßer Depp." Ich begann, die Möhren-Muffins voneinander zu trennen. Die Cremeglasur pappte sie gern zusammen.

„Joy sieht das anders. Aber sie ist ja auch ein echtes Biest, und damit sind wir quitt." Darek lehnte sich gegen den Tresen. „Sie hat mir übrigens gestern den Arsch aufgerissen."

Ich sah ihn an. „Reißt sie nicht immer jemandem den Arsch auf?"

„Das war diesmal eine andere Nummer. Hat mich vor dem ganzen Laden zusammengeschissen. Ich war echt angefressen." Er hielt inne, verzog wütend das Gesicht. „Ich hätte ihr fast meine Kündigung um die Ohren gehauen. Und ich schwöre, wenn sie sich das nächste Mal mit mir anlegt, mach ich das auch.

„Wow. So schlimm? Das tut mir leid."

Er zuckte mit den Schultern und sah auf, weil die Türglocke bimmelte und neue Gäste den Coffeeshop betraten. „Shit happens. Aber es wird ihr noch leidtun, wenn sie mich weiter wie den letzten Dreck behandelt, so viel kann ich sagen. Hey, da ist Johnny D. Willst du?“

„Na klar.“ Ich ließ die Muffins Muffins sein, lehnte mich über den Tresen und schenkte Johnny ein breites Grinsen. „Guten Morgen.“

„Hallo, Tesla, wie geht's?“ Er hatte so einen süßen Akzent. Er schaute erst gar nicht in die Karte, sondern sah nur kurz zu der Kuchenvitrine. „Ich hätt gern einen Möhren-Muffin und einen ‚Bodenlosen‘.“

„Gute Wahl.“

„Mir gefällt die kleine Möhre obendrauf“, sagte er, hielt mir ein paar Scheine hin und warf noch einen in die Trinkgelddose. „Aber gebt nicht alles auf einmal aus.“

„Danke.“ Ich reichte ihm das Wechselgeld, das er ebenfalls in die Dose steckte. „Bis später.“

Während meines Flirts hatte ich nicht die Kundin hinter ihm bemerkt. Ich grinste über das ganze Gesicht, als ich sie sah. „Meredith. Hallo.“

Sie lächelte nicht zurück. „Du bist also heute hier.“

„Nun ... Ja.“ Mein Lächeln wurde kleiner. Ich musterte sie. „Warum sollte ich das nicht?“

„Du warst gestern nicht hier. Ich dachte, du gehst mir vielleicht aus dem Weg.“ Sie sah sich nicht um, ob uns irgendjemand belauschte, aber ich tat es.

„Natürlich nicht.“ Ich lächelte vorsichtig. „Du hättest mich doch anrufen können. Ich meine, ich bin froh, dass du mich vermisst hast.“

„Ich dachte halt ... ich hab mir Sorgen gemacht, weißt du. Dass du merkwürdig fandst, was passiert ist.“

„Nein. Wir hatten doch viel Spaß.“ Wir starrten uns an. Ich fand dieses Gespräch merkwürdiger, als mit Charlie zu vögeln. „Wirklich.“

Das schien sie zu erfreuen, denn sie lächelte endlich zurück. „Gut. Ein Glück. Ich hätte Charlie nicht gern gesagt, dass du uns den Laufpass gibst. Das hätte ihn hart getroffen.“

„Wirklich? Einen Pfefferminz-Latte?“, fügte ich hinzu und begann schon, ihn so zuzubereiten, wie sie ihn am liebsten trank.

Meredith nickte. „Ja. So ist er nun mal.“

Er hatte auf mich nicht den Eindruck eines Sensibelchens gemacht, aber was wusste ich schon. „Kein Gedanke an einen Laufpass.“ Ich hielt die Tasse unter die Dampfdüse, um Milch aufzuschäumen. „Also … heißt das, ihr wollt es noch mal machen?“

Ihr Lächeln wurde breiter. Falls ihr irgendjemand einen Gefallen ausschlagen konnte – ich war es ganz sicher nicht. „Ja, unbedingt. Ich hab dir doch gesagt, dass du deinen Spaß haben wirst, oder?“

Ich machte den Latte fertig und reichte ihn ihr. „Das hast du.“

Unsere Finger berührten sich, als sie die Tasse entgegennahm. Sie reichte mir einen Zehn-Dollar-Schein und zeigte auf einen Apfelstreusel-Muffin. „Und noch so einen.“

Ich gab ihr den Muffin und das Wechselgeld. Ich wollte nicht, dass sie schon wegging. „Also … wann?“

„Heute Abend natürlich“, sagte Meredith. „Morgen Abend auch. Und den Abend danach …“

„Halt.“ Ich lachte und schüttelte den Kopf. „Du spinnst.“

Sie sah mich schelmisch an, warf das Wechselgeld nachlässig in ihre Handtasche und zog die Henkel straffer um ihre Schulter. „Also. Nicht heute Abend?“

„Doch, heute Abend passt gut.“ Ich konnte nicht aufhören zu lächeln. „Das wird toll.“

„Oh ja, ganz sicher.“ Sie zwinkerte mir zu und ging zu ihrem Lieblingstisch vorne am großen Fenster, wo sie ihren Laptop öffnete und begann zu tun, was immer sie da stundenlang tat. Darek stellte sich hinter mich – ich erschreckte mich ein wenig, als ich einen Schritt nach hinten trat und ihn anrempelte. Ich lachte. Er nicht.

„Und, sie und du?“

Anscheinend war unser Blickkontakt nicht diskret genug gewesen. „Was ist mit ihr und mir?“

„Gehst du mit Meredith aus?“

Ich sah ihn neugierig an. „So was in der Art. Wieso? Ich meine …"

Plötzlich überkam mich ein schrecklicher Gedanke. Ich hatte Darek nie als potenziellen Partner für mich gesehen und war mir ziemlich sicher gewesen, dass er auch nicht in dieser Weise über mich dachte. Wir besaßen die Telefonnummern voneinander und waren Freunde bei Connex, hatten uns aber nie außerhalb des *Mocha* getroffen.

„Sie ist verheiratet", betonte er.

„Hm … stimmt." Es ging Darek nichts an, was ich mit Meredith und Charlie trieb. Nicht mal dann, wenn ich zu den Frauen gehört hätte, die gerne über ihr Privatleben plauderten. Was ich nicht tat.

Darek zuckte die Schultern und ging an mir vorbei zum Toaster, um einen Bagel hineinzulegen. Ich wollte wirklich nicht mit ihm darüber reden, weswegen ich froh war, als es vor dem Tresen ein kleines Gedränge gab und ich mich um die Gäste kümmern konnte, statt mit ihm mein Liebesleben zu diskutieren.

Als ich wieder zum Luftholen kam, war Meredith gegangen. Ich versuchte, nicht enttäuscht zu sein, auch wenn mir das nicht sonderlich gut gelang. Sie hatte allerdings etwas für mich zurückgelassen. Wieder eine Serviette, diesmal deutlich mit dem Abdruck eines Lippenstiftkusses. Zwei Worte waren daraufgekritzelt.

Heute Abend.

22. KAPITEL

Ich traf Charlie und Meredith in den nächsten zwei Wochen fast jeden Tag. Wir gingen essen, ins Kino oder auf Konzerte in kleinen Clubs. Wir knutschten auf Parkplätzen und frühstückten in einem Diner um drei Uhr morgens. Charlie rief mich oft fünf Minuten, nachdem ich gegangen war, an, und wir quatschten über eine Stunde am Telefon. Meredith kam ins Café und schrieb mir versaute SMS, während sie nur wenige Meter von mir entfernt an ihrem Tisch saß. Charlie und ich, Charlie und Meredith (aber nie Meredith und ich) – wir küssten und streichelten uns, wir rieben und leckten und lutschten und fickten.

Wir berauschten uns aneinander.

Ich schwärmte für Meredith, seit ich sie das erste Mal gesehen hatte, aber Charlie ... ach, Charlie war eine ganz andere Liga. Großzügig, liebenswürdig und nicht leicht aus der Ruhe zu bringen – anders als seine Frau, die gerne bei jedem Anlass in die Luft ging und sich so über die klitzekleinsten Kleinigkeiten aufregte, dass Charlie und ich sie meist nur stumm beobachteten, bis sie sich zu uns umdrehte und zu lachen begann. Charlie war freundlich. Warmherzig. Rücksichtsvoll. Höflich. Er hatte einen trockenen, aber wunderbar feinen Sinn für Humor. Zwei Wochen sind hinsichtlich einer Beziehung keine lange Zeit, aber es brauchte nicht lange, bis ich das Gefühl hatte, Charlie zu kennen.

Meredith war auf einer ihrer Hausfrauenpartys, diesmal für *Jangle Bangles – Klimperreifen*, aber sie hatte mir gesagt, ich solle nach der Arbeit direkt zu ihr nach Hause gehen und dort auf sie warten, da sie am Nachmittag zurück sein würde. Deshalb waren Charlie und ich das erste Mal, seit das mit uns begonnen hatte, allein miteinander, und auch wenn ich stundenlang mit ihm telefoniert hatte, fühlte es sich doch sehr ungewohnt und merkwürdig und unerträglich aufregend an.

Ich hatte etwas zu lesen mitgebracht und vertiefte mich in mein Buch, während wir auf Meredith warteten. Charlie hatte mich an der Tür geküsst, sich dann aber mit einem Stapel Aufsätze, die er bewerten musste, aufs Sofa gesetzt. Ich saß am anderen Ende, meine Füße unter seinen Beinen. Wir waren für gute fünfzehn oder zwanzig Minuten still, bis Charlie mit einem Gähnen aufsah.

„Was liest du da?"

Ich hielt ein zerfleddertes Taschenbuch hoch, das ich schon mal gelesen hatte. „Es heißt ‚Unschuld und Unheil'."

„Ist es gut?"

„Eins meiner Lieblingsbücher." Ich zeigte ihm den Umschlag. „Robert McCammon, Hast du mal was von ihm gelesen?"

Charlie schüttelte den Kopf. „Nein. Ich bin ein großer Stephen-King-Fan. Koontz. Barker. Ich lese vor allem Horror und Science-Fiction."

Ich lachte. „Dann dürfte dir McCammon gefallen. Dies hier ähnelt auf merkwürdige Weise den Erzählungen von Bradbury, aber er hat auch großartige Horror-Sachen geschrieben. Magst du auch Horror-Filme?"

„Mein Lieblingsgenre. Nicht diese Folter-Porno-Sachen", fügte Charlie hinzu. „Aber ein guter Psycho-Horror oder ein übersinnlicher Film. Ich liebe Zombies."

„Ich auch! Magst du ‚28 Days later'?"

Wir strahlten einander an und fühlten uns plötzlich auf einer ganz anderen, neuen Ebene verbunden, die nichts mit unseren Geschlechtsteilen zu tun hatte.

„Ja, der. Hast du ‚A Tale of Two Sisters' gesehen? Er kommt aus Korea." Charlie schüttelte sich. „Bei dem hab ich mir vor Angst fast in die Hosen gemacht."

„Neeeiiiin", sagte ich atemlos. „Aber ich liebe asiatischen Horror, überall diese schwarzen Haare, und sie sind so unheimlich und Furcht einflößend. Den muss ich mir unbedingt ansehen. Ich werd ihn mir mal ausleihen."

„Du, ich hab ihn auf DVD. Wir könnten …" Charlie zögerte kurz. „Du kannst ihn dir gerne ausleihen. Oder wir sehen ihn uns zusammen an. Ich käme mir bescheuert vor, wenn ich dich damit nach Hause schicke und du ihn dir alleine angucken musst."

„Das würde ich gerne, Charlie."

Wir lächelten uns an.

„Was würdest du gerne?" Meredith, beladen mit Handtasche und dem Koffer, in dem sie ihre Schmuck-Muster transportierte, war unbemerkt durch die Garagentür hereingekommen.

„Horrorstreifen. Tesla liebt Horror." Charlie stand auf, um ihr den Koffer abzunehmen.

Sie warf mir einen Blick zu und gab Charlie den Koffer. „Ach ja? Wie schön, dass ihr etwas gemeinsam habt."

„Du magst keinen Horror, oder?" Ich sprang auf, um sie zu begrüßen. „Wieso nicht?"

Sie zuckte die Schultern und gab Charlie einen Kuss, dann umarmte sie mich. „Ich mag sie einfach nicht. Mmhhm, du riechst gut. Was ist das?"

Ich schnupperte an meinem Handgelenk. „Ach, das ist ein Duftöl, das ich auf dem Markt gekauft habe. Es heißt ‚Steam Dreams'."

Sie beugte sich weiter vor und atmete tief ein. „Es gefällt mir. Es riecht nach dir."

„Ich schätze, das ist gut – schließlich trage ich es ja auch."

Sie warf mir einen dieser Blicke zu, die ich öfters an ihr Charlie gegenüber beobachtet hatte. „Du Schlaumeier. Und, seid ihr beide aufbruchbereit? Gebt mir nur ein paar Minuten, um mich umzuziehen und diesen Mist loszuwerden."

Sie rasselte mit ihren Armreifen, löste sie bereits von ihrem Handgelenk.

Charlie sah zum Sofa rüber. „Ich muss noch ein paar Aufsätze korrigieren. Ich brauch noch vielleicht eine Stunde?"

Sie runzelte die Stirn. „Ich dachte, du bist fertig, bis ich nach Hause komme!"

„Ich helfe dir, Charlie", bot ich an. „Ich kann mit dir die Aufsätze durchgehen, während Meredith sich fertig macht."

Er wirkte überrascht. „Echt?"

Sie war bereits am Gehen, sah nur kurz über die Schulter. „Gut. Und mach ihm ruhig ein bisschen Feuer unterm Hintern, Tesla. Ich spring noch schnell unter die Dusche, da es ja so aussieht, als hätte ich Zeit."

Als sie verschwunden war, sah Charlie mich an. „Das musst du nicht."

„Hey, keine große Sache." Ich zuckte die Schultern. „Ich schätze, wenn ich die Arbeiten von Drittklässlern nicht korrigieren kann, sollte ich mich echt schämen, hm? Außer vielleicht bei Sozialkunde oder Geschichte – ist es das? Denn, wenn ich ehrlich bin, bin ich sauschlecht darin, mir die Namen von irgendwelchen Eroberern und so zu merken."

„Nein. Ein Rechtschreibdiktat. Ich denke, das kriegst du hin."

Ich grinste. „Vergebe ich Extrapunkte für Einfallsreichtum?"

Charlies Fingerspitze strich meinen Pony entlang, zwischen meiner Stirn und meinen Augenbrauen. Federleicht, das Flüstern einer Berührung. Schauer jagten durch meinen Körper. Wir lächelten uns wieder an, es war wie ein Geheimnis, nur für uns.

„Das solltest du", sagte Charlie.

23. KAPITEL

Meredith sagte, sie hätte eine Überraschung für uns. Ich war mir nicht sicher, ob es für Charlie wirklich eine war, aber ich für meinen Teil war eindeutig überrascht, als sich herausstellte, wohin es ging. Das *Samantha's* hatte mehr Klasse, als ich es erwartet hätte. Als die Rede von einem Striplokal gewesen war, hatte ich mir Neonlichter und Frauen mit hässlichen Gesichtern vorgestellt. Stattdessen betraten wir einen vornehmen, mit dunklem Parkett ausgelegten Raum, in dem geschmackvolle erotische Porträts an der Wand hingen und die Bühne – auf der zwei Stangen bis zur superhohen Decke in ungefähr zehn Meter Höhe hinaufragten – von einer schicken Bar umgeben war. Abseits von der Bühne gab es noch ein paar kleine, abgetrennte Bereiche mit bequem aussehenden Sofas und Sesseln.

„Ich komme um vor Hunger", sagte Meredith und hakte sich bei mir unter. „Was willst du essen?"

„Es gibt hier was zu essen?"

„Es gibt hier alles, was du willst", sagte sie lachend und stieß mich mit der Hüfte an. „Aber die Burger sind wirklich gut. Lass uns an der Bar sitzen. Charlie, komm."

Er war ein bisschen zurückgeblieben, um seinen Gürtel wieder anzuziehen, den er beim Metalldetektor am Eingang hatte abnehmen müssen. Jetzt schloss er zu uns auf. „Worum geht's?"

„Die Bar. Lass uns einen Platz an der Bar suchen." Meredith klang ein wenig ungeduldig. „Und was zu essen bestellen."

„Hört sich gut an." Charlie grinste mich an und hakte sich an meinem anderen Arm unter. „Was will Tesla?"

„Tesla will einen Burger", sagte ich. „Und ein Bier, schätze ich."

Meredith ergatterte drei Stühle für uns an der Bar. „Und ein paar nackte Titten sehen."

„Tja, wer will die nicht sehen?", erwiderte Charlie.

Die Bedienung, die Untersetzer vor uns legte, war jung,

hübsch und ein bisschen pummeliger, als ich es erwartet hatte, aber mit gigantischen Brüsten, die oben aus ihrem Korsett quollen, das sie so eng geschnürt hatte, dass es ihr die Figur einer Sanduhr gab. Dazu trug sie süße Hotpants, Netzstrumpfhosen und ein Paar Sneakers. Überhaupt nicht, was ich erwartet hatte. Sie zwinkerte mir zu, als sie uns dreien die Karten reichte.

„Wir haben noch zwanzig Minuten Cocktail Happy Hour", sagte sie. „Das Essen steht hier auf der Karte, zusammen mit einer Auswahl an Zigarren und unseren Biersorten vom Fass."

„Hey, Burger", sagte Charlie und wedelte mit der Karte in Merediths Richtung.

Mein Magen rumorte. „Sie sagte, die wären hier gut."

Charlie sah zu Meredith hinüber. „Sind sie das?"

Sie starrte zur Bühne, auf der gerade eine Frau aufgetaucht war. Sie sah ihren Mann kaum an. „Hä? Woher soll ich das wissen?"

„Du hast gesagt –", begann ich, hielt aber inne, als ich ihren Blick auffing.

„Ich hab gehört, dass sie gut sind. Das ist alles." Sie wandte sich wieder der Bühne zu, wo die Frau sich aus ihrem langen Kleid mit Netzeinblicken geschlängelt hatte und jetzt begann, sich um die Stange zu drehen. „Beeindruckend. Seht euch das an."

Der Neid in ihrer Stimme war nicht zu überhören, und auch wenn ich es nicht gern zugab – es ging mir ähnlich. Zwar war trotz des schummrigen Lichts deutlich zu erkennen, dass die Stripperin ein paar Falten und ein bisschen Cellulitis hatte, aber sie war einfach fantastisch an der Stange. Sie kletterte sie zur Hälfte hoch, dann hing sie da, in fünf Metern Höhe, und hielt sich nur mit ihren Oberschenkeln fest. Ihr Haar fiel nach unten, während sie sich drehte.

„Die Stange dreht sich, nicht das Mädchen", bemerkte Charlie. Dann, leiser: „Ich hoffe, sie fällt nicht runter."

Meredith lachte nur. „Lass Charlie sich um die Sicherheit kümmern. Konzentrier du dich auf ihre Möpse, Süße. Dafür zahlst du schließlich. Apropos, gib mir mal den Stapel Dollars,

Charlie. Ich hab sie seit Wochen gesammelt", erklärte sie und reichte mir ein paar Scheine von dem Stapel, den Charlie ihr in die Hand gedrückt hatte. „Hier. Zerknäul sie und wirf sie."

Das kam mir ein bisschen derbe vor, aber alle, die nicht unmittelbar vor der Bühne, in Tanga-Greifnähe, saßen, taten das. Zerknüllte Dollars und Gejohle erfüllten die Luft, als die Tänzerin die Stange hinunterglitt und nur so weit vor dem Boden innehielt, dass ihr langes blondes Haar den Boden berührte. Dann drückte sie den Rücken durch und machte einen Satz, sodass sie auf ihren hohen Absatzschuhen landete.

„Großer Gott", murmelte Meredith. „Schaut euch das nur verdammt noch mal an."

Ich sah gerne hin. Ich brauchte keine Striptease-Expertin zu sein, um die Talente dieser Tänzerin zu würdigen. Als sie sich umdrehte und ein Lächeln in unsere Richtung schickte, warf ich ihr nur zu gerne einen zerknüllten Dollar zu. Er landete auf ihrer Brust, und sie fing ihn sicher mit einer Hand auf, dann zwinkerte sie mir zu und beugte sich vor, um schnell nach ihrem Kleid zu greifen und von der Bühne zu entschwinden.

„Ich wünschte, ich könnte das auch", sagte Meredith.

„Pole Dance?" Charlie beugte sich vor, um sie anzusehen. „Ich bin sicher, du hättest das drauf. Wir könnten eine Stange in unserem Wohnzimmer installieren."

Ich wusste, dass er nur einen Witz machte, aber Meredith verdrehte die Augen. „Sicher. Das würde bestimmt gut zu unserer Deko passen, oder?"

Mehr und mehr Mädchen kamen heraus. Zwei von ihnen stiegen auf die Bühne, um gemeinsam an der Stange zu tanzen, während die Frau, die bereits getanzt hatte, sich unter die Gäste mischte. Dann kamen noch mehr Tänzerinnen, und mehr als eine trug ein schickes Abendkleid, das ich eher auf einer Cocktail-Party erwartet hätte als in einem Striplokal.

„Hallo, ich bin Donna. Wie geht es euch allen heute Abend?" Die Frau, die vor ein paar Minuten noch getanzt hatte, hatte ihr schwarzes Spitzenkleid gegen einen kurzen Faltenrock und ein zur Hälfte aufgeknöpftes Hemd eingetauscht. Ihre Brüste quollen hervor, unterstützt noch von einem wirklich tollen Push-up-BH, um den ich sie beneidete. Ihr Blick glitt über mich und Charlie hinweg, blieb kurz an Meredith hängen und kehrte dann zu mir zurück. „Hallo, Süße. Hübsches Oberteil."

„Das Gleiche hab ich grade von deinem gedacht. Der Rock sieht auch toll aus." Er gefiel mir eigentlich nicht sonderlich, aber warum sollte ich so gemein sein? Sie arbeitete schließlich hart für ihr Geld.

„Dieses alte Ding?" Sie zwinkerte mir zu und lehnte sich lässig neben Charlie gegen den Tresen. „Also, ist das euer erstes Mal hier?"

„Ja", sagte Charlie.

Ihr Blick wanderte zu ihm, und ihr Lächeln wurde noch ein bisschen breiter. „Nun, Hübscher, nur falls es dir noch niemand gesagt hat: Ein privater Tanz kostet zwanzig pro Lied, und ich mach ein Angebot für Paare. Zwei für den Preis von einem."

Sie sah mich an, ich schätze, weil ich neben ihm saß. „Was meinst du, Süße? Willst du deinen Mann zu was Besonderem einladen?"

„Er ist *mein* Mann", sagte Meredith leicht boshaft. Ich glaube, sie überraschte gerne Leute. „Und gilt dein Angebot auch für drei?"

Man würde denken, eine Stripperin wäre nur schwer zu überraschen, aber die Frau hob tatsächlich die Augenbrauen, bevor sie mich wieder ansah. „Kann nicht behaupten, ich hätte es schon mal für drei zur gleichen Zeit gemacht, aber … Na klar. Warum nicht? Ich sag euch was: Ihr zahlt für drei Lieder, und ich mach es für euch drei. Was haltet ihr davon?"

Charlie hatte die ganze Zeit über so gut wie gar nichts gesagt, auch wenn es ihn nicht zu stören schien, dass der Arm der Tänzerin seinen berührte. „Was für ein Schnäppchen", meinte er jetzt.

Sie sah ihn an. „Tja, was soll ich sagen? Ich liebe Herausforderungen."

Meredith sprang von ihrem Barhocker und stand da, mit einem Glanz in den Augen, den ich inzwischen nur zu gut kannte. „Gut. Dann lasst uns gehen."

Charlie und ich tauschten Blicke. Ich hatte Lust darauf und konnte mir nicht vorstellen, warum es ihm nicht genauso gehen sollte. Trotzdem schien seine Zurückhaltung mehr als schlichte Höflichkeit zu sein, eher ein ehrliches Zögern. Er legte eine Hand auf meinen Rücken, als wir Meredith und der Tänzerin durch die Menge folgten. Seit wir gekommen waren, hatte sich die Menge verdoppelt. Unsere Plätze an der Bar wurden sofort von anderen Gästen in Beschlag genommen.

„Bist du dir sicher, dass du das willst?", flüsterte er mir ins Ohr, als wir durch einen kurzen Flur an den Toiletten vorbeigingen und zu einem kleinen Raum mit einem Aufpasser an der Tür kamen.

Ich hielt kurz inne, um Charlie anzusehen, obwohl Meredith der Tänzerin bereits in den Raum gefolgt war. „Na klar. Warum ... Du nicht?"

„Ich hab so was noch nie ..." Er sah sowieso immer zum Anbeißen aus, aber in diesem Augenblick hätte ich ihn am liebsten aufgefressen.

Meredith steckte den Kopf in den Flur. „Wo bleibt ihr denn? Kommt schon."

Charlie umklammerte meine Hand. „Lassen wir sie besser nicht warten."

„Nein. Das mag sie nicht." Ich zupfte an ihm. „Komm, Charlie. Dann bist du bald keine Lapdance-Jungfrau mehr."

„Hast du das schon mal gemacht?", fragte er mich, während wir am Aufpasser und der Kassiererin vorbeigingen, der Charlie seine Kreditkarte gegeben hatte.

Ich schüttelte den Kopf und sah mich im Raum um, der ungefähr zehn von solchen Separees beherbergte, wie es sie in dem Hauptraum gab, nur dass diese hier höhere Wände hatten, um für genügend Privatsphäre zu sorgen. „Noch nie."

„Dann verlieren wir beide heute unsere Jungfräulichkeit."

Charlie unterschrieb den Bon, steckte seine Karte und den Beleg in die Brieftasche und diese dann in seine Hose. Er lehnte sich vor, um mit seinen Lippen meine Schläfe zu berühren. Dann drückte er meine Hand. „Komm."

„Tesla, du sitzt zwischen uns." Meredith rutschte auf dem Samtbezug des Sofas herum und klopfte darauf. „Charlie, du sitzt hier."

Sie dirigierte uns, wie immer. Während wir uns hinsetzten, beobachtete uns Donna amüsiert. Sie spielte mit dem Saum ihres Hemdes, das überkreuz zusammengehalten wurde. Als wir so weit waren, knöpfte sie es rasch auf und schlüpfte aus ihrem BH, sodass sie bis auf ihren kleinen Rock nackt war.

„Ich kann den ausziehen oder anlassen", bot sie an und drehte sich so, dass wir den Seidentanga unter ihrem Rock sahen. Sie blickte uns über die Schulter an und wackelte mit den Hüften. „Eure Entscheidung."

„Aus." Meredith klatschte in die Hände und hüpfte leicht in die Luft, sodass ich gegen Charlie stieß.

Ich musste lachen. „Ich weiß nicht, ich finde an eigentlich besser."

„Charlie", sagte Meredith. „Du bist das Zünglein an der Waage."

Ich dachte, er würde sich so entscheiden, wie sie es wollte, aber er überraschte mich. „An", sagte er. „Das gefällt mir. Es ist sexy."

Meredith sah auch überrascht aus, und nicht sonderlich glücklich, aber sie zuckte nur die Schultern. „Na schön."

Donna sah zu der Kassiererin hinüber und hielt drei Finger in die Luft. Sie bekam ein Nicken zur Antwort, was vermutlich hieß, dass Charlie tatsächlich für drei Tänze bezahlt hatte. Einen Moment später setzte die Musik ein. Sie hatte vorher zu etwas Schnellem getanzt, aber jetzt erklang ein langsames und erotisches Lied aus den Lautsprechern. „No Ordinary Love" von Sade.

„Eines meiner Lieblingslieder", murmelte Charlie, bevor er große Brüste im Gesicht und eine Stripperin auf dem Schoß hatte.

Es war vermutlich nicht leicht, für drei zu tanzen, aber die wunderbare Donna tat ihr Bestes. Sie bewegte sich von einem zum anderen, saß mal hier, mal da auf dem Schoß und rieb ihren Hintern gegen uns, dann drehte sie sich um, um ihre üppigen Brüste in unser Gesicht zu drücken. Sie roch gut. Ihre Haut war weich. Mir gefiel ihr Gewicht auf meinem Schoß, und mir gefiel, wie sie rücklings auf Charlies Schoß saß und so ins Hohlkreuz ging, dass ihr Gesicht sich an seines drückte und ihre Titten gen Himmel ragten. Sie rieb sich an uns, einem nach dem anderen, dann nahm sie ihre Hand hinzu oder warf jemandem einen flirtenden Blick zu, sodass sie sich unsere Aufmerksamkeit sicherte, obwohl sie gerade bei jemand anderem auf dem Schoß saß.

Ich gab mich der Lust hin, von einer hübschen Frau verführt zu werden. Ich mochte es, wie sie Augenkontakt herstellte, wie sie den Blick verweilen ließ, und ich mochte es, wie sie Charlie zum Erröten brachte, als sie ihren Hintern an seinem Hosenstall rieb.

Als das dritte Lied zu Ende war, stand Meredith auf, noch bevor Donna ein paar Schritte zurücktreten konnte. „Danke. Toll gemacht."

Donna lächelte, während sie sich den BH wieder überstreifte und vorne schloss. „Danke. Freut mich, dass es dir Spaß gemacht hat."

Meredith sah sie nicht an, warf aber Charlie und mir einen finsteren Blick zu. „Ich gehe auf die Toilette."

Sie ging, ohne sich noch einmal umzudrehen.

Donna wirkte besorgt. „Ist etwas mit ihr?"

„Ich bin sicher, es ist alles in Ordnung. Ich sehe mal nach ihr." Ich stellte mich auf die Zehenspitzen, um Charlie zuzuflüstern: „Du solltest Donna ein ordentliches Trinkgeld geben."

Ich klopfte ihm auf den Hintern und ging zu den Toiletten, wo Meredith gerade aus einer Kabine kam. Sie wusch sich die Hände, dann befeuchtete sie sich mit ihren nassen Fingern den Nacken und den Hals. Sie sah mich durch den Spiegel an.

„Lass uns nach Hause gehen", sagte sie.

Ich zuckte die Schultern. Es war nicht meine Idee gewesen, hierherzukommen, und auch wenn ich mich gut amüsierte, musste ich nicht unbedingt bleiben. „Na klar. Alles in Ordnung?“

„Ich sehe einfach nicht den Sinn darin, warum wir für etwas Geld aus dem Fenster werfen sollen, das wir zu Hause auch für umsonst machen können.“ Meredith drehte sich zu mir um und strich mir mit den Fingern über die Arme. „Und besser.“

Ich lachte. „Du willst zu Hause bei Charlie einen Lapdance machen? In Ordnung, da bin ich dabei.“

„Nicht nur bei Charlie. Bei dir auch.“ Sie zog mich ein wenig zu sich heran, berührte mit den Lippen kurz meinen Hals, dann meine Wange. Nicht gerade ein Kuss, aber das Versprechen eines Kusses. Sie zog sich wieder so weit zurück, dass sie mir in die Augen sehen konnte. „Ich bin so wahnsinnig geil, du nicht auch?“

Ich war es bisher nicht gewesen, aber jetzt ja. Ihre Berührung. Dieser Blick. Das rasche Heben und Senken ihrer Brüste, während sie atmete, und das schnelle Pochen ihres Pulses am Halsansatz. Solche Sachen machten mich scharf.

Ich wollte der Grund sein, warum ihr Körper so reagierte.

„Ja“, sagte ich. „Lass uns zu euch nach Hause gehen.“

„Setz dich hierhin, Baby. Wir werden uns um dich kümmern.“ Meredith zog einen Stuhl vom Esstisch ins Wohnzimmer und drehte ihn mit einer kleinen Bewegung des Handgelenks herum. „Lass uns dir zeigen, was wir haben, Charlie.“

Er setzte sich bereitwillig hin, löste bereits den Knoten seiner Krawatte und öffnete den Knopf am Hemdkragen. „Ladies, ich gehöre ganz euch.“

„Und du brauchst noch nicht mal Dollar-Scheine“, rief ich ihm von einer Ecke des Raumes her zu, wo ich die Playlisten auf Merediths iPod runterscrollte, um etwas Passendes zu finden. Ich stöpselte ihn an die Boxen an und drückte den Play-Knopf.

Charlie lachte. „Großartig.“

Meredith drehte sich im Kreis, hielt dann inne und zeigte mit einem ausgestreckten Fuß auf den dicken Teppich. Ihre Hüften kreisten. Sie warf mir einen Blick über die Schulter zu. „Komm, Tesla. Zeig mir, wie du Charlies Welt auf den Kopf stellst."

Ich tanzte bereits, hüpfte auf den Fußballen in die Luft, aber ich kam folgsam näher. Ich fügte meinem Tanz Bump-and-Grind-Bewegungen hinzu, schob mein Becken vor und zurück. Ich fuhr mir mit den Händen über den Körper, hinauf zu den Brüsten, und umfasste sie. Es war eigentlich nur so zum Spaß, aber meine Nippel wurden trotzdem hart.

Charlie lehnte sich auf seinem Stuhl zurück und ließ die Beine breit auseinanderfallen. Er nestelte wieder an seiner Krawatte, und ich griff nach ihrem Ende. Zog daran, bis sie sich löste und ganz in meinen Händen lag. Dann hängte ich sie mir selbst um den Hals, über meine Bluse.

Meredith stand hinter Charlie, die Arme über seine Schultern gelegt. Sie fummelte an seinen Hemdknöpfen herum und ließ dann ihre Hände darunterfahren, um seine Haut zu streicheln und in seine Brustwarzen zu kneifen. Ich setzte mich rittlings auf ihn, sodass unsere Genitalien aneinanderstießen, rutschte aber wieder von seinem Schoß, bevor er mich mit seinen Händen an den Hüften festhalten konnte.

„Nicht anfassen", hauchte Meredith ihm ins Ohr.

Die Musik schwoll um uns herum an, während wir uns abwechselnd um Charlie herum drehten und wanden. Er war das perfekte Publikum: Während er sich im Striplokal gut amüsiert zu haben schien, hatte er hier sogar noch mehr Spaß.

Sein Schwanz wurde in der Hose steif, als ich eine von Donnas Bewegungen nachmachte: Ich saß auf seinem Schoß, bewegte die Hüften vor und zurück und streckte den Rücken so durch, dass ich meine Wange an seine legen konnte. Und obwohl wir ihm gesagt hatten, dass Berührungen nicht erlaubt waren, nahm ich seine Hand und schob sie unter meinen Rock, damit er mich durch meinen Slip hindurch streichelte, bevor ich ihn lachend wieder wegschob und Meredith Platz auf seinem Schoß machte.

„Ich dachte, *ihr* würdet strippen", beschwerte sich Charlie gut gelaunt, als Meredith auch die anderen Knöpfe öffnete und ihm das Hemd auszog.

Sie warf es zur Seite und sah mich an. „Gute Idee."

Wir hatten alle etwas getrunken, auch wenn ich mich nur von Leidenschaft erfüllt fühlte, als ich meine Bluse aufknöpfte und sie auszog, über meinem Kopf herumwirbelte und sie dann auf das Sofa warf. Ich trug keinen Push-up-BH und meine Brüste waren nicht so groß wie Donnas, aber ich hatte einen süßen kleinen Rock an. Ich drehte mich im Kreis, sodass er um meine Hüfte herumwirbelte und ab und zu mein Slip aufblitzte.

„Sieh sie dir an", sagte Meredith. „Sie dir nur unsere Tesla an, wie verdammt hübsch sie ist."

Ich gab mich der Musik hin, ließ mich von ihr erfüllen, ahmte nicht mehr die Bewegungen der Stripperin nach, sondern bewegte mich nach meinem eigenen Rhythmus. Tanzen, einfach nur tanzen. Der Beat bestimmte den Schlag meines Herzens und den Takt meiner Füße. Ich schüttelte alles, was ich hatte, und trieb mich selbst mit Pfiffen an.

Charlie streichelte seinen Schwanz, während er mir zusah. Meredith holte noch einen Stuhl aus dem Esszimmer und stellte ihn neben seinen. Sie zog sich bis auf die Unterwäsche aus und setzte sich auf den Stuhl, um mir zuzusehen.

Also tanzte ich für sie beide.

Es war ein bisschen albern. Ich tanzte Hip Hop – den Cabbage Patch, den Running Man, den Lawn Mower – so gut ich konnte. Charlie lachte, aber seine Hand wurde nicht langsamer, und Merediths Augen leuchteten, als sie sich mit der Zunge über die Lippen fuhr.

Provozierend langsam zog ich meinen BH aus und streichelte unter ihren Blicken meine Nippel. Ich leckte mir die Fingerspitzen und fuhr mit ihnen meinen Bauch hinunter, unter meinen Rock, in meinen Slip. Tanzend näherte ich mich Charlie und stellte einen Fuß auf die Kante seines Stuhls, sodass er mit seiner freien Hand über die Innenseite meines Schenkels streicheln konnte, doch als seine Fingerspitzen die Spitze meines Slips berührten, tanzte ich wieder davon.

„Nicht anfassen“, sagte ich mit erhobenem Zeigefinger, dann machte ich das Gleiche bei Meredith.

Sie versuchte nicht, mich zu berühren, sondern drückte den Rücken ein wenig durch, als ich meinen Fuß auf die Stuhlkante stellte. Sie schob ihre Finger vorne in ihren Slip, so wie ich. Rieb und rieb.

Ich wandte mich wieder Charlie zu, lehnte mich vor, um ihn zu küssen. Ich legte meine Hand auf seine, die weiter seinen Schwanz umfasst hielt. Ich übernahm die Bewegung, während er versuchte, im Sitzen seine Hose die Hüften hinunterzustreifen. Ich sah zwischen uns hinunter, dann zu Meredith. Sie hatte eine Hand auf Charlies Schenkel gelegt, während die andere weiter mit ihrer Möse beschäftigt war.

Wir mussten uns keine Anweisungen zurufen: Ich bewegte mich, und Charlie bewegte sich mit mir, hinunter auf den Boden. Ich drückte ihn sanft auf den Rücken und streichelte seinen Schwanz noch ein paarmal, bevor ich mich vorbeugte und seine Eier langsam und ausgiebig leckte.

Ich liebte es, wie ihn das zum Stöhnen brachte, aber wir waren ja zu dritt. Ich reichte Meredith die Hand, und sie verschränkte ihre Finger mit meinen und kniete sich neben Charlie hin. Sie küsste seinen Mund. Ich küsste seinen Schwanz.

Sex kann auch ohne viel Gymnastik fantastisch sein. Ich bewegte mich wie selbstverständlich zwischen Charlies Beinen, während Meredith sich auf sein Gesicht setzte. Er bekam das Beste von allem: Hände und einen heißen Mund auf seinem Schwanz und ein Gesicht voll Muschi.

Die Geräusche, die Meredith von sich gab, während er sie dem Höhepunkt näher und näher brachte, waren so heiß, dass ich selbst keine Schwierigkeiten hatte, auch gleich zu kommen.

So wie ich mich vorher dem Tanzen hingegeben hatte, gab ich mich jetzt der Lust hin, mit der Hand meine Klit zu reiben und Charlies wunderbaren harten Schwanz zu spüren. Ich wäre ihn am liebsten geritten, doch da ich nicht aufstehen wollte, um ein Kondom zu suchen, begnügte ich mich damit, meine Finger tief in meine Möse zu stecken. Das war zwar kein Ersatz für Charlies Schwanz, aber es reichte aus, um zu kommen.

Der Orgasmus durchlief mich in Spiralen, ließ mich erschauern. Ich nahm Charlies Schwanz tief in den Mund. Er zuckte auf meiner Zunge. Auch Charlie näherte sich seinem Höhepunkt. Als Meredith aufschrie, ein wortloses Stöhnen purer Lust, kam Charlie.

Ein paar Minuten später lagen wir alle drei immer noch auf dem Wohnzimmerteppich. Ich hörte Charlie leise schnarchen, und begann zu kichern, obwohl ich ebenfalls die Augen geschlossen hatte und ein- oder zweimal ein Gähnen unterdrücken musste. Meredith seufzte.

Ich öffnete die Augen und drehte mich auf die Seite, um sie anzusehen. „Hey."

Sie strich mir mit der Hand übers Haar. „Hey."

„Wir sollten ihn wecken."

Sie lächelte. „Wir könnten ihn auch die ganze Nacht hier unten schlafen lassen."

„Das würdest du nicht tun. Das wäre *so* gemein." Ich zog die Beine ein wenig an, drückte mich gegen ihre Berührung, träge wie eine Katze. „Obwohl dieser Teppich gemütlicher ist als manche Betten, in denen ich geschlafen habe."

„Wie war das eigentlich? Im *Compound*? Ich stelle es mir wie ein Sommercamp vor, mit Stockbetten."

„Ja. So ähnlich. Für die Teenager gab es Schlafsäle. Für die Erwachsenen kleine Hütten. Alles war ziemlich alt und runtergekommen. Schäbig, könnte man sagen. Möbliert mit Sachen, die manche von zu Hause mitgebracht hatten, als Spende." Ich gähnte wieder und nahm ihre Hand, um sie als Kissen unter meine Wange zu legen. Ihre Handfläche fühlte sich warm an.

„Gefiel es dir?"

Ich hatte Mühe, die Augen offen zu halten, aber es gelang mir, sie anzusehen. „Was denn?"

„Da zu leben. Allein … die Freiheit dort. Jedes Mal, wenn du davon erzählst, klingt es großartig. War es so eine richtige Hippie-Kommune?“

„Als ich noch klein war, fand ich es großartig. Logisch. Ja, es gab schon einige Freiheiten. Wir waren so ungebunden, konnten praktisch den ganzen Sommer über machen, was wir wollten. Umso schwerer war es, sich für den Rest des Jahres wieder anzupassen. Und …“ Ich gähnte wieder. „Ehrlich gesagt, Meredith, waren die meisten Leute da ein Haufen Ganoven. Ich meine, sie hintergingen das Finanzamt und bauten Drogen an, um damit Geld zu verdienen. Sie ließen ihre Kinder den ganzen Sommer über herumstreunen, damit sie ihre Partner betrügen konnten. Den einen Sommer musste mein Bruder sich den Kopf rasieren lassen, weil er die Läuse nicht losgeworden ist.

„Hört sich immer noch nach einer tollen Erfahrung an.“

„Es war auch nicht nur schlecht.“

Ich kuschelte mich in ihre Hand. Charlies Schenkel ruhte warm an meinen Knien. Ich hätte dort sofort einschlafen können, nur wusste ich, dass uns nach einer Weile kalt werden würde und ich auf jeden Fall irgendwann aufs Klo gehen musste.

„Musst du morgen früh raus zum Arbeiten?“, fragte Meredith.

„Hmm? Ja. Ich sollte gehen.“

Sie rutschte näher an mich heran, sodass ich, als ich die Augen wieder öffnete, die weißen Flecken um ihre Iris herum sehen konnte. „Weißt du, wenn du bleibst, musst du nicht gehen.“

Ich lächelte. „Wow. Das klingt echt tiefschürfend. Hört sich an wie ‚wo immer du hingehst, da bist du‘.“

Charlie hatte sich nicht gerührt, auch wenn sein Schnarchen etwas lauter geworden war. Ich fuhr mit der Hand leicht über seinen Schenkel, über seine Hüfte. Ich berührte seinen Bauch, und er bewegte sich leicht, wachte aber nicht auf.

„Charlie muss morgen auch früh raus. Und ich hab nichts zum Übernachten mitgebracht.“

Sie verdrehte seufzend die Augen, dann stand sie auf. „Schon gut. Hab’s verstanden.“

Ich stand auch auf, sah mich nach meinen Klamotten um und warf ihr ein Lächeln zu, während ich in meinen Slip schlüpfte. „Ich plane besser fürs nächste Mal, okay?“

Sie ließ ihren Blick langsam über mich wandern, als wollte sie nichts übersehen. „Nächstes Mal. Mmhhm.“

An der Haustür lehnte ich mich vor, um ihr einen Abschiedskuss zu geben, und erwischte ihren Mundwinkel. Meredith nahm mich fest in den Arm, und ihre Brüste drückten sich herrlich gegen mein Hemd. Sie kniff mich in den Hintern, aber eher freundschaftlich als lüstern.

„Fahr vorsichtig“, sagte sie und schloss die Tür.

24. KAPITEL

„Du setzt dich hin.“ Ich zeigte warnend auf Elaine, die versuchte, vom Herd zum Kühlschrank und wieder zurück zu gehen, ohne über Max und Simone zu stolpern. Dann zeigte ich auf die beiden. „Ihr zwei: Raus!“

„Wir haben Huuu-nn-gg-eee-rr“, quengelte Simone und machte eine Schnute, mit der sie normalerweise bekam, was sie wollte – zumindest von ihrer Mama oder ihrem Daddy.

Ich ließ mich nicht so leicht rumkriegen. „Raus. Ihr hattet vor zwanzig Minuten einen Joghurt, und keiner von euch beiden hat ihn aufgegessen. Spielt im Wohnzimmer – und haltet euch von meinem Zimmer fern.“

Max schlurfte im Schlafanzug zur Tür. „Komm, Mone. Mit Trecker spieln.“

Simone seufzte laut auf und warf mir einen dramatischen Blick zu. „Können wir wenigstens ein paar Käse-Cracker haben?“

Ich musste ein Lachen unterdrücken, überließ die Entscheidung aber ihrer Mutter, die ebenfalls nicht zu kichern versuchte. Mit Plastikschalen voller Cracker bewaffnet, gingen die Kinder schließlich nach unten. Ich drehte mich zu Elaine um.

„Also. Abendessen. Spaghetti?“

„Ja, gut“, sagte sie mit flacher Stimme. „Das wird jeder ohne viel Protest essen. Wir könnten dazu das Ciabatta nehmen, das du mitgebracht hast, und etwas Knoblauch draufmachen.

Ich holte das Ciabatta aus dem Brotkasten und reichte es ihr zusammen mit einem Messer und einem Holzbrett. Dann die Butter und den gehackten Knoblauch, den wir in einem Glas im Kühlschrank aufbewahrten. „Hier, das kannst du übernehmen. Ich mach in der Zwischenzeit die Sauce.“

Ich hatte früher nur Fertigsauce aus der Flasche oder der Dose gegessen, bis Elaine mir beibrachte, wie man sie frisch mit passierten Tomaten, Olivenöl und ein paar Gewürzen selber macht. Ich sautierte ein paar Zwiebeln und Knoblauch, holte passierte Tomaten aus dem Schrank, nahm Oregano und Basilikum vom

Gewürzregal, und stellte alles bereit. Die Sauce konnte auf niedriger Flamme vor sich hin köcheln, bis Vic nach Hause kam oder wir nicht länger auf ihn warten wollten und ohne ihn aßen.

„Danke, Tesla." Elaine strich Butter auf die Ciabatta-Scheiben und garnierte sie mit feingehacktem Knoblauch. „Reichst du mir …"

Ich reichte ihr bereits den flachen Pizzastein, den wir für alles von Pizza bis Cookies verwendeten. Auch für Knoblauchbrot. Ich lachte über ihren Gesichtsausdruck. „Was?"

„Ich bin so froh, dass du da bist", sagte sie.

Das warf mich fast um, auch wenn ich versuchte, es nicht zu zeigen. Elaine war ein Gefühlsmensch und hatte sich mir und Cap gegenüber immer entsprechend verhalten. Aus irgendeinem Grund aber traf mich ihre Äußerung mehr, als sie sollte. Ich konzentrierte mich darauf, Öl, Knoblauch und Zwiebeln zu vermengen.

„Das bin ich wirklich", sagte sie leise. „Du gehst großartig mit den Kindern um, ich wüsste nicht, wie ich es ohne deine Hilfe schaffen sollte. Du verwöhnst mich."

„Ich liebe deine Kinder." Ich tat die Gewürze in den Topf und rührte wieder um, damit ich Elaine nicht ansehen musste. „Und wenn du oder Vic Hilfe braucht, dann mache ich das gern."

Elaine lachte, aber es klang nicht sonderlich fröhlich. „Oh. Vic. Braucht der jemals Hilfe?"

Ich schloss die Augen für ein paar Sekunden, weil ich dieses Gespräch nicht führen wollte und nicht wusste, wie ich es vermeiden sollte. Ich drehte die Flamme niedriger, legte den Deckel auf den Topf und drehte mich zur Arbeitsplatte um, um die Dosen passierte Tomaten zu öffnen. „Natürlich tut er das."

„Er würde nie danach fragen." Elaine legte das Buttermesser auf den Tisch, und das scharfe Ratschen von Metall auf Holz war zu hören. „Er würde sie nie akzeptieren. Ich weiß, dass irgendwas mit ihm los ist, Tesla. Er geht früh, kommt spät. Wenn er zu Hause ist, sitzt er die ganze Zeit vor dem blöden Laptop, und er will mir nicht sagen, was er da macht."

Der Dosenöffner war alt, und die Dosen waren am Rand etwas eingedellt. Ich versuchte, den Griff zu drehen, der dafür sorgte, dass die Scheren sich ins Metall verbissen, machte dann seufzend eine Pause und sah sie an. „Er ist manchmal ein komplettes Arschloch. Ich mein, du weißt das."

Andere Frauen hätten vielleicht beleidigt reagiert, wenn man ihren Mann als Arschloch bezeichnete, aber Elaine lachte nur. „Er ist rechthaberisch. Und überbehütend."

„Das auch." Es gelang mir endlich, beide Dosen zu öffnen. Ich schüttete den Inhalt in den Topf, in dem es kurz aufzischte, bevor eine Duftwolke aufstieg. „Mmhhm, riecht das gut."

„Ich möchte nur wissen, wovor er glaubt, mich beschützen zu müssen. Das ist alles."

Ich wollte sie nicht ansehen, weil ich fürchtete, dass sie sonst in meinen Augen las, dass ich genau wusste, was Vic vor ihr verbarg. Ich konzentrierte mich auf den Herd, rührte die Sauce um, die eigentlich keine Aufmerksamkeit mehr benötigte. Ich hörte Elaine seufzen.

„Tesla. Bitte. Sag mir, was los ist."

Ich seufzte auch, und nahm den Topf vom Herd, füllte ihn mit Wasser. „Er benimmt sich merkwürdig in letzter Zeit. Da hast du recht."

„Aber warum? Ich dachte, mit dem Geschäft läuft alles gut. Wir haben keine offenen Rechnungen oder so was. Wir haben sogar ein bisschen Geld beiseitegelegt, damit er sich ein paar Wochen freinehmen kann, wenn das Baby kommt. Ich hab versucht herauszufinden, was ihn beschäftigen könnte, aber mir fällt nichts ein." Sie seufzte wieder. „Redet er mit dir?"

Das erste Mal seit all den Jahren, die ich sie kannte, hörte ich so etwas wie Eifersucht in ihrer Stimme. In diesem Moment hasste ich Vic dafür, dass er mich in diese Situation brachte. Dass ich zwischen ihnen stand. Ich wollte nichts über ihn wissen, das seine Frau nicht wusste. Ich wollte nicht diejenige sein, der er Dinge anvertraute, auch dann nicht, wenn er mir mehr vertraute oder mich mehr liebte.

„Vic und ich sind häufig nicht einer Meinung. Das weißt du." Ich warf einen Blick auf die Spaghetti, aber es war noch zu früh, um sie zu kochen. Ich musste stattdessen Elaine angucken. Also versuchte ich, mich wie eine Erwachsene zu verhalten. Sie sah so traurig aus – es brach mir das Herz. Ich hasste ihn noch ein wenig mehr.

„Aber redet er mit dir? Hat er mit dir geredet? Ich fühle mich wie ..." Sie hob die Hände und ließ sie hilflos auf ihren Bauch fallen. „Er hat noch nie gern über sich gesprochen. Aber in letzter Zeit ist er nicht einfach nur wortkarg, er ist regelrecht verschwiegen."

Ich zog den Stuhl ihr gegenüber hervor und setzte mich, um ihr mit dem Knoblauchbrot zu helfen. Ich überlegte verzweifelt, wie ich ihr sagen sollte, dass er überlegte, zu seinem alten Job zurückzukehren, aber da sie anscheinend nicht mal wusste, dass er überhaupt so was wie einen alten Job hatte, saß ich echt in der Klemme. Sie hatte immer gewusst, wo er Cap und mich kennengelernt hatte. Wir sprachen nur selten vom *Compound*. Aber mir war nicht aufgefallen, dass wir nie erwähnt hatten, was Vic dort damals wirklich getan hatte. Ich wollte nicht diejenige sein, die ihr sagte, dass er es ihr bewusst die gesamte Ehe über verschwiegen hatte.

„Hast du ihn denn mal gefragt?" Ich legte ein paar Brotscheiben auf den Stein. „Ganz direkt gefragt?"

„Ich habe ihn gefragt, ob irgendwas nicht in Ordnung sei. Er sagt Nein." Sie runzelte die Stirn. „Aber ich glaube ihm nicht."

„Vielleicht Stress auf der Arbeit?", schlug ich vor. „Dennis ist häufig ausgefallen, und mit Cap zusammenzuarbeiten ist eine echte Herausforderung."

Das brachte sie zum Glück zum Lachen. „Dein Bruder ist der süßeste Kerl, den ich kenne."

„Du meinst, er ist der dümmste schlauste Kerl, den du kennst. Ich weiß, dass er Vic manchmal wahnsinnig macht. Und mit dem Baby unterwegs und alldem, bin ich mir sicher, dass Vic so viel Arbeit wie möglich erledigt haben möchte, damit er, wie du sagst, sich nach der Geburt freinehmen kann."

Ich fühlte mich beschissen, auch wenn ich nicht mehr gelogen hatte als Vic, wenn er sagte, dass alles in Ordnung sei. Elaine hob ihr Haar im Nacken hoch und schlang ein Haarband darum. Sie berührte kurz ihre Nasenwurzel, als hätte sie dort Schmerzen. Als sie mich wieder ansah, bemerkte ich die Tränen.

„Wenn irgendwas nicht in Ordnung wäre und du es wüsstest, Tesla. Dann würdest du es mir sagen. Oder?"

„Natürlich. Natürlich würde ich das." Es fühlte sich an wie eine Lüge, auch wenn ich es ehrlich meinte.

Die Gartentür öffnete sich und wir sahen uns schuldbewusst an, als wären wir es, die ein Geheimnis zu verbergen hatten. Vic kam rein, klopfte den Dreck von seinen Stiefeln und blieb im Türrahmen stehen. Er sah erst seine Frau an, der er ein leichtes Lächeln schenkte, dann mich.

Ich bekam ein Stirnrunzeln.

„Alles okay bei euch?", fragte er.

Elaine hievte sich aus dem Stuhl und ging zu ihm, um ihm einen Kuss zu geben. „Wie war die Arbeit?"

„Gut. Hab heute früher zugemacht, es gab keine Termine mehr, und Cap war mit irgendwas beschäftigt, das damit zu tun hatte, wie man ein iPhone ins All katapultiert oder so."

Ich lachte, und Vic warf mir wieder einen grimmigen Blick zu.

„Hatte er Diagramme dabei?", fragte ich.

„Ja." Vic verdrehte die Augen und sah über Elaines Schulter zum Herd hinüber. „Spaghetti?"

„Ja. Sind in ein paar Minuten fertig." Sie nahm ihn fest in die Arme.

Ich sah weg – nicht, weil es mir peinlich war, sondern weil ich nicht Vics Gesicht sehen wollte, der gerade die Frau umarmte, die er anlog. Das Stampfen von Füßen kündigte die Kinder an, bevor sie durch die Tür gerannt kamen, um ihren Dad zu überfallen, und ich nutzte die Gelegenheit, um das Brot fertig zu machen, dann die Spaghetti aufzusetzen. Vic spielte für ein paar Minuten den Daddy, dann ging er noch rasch vor dem Essen duschen.

Elaine sprach das Thema nicht erneut an, aber es schwebte immer noch zwischen uns, während wir den Tisch deckten und die Nudeln auf den Tisch stellten. Mein Handy klingelte genau in dem Moment, als Vic, mit nassen Haaren und frischen Klamotten, die Treppen herunterkam. Er sah mich an, als wollte er etwas sagen, aber ich machte ihm ein Zeichen, dass ich den Anruf annehmen wollte.

Es war Meredith. „Hallo, mein Zuckerschnäuzchen."

„Hallo, du Sahnetörtchen", antwortete ich, um witzig zu sein.

Sie lachte. „Was machst du gerade?"

„Es gibt gleich was zu essen." Mit dem Telefon in der einen Hand, packte ich mit der anderen Max am Hosenbund, als er gerade vorbeilief. Er schrie auf, und ich kicherte.

„Bei euch geht's ja wild zu." Meredith klang ruhig und amüsiert. „Wie im Zirkus, oder?"

„Ja, wie im Zirkus. Mit Affen." Ich nahm Max auf den Arm, ignorierte seinen Protest und trug ihn ins Esszimmer, um ihn Vic zu übergeben. „Hier ist fast immer was los. Und bei dir?"

Vic nahm mir seinen Sohn ab und warf mir einen kritischen Blick zu, den ich geflissentlich ignorierte. Es war mir egal, was er über mich dachte, er hatte schließlich kein Recht dazu, über mich zu urteilen.

„Ich wollte dich zum Essen einladen", sagte Meredith. „Vielleicht ins Kino. Dich aus deinem trostlosen, eintönigen Alltag reißen und dir etwas Magisches schenken."

„Magisch, ja? Hört sich aufregend an." Ich sah zum Tisch rüber, wo Simone und Max bereits auf ihren Stühlen saßen und das Essen wartete. Elaine schaute neugierig auf, während sie die Schüssel Spaghetti mit Tomatensauce auf den Tisch stellte. „Wohin wollt ihr mich entführen?"

„Worauf hast du Appetit?" Im Hintergrund war ein Rascheln zu hören, dann kicherte sie auf ihre besondere Art und Weise. „Charlie sagt, er hat was sehr Leckeres für dich zum Naschen."

Als Nächstes hörte ich Charlie protestieren, auch wenn ich nicht verstehen konnte, was er sagte. Ich lachte bei der Vorstellung, wie er auf dem Tisch lag. Nackt. „Mmhhmm."

„Was hältst du davon, wenn wir dich abholen? Wir könnten in einer Viertelstunde da sein. Reicht dir das, um dich fertig zu machen?"

Ich musste wieder lachen: Meredith war diejenige, die immer ewig brauchte. „Ich gehöre zu den Mädels, die sich nur kurz Wasser ins Gesicht kippen, und los geht's. Das weißt du."

„Gut." Sie hielt inne. Wieder ein Rascheln, dann Flüstern. „Charlie sagt, du sollst dich sexy anziehen."

Das war anscheinend nicht, was er gesagt hatte, denn ich hörte ihn laut und deutlich antworten: „Ich hab gesagt, sie soll Appetit mitbringen."

„Er sagt, er besorgt es dir", meinte Meredith.

Ich wurde ganz hibbelig, als ich ihnen so zuhörte. Es kribbelte in meinen Zehen. Meine Wangen brannten. Mein Zustand musste offensichtlich sein, denn als ich mich zum Tisch umdrehte, starrten mich alle an. „Ich mach mich fertig. Bis gleich."

Ich beendete das Gespräch. „Was ist?"

„Wer war das?", fragte Vic misstrauisch.

Elaine grinste. „Wetten, ich weiß es."

„Der Nikolaus!", rief Simone.

„Nein, kein Niko", erwiderte ich. Ich antwortete Vic nicht, sondern wendete mich stattdessen seiner Frau zu: „Ich werde nicht mitessen. Ich bin eingeladen worden."

Elaine grinste noch mehr. „Huuuiiii!"

Ich nahm mein Besteck und den Teller, den wir für mich gedeckt hatten, kitzelte Max, als ich an ihm vorbeikam, und wuschelte Simone durch die blonden Locken. „Bis später, ihr Lieben!"

Ich brachte Teller und Besteck in die Küche, und als ich mich umdrehte, stand Vic so dicht hinter mir, dass ich verwundert aufschrie und einen Schritt zurück machen musste, um nicht mit ihm zusammenzustoßen. „Vic, Himmel noch mal, was soll das?"

„Findest du nicht, dass du dich ein bisschen egoistisch verhältst?"

Ich konnte ihn nur anstarren, der Unterkiefer fiel mir runter.

Er machte eine Geste Richtung Esszimmer. „Das Abendessen ist fertig, und du lässt uns einfach so sitzen, um mit jemandem auszugehen?"

Ich hob eine Hand. „Pass auf, was du sagst."

„Ich soll was?" Sein Gesichtsausdruck verwandelte sich von irritiert in wütend.

„Ja. Pass verdammt noch mal auf, was du sagst." Ich versuchte, leise zu sprechen, damit die Kinder mich nicht fluchen hörten, ich bin ja kein unsensibler Idiot. „Halt dich zurück. Und es geht dich auch überhaupt nichts an."

„Natürlich geht es mich was an."

„Seit wann?", hakte ich nach.

„Schon immer."

„Willst du mich verarschen?"

„Elaine hat hart geschuftet, um das Abendessen vorzubereiten. Ich denke, du solltest nicht so eine Egoistin sein und dich wieder zu uns an den Tisch setzen."

Es war, als hätte mir jemand in den Hals gegriffen und alle Wörter herausgezogen, die ich je gesagt hatte. Ich brachte keinen einzigen Ton heraus. Alles, was ich konnte, war, ihn anzustarren.

Doch dann überrollte mich rot glühende Wut und ich rastete aus.

„Erstens: *Ich* habe das Abendessen gemacht. Das meiste davon zumindest." Das auszusprechen hörte sich wie eine Beschwerde an, obwohl es keine war. „Deshalb bezweifle ich, dass es Elaine so wichtig ist, ob ich es mitesse oder nicht."

Vic knirschte mit den Zähnen. Ein kluger Mann würde den Rückwärtsgang einlegen. Er kannte mich schließlich. Wir waren häufig genug aufeinander losgegangen, um zu wissen, wann man den anderen nicht weiter reizen sollte. Was Vic allerdings ignorierte.

„Wann haben wir das letzte Mal alle zusammen gegessen? Vielleicht solltest du mal etwas Zeit mit deiner Familie verbringen, statt mit deinen ‚Freunden' abzuhauen."

Die Art, wie er „Freunde" sagte, gefiel mir nicht.

„Ist das dein Problem? Dass ich mit ihnen unterwegs bin? Was, wenn ich mich mit jemand anderem treffen würde – würde das eine Rolle spielen?"

„Hast du nichts daraus gelernt, was mit deinen Eltern passiert ist?", sagte Vic mit gepresster Stimme. „Verdammt, Tesla. Ich dachte, du hättest ein bisschen mehr in der Birne."

„Das hier ist nicht so. Es hat nichts mit dem zu tun, was im *Compound* passiert ist." Ich meinte, was ich sagte, aber es klang, als müsste ich mich verteidigen. Als müsste ich lügen.

„Du solltest bei uns bleiben."

„Ich hab in den letzten drei Wochen häufiger mit deiner Frau und deinen Kindern gegessen als du", erwiderte ich kalt. „Ich bin nicht diejenige, die sich irgendwo rumtreibt."

„Ich treibe …" Vic hielte inne, um leiser fortzufahren: „Ich treibe mich nicht herum. Verdammt, Tesla."

Ein Geräusch an der Tür ließ uns herumfahren. Natürlich war es Elaine, mit verschlossenem Gesichtsausdruck. „Was geht hier vor sich?"

„Ich denke, Tesla sollte mit uns zu Abend essen, statt abzuhauen."

„Seit wann interessiert es dich, wo Tesla zu Abend isst?", fragte sie leise.

Vic sah aus, als hätte sie ihn ertappt. „Es ist nur, dass wir … Sie …"

Elaine sah mich kurz an. „Sie hat das Recht auf ein eigenes Leben, Vic."

Ich fand diesen Tag eh schon zum Kotzen, und jetzt noch umso mehr. Ich wollte nicht, dass Elaine mich gegenüber ihrem Mann verteidigen musste. Ich wollte nicht, dass sie sich stritten. Weder über mich noch über irgendetwas anderes.

„Ah, dann bin ich wieder das Arschloch?", brummte Vic.

„Na super. Großartig. Ich dachte nur …“

„Sie hat recht. Sie hat in letzter Zeit häufiger mit uns zu Abend gegessen als du. *Sie* war hier, um die Kinder zu baden oder mir zu helfen, sie ins Bett zu bringen, Vic. *Sie* war hier, und du nicht. Warum erzählst du mir also nicht endlich, was los ist?“ Elaine hob das Kinn und verschränkte die Arme über ihrem Bauch. Ihre Stimme klang unnachgiebig, ihr Blick war kalt.

Ich wollte bei dieser Pattsituation nicht dabei sein, aber Vic stand zwischen mir und der Tür in den Keller. Ich werde Charlie enttäuschen, dachte ich. Appetit hatte ich jedenfalls keinen mehr.

„Ich habe gearbeitet.“ Vic sagte das so ruhig, dass ich wusste, er verschwieg uns was. Vielleicht log er nicht unbedingt. Aber er sagte auch nicht die Wahrheit.

Wenn ich ihn aufgrund all der Jahre so gut kannte, dann kannte ihn seine Frau sicher noch besser. Elaines Mundwinkel gingen nach unten, aber sie sah ihn weiter unverwandt an. „In der Werkstatt?“

„Ich …“ Vic hielt inne und sah mich wütend an. „Was hast du ihr erzählt?“

Ich hob beide Hände und schüttelte den Kopf.

„Sie hat gar nichts gesagt. Gibt es da etwas, das sie hätte sagen sollen?“ Elaine sah mich kurz an, ihre Enttäuschung war offenkundig.

Mir sank das Herz in die Hose. Wenn irgendetwas Gutes aus diesem Gespräch hervorgehen würde, dann wäre es zumindest mit ziemlich vielen Verletzungen verbunden. Ich wollte damit nichts zu tun haben, aber ich war mittendrin, wie ein Wollknäuel in einem Dornenbusch.

Vic motzte mich an: „Verdammt, Tesla, ich dachte, ich könnte dir vertrauen.“

„Damit ich was tue?“ Ich hatte endlich meine Stimme wiedergefunden. Und auch mein Gleichgewicht. Ich schob ihn beiseite, um an ihm vorbei in den Keller zu kommen. Aber er hielt mich am Ellbogen fest, sodass ich mich zu ihm zurückdrehte. „Lass mich los!“

„Tesla?“, fragte Elaine, und jetzt konnte ich es nicht mehr für mich behalten.

„Er überlegt, einen neuen Job anzufangen“, spuckte ich aus. „Er möchte wieder als Bulle arbeiten, weil er glaubt, dass die Welt so böse ist und voller schrecklicher Dinge, und dass er der Einzige auf der ganzen großen Welt ist, der sich darum kümmern kann. Damit ist er beschäftigt, Elaine. Nicht mit Überstunden in der Werkstatt. Er will wieder als Ermittler arbeiten. Undercover.“

Die Wörter purzelten aus mir heraus wie Steine in den Fluss. Zitternd biss ich mir auf die Zunge und riss meinen Ellbogen aus Vics Griff, der sich gelockert hatte und mich nicht mehr hielt.

„Zurück? Ich verstehe nicht.“ Elaine sah Vic an. „Was ist hier los?“

„Tesla muss lernen, ihren Mund zu halten, das ist los.“

„Und du musst lernen, mit deiner Frau zu sprechen“, erwiderte ich.

Schweigen, das nach ein paar Sekunden von Elaines ersticktem Schluchzen durchbrochen wurde. Vic drehte sich verzweifelt zu ihr um, aber sie trat kopfschüttelnd ein paar Schritte zurück. Daraufhin wandte er sich wieder wütend mir zu, aber damit hatte ich schon gerechnet.

„Nein“, sagte ich, bevor er etwas sagen konnte. „Wag es ja nicht. Wenn du mir die Schuld an dem hier geben willst ... Nein. Das mache ich nicht mit, Vic. Ich gehe mit meinen Freunden aus, und das kann dir ja wohl egal sein.“

„Du wohnst in meinem Haus. Deshalb könntest du zumindest etwas Respekt zeigen.“

Er wusste, dass das ein Fehler war, schon in dem Moment, als die Worte seinen Mund verließen; das sah ich in seinen Augen. Aber er war niemand, der sich groß entschuldigte.

„Ach ja? Jetzt fängst du mit dieser „Unter meinem Dach“-Scheiße an? Wirklich?“ Ich schüttelte den Kopf und wandte mich der Treppe zu.

„Mama?“ Simone tauchte im Türrahmen auf, ihre Schnute voller Tomatensauce.

Wir erstarrten alle.

„Geh wieder ins Esszimmer", sagte Elaine.

Simone bewegte sich nicht.

„Sofort!", schrie Vic.

Seine Tochter brach in Tränen aus und rannte aus der Küche. Ich schlug mir vor die Stirn. „Na toll."

„Du", sagte er und zeigte auf mich, „hast nicht über meine elterlichen Fähigkeiten zu urteilen."

„Richtig", sagte ich und streckte ihm ebenfalls den Zeigefinger entgegen. „Du bist schließlich nicht mein Vater."

Elaine und ich zuckten beide zusammen, als Vic mit all seiner Kraft gegen den Kühlschrank schlug. Sie schrie überrascht auf; ich trat einen Schritt zurück. Sofort sah er beschämt aus.

Entscheidungen, die wir in Eile treffen, sind nicht immer die, die wir bereuen. Als ich sah, wie Vic und Elaine miteinander stritten, wusste ich, dass ich nicht länger Teil davon sein konnte. Ich war schon zu lange hier.

„Ich gehe mit meinen Freunden aus", sagte ich in die plötzliche Stille hinein. „Und ich komme vermutlich nicht heim."

„Heute Nacht?", fragte Vic.

Ich sah ihn unverwandt an, sagte aber nichts.

Er sah zu Elaine hinüber. „Was ist das für ein Scheiß?"

Ich dachte, sie würde versuchen, mich zum Bleiben zu überreden, aber sie sah mich genauso unverwandt an wie ich zuvor Vic. Die Enttäuschung in ihren Augen machte mich vollkommen fertig – ich hatte sie nie anlügen wollen. Sie räusperte sich, bevor sie antwortete, aber ihre Stimme war so fest wie ihr Blick.

„Sie sagt, dass sie auszieht, Vic. Und ich denke … Ich denke, das ist vermutlich das Beste."

„Was?", schrie er auf, aber weder Elaine noch ich sahen ihn an.

Wir starrten uns über den Küchentisch hinweg an, an dem sie mir vor erst einer Stunde gesagt hatte, wie froh sie war, mich hierzuhaben. Und wo ich ihr gesagt hatte, wenn ich wüsste, was mit ihrem Mann los wäre, würde ich es ihr sagen. Und es nicht getan hatte. Ich wollte eigentlich nicht gehen, nicht so, aber ich wusste nicht, wie ich hätte bleiben können.

„Nein. Tesla, das musst du nicht tun“, sagte Vic.

Ich ignorierte ihn und stieg die Treppen hinunter, um ein paar Sachen zu packen, die ich in den nächsten Tagen brauchen würde. Ich sah mich in dem Zimmer um, das er für mich ausgebaut hatte. Vic hatte mir Zuflucht geschenkt, als ich nicht wusste, wohin. Er hatte mich zu einem Teil seines Lebens gemacht und zu einem Teil seiner Familie.

Ich liebte ihn dafür und aus vielen anderen Gründen, von denen ich die meisten nie würde entwirren können. Aber es war an der Zeit für mich, zu gehen.

25. KAPITEL

Abendessen und Kino. Nicht besonders aufregend oder außergewöhnlich. Es sei denn, an diesem Date sind zwei Frauen und ein Mann beteiligt, und diese drei gehen später noch miteinander ins Bett.

Nicht dass irgendjemand, der uns beobachtete, das gewusst hätte. Aber *wir* wussten es. Und das gab allem einen besonderen Nervenkitzel. Mir zumindest – oder vielleicht versuchte ich auch nur so sehr, den Streit mit Vic zu vergessen, und nicht daran zu denken, was ich tun würde, dass ich mich so sehr darauf konzentrierte, was später geschehen würde, wenn ich mit Meredith und Charlie nach Hause ginge.

„Mein Gott, das war der schlechteste Film, den ich je gesehen habe." Meredith warf ihre Tasche auf den Tisch. Schlüpfte aus ihren Schuhen. Sie hinterließ eine Spur aus Kleidung – Mantel, Hut, Handschuhe – auf ihrem Weg ins Wohnzimmer, wo sie im Getränkeschrank herumkramte.

„Ich hab schon schlimmere gesehen." Charlie hatte mir Mantel und Hut abgenommen und beide in den Flurschrank gehängt, bevor er das Gleiche mit seinen Sachen tat.

Ich versuchte, meinen Fingern Wärme einzuhauchen. Ich hatte meine Fäustlinge angehabt, aber es war so kalt draußen, dass der kurze Weg vom Kino zum Auto sie in Eiszapfen verwandelt hatte, und die Fahrt hierher war nicht lang genug gewesen, um sie wieder aufzuwärmen.

„Immer noch kalt?" Charlie nahm meine Hände in seine und rubbelte sie sanft, dann hob er sie an seinen Mund und pustete.

Ich zitterte aus Gründen, die nichts mit der Kälte zu tun hatten. „Danke."

„Wer möchte einen Mojito?" Meredith stand in dem Durchgang zwischen Wohnzimmer und Küche und hielt eine Flasche Rum mit Limettengeschmack in der Hand. „Ich habe frische Limetten."

„Morgen ist Schule", erinnerte sie Charlie mit einem Blick auf die Uhr. „Und es ist schon spät."

Meredith zog einen Schmollmund, und ich dachte plötzlich schuldbewusst an Simone. Ich hatte mich nicht richtig von den Kindern verabschiedet. Ich war eine beschissene Pseudo-Tante.

„Und ich schätze, du musst morgen auch früh raus?", fragte Meredith mich.

„Ja. Aber ich hab ein paar Sachen mitgebracht. Ich kann also über Nacht bleiben ... falls ihr das wollt." Ich war mir nicht sicher, was ich tun würde, wenn sie sagten, dass sie das nicht wollten. Wo ich hingehen würde. Cap würde mich mit offenen Armen aufnehmen, und Lynds hätte bestimmt nichts dagegen, zumindest für eine Weile nicht. Aber ich hatte keine Lust, dort hinzugehen.

„Sei nicht blöd. Natürlich wollen wir das. Stimmt's, Charlie?" Meredith stellte die Flasche auf den Tresen und kam zu mir rüber, um mich zu umarmen. „Mmhhm. Tesla."

Sie liebkoste meinen Nacken, was sich gut anfühlte, trat aber viel zu schnell zurück, als dass ich es hätte genießen können. „Keine Drinks?"

„Für mich nicht. Ich gehe duschen", sagte Charlie. „Ich bin müde."

Meredith verzog wieder das Gesicht und sah mich an. „Charlie ..."

Er hielt inne. Sah von ihr zu mir und wieder zurück. „Was?"

Sie legte einen Arm um meine Taille, sodass wir Hüfte an Hüfte standen. „Ich kann es nicht glauben, dass du uns verlassen willst."

Das Letzte, das ich auf der Welt wollte, war, dass Charlie sich genötigt fühlte, mit mir zu vögeln. So sehr ich mich auch gern im Körperlichen verloren hätte, war ich doch ebenfalls müde.

„Ist schon okay", sagte ich. „Ich bin auch müde."

Meredith ließ mich los. „Willst du zu Bett gehen?"

Charlie und ich tauschten einen Blick. Er streckte seine Hand aus, und ich nahm sie. Dann nahm er die seiner Frau.

„Wir können alle zu Bett gehen", sagte er. „Wie hört sich das an?"

Sie wirkte darüber nicht sehr glücklich, zuckte aber die Schultern. „Na schön. Ihr Spielverderber."

„Wenn du morgens um fünf aufstehen musst", sagte Charlie, „dann sehen wir mal, wie munter du um elf Uhr abends bist."

In ihrem Schlafzimmer zog er sich ohne irgendeinen Anflug von Verlegenheit vor mir aus, dann ging er ins Badezimmer. Meredith stellte den großen Flatscreen-Fernseher an, der an der Wand hing, dann machte sie Platz für mich neben sich auf dem Bett. Während sie entspannt auf den Kissen lag, saß ich allerdings aufrecht da und fühlte mich etwas merkwürdig.

„Ich verstehe ihn einfach nicht", sagte sie, nachdem wir ein paar Minuten lang irgendeine belanglose Reality-Show gesehen hatten.

„Wen, Charlie?" Ich rollte mich auf den Bauch, um sie anzusehen. „Wirklich, es ist okay."

Offensichtlich war es das nicht. Sie seufzte und drückte sich noch tiefer in die Kissen.

Mit den Fingern berührte sie meine Haarspitzen. Ich trug es blond, hatte aber ein paar Fransen dunkel gesträhnt. „Ich mag deine Frisur."

Ich lachte. „Danke."

„Ernsthaft. Ich mag sie." Sie setzte sich auf und sah zu dem Spiegel auf der Wäschekommode hinüber, während sie sich mit den Fingern durch ihre schulterlangen Locken fuhr. „Vielleicht sollte ich meine auch so schneiden lassen."

„Wenn du willst. Aber ich liebe deine Frisur so, wie sie ist." Ich setzte mich auf, um mich ihr ein wenig zu nähern. Zaghaft berührte ich ihre Haare, drehte eine lange Strähne um meinen Zeigefinger, bevor ich meine Hand über ihre Schultern gleiten ließ. Als ich mich vorbeugte, um ihren Nacken zu küssen, bewegte sie sich allerdings gerade so weit weg, dass ich innehielt.

„Aber um deine scheint man sich so wenig kümmern zu müssen. Du musst dich nie damit herumärgern. Ich brauche eine Ewigkeit, bis meine gut aussieht." Ihr Blick traf meinen im Spiegel.

Im Spiegelbild sah ich zwei Frauen, beide blond, auch wenn mein Haar platin- und ihres honigfarben war. Sie hatte volle Brüste und einen flachen Bauch; ich hatte etwas mehr drauf an Hüfte, Oberschenkeln und Hintern. Ich sah zwei Frauen, die nah genug saßen, um sich zu berühren – und dennoch tat sich zwischen ihnen eine unüberbrückbare Schlucht auf.

„Deine Haare sind wunderschön“, raunte ich ihr zu.

Sie verzog ihren Mund zu einem leichten Lächeln. „Das sagst du nur so.“

Ich schüttelte den Kopf. Im Badezimmer verstummte das Rauschen der Dusche, man hörte nur noch Charlies leises Summen. Meredith starrte mich im Spiegel an.

„Ich … ich hatte einen Streit mit Vic. Einen ziemlich üblen. Weil ich heute Nacht nicht nach Hause kommen wollte.“

„Was ist sein Problem?“

Ich zuckte mit den Schultern, da ich nicht weiter darüber reden wollte. „Es war eh an der Zeit, von dort wegzugehen.“

„Du ziehst aus?“

Sie öffnete ihren Mund. Die pinkfarbene Spitze ihrer Zunge lugte ein klein wenig hervor und verschwand dann wieder hinter ihren vollen Lippen. „Du könntest hierbleiben.“

„Heute Nacht“, sagte ich.

„Du könntest länger bleiben, Tesla.“

„Was ist mit Charlie?“

„Charlie vergöttert dich.“

„Ja. Wenn ich seinen Schwanz lutsche.“ Ich schätzte, es gab keinen Grund, es zu beschönigen. „Hier zu wohnen wäre etwas vollkommen anderes. Auch für dich, Meredith.“

„Es wäre großartig. Wir würden dich viel häufiger zu Gesicht bekommen. Und was sollte daran schlecht sein?“ Sie schenkte mir dieses Lächeln, mit dem sie immer erreichte, was sie wollte.

„Wenn eine dritte Person bei euch wohnt, ist das was anderes, als jemand zu Besuch zu haben. Euer Haus, eure Küche, eure Waschmaschine. Eure Sachen.“ Ich zählte es mit den Fingern auf. „Es gibt so vieles zu beachten. Wer geht einkaufen? Wo würde ich schlafen?“

„Bei dir klingt das so kompliziert.“ Sie berührte wieder mein Haar, spielte mit den Fransen an meiner Wange.

„Wenn man vorab nicht über diese Sachen spricht ...“ Ich atmete tief durch, damit meine Stimme nicht zu zittern begann. „Du hast gesagt, dass du mit Charlie über mich gesprochen hast, bevor du mich gefragt hast, ob ich bei euch ... mitmachen will.“

Sie sah für einen Moment abwesend aus. „Ja?“

„Das musstest du, stimmt's? Um sicher zu sein, dass alles geklärt ist? Damit, falls irgendwas schiefläuft, niemand verletzt oder eifersüchtig ist.“

„Aber ich dachte, du würdest gern zu uns gehören.“ Meredith runzelte die Stirn, und zwischen ihren Augen bildete sich eine steile Falte.

Ich nahm ihre Hand und führte sie an meine Lippen. Küsste ihre Fingerknöchel. „Das tue ich. Sehr gerne sogar.“

„Was dann?“ Sie rückte etwas näher. „Was ist das Problem?“

„Ich bin gerne mit euch zusammen. Mit euch beiden. Und ich vergöttere Charlie.“ Ohne groß nachzudenken, benutzte ich das gleiche Wort wie sie zuvor. „Darum geht es, oder? Mit euch zusammen zu sein?“, fügte ich hinzu. „Denn das bin ich nicht.“

Sie runzelte die Stirn, wandte aber nicht den Blick vom Spiegel ab. „Was soll das heißen?“

„Das heißt, dass ich mit Charlie zusammen bin und Charlie mit dir und du mit Charlie. Aber du bist nicht mit mir zusammen.“ Ich fuhr mit meinen Lippen über ihre Schultern, ohne innezuhalten. „Und ich muss wissen, ob sich das ändern wird.“

Sie küsste mich.

Nach all den Monaten, in denen ich mir das vorgestellt hatte, in denen ich von der Weichheit ihrer Lippen fantasiert hatte und wie sie schmeckte, erwischte mich dieser Kuss trotzdem vollkommen unvorbereitet. Ich atmete erstaunt ein, und sie legte eine Hand in meinen Nacken, damit ich mich nicht bewegte. Er dauerte nicht lange an, dieser Kuss, aber er war lang genug, um mir mehr zu versprechen.

Sie rückte ein wenig von mir ab, um mir in die Augen zu sehen. „Ich habe es dir angeboten. Denk darüber nach."

„Worüber?", fragte Charlie, der in diesem Augenblick mit einem Handtuch um die Hüften ins Zimmer trat. Er ging zu einer Kommode und zog eine Schlafanzughose heraus.

„Dass Tesla bei uns einzieht."

Als er sich umdrehte, konnte ich auch ihn im Spiegel sehen. Ich wollte ihnen nicht sagen, dass ich mich bereits entschieden hatte. Dass ich letztlich keine Wahl hatte, zumindest nicht auf nächste Sicht, bis ich etwas anderes gefunden hatte. Dass ich geschmeichelt und dankbar war, dass sie mich wollte, Angst hatte, dass er mich nicht wollte, mir Sorgen machte, wie sich alles verändern würde. Oder nicht verändern würde.

„Oh?", meinte Charlie.

Meredith und ich sahen weiter in den Spiegel, als er hinter uns auf das Bett krabbelte. Sie lehnte sich ein bisschen zurück, in meine Richtung. Er ließ sich neben ihr nieder.

„Aber Tesla ist nicht ganz zufrieden damit, wie es bisher zwischen uns so läuft, Charlie."

Er atmete leise aus, wirkte etwas verwirrt. Hier ging es um uns, die Frauen im Spiegel. Ich schüttelte leicht den Kopf.

„Ich möchte nicht, dass du irgendwas tust, was du nicht willst", sagte ich zu ihr. „Aber wenn du schon mal ein Mädchen geküsst hast …"

Charlie sah sie erstaunt an.

„Und es dir gefallen hat", fügte ich hinzu, „dann frage ich mich halt, warum du mich nicht küssen willst."

„Wir haben darüber nie gesprochen." Meredith warf Charlie im Spiegelbild einen Blick zu. „Wir haben darüber gesprochen, dass du mit ihm zusammen bist."

Ich liebkoste wieder ihre Schulter. „Wie du gesagt hast, es gibt immer etwas, worüber man reden kann."

„Ich dachte, du willst das nicht, das ist alles", sagte Charlie.

„Ich wollte nie, dass du denkst, ich hätte damit ein Problem, Meredith.“

„Hast du denn eins?“, fragte ich ihn.

Wir sahen uns direkt an. Ohne den Spiegel zwischen uns. Charlie schüttelte den Kopf.

„Nein. Natürlich nicht. Verflucht“, er lächelte schüchtern, „das wäre total scharf. Ich meine, welcher Typ würde nicht gern zwei Frauen dabei zusehen, oder?“

Aus diesem Winkel konnte ich Meredith nur im Spiegel sehen, aber ich dachte, dass es das vielleicht irgendwie leichter machte. Diese Distanz. Sie erschauerte, als ich sie berührte.

„Ich schätze, ich muss dich das fragen. Warum möchtest du, dass ich bei euch einziehe? Wie würde es irgendetwas besser machen als das, was wir gerade haben?“

Das brachte sie zum Lächeln. „Du brauchst einen Ort, wo du bleiben kannst. Und wir haben eine tolle Zeit zusammen. Oder?“

„Na klar.“ Charlie rieb meinen Rücken. „Ich zumindest.“

Ich lächelte. „Ich auch. Aber zusammen zu leben ist ein großer Schritt.“

Meredith entspannte sich und lehnte sich gegen mich. „Du verbringst doch eh schon so viel Zeit mit uns. Ich dachte, es würde alles vereinfachen. Und Spaß machen.“

Ich legte mein Kinn auf ihre Schulter, meine Hände auf ihren Bauch. „Ich will mir nur sicher sein, bevor ich Ja sage …“

Charlie legte eine Hand an meinen Nacken. „Sag Ja, Tesla.“

„Ich möchte wissen, ob du mich willst, Meredith.“ Laut ausgesprochen waren die Worte nicht mehr so furchterregend. Und wenn sie Nein sagte, dann hätten wir das zumindest zwischen uns geklärt. „Denn ich bin mir nie sicher, woran ich bei dir bin.“

Sie atmete nervös ein und legte ihre Hand auf meine. Wir saßen alle drei sehr still da. Charlie drückte seine Finger sanft in meinen Nacken, bevor er sie wieder über meine Wirbelsäule gleiten ließ. Und dann entfernte er sich von uns, lehnte sich gegen die Kissen.

„Wie wäre es mit dem vollen Programm?“, sagte Meredith schließlich.

Die Anspannung, die sich in meinem Magen aufgebaut hatte, wuchs noch ein bisschen. „Bist du dir sicher?"

Sie öffnete den Mund und fuhr sich mit ihrer Zunge über die Lippen. „Ich denke, das werden wir herausfinden."

Ich grinste und drückte meinen Mund auf ihren Hals, während ihre Finger sich mit meinen verschränkten. „Es wirkt nur beim ersten Mal etwas pervers."

Da lachte sie, lehnte sich noch ein bisschen mehr an mich und legte ihren Kopf auf meine Schulter. „Charlie?"

„Ja, Baby."

„Willst du zusehen, wie Tesla und ich uns lieben?"

„Ähm, ja, natürlich." Im Spiegel sah ich sein Grinsen. Er rieb sich bereits mit einer Hand über den Schritt.

Sie schob meine Hand weiter nach unten, und unsere verschränkten Finger berührten den Bund ihres Rocks. Im Spiegel blieb ihr Blick auf meinem haften. Sie schob unsere Hände ihren Schenkel runter und wieder hoch, wobei der Saum mit nach oben kam. Meine Fingerspitzen streichelten zart ihre Schenkel und entdeckten die Hitze zwischen ihren Beinen. Sie drückte meine Hand gegen ihre Möse.

Geschickt brachte ich mich in Position, sodass meine Knie rechts und links ihre Hüften umschlossen, mein Oberkörper an ihrem Rücken lehnte. Dann küsste ich ihren Hals, langsam, zart und vorsichtig. Ich atmete ihren Duft ein und kostete mit der Zunge den Geschmack ihrer Haut.

Meredith ließ meine Hand los, um die Knöpfe ihrer Bluse zu öffnen. Sie hatte sie binnen einer halben Minute geöffnet, und ihr Hemd stand offen und zeigte den hübschen, leuchtend pinkfarbenen Demicup-BH, der nur ein klitzekleines bisschen ihrer Brustwarzen zeigte. Ich schob meine Hand unter ihre Strumpfhose und ihren Slip und durchdrang das sanfte Dickicht ihres kunstvoll in Form gebrachten Schamhaares. Weiter unten spürte ich ihre feuchte, heiße Spalte und ihre harte Perle. Die Bewegung ihrer Hüften. Sie bog sich mir entgegen, und ihr Blick ruhte die ganze Zeit auf meinem.

Zwei Frauen in einem Spiegel, auch wenn nur die eine richtig zu sehen war. Hinter uns beiden sah Charlies Spiegelbild uns zu. Er holte seinen Schwanz heraus, rieb ihn. Ich schob einen Finger in Merediths Möse, zog ihn dann wieder raus, um ihre Klit zu umkreisen.

So zu sitzen, meine Muschi gegen ihren Hintern gedrückt und meine Knie, die sie umfingen, war es ein wenig so, als würden wir zu einer Person werden. Ein wenig, als würde ich mich selbst berühren. Ich wusste so genau, wie gut es sich anfühlte, wenn ich einen, dann zwei Finger tief in mich hineinschob, sie gegen die leicht raue Oberfläche meines G-Punktes drückte. Wie es sich anfühlte, meine Finger mit dem Saft meiner Erregung zu benetzen und damit über meine Klit zu fahren. Sie zu wichsen wie einen klitzekleinen Schwanz. Ich wusste, wie verflucht verrückt es mich machte, meine Hand auf die Kuppe meiner Klit zu drücken und meine Hüften so dagegen zu bewegen, wie Meredith es jetzt tat.

Sie nahm ihre Brüste in ihre Hände, drückte den BH nach unten und zeigte ihre harten rosa Nippel. Sie saugte an ihrem Finger und befeuchtete dann ihre Nippel damit. Ließ sie noch härter werden. Sie bewegte ihre Möse an meiner Hand auf und nieder. Ihr Kopf fiel nach hinten, gegen meine Schulter.

Sie drehte den Kopf und küsste mich.

Unsere Zungen trafen sich und tanzten miteinander, langsam erst, dann schneller. Ich hörte Charlie stöhnen, und fast hätte ich das auch getan. Meredith unterbrach den Kuss mit einem leichten Japser.

„Oh mein Gott", sagte sie. „Oh du … wow."

Im Spiegel sah sie, wie meine Finger mit ihrer Möse spielten. Sie beobachtete, wie ich sie beobachtete. Immer noch hinsehend, hakte sie ihre Finger in ihre Strumpfhose ein und hob ihren Hintern so an, dass sie sie erst über den Hintern, dann über ihre Füße ziehen konnte. Ihr Rock war nach oben geschoben, ihre Möse vollkommen freigelegt. Sie drückte den Rücken gegen mich und bot sich mir an.

Ich verlangsamte mein Tempo, ließ sie zusehen, wie meine Finger in sie hineinglitten. Aus der Entfernung war es schwer zu erkennen, aber ich zweifelte nicht daran, dass sie alles fühlte. Mein Atem stieß gegen ihr Erschauern und ihre inneren Muskeln zuckten gegen meine Finger. Ich sah Charlie im Spiegel: Er wirkte konzentriert, mit einem etwas grimmigen Gesichtsausdruck, die Faust um den Schwanz geschlossen. Aber als er meinen Blick bemerkte, erleuchtete sein Lächeln den Raum.

Ich machte das genauso sehr für ihn wie für sie oder für mich. In dieser Position konnte ich mich selbst nicht berühren, aber im Moment war das in Ordnung. Es war erregend genug, ihr Gesicht zu beobachten und ihr Pochen an meinen Fingern zu spüren.

Meredith legte ihre Hand auf meine. Sie schluckte, ihre Stimme war rau. „Ich will deinen Mund."

Sie musste mich nicht zweimal bitten. Wir drehten uns auf dem Bett, rutschten etwas an Charlie heran. Sie küsste ihn, ihre Zungen glitten aneinander vorbei. Sie streichelte seinen Schwanz und umschloss seine Eier. Dann drehte sie sich auf den Rücken, die Hüfte in die Luft gereckt.

Ich kniete zwischen ihren Beinen und öffnete ihren Rock. Schob ihn hinunter. Sie war nun nackt, abgesehen von der offenen Bluse und dem BH, aber mir gefiel, wie sie damit aussah – lüstern und derangiert –, deshalb zog ich ihr nicht mehr aus.

Ich fuhr mit dem Mund über ihre Schenkel. Ihren Bauch. Ich lauschte ihrem leichten Seufzen und Stöhnen. Ihre Hand griff wieder nach meinem Haar, zerzauste es.

Als ich ihre Klit mit der Zunge fand, schrie sie auf. Ihre Hüfte bäumte sich mir entgegen. Ich schob meine Hand unter ihren Hintern und öffnete sie mit meinem Daumen. Ihre Klit, perfekt, fest und hart, zuckte unter meiner Zunge, als ich sie leckte.

Es gibt ein Geheimnis, wie man Frauen zum Höhepunkt bringt: Beharrlichkeit. Es kann schwer sein, herauszufinden, was funktioniert, aber wenn man das erst mal weiß, sollte man von dieser Taktik nicht mehr abweichen.

Meredith mochte lange, langsame Schläge mit der Zunge. Sie mochte es, wenn ich meine Finger in ihr bewegte und gegen sie presste. Und sie mochte es ganz besonders, wenn ich mit den Fingern gegen die Stelle oberhalb der Klit drückte, während ich sie leckte.

Charlie stöhnte wieder auf. Dann legte er sich auf den Rücken und schob sein Gesicht unter meine Möse. Sein Mund fand meine Klit, seine Hände umfassten meine Hüften. Ich bewegte mich gegen seine Lippen und seine Zunge, den harten Druck seiner Zähne.

Wir kamen Sekunden nacheinander, Meredith und ich. Sie bebte unter ihrem Orgasmus, unterdrückte aber einen Aufschrei. Meiner wurde von ihrem Fleisch erstickt. Ich drückte meine Lippen auf ihre pulsierende Klit und spürte, wie meine sie fast im gleichen Rhythmus nachahmte.

Manches, auf das man so lange hingearbeitet hat, kann so schnell vorbei sein. Ich drehte mich auf den Rücken und atmete tief durch. Charlie bewegte sich neben mir, eine Hand lag auf Merediths Hüfte. Sie rührte sich nicht.

Dann sagte sie: „Du kannst das Zimmer am Ende des Flurs haben, also hast du deinen eigenen Raum. Und wir erwarten, dass du dich mit einem Drittel an Strom und anderen Nebenkosten beteiligst, Lebensmittel eingeschlossen. Du kannst kochen, ich wasche ab – ich bin eine fürchterliche Köchin. Charlie bringt den Müll raus und ich mache die Wäsche, aber du kannst das Staubsaugen übernehmen."

Sie stützte sich auf einen Ellbogen und betrachtete mich, wie ich mich an ihren Mann kuschelte. Sie befeuchtete ihren herrlichen Mund mit ihrer Zunge. Sie küsste mich. Dann ihn.

„Es wird immer genügend Dinge geben, über die wir reden müssen", sagte Meredith. „Aber reicht das fürs Erste?"

Ich war mir dessen ziemlich sicher gewesen, bevor ich heute Abend zu ihnen kam, doch jetzt räkelte ich mich, faul und gesättigt, und zog sie zu uns herüber, um mit uns zu kuscheln. „Ja."

Und so begann es.

26. KAPITEL

Wir nehmen sie entweder mit, oder wir feiern Thanksgiving hier." Das Geschirr klirrte in Merediths Händen, als sie es von der Spülmaschine in den Schrank stellte. „So wird es ablaufen, Charlie. Oder du gehst alleine zu deiner Schwester. Wie du willst. Glaubst du vielleicht, es macht mir was aus, wenn ich auf ihre trockene Truthahnbrust und die überbackenen Spaghetti verzichten muss? Und überhaupt, wer zum Teufel macht schon überbackene Spaghetti an Thanksgiving? Ach ja, genau: diejenigen, die keinen Kartoffelbrei servieren."

Ich blieb im Eingangsbereich stehen. Eigentlich wollte ich sie nicht belauschen, aber ich hatte auch keine Lust, in die Küche zu gehen, nachdem ich gehört hatte, dass sie sich stritten. Oder besser gesagt: dass Meredith sich stritt. Charlie war wie immer die Freundlichkeit und Sanftheit in Person. Ich hörte ihn etwas sagen, konnte aber die Worte nicht verstehen.

Wieder wurde ein Oberschrank geöffnet und geschlossen. Mit Wucht. „Sie lebt mit uns zusammen. Du hast dem zugestimmt, und soweit ich es mitbekommen habe, hast du auch gehörigen Spaß daran. Sie gehört zu uns, Charlie. Also was? Weil du es deiner Familie nicht erzählen magst, willst du Tesla sagen, dass sie allein zu Hause bleibt? Was für ein Schwachsinn."

Das Herz wurde mir schwer. Ich wollte nicht, dass Meredith und Charlie sich wegen mir stritten. Ja, es war kompliziert, ein Drittel einer Beziehung zu sein statt eine Hälfte. Es machte es immer schwierig, wenn wir irgendwohin fuhren, weil einer immer auf dem Rücksitz Platz nehmen musste. Ich konnte mir vorstellen, was für einen Aufruhr es auslösen würde, wenn sie mich bei Charlies Schwester als etwas anderes als eine Mitbewohnerin vorstellen würden. Und ich wohnte ja erst seit ein paar Tagen hier. Schwer vorstellbar, dass Charlies Familie überhaupt wusste, dass er eine Mitbewohnerin hatte.

Ehrlich gesagt, wäre es für mich in Ordnung, zu Hause zu

bleiben. Ich wollte nicht über Thanksgiving Charlies Schwester besuchen. Ich musste am Freitag drauf arbeiten – zu meiner Mutter nach Kalifornien zu fahren war also keine Option, selbst wenn ich den weiten Weg hätte auf mich nehmen wollen, um sie zu sehen. Was ich nicht wollte. Vermutlich würde ich Cap dazu bringen, etwas für uns zu kochen, da Lynds mit ihrer Familie wegfahren wollte und er den ganzen Tag daheim war und alte Filme schaute.

Ich war bisher erst einmal zu Vics Haus gefahren, um meine Sachen zu holen und mich von den Kindern zu verabschieden. Simone hatte sich geweigert, mit mir zu sprechen. Max schien es noch nicht zu verstehen. Und auch, wenn Elaine keinen Einspruch gegen meinen Auszug erhoben hatte, sagte sie doch, ich könnte gern mit ihnen zu ihrer Mutter fahren. Als ich sie fragte, was Vic von der Idee hielt, entgegnete sie nur: „Die Kinder und ich fänden es schön, wenn du dabei wärst." Ich glaubte ihr, aber ich wollte trotzdem Thanksgiving nicht bei ihrer Mutter verbringen.

„Du kannst doch nicht erwarten, dass ich ihnen die Wahrheit sage." Charlie klang so vernünftig. Das tat er immer. „*Du* bist meine Frau. Ich sollte nicht daneben noch eine Freundin haben."

Noch mehr Klirren und Türenschlagen. „Es gibt Neuigkeiten: Du hast eine."

„Aber es fühlt sich merkwürdig an, meine Schwester zu fragen, ob ich eine Fremde mit zum Thanksgiving-Dinner mitbringen kann."

„Sie ist keine Fremde. Sie ist Tesla. Vielleicht fällt dir das ja wieder ein, wenn du dein Gesicht das nächste Mal in ihre Muschi steckst."

Selbst ich zuckte dabei zusammen. Und doch hörte ich Charlie lachen. Ich vermutete, es war Zeit, aufzutauchen. Deshalb machte ich so viel Lärm, dass sich beide umdrehen mussten. Merkwürdigerweise war es Meredith, die aussah, als hätte ich sie bei etwas ertappt.

„Hallo, Schatz, komm her", bat mich Charlie, und ich ging gerne zu ihm. Er legte einen Arm um mich und dann den anderen um die widerstrebende Meredith, die seine Umarmung nur für ein, zwei Sekunden zuließ, bevor sie sich wieder losmachte und die Spülmaschine fertig ausräumte.

„Ich kann mich mit meinem Bruder verabreden", sagte ich, bevor Charlie zu einer peinlichen Erklärung ansetzen konnte, warum er mich nicht zum Truthahn-Dinner bei seiner Familie einladen würde. „Wirklich, Charlie. Alles bestens."

„Gar nichts ist bestens", warf Meredith über die Schulter ein.

„Wenn Tesla Thanksgiving mit ihrer Familie verbringen will ...", begann Charlie, doch Meredith unterbrach ihn.

„Darum geht es doch gar nicht, Charlie, und das weißt du. Es geht darum, dass du nicht zugeben willst, was hier passiert. Gott bewahre, deine Familie darf bloß nicht erfahren, dass du pervers bist."

Er zog mich ein bisschen enger an sich heran, obwohl er sie ansah. „Es geht meine Familie nichts an, was ich in meinem Haus oder in meinem Bett treibe. Aber es geht sie etwas an, was ich in ihr Haus mitbringe."

„Ich bin kein Gegenstand, den man irgendwohin mitnimmt", sagte ich zu beiden.

Sie sahen mich an.

Ich löste mich aus Charlies Umarmung und trat einen Schritt zur Seite, aber nicht so weit, dass er mich nicht berühren konnte, wenn er wollte. „Ich bin kein Knochen, über den ihr beide euch wie Hunde streiten könnt, verstanden? Also wirklich. Meredith", sagte ich und sah sie an, „es gibt nun mal einen Grund, warum man von einem Paar spricht. Ein Paar sind zwei. Nicht drei."

„Niemand hat mir vorzuschreiben, wie ich mein Leben lebe. Ich werde mich nicht dafür schämen oder mich dem anpassen, was die Gesellschaft ...", begann sie, aber diesmal war es an mir, zu unterbrechen.

„Ich schäme mich nicht. Und Charlie auch nicht", fügte ich hinzu und hoffte insgeheim, dass das stimmte. „Aber ... Du musst in der Realität leben. Wir alle müssen das. Ich bin gerne mit euch zusammen. Mit euch beiden. Aber das ist doch nichts, was wir zur Schau stellen müssen und erwarten können, dass der Rest der Welt es versteht. Wie Charlie gesagt hat, es geht niemanden was an."

Sie runzelte die Stirn und verschränkte die Arme vor der Brust. Sie sah dickköpfig genauso schön aus, wie wenn sie einem zustimmte. „Wenn wir Lesben wären, hätten wir unsere eigenen Demos. Aber so, als Dreierbeziehung …?"

Ich streckte eine Hand nach ihr aus und zog sie näher zu mir und Charlie heran. „Süße, es ist mir wirklich egal. Ich muss nicht mit euch zur Thanksgiving-Feier."

„Aber ich hätte dich gerne dabei", sagte Meredith.

„Ich hätte sie auch gerne dabei." Charlie legte einen Arm um meine Taille und küsste mich auf den Scheitel, als ich mich an ihn schmiegte. „Aber ich kann sie nicht einfach mitnehmen und ihnen die Wahrheit sagen. Ich will Tesla dem nicht aussetzen, Meredith. Du hältst mich vielleicht für feige, aber ich denke dabei auch an sie." Ich strich mit meinen Fingern über Merediths Handrücken, aber sie wollte nicht Teil der Umarmung werden. „Und an dich. Sie würden dir auch verdammt hart zusetzen", sagte ich. „Oder sie würden dich bedauern, denken, Charlie würde noch nebenbei was naschen."

Sie machte ein finsteres Gesicht. „Keiner, der mich kennt, würde mich bedauern. Niemals. Um nichts in der Welt."

Charlie lachte. „Nein, aber sie würden hinter deinem Rücken über dich reden."

„Glaubst du, das macht mir was aus?", erwiderte sie, aber ihre Wut ebbte langsam ab. Sie kam ein bisschen näher und schob einen Finger durch Charlies Gürtelschlaufe. „Also schön. Dann sagen wir, dass sie unsere Mitbewohnerin ist. Lass sie denken, dass wir uns verspekuliert haben oder was der Teufel, und dass wir das Geld brauchen. Auch wenn deine Schwester nicht blöde ist, Charlie. Sie wird es ohne Probleme durchschauen, es sei denn, es gelingt dir, Tesla nicht so anzusehen, als würdest du sie auf der Stelle vernaschen wollen. Was dir nicht gelingt."

„Vermutlich nicht", gab er zu und küsste mich wieder. „Und das will ich auch gar nicht."

„Es ist besser, wenn ich nicht mit euch komme. Nächstes Jahr", bot ich mutig an, denn „nächstes Jahr" war etwas, über das wir nie gesprochen hatten, „können wir hier feiern, und dann muss niemand irgendwas erklären."

Endlich gab Meredith die Distanz auf, fuhr mit der Hand über meine Jogginghose und griff nach meinem Hintern. Mit ihrer anderen Hand packte sie Charlies Hintern. Sie stellte sich auf die Zehenspitzen, um ihn kurz zu küssen, dann gab sie mir einen etwas längeren Kuss.

„Das ist unsere Tesla. So klug." Sie legte ihre Stirn auf meine.

Auf die Nähe sah ich ihr Gesicht nur verschwommen, aber ihre Augen blieben klar. Sie zwinkerte mir zu und küsste mich wieder.

„Bist du sicher, dass das für dich in Ordnung ist? Ich hasse die Vorstellung, dass du Thanksgiving allein verbringst." Sie legte ihren Kopf auf meine Schulter.

„Ich muss ja nicht allein bleiben. Cap braucht eh jemanden, mit dem er abhängen kann. Ich sollte den Tag mit ihm verbringen. Es wird schon okay sein."

Charlie malte mit seinen Fingern Kreise auf meinen Rücken. „Hey, lass uns einen Film auf Interflix runterladen. Heute Abend einfach entspannen."

Das hörte sich gut an. „Ich mache Popcorn. Mit Butter. Und Salz. Das wird toll."

„Und die ganzen Kalorien?", sagte Meredith leichthin. „Ich schätze, die müssen wir uns dann abtrainieren."

„Ich liebe deine Art zu denken." Charlie küsste sie.

Dann küsste er mich.

Dann trennten wir drei uns. Charlie ging ins Arbeitszimmer, um nach einem guten Film zu sehen, Meredith räumte die Küche fertig auf, und ich ging in die Speisekammer, um eine Packung Maiskörner zu holen, und dann zum Kühlschrank für die Butter. Ich streckte mich gerade nach dem Salz im Gewürzregal aus, als

Meredith hinter mich trat, um etwas in den Schrank zu legen. Wir rempelten uns an, und lachend legte sie die Arme um mich.

Sie küsste mich, schob mich rückwärts gegen die Arbeitsfläche. Ihre Hände lagen wie angegossen auf meinen Hüften. Ihre Zunge liebkoste meine, während sie einen ihrer Oberschenkel zwischen meine Beine schob.

„Mmhhm", sagte ich in ihren Mund. „Was ist los mit dir?"

„Was meinst du?" Sie hielt inne und runzelte die Stirn.

Ihr Stirnrunzeln gefiel mir nicht. Ich wollte eine lächelnde und sinnliche Meredith. Verspielt, nicht mit einer Schnute. „Nichts. Vergiss es."

Schnell lehnte ich mich vor, um sie zu küssen, aber sie zog sich weit genug zurück, dass ich sie nicht erreichen konnte. „Warum sollte etwas mit mir los sein?"

Ich wollte sie nicht darauf hinweisen, dass sie selten, wenn überhaupt jemals, etwas mit mir begann wie gerade eben. Mal eine kleine Berührung, ein Kuss hier und da. Aber gerade hatte sie mich geküsst, wie sie Charlie küsste, und das war ungewöhnlich. Da es mir gefiel, wollte ich nicht, dass sie sich deswegen komisch fühlte.

Ich drückte meinen Schoß sanft gegen ihre Hüfte. „Soll es ja gar nicht. Mir gefällt, was du da machst. Hör nicht auf damit."

Sie sog die Luft ein, ihre Schultern hoben sich. Sie drehte den Kopf und sah mich an. Ihre Hände umfassten meine Brüste, ihre Finger kniffen sanft meine Nippel, bevor sie sich von mir löste. „Charlie wartet."

Ich lächelte. „Glaubst du, es stört ihn, wenn wir ohne ihn anfangen?"

„Es könnte ihn stören, wenn wir ohne ihn aufhören", sagte sie und küsste meinen Mundwinkel. „Außerdem will ich dein wahnsinnig dick machendes Popcorn probieren."

Ich griff nach ihr, bevor sie zu weit weg war. „Meredith, du bist wunderbar. Das weißt du, oder?"

Manchmal war ich mir nicht sicher, ob sie das wirklich tat, auch wenn sie jetzt ihr perfektes goldenes Haar über ihre Schulter fallen ließ und mir einen Blick zuwarf, der einem Stummfilm-Vamp zur Ehre gereicht hätte,

„Natürlich bin ich das." Sie zwinkerte und ging zu der Tür, die zum Hauswirtschaftsraum und der Garage führte. „Ich hol mir eine Cola. Willst du auch eine?"

„Gerne." Ich stellte einen Topf auf den Herd. „Danke."

Zwanzig Minuten später saßen wir alle auf dem dick gepolsterten Sofa mit Schüsseln voller Popcorn auf unserem Schoß und Cola-Dosen vor uns auf dem Couchtisch. Charlie hatte einen Horrorfilm ausgesucht, den ich noch nicht kannte, und obwohl Meredith den Mund verzogen hatte, hatte sie nicht darauf bestanden, dass wir etwas anderes schauten. Ich saß zwischen den beiden und konnte mich deshalb darüber amüsieren, wie Meredith immer wieder zusammenzuckte und die Augen schloss, und zugleich mit Charlie den Plot diskutieren.

In diesem Moment wusste ich, wie sich die dritte Schüssel Haferbrei anfühlte, der dritte Stuhl, das dritte und letzte Bett, das Goldlöckchen ausprobiert hatte. Mir war nicht zu kalt oder zu warm, zu weich oder zu hart. Es fühlte sich alles genau richtig an.

Der Film war zu Ende. Ich hielt eine Handvoll Popcorn hoch, damit Charlie sie von meinen Fingern aß. Er berührte meine Handfläche mit seinen Lippen, leckte mit seiner Zunge über meine Haut, dass ich erschauerte. Als ich zu ihm aufsah, schien es mir, als würde sich der Blick seiner dunkelblauen Augen direkt in meine Seele bohren.

Ich küsste ihn, weil das möglich war. Weil hier, auf diesem Sofa und in diesem Haus, Charlie auf eine Weise zu mir gehörte, die nichts mit Eheringen oder Zeremonien zu tun hatte. Hinter mir streichelte mich Merediths Atem, bevor ich den warmen, feuchten Druck ihrer Lippen auf meiner Haut spürte.

Oben gingen wir wie selbstverständlich in ihr Schlafzimmer. Wir hatten uns angewöhnt, die Betten zu teilen: eine Nacht Charlie und ich in meinem Zimmer, eine andere Nacht Meredith und ich in ihrem, die beiden in ihrem und ich genüsslich in meinem ausgestreckt. Aber das betraf das Schlafen. Wenn es um den Sex ging, dann war ihres eindeutig das bessere Bett. Nicht groß genug, damit wir drei dort gemütlich schlafen konnten, zumindest nicht derjenige, der in der Mitte lag, aber perfekt für unseren Sex.

Ich liebte es, wie einfach es für Meredith und mich war, Charlie auf die Matratze zu drücken und ihn auszuziehen. Ihn mit Küssen zu bedecken, die eine Seite hinauf, die andere herunter, einander beim Schwanz zu begegnen, den wir beide abwechselnd lutschten und leckten. Ich liebte das Kitzeln ihrer Zunge, wenn unsere Münder sich an Charlies Penis trafen, und ich liebte es, wie seine Hände uns das Haar aus dem Gesicht strichen. Und wie er ermutigend murmelte, der heisere Ton seiner Stimme, wenn er auf unsere Berührung reagierte, unser Lecken, Saugen, Lutschen.

Meredith bemerkte nicht, dass ich innehielt und Charlies Körper bewunderte; sie war damit beschäftigt, sich auszuziehen und Kissen vom Bett zu werfen, damit wir genug Platz hatten. Charlie aber registrierte es sehr wohl. Er stützte sich auf einem Ellbogen ab und legte seine Hand an meine Wange.

Er sagte nichts. Wir konnten so problemlos stumm miteinander kommunizieren, wofür andere ganze Wörterbücher brauchten. Ich liebte auch das.

Ich kroch an seinem Körper hoch, um seinen Mund mit meinen Lippen zu berühren. Als ich ihn küsste, lächelte er. Kitzelnd ließ ich meine Finger an seiner Seite hinabgleiten, was ihn lachen und sich winden ließ. Ich sah auf. Meredith beobachtete uns.

„Was?“, fragte ich.

Sie schüttelte den Kopf und rückte näher, um mit ihren Fingern durch Charlies Haar zu fahren. Er drehte seinen Kopf, sodass er ihre Hand küssen konnte. Seine Finger schlossen sich darum, führten ihre Hand zu seinem Mund, während ich seinen Schwanz in den Mund nahm und ihn lutschte, erst sanft, dann härter. Er bäumte sich auf, und ich lachte leise, hielt seinen Penis am Schaft fest, damit er mich nicht erstickte.

Als ich Merediths Hand auf meinem Kopf spürte, sah ich sie wieder an. Sie beugte sich herunter, um mich zu küssen. Meine Hand zwischen ihre Beine zu schieben. Sie war bereits feucht und heiß, und ich drückte nur so weit in sie, dass sie erschauerte. Sie schluckte meinen Atem, als sie stöhnte.

„Leg dich hin", keuchte ich in ihren Mund.

Ihre Lider flatterten auf, die Pupillen waren groß und dunkel. Ich umfasste ihren Nacken, um sie noch ein bisschen länger in meinem Kuss festzuhalten, dann folgte ich ihr ins Bett, als sie tat, worum ich sie gebeten hatte.

Ich setzte mich auf einen ihrer Schenkel und überschüttete ihre Hüfte und ihren Bauch mit Küssen, aber anders als der kitzlige Charlie wand Meredith sich nicht darunter. Sie legte einen Arm über ihre Augen und spreizte ihre Oberschenkel, sodass ich vollen Zugang zu ihr hatte.

Charlie hatte sich auf die Seite gerollt, um uns zuzusehen. Ich berührte sein Haar und umfasste sein Kinn, um ihn zu einem Kuss zu mir zu ziehen. Wir küssten uns, während ich Merediths Klit mit einer Fingerspitze umkreiste, aber nur kurz – ich hatte anderes mit meiner Zunge vor.

Sex zu zweit kann kompliziert sein, wenn man kreativ sein möchte, aber es ist immer noch möglich, sich treiben zu lassen. Abzuwarten, was passiert. Herumzurollen, die empfindlichsten Stellen des anderen zu finden, zu sehen, was passiert, wenn man sie gegeneinanderreibt. Sex zu dritt erfordert ein bisschen mehr Nachdenken. Manchmal könnten Diagramme hilfreich sein.

Oft vögelten wir wie ein V – wir befriedigten beide Charlie und uns selbst. Wir probierten die Gänseblümchenkette aus, bei der Meredith Charlie einen blies, der mich leckte, während ich das Gleiche bei Meredith tat. Wir testeten sogar ein paar der abgedrehten Positionen aus dem „Handbuch für Dreier". Denn das ist das Tolle an der Drei, es gibt viel mehr Varianten als bei der Zwei.

Jetzt hockte ich mich auf Händen und Knien zwischen Merediths Beine, meinen Hintern in die Luft gestreckt, mein Mund auf ihrer Möse. Ich küsste ihre Klit, dann saugte ich sie sanfter als zuvor Charlies Schwanz. Unter meiner Zunge und an meinen Fingern war Merediths Möse feucht und heiß. Ihr Aufseufzen war die schönste Belohnung. Ich lächelte und drückte meine Zunge flach auf ihre Klit. Ließ sie kreisen, leckte, saugte, knabberte. Nicht zu schnell, vielleicht sogar ein bisschen zu langsam. Neckend. Ich wollte, dass sie heftig kam, nicht schnell.

Charlie strich mit einer Hand über meinen Rücken, meinen Hintern. Zwischen meine Beine, um meine Klit zu streicheln. Er schob einen Finger in mich hinein, dann noch einen, und ich schloss die Augen. Ich versank in dem Gefühl, eine warme Frau unter mir zu haben und einen harten Mann hinter mir. Ich stieß nach hinten, fickte mich selbst gegen seine Finger.

Er verstand den Hinweis.

Das Bett bewegte sich, als Charlie sich hinkniete. Ich hörte, wie die Schublade des Bettschränkchens geöffnet wurde, wie das Kondompäckchen aufgerissen wurde. Sein Schwanz drückte gegen mich, aber ich war noch nicht feucht genug, als dass er ganz eindringen konnte. Ich brauchte mir aber keine Sorgen zu machen, dass Charlie irgendwas erzwingen würde: Er öffnete die Tube mit Gleitgel und verwendete große Mengen davon. Seine Finger glitten gegen meine Klit, dann tief in mich hinein, berührten meinen G-Punkt.

„Oh Gott“, murmelte ich, während ich meine Finger in Meredith bewegte wie Charlie seine Finger in mir.

Aber ich musste kurz verschnaufen.

Meredith gab protestierend ein leises Geräusch von sich, griff nach meinen Haaren und zog daran. Nicht so fest, dass es wehtat, aber sie ließ mich doch sehr deutlich wissen, dass ich weitermachen sollte. Es war allerdings schwer, sich zu konzentrieren. Charlies mächtiger Schwanz stieß an meine Pforte, und ich atmete automatisch aus, öffnete mich, um ihn ganz in mich aufzunehmen.

Ich blinzelte und biss mir auf die Unterlippe, dann gelang es mir, wieder Merediths Klit zu verwöhnen. Sie war so heiß, so nass, und ihre Möse zog sich um meine Finger, als ich sie in ihr vor und zurück stieß – aber es war ihre Klit, die meine Aufmerksamkeit benötigte, um sie in Fahrt zu bringen.

„Tes…la!“ Mein Name zerbrach in zwei Teile, als Charlie aufstöhnte. Er füllte mich aus, drang langsam vor, bis ich nicht mehr von seinem Schwanz in mich aufnehmen konnte. Doch er begann nicht sofort, sich zu bewegen, sondern legte nur seine Hände auf meine Hüften und blieb so, während ich an Merediths Klit saugte. Ich erhaschte kurz einen Blick auf ihr Gesicht, als ich innehielt, um Luft zu holen und mich an Charlies Schwanz in mir zu gewöhnen, und sie runzelte die Stirn und zog wieder an meinen Haaren, drückte mich gegen sich.

Ich lächelte. Charlie hatte meinen Namen gesagt. Mein Ziel war es, dass Meredith ihn nicht nur sagte, sondern schrie. Ich wollte, dass sie sich fallen ließ, wie sie es bei Charlie tat.

Aber dann konnte ich an nichts mehr denken, weil Charlie begann, sich zu bewegen. Er fand meine Klit mit seinen Fingerspitzen und rieb sie im Rhythmus seiner Stöße, die langsam, gleichmäßig und einfach sensationell waren. Wegen des Gleitgels rollten seine Finger über meine Klit, ohne zu kratzen oder zu drücken. Glatt und sanft. Selbst als seine Bewegungen etwas unregelmäßiger wurden, weil er mich schneller vögelte, war es immer noch unglaublich toll.

Meredith bewegte ihre Hüften hin und her. Ich verringerte den Druck meiner Zunge, benutzte jetzt die Spitze, statt die flache Seite, und ließ sie sich gegen mich bewegen.

Die Anspannung sammelte sich in meinem Bauch. Heiße Lust vibrierte durch mich hindurch, in meine Muschi, hinten an meinen Beinen entlang, in meine Fußsohlen. Ich wollte nichts mehr, als dass es überlief, mich ausfüllte, mich zusammenbrechen ließ. Aber ich konnte nichts anderes tun, als die Welle der Lust zu reiten, während sie größer und größer wurde.

Meredith kam als Erste. Ihre Perle pulsierte unter meiner Zunge. Und sie gab mir, was ich wollte – meinen Namen, ausgestoßen in einem heiseren Schrei. Sie dachte an mich in diesen letzten Sekunden, als der Orgasmus in ihr aufkochte, und das war genug, um mich selbst zum Höhepunkt zu bringen.

Ich sagte keinen Namen. Ich war stumm geworden durch die

Lust, die sich ihren Weg durch mich bahnte. Ich erschauerte, meine Finger gruben sich in die Laken. Ich keuchte, presste mein Gesicht gegen die Innenseite von Merediths Schenkel, spürte die Zartheit ihrer Haut an meinem Mund und küsste sie dort, während ich kam.

Charlie, wie immer ein Gentleman, brauchte nicht viel länger. Er stieß noch einmal tief in mich hinein, dann noch ein paarmal flacher hinterher. Er atmete schwer, als er sich über mich beugte, und ich spürte, wie seine Lippen kurz meine Schultern streiften, bevor er sich zurückzog, damit ich mich neben Meredith fallen lassen konnte, die mit geschlossenen Augen dalag. Sie bewegte sich nicht – na ja, bis auf ihren Mund, der zu einem seligen Lächeln verzogen war.

Ich küsste ihren Hals. Charlie legte sich zu uns, auf meine andere Seite. Sein Arm lag über meinem Bauch, sodass er mit den Fingern die Hüfte seiner Frau berührte. Wir verharrten ein paar Minuten lang schweigend so da, bis Charlie gähnte. Sich streckte und dehnte. Er küsste meinen Nacken und stand auf, um ins Badezimmer zu trotten. Das Rauschen der Dusche ertönte erneut.

Ich hätte problemlos einschlafen können, aber ich wollte es nicht hier tun. Ich musste am nächsten Morgen früh zur Arbeit und wusste, dass Charlie auch früh rausmusste. Meredith grummelte, als ich mich aufsetzte. Aber ihre Augen blieben geschlossen.

Ich küsste sie wieder auf die Schulter, dann ging ich ins Badezimmer, um Charlie Gute Nacht zu sagen. Er lugte aus der Duschkabine heraus.

„Kommst du rein?"

„Nein, ich dusche bei mir." Trotzdem ging ich zu ihm hinüber, um ihn unter der Dusche zu bewundern. „Ich wollte nur Gute Nacht sagen."

Er beugte sich vor, um mich zu küssen. „Nacht. Hey, wollen wir morgen Abend essen gehen? Vielleicht zu diesem neuen Inder?"

„Ich dachte, Meredith hasst indische Küche."

„Tut sie." Er zuckte die Schultern, seifte sich das Haar ein und massierte es. Schaum lief sein Gesicht herunter, als er es unter den Wasserstrahl hielt, um das Shampoo auszuwaschen. „Aber sie hat morgen Abend was vor, eine Party oder so. Wir wären nur zu zweit."

Nur ich und Charlie. Warum ließ das mein Herz hüpfen, als würde er mich nach einem Date fragen? „Ich liebe indisches Essen. Also ja. Hört sich gut an."

Gott, er hatte so ein wunderbares Lächeln. Seine Augen leuchteten auf. „Großartig! Ich werde wie üblich nach Hause kommen."

„Ich werde vor dir da sein. Dann können wir gleich los." Ich wagte mich in den Duschstrahl, um ihn auf den Mund zu küssen, und lachte, als er mich zu sich hineinzog. „Ich hab gesagt, ich dusche bei mir!"

„Du bist doch schon hier. Lass mich deinen Rücken schrubben." Charlie wackelte mit den Augenbrauen. Die Rolle des Lustmolchs stand ihm nicht; ich werde ihn nie als etwas anderes wahrnehmen als einen Gentleman.

Ich drehte mich trotzdem um. „Hmm. Schätze, das kann ich nicht ablehnen."

Seine seifigen Hände glitten über meine Haut. Obwohl es nicht um Sex ging, war es schön, seine Berührungen zu spüren. Noch schöner, in gewisser Weise, weil wir beide wussten, dass es nicht zu einem Fick führen würde. Es war nur ... Zärtlichkeit.

Wieder war ich erstaunt über meine Gefühle. Die beiläufige Art, wie er mich umdrehte, um mich auch von vorne einzuseifen, zur Seite trat, damit ich auch etwas vom Wasser abbekam. Wie er mich abwusch. Als er mich an sich zog, um mich zu umarmen, mein Gesicht an seine heiße, nasse Haut gelehnt, und er mich auf den Kopf küsste, und ich die Augen geschlossen hielt und mich zwang, nicht in Tränen auszubrechen.

Schon seit Langem war ich nicht mehr in den Arm genommen worden. Liebe bekam ich im Überfluss, das ja. Und natürlich immer wieder auch Sex. Aber abgesehen von den feuchten Kleinkinderküssen und Streicheleinheiten von Simones und Max' klebrigen Fingern, war ich lange nicht mehr mit jemandem zusammen gewesen, an den ich mich anlehnen konnte. Der mir eine starke Schulter bot.

Ich hätte unter der Dusche bleiben können, bis das Wasser kalt wurde, aber das war Blödsinn. Ich sah zu Charlie auf, dessen Rücken mich vor dem Wasserstrahl beschützte. Ich wollte ihm sagen, was ich empfand, aber die Worte blieben mir im Hals stecken.

Ich liebe ihn.

Diese Erkenntnis raste nicht auf mich zu und warf mich um, ließ mich auseinanderbrechen. Sie sickerte langsam in mich ein und füllte mich in Bereichen aus, von denen ich nie wahrgenommen hatte, dass sie leer gewesen waren.

Wie konnte ich dem Mann einer anderen Frau sagen, dass ich ihn liebte? Wie konnte ich es nur einem von beiden sagen? Die Antwort war: gar nicht. Stattdessen küsste ich ihn noch einmal und stieg dann aus der Dusche, schnappte mir sein Handtuch, um mich abzutrocknen, und reichte ihm ein sauberes aus dem Regal. Ich wickelte mir das feuchte ums Haar und wünschte ihm noch einmal eine gute Nacht, um nackt durch ihr Schlafzimmer und durch den Flur in mein Zimmer zu gehen, wo ich mein Haar kämmen und mir einen Schlafanzug anziehen würde.

„Tesla“, sagte Charlie, und ich blieb in der Tür stehen. „Nur damit du es weißt: Ich schäme mich nicht für dich. Oder für uns, für dieses hier. Darum geht es nicht.“

Ich hatte das Gespräch, mit dem alles begonnen hatte, schon fast vergessen. „Das weiß ich, Charlie.“

Im Schlafzimmer blieb ich stehen, um Meredith Gute Nacht zu sagen, aber sie hatte bereits das Licht ausgemacht und die Decke über sich gezogen. In meinem Zimmer streckte ich mich behaglich seufzend auf dem Bett aus. Doch das erste Mal seit Langem dachte ich, während ich versuchte, in den Schlaf zu finden, an Vic. Wir hatten seit unserem Streit nicht mehr miteinander gesprochen. Vielleicht ging er gerade auf leisen Sohlen im Dunkeln durch das Haus und überprüfte Türen und Fenster, ob sie auch abgeschlossen waren. Stellte sicher, dass seine Familie in Sicherheit war. Ich vermisste es, Teil dessen zu sein.

Eine halbe Stunde lang starrte ich an die Decke und zählte unzählig viele blökende Schafe, bevor ich mir eingestand, dass ich so nicht einschlafen würde. Ich musste vermutlich erst ein paar Runden durchs Haus drehen. Und das tat ich dann, denn so etwas macht man für die Menschen, die man liebt: Du tust, was du kannst, um sicher zu sein, dass sie in Sicherheit sind.

Und dann, nachdem ich überprüft hatte, dass der Herd aus war, die Fenster und Türen abgeschlossen, konnte ich endlich ins Bett kriechen und einschlafen.

27. KAPITEL

Wie scharf willst du es?" Die Speisekarte in Charlies Händen wippte auf und nieder, während er sie studierte.

„So scharf, wie du es verträgst, Baby." Ich zwinkerte ihm zu. „Wie heiß ist das?"

„Sehr heiß", sagte Charlie, als würde es sich um eine Herausforderung handeln. „Ich weiß nicht, ob du das aushältst, so heiß."

Ich schnaubte. „Die Wette gilt. Willst du ‚nuklear' probieren? Ich wäre dabei. Oder wie wär es mit ‚vulkanisch' – schaffst du das?"

„Welches ist schärfer? Das möchte ich." Charlie klang todernst, aber seine blauen Augen funkelten.

„Lass uns ihnen einfach sagen, wir wollen eine Zehn. Und sie sollen uns viel Joghurt-Dip bringen."

„Ich bestelle hier zum Schluss immer viel zu viel. Mir schmeckt einfach alles, und das will ich dann auch haben." Er studierte weiter die Karte.

„Hat deine Mama dir nicht beigebracht, dass es nicht immer das Beste für dich ist, alles zu bekommen, was du willst?" Ich musste ihn einfach ärgern. Ich war müde nach einem langen Tag auf den Beinen, hatte Hunger und war ein bisschen aufgeregt, weil ich mit ihm ausging. Nur mit ihm.

Es kam mir nicht ganz richtig vor, dass sich das so anders anfühlte als die vielen Male, wenn wir zu dritt ausgingen, oder auch die wenigen Male, wenn Charlie und ich allein zu Hause waren. Es sollte sich nicht anders anfühlen. Ich hatte Unmengen an Zeit allein mit Meredith verbracht – bevor und seitdem wir dies begonnen hatten.

Trotzdem fühlte es sich anders an.

Vielleicht, weil ich keine Zweifel daran hatte, was Charlie für mich fühlte, oder dass es okay war, wenn ich seine Hand auf dem Tisch berührte. Ich musste mich nicht zurückhalten, weil ich ihn nicht anfassen durfte. Irgendwie bedeutete das, dass unsere

Finger sich ineinander verschränkten und meine Zehen sich an seinen Waden rieben.

„Und es ist so eine Verschwendung“, fügte Charlie hinzu. „Du hast recht, meine Mama würde sich schämen. Ich werde das alles niemals aufessen, und nach Hause kann ich es auch nicht mitnehmen.“

„Wieso kannst du es nicht mitnehmen?“ Ich bestellte häufig Essen im Restaurant, um die Hälfte davon mit nach Hause zu nehmen und am nächsten Tag zu essen.

„Meredith mag es nicht.“

Ich wusste, dass ich ein säuerliches Gesicht machte, aber ich versuchte nicht, das zu überspielen. „Hä? Was spielt das für eine Rolle? Sie muss es ja nicht essen.“

„Sie sagt, der Geruch geht auf alles andere im Kühlschrank über, und sie hasst das.“ Charlie zuckte die Schultern, sein Gesichtsausdruck war nicht säuerlich. Eher betreten. Das Gesicht eines Mannes, der weiß, dass seine Frau unrecht hat, sich aber deswegen nicht streiten will.

„Hm. Also. Das ist echt bescheuert. Wenn du es richtig gut in Alufolie oder so einpackst, riecht es kein bisschen. Also bestell, was immer du willst, mein Sohn, damit die Show endlich losgeht!“

Er drückte meine Hand. „Großartig. Du bist eingeladen, ja?“

„Was denkst du denn?“, erwiderte ich. „Du hast mich gefragt, ob wir essen gehen, oder?“

„Ach ja. Richtig. Nun, gut, dass ich meine Kreditkarte dabeihabe, und dass es nebenan einen Baumarkt gibt.“

Ich lachte. „Das mit der Kreditkarte verstehe ich, aber wofür brauchst du einen Baumarkt?“

„Für die Schubkarre“, sagte Charlie ernst.

„Also schön – du hast gewonnen. Wofür brauchst du eine Schubkarre?“

Er verzog keine Miene, nur seine Augen verrieten ihn wieder. „Um dich nach Hause zu karren, wenn du all das gegessen hast, was wir bestellen.“

Gott, wie ich ihn liebte.

Genau in diesem Moment kam der Kellner. Das nennt man wohl perfektes Timing. Wie Charlie angekündigt hatte, bestellte er zu viel Essen. Papadam und Curry, Lamm Rogan Josh und Tandoori-Hähnchen. Mein Magen ächzte allein bei dem Gedanken daran.

„Ich verhungere", sagte ich trotzdem zu ihm.

„Gut."

„Und was wir nicht essen, nehmen wir mit nach Hause", fügte ich hinzu. Das war eine Art Herausforderung für mich selbst.

Charlie blickte zögernd drein, zuckte dann aber mit den Schultern. „Ich liebe Reste von indischem Essen."

„Oh Gott, ja. Kaltes Rogan Josh ist …", ich küsste meine Fingerspitzen, „unglaublich lecker. Und außerdem kann ich dir helfen, es später abzutrainieren."

Er nahm meine andere Hand und streichelte sie mit dem Daumen. „Oh ja?"

„Na klar. Ich hab gehört, beim Cunnilingus verbraucht man zweitausend Kalorien pro Stunde." Das war zu hundert Prozent erfunden, aber ich wollte Charlie gegenüber schlagfertig sein.

„Wie sieht es mit Blasen aus? Vielleicht kann ich dir auch aushelfen."

„Charlie?"

Wir sahen beide zur selben Zeit auf. Vor unserem Tisch stand eine Frau Mitte vierzig, mit dunklem Haar, hübschem Kleid, eleganten Schuhen – ich checkte das natürlich sofort ab. Wenn der Mann, mit dem du zusammen bist, in einem Restaurant beim Vornamen gerufen wird, ist es wichtig, die Bedrohung richtig einzuschätzen.

„Ellen. Hallo." Charlies Stimme klang normal, aber die Art, wie er seine Hand von meiner zurückzog, war vielsagend.

Ich setzte mich aufrechter hin und faltete die Hände zusammen, wodurch ich mich irgendwie noch schuldiger fühlte. Als ob ich bei etwas Peinlichem ertappt worden wäre. Ich trank einen Schluck Wasser, um meine Gefühle zu verbergen.

„Ich hab dich seit Ewigkeiten nicht mehr gesehen, Charlie. Wie geht es Meredith?“ Ellen musterte mich überdeutlich von oben bis unten, bevor sie Charlie einen tödlichen Blick zuwarf.

Charlie ließ sich davon nicht irritieren. „Es geht ihr großartig.“

„Verkauft sie immer noch *Jangle Bangles*?“ Ellen verlagerte ihr Gewicht auf einen Fuß, die Hüfte seitwärts gestellt, und verschränkte die Arme vor der Brust. „Ich sehe sie überhaupt nicht mehr im Fitness-Studio.“

„Ach ... Ich denke ... Nun, wir haben ein Laufband und ein paar andere Geräte zu Hause, und ich glaube, sie trainiert dort. Aber ja, sie verkauft immer noch das Zeug.“

„Sie hat schon seit einer Weile keinen Newsletter mehr rumgeschickt.“ Ellen klang anklagend, als ob es Charlies Schuld war, dass Meredith sie online ignorierte. „Ich schätze, sie ist beschäftigt.“

„Jeder ist beschäftigt“, fuhr ich dazwischen, mit einem Lächeln, das so freundlich war, wie es nur ging.

„Oh, hallo“, sagte sie, als hätte sie mich gerade erst bemerkt. Sie streckte eine Hand aus, die ich nahm. „Ellen Leveau. Ich bin eine gute Freundin von Meredith. Und von Charlie natürlich.“

Ich löste meine Hand wieder, lächelte aber immer noch. „Natürlich.“

„Ihr solltet uns wirklich mal auf ein paar Drinks besuchen, zu einem Spieleabend, du und Meredith“, fügte sie hinzu. „Ich weiß, Johnny würde sich wahnsinnig freuen, euch zu sehen.“

„Hört sich toll an. Ruf Meredith doch mal an“, sagte Charlie.

In diesem Moment kam der Kellner mit unseren Vorspeisen.

Ellen trat zur Seite. „Ich schätze, ich sollte euch jetzt mit eurem Essen allein lassen. Es war schön, Sie kennenzulernen ...“

„Tesla“, kam Charlie mir zuvor.

Ich hatte bereits verschiedene Reaktionen auf meinen Namen erlebt, deshalb überraschten mich Ellens hochgezogene Augenbrauen nicht. Dafür aber ihre nächste Frage. Ich meine, manche Leute haben einfach keine Manieren.

„Weiß Meredith, dass du mit ... Tesla ausgehst?"

Ich schämte mich nicht für das, was ich mit Charlie und Meredith hatte; ich hatte es gemeinsam mit ihnen aufgebaut. Aber es war auch nicht an mir, sie zu outen. Und dennoch: Während ich dachte, dass wir der Familie und Freunden, die es vielleicht nicht verstehen würden, unsere Beziehung nicht aufdrängen mussten, gefiel es mir schon, irgendwelche Fremden in die Pfanne zu hauen, die nicht genügend Anstand hatten, um zu wissen, was sie nichts anging.

„Nun, das weiß sie nicht. Sie hatte heute Abend ein Treffen, weshalb Charlie und ich beschlossen haben, hierherzukommen: Meredith hasst indisches Essen." Ich schenkte Ellen ein durch und durch künstliches Lächeln. „Sie wird es sich aber vermutlich denken können, wenn sie die Reste im Kühlschrank findet. Es sei denn, wir machen vielleicht doch einen auf geheimnisvoll und nehmen die Reste nicht mit nach Hause. Das haben wir noch nicht entschieden, stimmt's Charlie?"

Er verzog nur leicht die Mundwinkel und bemühte sich, nicht zu grinsen. „Ja. Ich schätze, wir nehmen sie mit heim. Du hast recht, sie schmecken am nächsten Tag noch genauso gut. Wir können sie ja zum Frühstück essen."

Ellens Blick wanderte zwischen Charlie und mir hin und her, und sie sah aus, als versuchte sie zu lächeln, schaffte es aber nicht. Sie sah aus wie jemand, der weiß, dass gerade ein Witz gemacht wurde, die Pointe aber nicht mitbekommen hat. „Also ... seid ihr ...?"

„Wir wohnen zusammen", sagte ich. „Wir sind Mitbewohner, könnte man vermutlich sagen."

„Könnte man sagen", bekräftigte Charlie.

Ellen blinzelte. Ihr Lächeln wurde ein wenig natürlicher. „Oh. Ach so."

Sie sah kurz zu der Stelle, an der unsere Hände sich berührt hatten, und wirkte ein bisschen durcheinander, bevor sie wieder

Charlie ansah. „Ich schätze, dann ist alles klar. Grüß Meredith von mir. Und sag ihr, sie soll mich mal anrufen."

Nickend trat sie den Rückzug an, zurück an ihren Tisch, wo sie sich aufgeregt mit den anderen Frauen, mit denen sie unterwegs war, unterhielt. Sie sahen alle zu uns herüber. Charlie seufzte.

„Ach, Scheiße."

Ich lachte. „Glaubst du, sie ruft Meredith an und petzt?"

„Vermutlich. Meredith war mal ziemlich gut mit den Frauen da befreundet." Dann lachte er. „Sie werden erst mal die ganze Geschichte auseinandernehmen. Gucken, ob sie uns noch bei etwas wirklich Schlimmem erwischen. Ich bin mir sicher, Ellen hat nur Merediths Bestes im Sinn, wenn sie sie anruft, um ihr zu sagen, dass ich fremdgehe."

Ich streckte meine Hand über dem Tisch nach ihm aus. Ich hielt sie aber nur so kurz, dass es nicht mehr als ein rasches Drücken war. „Manche Leute muss man halt daran erinnern, dass sie sich um ihren eigenen Kram kümmern sollen. Das ist alles."

„Wir müssen es Meredith erzählen, damit sie sich nicht überrumpelt fühlt." Charlie stieß seine Gabel in das Essen auf seinem Teller. „Meredith wäre stinksauer, wenn Ellen sie anruft und sie nicht vorbereitet ist."

„Also ... erzählen wir es ihr. Es ist doch kein Verbrechen, dass wir ohne sie essen gegangen sind." Ich sah sein Gesicht und zögerte, plötzlich ängstlicher, als ich es sein wollte.

Charlie schüttelte den Kopf. „Eigentlich nicht."

„Aber es könnte ein Problem sein." Ich brach mir ein Stück Papadam ab. „Das denkst du doch."

Er nahm einen Bissen Lamm und kaute. Trank einen Schluck Wasser.

„Charlie", sagte ich. „Mach bitte nicht dicht. Rede mit mir."

„Sie kann ihre Launen haben", war alles, was er sagte.

„Ich mache mit ihr ständig Tausende von Sachen ohne dich." Ich reagierte zum Teil so vehement, weil ich mich vorher schuldig gefühlt hatte, und ich mich selbst überzeugen wollte, dass nichts Schlimmes an dem war, was wir taten. Ich warf einen wütenden Blick durch den Raum und gab Ellen die Schuld an meinem inneren Aufruhr.

„Das ist was anderes."

Ich schüttelte den Kopf. „Das ist nichts anderes. Weil ich sie zuerst kennengelernt habe?"

„Weil ihr beide Frauen seid." Charlie wischte sich den Mund mit der Serviette ab.

Ich sagte für einen Moment nichts, sondern konzentrierte mich auf mein Essen, genoss die unterschiedlichen Gewürze und wünschte mir, mein Magen wäre nicht so unruhig aufgrund der Unterhaltung. „Und?"

„Und … es ist was anderes, das ist alles."

„Ich gehe mit euch beiden ins Bett", entgegnete ich leise. „Für mich macht es deshalb keinen Unterschied. Wenn ich mit ihr essen gehen kann, tanzen gehen, rumhängen und ins Kino gehen, dann kann ich das Gleiche mit dir machen. Ich bin nicht deine Affäre, Charlie. Du betrügst Meredith nicht mit mir. Ich bin … Ich dachte, ich würde zu euch beiden gehören."

„Das tust du auch", versicherte er. Er nahm meine Hand in seine, hielt sie mit beiden Händen fest. „Tesla. Das tust du auch."

„Dann ist ja gut." Trotzdem war irgendetwas nicht in Ordnung.

Zum Glück brachte der Kellner die restliche Bestellung, sodass wir uns auf das Essen konzentrieren konnten, anstatt uns über irgendwelche ernsten Themen zu unterhalten – nicht ernster als die Arbeit jedenfalls. Ich hatte nicht viel Neues zu erzählen. Es gab zwar immer viel Klatsch und Tratsch im *Mocha*, aber da Charlie dort niemals war, kannte er die Leute nicht und würde die Geschichten nicht verstehen.

Er erzählte mir jedoch von seiner Klasse. „Irgendwas stimmt mit ihnen in letzter Zeit nicht. Ich weiß nicht, was. Sie hören nicht auf zu quatschen. Selbst die Jungs. Ehrlich gesagt sind die Jungs sogar noch schlimmer."

„Vielleicht haben sie sich nur viel zu erzählen." Ich schob seufzend meinen Teller von mir. Meine Zunge wollte mehr Safran-Reis. Mein Magen weigerte sich.

„Zu schade nur, dass nichts davon den Unterricht betrifft." Charlie stocherte in seinem Curry herum.

„In welchem Fach unterrichtest du sie denn?" Ich nippte an meinem Tee und lehnte mich im Stuhl zurück, um heimlich meine Jeans aufzuknöpfen. „Ich hätte eine Hose mit Gummizug anziehen sollen."

Er lachte. „Geografie. Ich weiß, es ist nicht gerade das spannendste Fach, aber wir müssen eine bestimmte Menge an Stoff durchnehmen, damit sie die standardisierten Prüfungen im Frühjahr packen. Aber die Kids setzen sich einfach nicht ruhig hin und passen auf."

Der Frust in seiner Stimme war unverkennbar.

„Kannst du vielleicht ein paar Sachen verändern? Zum Beispiel, *wann* du sie unterrichtest? Vielleicht müssen sie erst wachgerüttelt werden."

Er sah von seinem letzten Bissen Curry auf. „Du meinst, ich soll sie zu einem anderen Zeitpunkt unterrichten?"

„Genau. Kannst du das?"

Er nahm die Gabel Curry in den Mund, kaute und schluckte. Er wischte sich den Mund ab. „Hmm. Das müsste eigentlich gehen. Zumindest für ein paar Tage. Solange es sich nicht mit ihren Leistungskursen überlappt."

Ich zuckte die Schultern und überlegte, ob ich noch ein bisschen Reis essen sollte, entschied mich aber dagegen. „Meine Eltern sagten früher immer, wenn mein Bruder und ich uns langweilten, dass wir aus der Routine ausbrechen müssten."

„Geografie ist tatsächlich Routine", gab Charlie zu. „Selbst für mich."

Ich lächelte und rieb meine Zehen an seiner Wade, wie ich es vorher auch getan hatte. „Du kannst ihnen zeigen, wie man daran Spaß haben kann. Da bin ich mir sicher."

„Möchten Sie noch etwas?" Der Kellner sah uns hoffnungsvoll an, aber wir waren beide satt.

Er brachte uns Kartons zum Mitnehmen der Reste und die Rechnung, die Charlie mit großer Geste bezahlte. Ich trug das Essen zum Wagen und achtete zu Hause darauf, dass es gut in Alufolie verpackt war, bevor ich es in die hinterste Ecke des Kühlschranks stellte.

Ich starrte es an. Ein Geheimnis, das wir gemeinsam hüteten. Es waren zwar nur Reste von indischem Essen, aber trotzdem beschlich mich ein leichtes Schuldgefühl.

Ich hatte jedoch keine Zeit, mich länger damit zu beschäftigen, weil Charlie mich ins Wohnzimmer rief, wo er gerade einen Horrorfilm aussuchte. Ich zog die Schuhe aus und setzte mich zu Charlie aufs Sofa, eingehüllt in eine Wolldecke. Erst indisches Essen und danach mich unter einer Decke an meinen Liebsten kuscheln, während wir einen gruseligen Film sahen – das war für mich der Himmel.

Es war kein sonderlich gruseliger Film, und ich begann wegzudösen. Charlie neben mir fühlte sich warm und fest an. Das Geräusch von Schreien und Macheten, die Körperteile abhackten, drang nur in den äußersten Rand meines Bewusstseins vor. Als das Deckenlicht anging, war ich jedoch mit einem Schlag wach.

Im Türrahmen stand Meredith. „Hallo."

Charlie drehte sich, um sie anzusehen. „Hallo, Schatz. Wie war deine Party?"

Sie starrte uns eine Weile lang an, nahm Notiz von dem Film und unseren ineinander verknoteten Gliedmaßen. „Ganz okay. Was macht ihr beiden?"

Ich gähnte und räkelte mich ein wenig. „Anscheinend bin ich eingeschlafen. Ich sollte wohl besser ins Bett gehen."

Ich befreite mich aus Charlies Armen und Beinen und der Decke und stand auf. Ich küsste ihn leicht auf den Mund. „Nacht."

Im Türrahmen lehnte ich mich vor, um ihr ebenfalls einen Kuss zu geben, auch wenn sie den Kopf in letzter Sekunde leicht zur Seite drehte. Daran war ich gewöhnt. Es gefiel mir nicht, aber ich war nicht überrascht. „Nacht, Meredith."

Sie ließ mich einen Schritt an sich vorbeigehen, bevor sie einen Arm um mich legte und mich zurückhielt. Diesmal küsste sie mich, und unsere Wangen pressten sich kurz aneinander, bevor ich ihren warmen Mund spürte. Sie ging ein wenig auf Abstand, um mir in die Augen zu sehen. „Träum was Schönes."

Ich lächelte. „Kommst du morgen ins *Mocha*?"

„Vielleicht." Ihr Lächeln brauchte ein paar Sekunden, bis es ihren Mund erreichte, aber es lohnte sich, darauf zu warten. „Vermutlich. Ich sollte zu Hause bleiben und arbeiten, aber mir gefällt, was ich dort zu sehen bekomme."

Ich entzog mich ihren kitzelnden Fingern. „Oh-oh. Ich bin mir sicher, Carlos freut sich, das zu hören. Oder, warte. Du meinst Johnny D., stimmt's?

Sie griff nach mir, drückte mich mit ihrem Körper gegen die Wand. „Du weißt, wen ich meine."

Ich ließ ihren Druck zu und nutzte die Gelegenheit, meine Hände auf ihre Hüfte zu legen. „Weiß ich das?"

Sie trat einen Schritt zurück, um mir auf den Hintern zu hauen. „Geh ins Bett. Du bist morgen früh sonst unausstehlich."

„Ich liebe es, dass du das von mir weißt." Die Worte waren mir leise entschlüpft, unerwartet.

Sie blinzelte und sah zur Seite. „Gute Nacht, Tesla. Bis morgen."

An einem anderen Abend hätte ich sie vielleicht wieder zu mir herangezogen, für einen Kuss und eine Umarmung, hätte vielleicht sogar versucht, sie in mein Bett zu locken. Aber es war spät, ich war müde, und auch wenn ich einem Verführungsversuch nicht widerstanden hätte, war ich doch zu fertig, um selbst einen zu unternehmen.

28. KAPITEL

An manchen Tagen wachst du mit einem Lächeln im Gesicht auf, bereit, dich allem, was das Leben so bringt, zu stellen. Für mich war das einer dieser Tage. Er begann mit einer netten kleinen Oralsex-Einlage von Charlie, den ich in der Küche überrascht hatte, während er Kaffee kochte. Wir waren erst umeinander herumgetänzelt, weil wir eigentlich aneinander vorbeiwollten: ich zum Kühlschrank, um den Rest indisches Essen mit zur Arbeit zu nehmen, als Mittagessen; er, weil er versuchte, an die Milch ranzukommen.

Es wurde zu einem richtigen Walzer. Kein wirklich guter – wir bewegten uns unbeholfen und stolperten über unsere Füße. Er löste sich in Gekicher auf, als wir über die Essensreste und morgendliche Blödheit tuschelten. Ich küsste ihn auf den Mund, damit er nicht Meredith weckte, und aus einem einfachen Kuss wurde in Sekundenschnelle mehr. Charlie kniete sich auf die Küchenfliesen, schob meinen Rock hoch und zog meine Wollstrumpfhose runter. Leckte mich zum Orgasmus in weniger als zwei Minuten, ließ mich atemlos zurück. Dann stand er auf, küsste mich auf den Mund und tätschelte meinen Hintern, sah auf die Uhr und bemerkte, dass er zu spät kommen würde.

Ich würde mich revanchieren.

Leider war nicht jeder so guter Laune wie ich. Ich war die Erste im *Mocha* und schloss die Tür auf, doch innerhalb der nächsten zwanzig Minuten kamen auch Darek und Joy. Darek war sehr still, wie immer so früh am Morgen. Er taute in der Regel erst circa vierzig Minuten, nachdem das Café geöffnet hatte, auf.

Joy war sowieso immer schlecht drauf. Ich hatte noch nicht mal gewusst, dass sie für die Morgenschicht eingetragen war, was nichts weiter bedeutete. Sie kam öfter unangekündigt, um zu überprüfen, ob alles lief. Trotzdem dachte ich, ich wäre witzig, als ich sagte: „Weißt du, Joy, es gibt da so was Neues, das nennt sich Privatleben. Ich hab gehört, es ist diese Woche im Angebot. Vielleicht solltest du dir ja was davon besorgen."

Es stellte sich raus, dass ich nicht so witzig war, wie ich dachte.

Joy hatte gerade die Möhren-Cupcakes in der Vitrine neu arrangiert. Sie richtete sich auf, um mich anzusehen. „Vielleicht solltest du dich um deinen eigenen Scheiß kümmern, Tesla."

Die Seifenblase meiner guten Laune war angepikst, verlor aber noch nicht seine Form. „Entschuldige."

„Weißt du was? Nicht jeder hat Spaß daran, immer nur rumzuflirten und sonst nichts aus seinem Leben zu machen. Für manche Menschen ist die Arbeit wichtig. Manche Menschen nehmen ihre Verantwortung ernst. Manche Leute ..."

„Manche Leute sollten eine Chill-Pille nehmen", sagte Darek aus der Ferne. Er nahm gerade die Stühle von den Tischen, weil wir gleich öffnen wollten.

Joy sah über den Tresen zu ihm herüber. „Was hast du gerade gesagt?"

Er zuckte die Schultern. Anscheinend hatte er Mumm genug, um ihr eine beleidigende Bemerkung vor die Füße zu werfen, aber nicht, um sich direkt mit ihr anzulegen. Joy runzelte die Stirn und wandte sich wieder mir zu. Ich wollte ebenfalls keinen Streit.

„Ich hab doch schon gesagt, dass es mir leidtut, Joy. Ich hatte dich nur geneckt."

„Nun", sagte sie steif, „lass das bitte in Zukunft."

„Okay." Ich nickte und trat einen Schritt zurück, um sie an mir vorbeizulassen.

Als sie wieder in ihr Büro gegangen war, warfen Darek und ich uns einen Blick zu. Er tippte sich an die Stirn, aber ich konnte darüber nicht lachen. Ich dachte nicht, dass Joy verrückt war, sondern nur sehr, sehr unglücklich. Und an einem Tag wie diesem, an dem ich selbst mich so gut fühlte, erschien mir das nicht richtig.

Also ging ich zu ihr nach hinten, wo sie sich in einer ehemaligen Abstellkammer ein kleines, aber feines Büro eingerichtet hatte. Es war noch nicht einmal groß genug für ihren Tisch, den sie deshalb seitlich hineingestellt hatte, und ansonsten passte nur noch ein kleiner Kühlschrank hinein, in dem wir unser Mittagessen und Snacks aufbewahrten. Wenn sie sich an ihren Schreibtisch setzen wollte, musste sie sich in den Stuhl quetschen, der den Raum bis zur Wand einnahm. Niemand saß in Joys Stuhl außer Joy.

„Hey", sagte ich leise.

Sie sah von irgendwelchem Buchhaltungskram auf, den sie am Computer erledigte. „Was?"

„Ich wollte nur sagen, dass es mir wirklich leidtut, dass ich dich so verärgert habe. Ich finde es toll, dass dir dein Job so wichtig ist. Es ist gut, dass du ihn gerne machst."

Sie warf mir einen leeren Blick zu, in den sich langsam der Spott mischte.

„Und das glaubst du wirklich?"

„Ich … äh …"

„Wirklich?" Sie hätte ihren Stuhl nach hinten geschoben, wenn dafür Platz gewesen wäre, aber so legte sie nur ihre Hände an den Rand des Tisches und drückte ihn von sich. „Glaubst du etwa, ich mache diese beschissene Drecksarbeit gerne?"

In all den Jahren, die ich im *Mocha* arbeitete, hatte ich fast täglich erlebt, wie Joy ihre Fassung verlor. Bis zu diesem Moment aber hatte ich sie noch nie fluchen gehört, abgesehen von einem leichten „verdammt" oder „Mist". Ich hätte nicht überraschter sein können, wenn eine Kröte aus ihrem Mund gehüpft wäre.

„Ob du's glaubst oder nicht, Tesla", fuhr sie fort, „das tue ich nicht. Du hast sogar recht. Ich bin die ganze beschissene Zeit über hier, weil ich sonst nichts habe. Ich habe diesen Job. Das ist alles. Denn solange ich hier bin, um zu arbeiten, muss ich mir keine Gedanken über all das machen, das ich gern hätte, aber nie haben werde."

Wir waren alles andere als Freunde. Wenn jemand mich bitten würde, eine Liste mit den Menschen zu machen, mit denen ich Zeit verbringen möchte, dann wäre Joy nicht auf dieser Liste. Und ehrlich gesagt, wusste ich, dass ich nicht die Einzige war, der es so ging, weshalb es mich nicht sonderlich überraschte, dass es für sie außer der Arbeit nicht viel gab.

„Das tut mir leid“, war alles, was ich sagen konnte.

„Tut es dir nicht. Du hast ja keine Vorstellung. Du kommst jeden Tag hierher mit diesem dicken Grinsen im Gesicht, als ob die Welt dir gerade eine große, in Geschenkpapier eingewickelte Pralinenschachtel überreicht hätte und dazu noch eine Kreditkarte ohne Limit. Und die Leute lieben dich. Sie warten alle in der Schlange, länger als sie eigentlich müssten, damit du sie bedienst. Sie fragen dich, wie's dir geht, flirten mit dir.“ Joy versagte die Stimme.

„Ich bin nur nett zu ihnen, das ist alles. Glaub mir, Joy, ich liebe diesen Job auch nicht jeden Tag. An den meisten Tagen mag ich ihn, und an denen, an denen es mir nicht so geht, versuche ich so zu tun, als ob, bis … nun, bis ich ihn wieder mag.“ Ich zuckte die Schultern. „Ich hab da kein Geheimrezept oder so.“

Sie sah finster aus, ihre Wangen und selbst ihr Mund blasser als sonst. Ihre Kehle zitterte, als sie schluckte. „Rede nicht mit mir, als wäre ich bescheuert. Glaubst du etwa, das weiß ich alles nicht?“

Ich wusste nicht, was ich sagen sollte. Sie schien keinen Trost oder Rat oder wenigstens Mitleid zu wollen. In typischer Joy-Manier schien sie einfach nur Streit zu wollen. „Wenn du es weißt, warum tust du es dann nicht? Die Leute reden deshalb nicht gern mit dir, weil du immer so angespannt bist und rummaulst.“

Ihre Augen weiteten sich. „Was?“

„Du hast mich schon verstanden“, sagte ich. „Und du weißt, dass das stimmt. Es tut mir leid, Joy, aber du benimmst dich meistens wie eine wütende Zicke.“

Sie blinzelte ein paarmal rasch und lehnte sich heftig in ihrem Stuhl zurück. „Raus.“

Ich hob die Hände in die Höhe. „Ich bin gekommen, um mich bei dir zu entschuldigen, aber du willst ja gar nicht, dass ich das tue. Du willst, dass ich vor dir im Staub krieche und das werde ich nicht tun. Du willst aus irgendeinem Grund auf mich wütend sein. Vielleicht bist du ja neidisch …"

„Neidisch! Warum sollte ich auf dich neidisch sein, Tesla? Weil du so witzig und süß bist und die Leute dich anhimmeln? Weil du keine Probleme zu haben scheinst? Sollte ich deshalb neidisch sein?" Sie spuckte die Worte aus, als hätte sie mich am liebsten mit jedem einzelnen erschossen.

„Was weiß denn ich." Ich wollte nicht, dass sie mich aus der Fassung brachte, aber meine Stimme hob sich trotzdem. „Ich mag diesen Job, okay? Ich mag mein Leben. Nein, um genau zu sein, derzeit *liebe* ich mein Leben! Und ich werde nicht so tun, als ob das anders wäre, nur damit du dich nicht wie eine arme, trottelige Kuh fühlen musst!"

Sie rang nach Luft. Ich hielt den Mund, bevor ich noch mehr sagte, ich schämte mich bereits für meine Worte … und war gleichzeitig auch froh. Sie hatte es so gewollt.

„Und nur damit du es weißt", sagte ich mit sanfterer Stimme: „Mein Leben war nicht immer so, als ob mir die Sonne aus dem Arsch scheint. Ich hab nur versucht, das Beste daraus zu machen, und meistens hat das geklappt. Vielleicht solltest du das auch ab und zu mal versuchen."

„Ver-schwin-de." Vermutlich wünschte sie sich, sie hätte eine Tür, die sie mir ins Gesicht schlagen könnte, aber sie hatte die Kammertür herausgenommen, um den Tisch hineinzubekommen. Sie drehte ihren Stuhl so, dass sie mich nicht ansehen musste, und legte ihre Hände wieder auf die Tastatur, nur dass sie nicht tippte. Ihre Schultern hoben und senkten sich.

Ich überlegte, ob ich mich noch einmal entschuldigen sollte. Ich hatte es ernst gemeint. Ich wollte keine fiesen Sachen sagen, selbst wenn der andere es verdiente, und es schien, als hätte ich in den letzten Monaten mehr als genug unbequeme Wahrheiten von mir gegeben. Es tat mir leid, dass ich gemein gewesen war, aber es tat mir nicht leid, dass alles, was ich gesagt hatte, wahr war. Deshalb ging ich einfach raus.

Währenddessen hatte Darek den Laden für die ersten ungeduldigen Gäste geöffnet. Diejenigen, die für eine Weile bleiben würden, hatten ihr Territorium mit Laptops, Zeitungen und Tassen markiert. Diejenigen, die etwas zum Mitnehmen wollten, warteten leicht ungeduldig in der Schlange, die sich bis zur Eingangstür erstreckte. Ich band mir die Schürze um und begann mit der Arbeit.

Eigentlich war ich mir sicher, dass Joy herauskommen würde, um uns zu beobachten und uns zu kritisieren, aber sie blieb für die meiste Zeit in ihrem Büro. Es kam uns so vor, als wäre sie nicht da, und Darek und ich witzelten wie gewöhnlich miteinander rum und teilten uns die Aufgaben: nahmen Bestellungen an, führten sie aus, räumten die Tische auf.

„Morgen, Dr. FancyPants." Ich zeigte auf Erics Teller, der bis auf ein paar Krümel leer war. „Soll ich das mitnehmen?"

Er sah von seinem gelben Notizblock auf, auf den er ernst irgendetwas geschrieben hatte. „Hallo, Tesla. Ja, gerne."

Ich nahm den Teller und die zusammengeknäulte Serviette und machte mein fröhlichstes Gesicht. „Warum so ernst?"

Er lachte und wirkte etwas peinlich berührt. „Oh. Ich formuliere ein Anschreiben. Oder so was in der Art."

„Oh!" Im *Mocha* hingen so viele Schriftsteller herum, dass ich alles über Anschreiben wusste. „Schreibst du ein Buch oder so?"

Er lachte. „Nein. Ich schätze, es ist mehr eine Bewerbung."

„Neuer Job?"

„Nein. Was anderes." Seine Augenbrauen zogen sich zusammen, während er mit dem Stift gegen das linierte Papier tippte. Auf dem Tisch daneben lagen ein Paket Büttenpapier und ein schmaler Füllfederhalter in einer Geschenkbox. Er berührte beides kurz, bevor er mich ansah. „Man muss erst einen groben Entwurf schreiben, verstehst du?"

„Das hat mein Englischlehrer auch immer gesagt. Viel Glück damit. Ich bin froh, dass du uns nicht verlässt", sagte ich mit einem Augenzwinkern.

Er zwinkerte grinsend zurück. „Genau, als ob ihr Schwierigkeiten hättet, einen anderen Hintern für diesen Stuhl zu finden."

„Hey“, schimpfte ich, „tu nicht so, als ob dein Hintern nicht was Besonderes wäre.“

Wir lachten beide darüber. Und auch Sadie, die zwei Tische weiter saß. Ich hatte nicht mitbekommen, dass sie da war, ging aber nun zu ihr, nachdem ich den Abfall weggeworfen hatte.

„Fang erst gar nicht an, mit mir zu argumentieren: Ich bring dir sofort deine Bestellung. Kaum zu glauben, dass du bei so einem Wetter überhaupt hier bist.“ Es war morgens schon grau gewesen und hatte sich noch stärker zugezogen. Schnee lag in der Luft.

„Ich hatte die Wahl zwischen Hiersein oder den ganzen Tag zu Hause Fernsehen gucken“, gestand sie mir. „Ich bin früh in den Mutterschutz gegangen, und inzwischen langweile ich mich zu Tode, Tesla. Ich habe alles geputzt, was ich putzen kann, ohne mich zu sehr vorzubeugen, was allerdings leider nicht viel ist. Und ich musste von zu Hause los, bevor das Wetter so schlecht ist, dass ich nicht mehr hierherlaufen kann.

Ich sah an ihr vorbei durch die großen Fenster. „Ja, sieht so aus, als würde es heute noch schneien.“

„Ich kann den Winter nicht leiden“, sagte sie kategorisch und sah ebenfalls hinaus.

„Wirklich? Ich ja. Ich liebe es, so viele Schichten anzuziehen, dass niemand mitkriegt, wie viel heiße Schokolade und Cupcakes ich vertilge. Und ich gehe gern Skifahren, auch wenn ich bisher nur in ‚Roundtop‘ war. Mein Freund …“ Ich ertappte mich dabei, dass ich an Charlie als meinen Freund dachte. Das war ein so köstliches, schwindelerregendes Gefühl, dass ich laut loskicherte. Sadie sah mich neugierig an. „Er sagt, wir könnten zwischen den Jahren nach Vermont fahren. Ich bin noch nie da gewesen. Er sagt, es ist nicht ganz so gut wie Colorado, aber billiger und nicht so weit weg.“

„Trag einen Helm.“

Mein Lächeln verschwand. „Hmm?“

Sadies Hände ruhten auf ihrem gigantischen Bauch. Sie sah traurig aus. „Skifahren ist gefährlich. Trag einen Helm, okay?“

„Oh. Natürlich." Ich nickte, obwohl ich wusste, dass ich es vermutlich nicht tun würde. Ich wusste auch, dass man, egal was eine Schwangere sagte – vor allem jemand, der so unfassbar schwanger war wie Sadie –, ihr immer unbedingt zustimmen sollte. „Auf jeden Fall."

„Tesla", rief Joy hinter mir. „Darek scheint Schwierigkeiten zu haben, sich an die Portionsgrößen bei den Panini zu erinnern. Du musst ihm dringend auf die Sprünge helfen."

„Natürlich", sagte ich, so liebenswürdig wie zuvor zu Sadie und mit der gleichen Intention. „Kein Problem."

„Hi, Joy." Sadie lächelte.

Sie lächelte auch. „Hi, Sadie. Wow. Du näherst dich dem Termin, oder?"

„Noch zwei Monate. Ich würde mich nicht wundern, wenn es Zwillinge würden, so wie ich mich fühle."

„Das wäre ... wow." Joy räusperte sich.

„Pfefferminz-Weiße-Schokolade-Latte mit einem Schoko-Cupcake?", sagte ich, um das peinliche Schweigen zu unterbrechen.

Sadie nickte. „Du bist ein Schatz, Tesla. Danke."

Am Tresen packte mich Joy fauchend am Ellbogen. „Wir bieten keine Bedienung am Tisch an, Tesla."

Ich seufzte und zwang mich, leise zu reden. „Willst du, dass sie an den Tresen gewatschelt kommt oder, noch schlimmer, in der Schlange wartet?"

Die Schlange war wieder gewachsen, dank der Stoßzeit am späten Morgen, deren Grund ich zwar nicht herausfand, die es aber fast jeden Tag gab. Es war eine etwas komplizierte Uhrzeit, denn obwohl es noch früh war fürs Mittagessen, begannen Leute, Sandwichs und andere Sachen zusätzlich zu den Muffins und Bagels zu bestellen. Darek hatte schon den irren Gesichtsausdruck, den er immer bekam, wenn er zu sehr im Rückstand war.

„Ich will, dass du deinen Job machst", sagte Joy.

„Ich hab eine Idee. Anstatt an uns rumzumeckern", sagte Darek, „könntest du ja mal mitmachen und anfangen, Bestellungen in die Kasse einzugeben? Oder, da ich ja anscheinend nicht weiß, wie man vorschriftsmäßig Sandwichs macht, wie wär's, wenn du ein paar Panini vorbereitest?"

Ich stimmte ihm zu, hatte aber keine Zeit, das taktvoll zu sagen, weil Joy schon zu ihm herumwirbelte wie ein Hund, der angegriffen wird. Ich glaube, sie knurrte sogar. Ich konnte zwar nicht ihren Gesichtsausdruck sehen, aber er musste so fürchterlich sein, dass Darek einen Schritt zurücktrat.

„Warum. Machst du. Nicht. Einfach. Deinen Job!", schrie sie.

Das permanente Gemurmel der Unterhaltungen im Café stoppte. Aber anscheinend war es ihr egal, dass sie ein großes Publikum hatte – Joy ging auf Darek zu und streckte ihm ihren Finger ins Gesicht: Er schien bereit, ihn abzubeißen.

„Wenn du schon so eine wütende Schlampe bist", sagte Darek, „warum gehst du dann nicht und lässt dich ficken?"

Ich war nicht die Einzige, die bei diesen Worten laut Luft holte. Ich glaube, jeder im *Mocha* verschluckte sich an irgendwas, als Darek sich derart gehen ließ. Er drängte sich an Joy vorbei, schubste sie sogar zur Seite, als sie sich nicht bewegte, dann an mir vorbei.

„Ich hab die Schnauze voll", sagte er zu mir. „Tut mir leid, Tesla, aber ich hab dir gesagt, wenn sie mich noch einmal anschreit, gehe ich. Ich hab genug von der Scheiße."

„Darek –"

„Du … du kannst nicht gehen", rief ihm Joy hinterher.

Er blieb stehen, nachdem er den Tresen umrundet hatte, und betrachtete die Schlange Gäste, die ihn anstarrten. „Das habe ich gerade getan. Was, willst du mich stattdessen kündigen? Schön, kündige mich. Kapierst du es nicht, Joy? Es ist mir scheißegal. Ich bin nur froh, hier wegzukommen, weg von dir. Kündige mich, oder ich gehe, was immer der Unterschied ist, mir egal. Ich bin weg."

Er nahm seinen Mantel vom Haken und sah wieder zu den Gästen rüber, die immer noch alles beobachteten. „Tut mir leid, Freunde, aber die Show ist vorbei. Bestellt euren Kaffee bei der

Ziege da. Vielleicht spuckt sie aber rein, wenn ihr nicht hinseht.“

Die angeekelten Blicke zeigten mir, dass mehr als nur einer der Gäste ihm glaubte. Zum Teufel, sogar ich war mir unsicher, ob er nicht recht hatte. Wir sahen ihm alle zu, wie er aus dem Café marschierte, und das einzige Geräusch, was danach zu hören war, war die Klingel, als die Tür hinter ihm zufiel.

29. KAPITEL

„Ich hasse es, dich so zurückzulassen.“ Meredith zog eine Schnute und ignorierte Charlies deutlichen Blick auf die Uhr. „So ganz alleine.“

„Ich hab dir doch gesagt, dass das kein Problem ist. Ich gehe zu meinem Bruder, das ist keine große Sache. Ernsthaft.“ Ich drückte sie noch etwas fester an mich. „Aber ihr solltet jetzt besser losfahren. Ich hab gehört, Charlies Schwester mag es nicht, wenn man zu spät kommt.“

„Oh, auf keinen Fall darf ich fünf Minuten nach ihrem Zeitplan eintreffen. Ich meine, wir werden noch nicht mal gleich essen, aber lass uns fünfzehn Minuten später kommen, als sie uns gebeten hat, und sie wird uns den Rest des Tages erzählen, wie sie alle auf uns warten mussten ...“ Meredith verzog den Mund. „Charlie, hast du den Kuchen?“

Er hob die Schachtel hoch. „Ja, Schatz, ich hab den Kuchen.“

Sie grinste schelmisch. „Im Laden gekauft. Ich liebe diesen Schoko-Minze-Kuchen von Andes, aber Susan steht auf alles, was selbst gebacken ist.“

Charlie schüttelte lachend den Kopf. „Sie wird diesen essen.“

„Oh, sie wird zwei Stück essen und gleichzeitig stöhnen, dass sie wieder Sport treiben muss, keine Frage. Aber sie wird es sich nicht nehmen lassen, anzumerken, dass sie dachte, ich würde einen selbst gemachten Kuchen mitbringen. Da bin ich mir sicher.“

„Natürlich.“ Charlie verdrehte die Augen. „Jetzt komm. Tesla, wir werden erst spät zurück sein.“

„Kein Problem.“ Ich gab ihm einen Kuss. „Fahrt vorsichtig. Und wenn ich nicht da bin, wenn ihr zurückkommt, dann schickt mir eine SMS.“

Dann, obwohl Meredith immer noch zögerte, waren sie endlich aus der Tür. Ich seufzte laut auf und wirbelte mit ausgestreckten Armen im Wohnzimmer herum. Ich war seit Wochen nicht mehr allein gewesen.

Es hatte auch in Vics Haus nur wenige Momente gegeben, in denen ich allein war, aber zumindest hatte ich da meine Privatsphäre gehabt. Ich konnte meine Tür hinter mir schließen und wusste, dass niemand hereinkam, ohne zumindest vorher anzuklopfen. Ich konnte duschen gehen, ohne dass jemand reinstürmte, um das Klo oder das Waschbecken zu benutzen oder sich einfach mit mir zu unterhalten, während ich mir die Beine rasierte.

Ich wohnte gerne mit Meredith und Charlie zusammen, aber ich hatte mich ernsthaft nach etwas Zeit für mich selbst gesehnt. Und ich nutzte sie gut: Ich packte endlich meine letzten Kartons aus, wozu ich bisher nicht gekommen war, stellte ein paar meiner gerahmten Bilder im Wohnzimmer auf, hängte den Druck von einem Maler auf, der häufiger ins *Mocha* kam, wusch einen Haufen dreckige Wäsche und hörte laut Musik, während ich in Unterwäsche durch die Küche tanzte.

Plötzlich kam mir der Plan, in Caps Wohnung rumzuhängen und zu essen, was immer er aus dem Gefrierfach zog, ziemlich fade vor. Es gab so viel, für das ich dankbar war in diesem Jahr, eingeschlossen den Umstand, dass ich es noch rechtzeitig zum Supermarkt schaffen konnte, um diesen Tag etwas gebührender zu feiern. Also kaufte ich eine Truthahnbrust mit allem Drum und Dran, selbst die Zutaten für einen Kürbiskuchen. Ich rief meinen Bruder an, bei dem ich keine großen Verführungskünste einsetzen musste, um ihn dazu zu überreden, in mein neues Zuhause zu kommen und Fernsehen zu gucken, während ich kochte.

Ich deckte Merediths schicken Esszimmertisch mit einer hübschen Decke und dem Porzellan, das sie und Charlie zur Hochzeit geschenkt bekommen hatten, aber nie benutzten, wie sich daran zeigte, dass das Geschirr immer noch in Kartons verpackt war, in Luftpolsterfolie eingehüllt. Sie hatten kein Silberbesteck, aber merkwürdigerweise eine ungeöffnete Packung mit Plastikbesteck, das wie echtes Metall aussah. Ich nahm das ebenfalls.

„Wow. Richtige Stoffservietten." Cap drückte Daumen und Zeigefinger zusammen, führte sie an den Mund und spreizte die anderen Finger ab. „Schick."

„Hey. Nur weil du so ein Rüpel bist, heißt das nicht, dass wir wie die Heiden essen müssen."

Mein Bruder lachte. „Das nennt man Aufstieg, oder? Schicke neue Bude, Schickimicki-Servietten …"

„Setz dich hin und iss, du Idiot", sagte ich liebevoll.

Es gab nicht viel, was Cap vom Essen abhalten konnte, ganz sicher nicht eine gepflegte Unterhaltung, weswegen wir beide still vor uns hin futterten. Das war völlig okay für mich. Meredith quatschte immer während der gesamten Mahlzeiten, was vermutlich der Grund für ihre schlanke Figur war. Sie kaute mehr Wörter als Essen.

Cap lehnte sich schließlich mit einem langen lauten Seufzer und einem beeindruckenden Rülpser auf seinem Stuhl zurück. „Einfach superb, dein Essen."

„Danke." Ich wischte mir den Mund mit der schicken Serviette ab und überlegte, ob ich noch ein paar Happen essen sollte. „Ich bin eine verdammt gute Köchin, oder?"

„Und das weißt du auch." Cap streckte seine langen Armen aus und verschränkte die Hände hinter dem Kopf, während er mit dem Stuhl nach hinten kippelte. „Gib mir nur ein paar Minuten, dann bin ich bereit für den Kuchen."

„Hilf mir vorher, den Tisch abzuräumen. Dann bekommst du auch wieder Appetit."

Ich lachte über seinen gestöhnten Protest. „Na schön. Vielleicht können wir ja erst mal auf dem Sofa in ein Truthahnkoma fallen und irgendeinen Quatsch im Fernsehen gucken."

„Hört sich gut an." Cap grinste.

Für eine große Runde hätte ich mehr gekocht und wir hatten auch das meiste davon gegessen. Deswegen war es völlig okay für mich, den Tisch erst mal so zu lassen, damit wir ein wenig abhängen konnten. Ich war so voll und so müde, dass ich mir außerdem nicht sicher war, ob ich jetzt überhaupt in der Lage war, alles aufzuräumen. Ganz abgesehen davon, dass der Kuchen noch etwas auskühlen musste, bevor wir ihn essen konnten.

Im Wohnzimmer sah sich Cap alles genau an. Ich wusste, dass ihm auffiel, wie teuer die Möbel gewesen sein mussten, der Flachbildschirm, vermutlich sogar die Sammlung an DVDs und Videospielen. Nicht, dass er alles danach beurteilte, wie teuer es war oder nicht, aber Cap registrierte solche Sachen halt.

„Also ... das ist sie, ja?" Er betrachtete das Hochzeitsfoto von Meredith und Charlie. „Deine Freundin?"

„Ja." Ich ließ mich aufs Sofa fallen und fischte die Fernbedienung zwischen den Kissen hervor.

„War sie verheiratet?"

Ich zögerte. Ich hätte darauf geschworen, dass Vic meinem Bruder die ganze schmutzige Geschichte erzählt hatte. Aber nein ... „Sie ist es noch. Das ist Charlie, ihr Mann."

Cap starrte eine Weile auf das Bild. „Also ... lebst du mit beiden zusammen?"

„Also ... Ja."

Er sah mich prüfend an. Ich hörte geradezu, wie die Räder in seinem Hirn sich drehten, aber schließlich – typisch für ihn – zuckte er nur die Schultern und setzte sich neben mich aufs Sofa. Egal, was er darüber dachte, und ich wusste, das war einiges, er würde es mir nicht sagen. Zu meiner Überraschung tat er es dann doch.

„Du solltest vorsichtig sein, Tesla."

Ich erinnerte mich problemlos an die vielen Male, in denen ich meinen kleinen Bruder gehasst hatte. Wenn er meine Sachen kaputt gemacht hatte oder eine Szene machte, um seinen Willen durchzusetzen, oder einfach nur irgendetwas tat, weil er wusste, dass es mir auf die Nerven ging. In Wahrheit aber waren wir uns näher als viele Leute, von denen ich wusste, dass sie Geschwister hatten, und einer der Gründe dafür war, dass ich ihn vor langer Zeit zwar manchmal gehasst hatte, ihn aber auch durch und durch liebte.

„Danke, aber es ist alles in Ordnung. Es läuft gut." Ich reichte ihm die Fernbedienung. „Es ist nicht wie bei Mom und Dad, okay? Hier. Alles, nur kein Football."

Cap sah enttäuscht aus, zappte aber bereitwillig durch die Kanäle, bis er zu einer Game Show kam, bei der die Kandidaten merkwürdige Hindernisparcours und Wassergräben überwinden mussten. „Selbst wenn. Sie sind verheiratet. Das ist *ihr* Haus. Es ist was anderes, als mit Vic und Elaine zusammenzuwohnen, oder?"

„Himmel, ja. Natürlich." Ich wollte, dass das klar war. Ich war mir nicht sicher, wie viel Cap von dem, was zwischen mir und Vic gelaufen war, mitbekommen hatte, aber ich vermutete, dass er es zumindest ahnte. „Vollkommen anders."

„Also. Sei vorsichtig, das ist alles. Und du weißt, wenn du mal irgendwo unterkommen musst, kannst du auch immer bei mir anklopfen."

„Oh-ho. Und was ist mit Miss Lyndsay?" Ich pikste ihn in die Seite. „Meinst du, für sie geht das in Ordnung?"

Cap starrte unbeirrt auf den Fernseher, aber ich sah trotzdem, dass er am Hals und an den Wangen leicht errötete. Diese Chance, ihn in die Mangel zu nehmen, durfte ich mir nicht entgehen lassen. Wofür waren große Schwestern sonst da?

„Was ist los? Captain?"

Als er hörte, dass ich seinen vollen Namen benutzte, sah er mich wütend an. „Nichts."

„Komm schon, Cap, ich weiß, dass du auf sie stehst. Und sie ist echt süß. Sie scheint dich auch zu mögen. Also ..."

„Also nichts, okay?" Er hieb auf die Tasten der Fernbedienung ein. „Es ist nicht so, wie du denkst. Wir sind nur Mitbewohner."

Ich zweifelte nicht daran, dass es so begonnen hatte, aber ich glaubte auch, dass sich die Dinge dann anders entwickelt hatten, und das schon vor einiger Zeit. Die Frage war, wer von ihnen mehr so tat, als wäre da nichts. Ich wettete, dass es Lynds war, auch wenn ich es Cap zutraute, dass er, ohne es zu wollen, den Schwer-zu-kriegen-Typen spielte. Mein Bruder hatte ein beängstigend kluges Hirn in einem gigantischen muskulösen Körper, mit Händen so groß wie Pfannen. Manchmal übernahmen die Muskelberge leider die Führung über das Hirn. So was war nie nett.

„Ich hab da aber was mit jemandem laufen“, sagte er. Das haute mich glatt um.

„Was? Wer? Seit wann?“

Er zuckte die Schultern, die Situation war ihm sichtlich unangenehm. „Eine Freundin von Elaines Schwester.“

„Warte mal. Du gehst mit einer Freundin von Nancy?“ Ich lachte. Laut. „Ist sie wie Nancy?“

Cap machte ein finsteres Gesicht. „Wenn sie das wäre, würde ich dann mit ihr ausgehen?“

„Keine Ahnung, Cap. Würdest du?“

Er verzog das Gesicht. „Ihr Name ist Missy. Sie arbeitet in einer Krankenpflegeschule. Sie ist … nett.“

Das hörte sich nicht sehr vielversprechend an. „Aha. Und?“

Wieder ein Schulterzucken und ein starrer Blick auf den Fernseher. Als er das letzte Mal auf die Fernbedienung einhieb, war er bei einem Verkaufssender gelandet. Ich wusste, dass er den auf keinen Fall sehen wollte. Ich meine, ich liebe „Torchwood“ so sehr, wie ich Schokoladenkuchen liebe, aber John Barrowman zuzusehen, wie er Modeschmuck anpries, war wirklich nicht Caps Ding.

„Was hält Lynds davon?“ Das war die einzige Frage, die mir einfiel. Und es schien mir eine wichtige Frage zu sein.

„Welche Rolle spielt es, was sie denkt? Sie geht ständig mit irgendwelchen Typen aus.“

„Im Ernst?“ Ich hatte das nicht gewusst, und als ich bemerkte, dass mein Bruder sich weigerte, mich anzusehen, wurde mir klar, dass er das hingegen schon lange wusste. „Cappy, hast du jemals daran gedacht, Lyndsay zu sagen, dass du sie liebst?“

Er stöhnte und ließ seinen Kopf gegen die Rücklehne des Sofas fallen. „Ja.“

Seine Antwort überraschte mich. Cap konnte dir ein Ohr

abkauen über obskure Belanglosigkeiten und esoterische Philosophien. Er konnte Autos reparieren, während er gleichzeitig über schwierige mathematische Theorien sprach. Aber Gefühle? Es schien ihm schwerzufallen, überhaupt zuzugeben, dass er welche besaß.

„Warum machst du es dann nicht?"

„Weil ich nicht blöd bin."

Ich klopfte ihm auf die Schulter. „Ich weiß, dass du das nicht bist. Und sie weiß das auch. Ihr beiden lebt jetzt schon ... wie lange ... zusammen? Ein Jahr?

„Ein Jahr und sieben Monate, um genau zu sein. Und vier Tage", fügte er hinzu. „Nicht mitgezählt die drei Monate an Wochenenden, die sie schon in der Wohnung verbracht hat, bevor sie fest eingezogen ist."

„Oh, die musst du auch einbeziehen."

Er lächelte schwach und sah mich endlich an. „Eine lange Zeit, okay? Lange genug für mich, um zu wissen, was ich fühle."

„Warum verschwendest du dann deine Zeit mit Missy? Und auch ihre Zeit?"

„Weil sie nett ist. Weil sie mich mag. Weil Lynds nur meine Mitbewohnerin ist und ein Kumpel und ... ach, Scheiße." Cap runzelte die Stirn und haute mit der Faust gegen sein Knie. „Es ist einfach leichter, mit Missy zusammen zu sein, okay? Sie erwartet nichts von mir, außer vielleicht, essen zu gehen und ins Kino und ein bisschen Rumgefummel."

Ich schreckte zurück. Es war eine Sache, anzunehmen, dass mein kleiner Bruder nach einem gemeinsamen Abend mit einem Mädel auf dem Vordersitz seines Wagens Petting hatte, aber es war etwas vollkommen anderes, es aus seinem Mund zu hören. „Wow."

Cap seufzte. „Missy ist einfach nur ein Mädchen, das ist alles. Und Lynds ..."

„Ja. Ich verstehe." Das tat ich wirklich. Ich klopfte ihm wieder auf die Schulter. „Aber wenn du es ihr nicht sagst, wie soll sie es dann wissen?"

Er machte ein grimmiges Gesicht. „Na und."

Es hatte keinen Sinn, ihn zu bedrängen. Ich setzte mich aufrecht hin. „Okay. Aber du weißt, ich bin für dich da, falls du jemanden zum Reden brauchst. Ich stehe hinter dir."

Endlich lachte er. Zwar nicht so herzhaft wie sonst, aber es war immerhin besser als das traurige Gesicht, das er zuvor gemacht hatte. „Genau. Dasselbe gilt auch für dich."

Spontan umarmte ich ihn. Es war eine Weile her, dass ich Zeit alleine mit ihm verbracht hatte, ohne Vic oder Elaine oder die Kinder, ohne Lynds, die Kunden in der Werkstatt. Nur wir beide, die wir zusammen rumhingen, Fernsehen guckten, den Bauch voll gutem Essen und keinen Termin, zu dem wir mussten. Bald würden wir unsere faulen Hintern vom Sofa schwingen und sauber machen müssen, aber jetzt, in diesem Moment, durften wir einfach nur rumgammeln.

„Kann ich den Sender wechseln?", fragte ich. „Ich weiß, du stehst auf kubisch geformte Zirkonium-Broschen und all das, aber ..."

Sein Lachen klang dieses Mal schon besser. „Mhm. Ja. Lass mal sehen, was es sonst noch gibt."

Wir hatten gerade angefangen, einen kitschigen Monsterfilm auf dem Syfy-Sender zu sehen, als ich hörte, wie das Garagentor sich öffnete. Eine Minute später ging die Tür auf, und im Flur waren Schritte zu hören. Ich schaffte es nicht, vom Sofa aufzustehen, bevor Meredith ins Wohnzimmer kam.

„Hey, Sexy, wo bist ... oh." Sie hielt abrupt inne.

„Hallo, ihr seid ja früh zurück." Ich stand auf, um sie zu begrüßen. „Das ist mein Bruder Cap. Cap, Meredith."

„Ich dachte, du wolltest zu ihm gehen", sagte sie.

Cap machte den Fernseher aus, dann stand er auf. Er wirkte plötzlich besonders groß, als ob ein zarter Gegenstand kaputtgehen könnte, wenn er ihn nur ansähe. „Hi. Schön dich kennenzulernen."

„Das wollte ich", erwiderte ich, „aber dann dachte ich, dass es lange her ist, seitdem ich ein Thanksgiving-Dinner gekocht habe, also bin ich in den Supermarkt und habe ein paar Sachen besorgt. Es war leichter, hier zu kochen." Ich drückte sie, auch wenn sie meine Umarmung nicht erwiderte. „Wie war's bei Suzie?"

Charlie war ins Zimmer gekommen, während wir uns unterhielten, und sagte: „Wir sind früh zurück – reicht das als Antwort?"

„Oh nein." Um Cap einzuweihen, sagte ich: „Charlies Schwester ist ein bisschen … wie würdest du es nennen, Charlie?"

„Nervig", antwortete er. „Aber es war trotzdem lustig. Wir haben uns verdrückt, bevor die Gesellschaftsspiele begannen, das ist alles. Das Abendessen war okay."

Ich hatte schon von den Spielmarathons gehört, die theoretisch nach viel Spaß klangen, aber anscheinend immer in erbitterte Zweikämpfe ausarteten.

„Also seid ihr beide früh daheim – großartig! Ich habe einen Kuchen gebacken. Und … wir gucken grade irgendeinen Müll im Fernsehen, aber wir können auch gern ein Gesellschaftsspiel spielen, wenn ihr wollt."

Meredith schnaubte. „Nein danke."

„Ich nehme was vom Kuchen", sagte Charlie. Meredith warf ihm einen Blick zu. „Was? Cap sieht aus, als könnte er ein oder zwei Stücke vertilgen. Oder was meinst du?"

„Hört sich toll an."

Die Männer grinsten sich an und waren sofort Freunde. Cap folgte Charlie in die Küche, sodass Meredith und ich allein im Wohnzimmer zurückblieben. Sie sah sich um, fixierte das gerahmte Bild, das ich auf dem Beistelltisch platziert hatte, dann mich.

„Ich hatte nur nicht erwartet, dass Besuch da ist, wenn wir nach Hause kommen", sagte sie.

Charlie hatte sich vielleicht schon an Merediths „Launen" gewöhnt, aber für mich war es immer noch, als würde ich mich durch ein Minenfeld manövrieren, das eigentlich schon hätte geräumt sein sollen. Du denkst, du bist auf einer Blumenwiese, bis du deinen Fuß falsch aufsetzt und in die Luft gejagt wirst.

„Ich dachte nicht, dass das ein Problem ist, Meredith … Ist es eins?“

Sie runzelte die Stirn. „Ich hatte mich darauf gefreut, nach Hause zu kommen, in bequeme Sachen zu schlüpfen und einfach abzuhängen.“

Soweit ich sehen konnte, gab es keinen Grund, das nicht zu tun. Aus der Küche war das Lachen der Männer zu hören. Ich war froh, dass Cap und Charlie sich zu verstehen schienen. Meredith lächelte nicht einmal.

„Ihr habt im Esszimmer gegessen.“

„Es ist Thanksgiving“, erwiderte ich. „Hör mal, wenn du mit irgendwas ein Problem hast, solltest du es mir am besten direkt sagen.“

Ich war nicht Charlie. Deshalb würde ich nicht so tun, als könnte ich ihre Gedanken lesen, und ich hatte keine Lust, Spielchen zu spielen. Ich wollte mich nicht mit ihr streiten, aber ich würde ihr auch nicht diesen passiv-aggressiven Scheiß durchgehen lassen.

Sie schien nicht zu wissen, wie sie damit umgehen sollte. „Du hast mein Porzellan benutzt.“

Ich seufzte. Es würde nichts bringen, sie zu küssen oder zu umarmen, sie würde mich nur von sich stoßen. Nicht, dass mir nach einem von beiden gerade der Sinn stand. „Als ich hier einzog, hast du gesagt, ich soll so tun, als wäre es auch mein Zuhause. Hab ich das falsch verstanden?“

„Nein. Aber … mein Porzellan“, sagte Meredith leise. „Und wir haben auch nie über Besuch gesprochen. Und in der Küche ist das reinste Chaos, Tesla. Das ist verdammt unhöflich.“

Das klang nach Streit, und diesen Ton mochte ich nicht.

„Ich habe tatsächlich vor, selber sauber zu machen. Ich habe bisher noch nie ein Chaos hinterlassen, oder? Ich hätte alles wieder aufgeräumt, bis ihr nach Hause kommt, aber so früh habe ich nicht mit euch gerechnet. Und mal ehrlich, ist das wirklich so schlimm?“ Sie hatte mehr als einmal dreckiges Geschirr über Nacht in der Spüle stehen gelassen. Das wusste ich mit Sicherheit.

Merediths Kiefer spannte sich an. „Ich sage nur, dass es beschissen ist, nach Hause zu kommen und das Haus im Chaos vorzufinden und noch dazu einen Fremden, den ich unterhalten muss."

„Du musst meinen Bruder nicht unterhalten. Verdammt, ich selbst muss ihn kaum unterhalten. Cap ist da vollkommen unkompliziert." Wieder war aus der Küche Gelächter zu hören. „Abgesehen davon hört es sich an, als würde Charlie das übernehmen. Und dein Haus wird in ein paar Stunden wieder ordentlich sein. Okay?"

Ich wollte mich wirklich nicht mit ihr streiten. Ich wollte selbst gebackenen Kürbiskuchen mit ein bisschen Vanilleeis und obendrauf ein paar Schokostücke. Ich wollte einen heißen Tee. Vielleicht sogar ein langweiliges Spiel. Uno konnte wahnsinnig lustig sein mit Cap, der sich die besten Regeln ausdachte.

„Meredith, entweder wohne ich hier, oder ich bin ein Gast. Wenn ich nur ein Gast bin, dann schätze ich, ja, bin ich vermutlich unhöflich. Aber ich finde nicht, dass ich das war. Herrje, ich *dachte*, ich wohne hier als Teil dieser Familie. Und in dem Fall musst du damit klarkommen."

Charlie setzte sie nie unter Druck, weswegen es sicherlich unangenehm für sie war, so die Pistole auf die Brust gesetzt zu bekommen. Sie hob das Kinn. „Natürlich bist du kein Gast."

„Dann komm damit klar", wiederholte ich. „Ich meine, rede mit mir über solche Sachen, anstatt einfach nur angepisst zu sein. Wenn du nicht möchtest, dass ich dein Porzellan benutze, dann werde ich das nicht mehr tun."

„Das Porzellan hab noch nicht mal ich selbst jemals benutzt. Und ich denke, ich sollte die Erste sein, die es benutzt, das ist alles."

Da sie und Charlie seit acht Jahren verheiratet waren, wog dieses Argument in meinen Augen nicht sonderlich. Trotzdem, darauf konnte ich mich einigen. „Es tut mir leid. Das wusste ich nicht. Es ist tolles Porzellan. Du solltest es öfter benutzen."

„Wir haben dieses Porzellan zur Hochzeit geschenkt bekommen. Charlie und ich." Sie atmete heftig aus. „Also, ja. Ich schätze, ich würde es bevorzugen, wenn du erst fragst, bevor du unsere Sachen benutzt."

„In Ordnung." Es tat mir leid wegen des Porzellans, aber nicht so sehr, wie sie es anscheinend gerne gehabt hätte. „Vielleicht solltest du in Zukunft etwas eindeutiger sein, was deine Erwartungen angeht, Meredith."

„Woher sollte ich wissen, dass du es benutzen würdest?"

Ich seufzte. „Erinnerst du dich, wie ich gesagt habe, dass wir viel miteinander sprechen müssen, wenn wir das hier machen wollen? Wenn du willst, dass ich hier wohne, ein Teil von euch bin, dann müssten wir über alles Mögliche reden. Im Vorhinein und wenn es gerade ein Thema wird. Das ist Teil dessen, wenn mehr als zwei Personen in einer Partnerschaft leben. Wenn du nicht über die Sachen redest, dann ... werden die Einzelnen wütend. Oder fühlen sich verletzt."

„Ach ja, richtig", sagte sie unterkühlt. „Ich vergaß. Du bist die Expertin."

„Überhaupt keine Expertin", erwiderte ich. „Und außerdem? Nicht daran interessiert, mit dir darüber zu streiten."

Ich drückte mich an ihr vorbei in Richtung Küche. Ich war noch nicht ernsthaft wütend, aber das wollte ich auch gar nicht werden. In der Küche hatten Cap und Charlie bereits einen Großteil des Kuchens aufgefuttert. Charlie hatte Schokosirup aus dem Schrank geholt, vermutlich auf Caps Vorschlag hin, da das eine Familientradition der Martins war. Ebenso Schlagsahne, Schokostückchen und sogar irgendwelche bunten Streusel.

„Wie ein Eisbecher auf Kuchen", sagte Charlie. „Übrigens ein mordsmäßig leckerer Kuchen."

Ich küsste ihn. „Danke. Habt ihr mir was übrig gelassen? Ich kann das bei der ganzen Garnierung nicht so richtig erkennen."

„Noch genügend da." Mit vollem Mund hob Cap seinen Teller in die Höhe und murmelte: „Kuchen. Ist. Fantastisch."

„Hier, ich hol dir ein Stück." Charlie stellte seinen Teller auf die Arbeitsplatte, aber ich schüttelte den Kopf.

„Ich mach's schon selbst. Genieß du deinen. Möchte jemand

Kaffee?" Normalerweise trank ich zu Hause keinen Kaffee, weil ich ihn schon auf der Arbeit mit allen Poren aufsaugte, aber irgendwas an Kuchen und Eiscreme schrie nach Koffein.

Cap schluckte seinen Bissen hinunter und leckte sich den Mund. „Ich."

„Ich auch." Charlie nahm sich noch eine Gabel voll. „Guter Gott, ist der lecker. Ich kann den …"

„Schsch", sagte ich und stieß ihm leicht in die Rippen, als ich an ihm vorbeiging, um den Kaffee vom Regal zu nehmen. „Ich mach das schon. Iss deinen Kuchen."

So fand Meredith uns vor. Zwei Männer, Teller in der Hand, die an der Arbeitsfläche lehnten und den gleichen Bart aus Sahne und Schokolade trugen. Ich lachte über sie, weil ich vergeblich versuchte, die Kaffeekanne zum Funktionieren zu bringen – unfähig nicht, weil es zu kompliziert war, sondern weil sich Charlie mir jedes Mal wieder in den Weg stellte, wenn ich mich bewegte, und versuchte, mich mit seinem Sahnemund zu küssen. Am Ende gab ich es auf und ließ es zu.

„Du machst Kaffee?", fragte Meredith. Sie hatte in beiden Händen Teller aus dem Esszimmer. „Ich nehme auch einen."

„Gerne." Ich leckte mir Sahne von der Oberlippe. „Wenn dein Mann seinen Hintern mal aus dem Weg nimmt, sodass ich einen kochen kann."

„Er hat seinen Hintern gern im Weg." Meredith machte uns beiden ein Zeichen, zur Seite zu gehen, damit sie das Geschirr in die Spülmaschine stellen konnte.

Ich stellte mich vor sie, als sie sich mit leeren Händen umdrehte, so wie es Charlie vorher bei mir getan hatte, aber Meredith lachte nicht. Ich legte meine Handflächen auf ihre Hüften, bewegte sie ein bisschen, um sie zum Tanzen zu überreden. Sie sah zu Cap hinüber und verzog das Gesicht. Ich ließ sie gehen.

„Ich will wirklich das Esszimmer aufräumen", sagte sie.

„Ich helfe dir gleich. Lass mich nur rasch den Kaffee kochen. Und du, probier doch den Kuchen", bettelte ich. „Er ist wirklich gut."

Ich ertappte sie dabei, wie sie leicht lächelte. Das war zumindest etwas.

Im Esszimmer betrachtete sie ausgiebig einen der Porzellanteller, als hätte sie ihn in einem alten ägyptischen Grab gefunden. Sie sah auf, als ich hereinkam.

„Ich konnte mich nicht entscheiden, was ich wollte. Für die Hochzeitsliste. Ich meine, meine Mutter sagte mir, wir sollten uns ein Porzellanmuster aussuchen, nicht wahr? Damit jeder uns etwas davon schenken konnte. So machen das alle. Nur hatte ich keinen blassen Schimmer, welches Geschirr ich für den Rest meines Lebens wollte. Also habe ich das hier ausgesucht."

Sie hielt einen Brotteller hoch, den wir nicht benutzt hatten. Er war weiß mit einem Rosendesign am Rand. Nicht, was ich aussuchen würde, wenn ich das Glück hätte, in den Hafen der Ehe einzulaufen und eine Hochzeitsliste zu haben. Aber es war hübsch.

„Ich finde, das hast du gut ausgesucht", sagte ich.

Sie drehte den Teller in der Hand, sodass er im Licht leuchtete, und sah mich an. „Weißt du, warum ich diese Teller nie benutzt habe?"

Ich zuckte die Schultern, während ich den Tisch umrundete, um benutztes Geschirr und Besteck einzusammeln. „Weil die meisten Leute nie im Esszimmer zu Abend essen, außer ein paarmal im Jahr?"

„Weil ich es nicht mag", sagte Meredith.

Ich sah auf. Sie starrte den Teller in ihrer Hand an, drehte und wendete ihn. Sie fuhr mit dem Daumen über den vergoldeten Rand und sah wieder zu mir herüber.

„Ich fühle mich, als hätte man mich dazu gezwungen, etwas auszusuchen, weil die Leute das von mir erwarteten, und jetzt stehe ich damit da. Und wir haben Tonnen von dem Zeug, Tesla. Tiefe Teller, flache Teller, Brotteller. Eine Saucenschüssel." Sie lachte bitter. „Ist das zu glauben? Eine beschissene Saucenschüssel. Eine Suppenterrine. Wer braucht jemals diesen Scheiß?"

„Leute, die gerne Saucen essen. Und Suppe." Ich ging um den

Tisch herum, um ihr den Teller abzunehmen und ihn auf den Tisch zu stellen. „Hey. Was ist los?"

„Du bist wütend auf mich." Sie verschränkte die Arme.

„*Du* warst wütend auf *mich*", stellte ich klar. Ich rieb ihre Oberarme, drückte sie sanft. „Ach, ist dein Pulli weich."

Sich zu entschuldigen war nicht Merediths Art. Doch weil niemand sonst im Raum war, schien es für sie in Ordnung zu sein, sich ein bisschen dichter an mich anzukuscheln. „Ich wünschte, wir wären heute hiergeblieben. Das Essen bei Charlies Schwester war soooo schlecht."

„Nach einem Stück Kuchen wird es dir schon besser gehen. Versprochen. Und wir könnten Uno spielen. Im Ernst, das wird Spaß machen."

Sie nickte, lehnte sich für ein oder zwei Sekunden an mich. Dann machten wir kurzen Prozess mit dem Geschirr auf dem Tisch. Meredith blieb im Türbogen stehen und sah auf die Teller in ihren Händen.

„Es ist gut, dass ihr sie benutzt habt", sagte sie. „Irgendjemand sollte das tun."

30. KAPITEL

Joy hatte nicht lange damit gewartet, einen Ersatz für Darek einzustellen. Brandy war etwas älter als ich, erzählte mir aber stolz, dass sie schon seit der High School in Cafés jobbte. Sie nannte ein paar Namen.

„Sie haben alle inzwischen dichtgemacht", sagte sie mit Kaugummi im Mund. „Ich hoffe mal, dieser Laden läuft besser?"

Sie lachte; ich nicht.

Ich war nicht sonderlich glücklich darüber, dass Darek gegangen war oder gekündigt worden war, wie immer man es auch nennen wollte. Es gefiel mir nicht, dass Joy diese Kaugummi kauende Frau mit wippendem Pferdeschwanz an seiner Stelle eingestellt hatte, ohne mich wenigstens zu fragen, ob ich mich am Auswahlverfahren beteiligen wollte. Und obwohl Joy mich vollkommen in Ruhe ließ, seit Darek seinen Abgang gemacht hatte, war das auch nicht, was ich wollte. Nicht, wenn es bedeutete, dass ich mich auf der Arbeit wie im Gefängnis fühlte. Auf bestimmte Weise hatte ich mich an ihre mürrische Art gewöhnt. Es war zur Gewohnheit geworden, gehörte zum Alltag dazu. Aber ihre unterkühlte, abweisende Haltung mir gegenüber, im Kontrast zu ihrer geradezu übertriebenen Freundlichkeit gegenüber Brandy, machte es ziemlich unangenehm, hier zu arbeiten.

Johnny D. bemerkte sie sofort. „Was ist das für ein neues Mädel?"

Ich sah durch den Raum zu Brandy hinüber, die sich gerade mit Carlos unterhielt. Sie sollte eigentlich die Tische sauber machen, war dabei aber anscheinend abgelenkt worden. Carlos warf sehnsüchtige Blicke auf seinen Laptop, aber Brandy schien das nicht zu bemerken … oder ignorierte es einfach.

„Brandy. Ich weiß nichts über sie, Joy hat sie eingestellt."

„Was ist mit Darek?"

Ich schäumte etwas Milch für Johnny auf und fügte ein paar Spritzer Sirup hinzu. „Er hat gekündigt. Joy und er sind letzte Woche aneinandergeraten, und da hat er das Handtuch geworfen."

„Oh. Das ist ja blöd."

„Du sagst es." Ich reichte ihm die Tasse und den Teller mit der Käse-Brezel, die er dazu bestellt hatte. „Nichts Süßes heute?"

„Meine Tochter bringt gleich meinen Enkel vorbei. Er soll sich was aussuchen. Aber die hier sieht gut aus." Er sah zur Brezel, dann zu mir. „Schmeckt die auch?"

„Tja … ich denke mal. Hab noch keine probiert." Ich grinste. „Soll ich mal abbeißen, großer Mann?"

Er lachte und schüttelte den Kopf. „Ich geb dir gleich was zum Kauen, du Schlaumeier."

„Pffft." Ich wedelte mit der Hand. „Mach nur. Ich komm schon damit klar."

Doch insgeheim war ich mir nicht ganz so sicher, ob ich mit dem, was Johnny D. austeilen würde, wirklich so gut klarkäme.

„Ich dachte, du hättest eine besonders enge Freundin", sagte er.

„Wer hat das behauptet?"

Er zuckte die Schultern. „Das muss niemand behaupten. Ich hab es dir angesehen."

„Wie einen Makel?", erwiderte ich trocken.

„So in etwa." Johnny musterte mich scharf. „Aber es steht dir."

Ich strahlte. „Danke."

Die Türglocke bimmelte: Johnnys Tochter und sein Enkel kamen herein. Während das Kind mit einem Aufschrei zu ihm rannte, wirkte die Tochter weniger begeistert, jedenfalls ihrem Gesichtsausdruck nach zu urteilen. Sie lächelte mir leicht zu und umarmte kurz ihren Dad.

„Ich hol ihn heute Abend gegen sieben ab, wenn das okay ist. Ruf mich an, wenn ich früher da sein soll. Nein, vergiss es. Sag Emm, sie soll mich anrufen, wenn sie möchte, dass ich wiederkomme."

Johnny schüttelte den Kopf und wuschelte dem Jungen durchs Haar. „Nee, wir kriegen das schon hin. Stimmt's, Kumpel?"

„Stimmt." Der Junge grinste zu ihm hoch.

„Lass ihn nicht zu viel Mist essen", warnte seine Mutter, dann sah sie mich an. „Nur einen Cookie."

„Lass Tesla aus dem Spiel, Kimmy", erwiderte Johnny.

Sie seufzte. „Dad. Wenn du ihn mit all dem Zuckerzeug vollstopfst, ist er später die halbe Nacht lang wach."

Ich überließ die beiden ihrer Diskussion und versuchte, Brandy wieder hinter den Tresen zu bekommen. Carlos warf mir einen dankbaren Blick zu, als ich ihr sagte, dass sie weiterarbeiten müsste. Brandy sah mich nur überrascht an.

„Was soll das heißen?"

„Das heißt", sagte ich, „dass ich dich hinten brauche, um Sandwichs vorzubereiten, oder auch am Tresen für die Getränke."

Brandy schnaubte beleidigt auf. „Na schön. Ich war gerade dabei, hier sauber zu machen."

Ich sah mich in dem beinahe menschenleeren Café um. „Und das hast du toll gemacht. Ich brauche jetzt aber deine Hilfe."

Das Kompliment, so halbherzig und unehrlich es auch war, stimmte sie gnädig. Sie lächelte Carlos zu und ging nach hinten. Ich verdrehte die Augen.

„Sie wird Joy wahnsinnig machen, das weißt du", sagte er.

„Das ist vielleicht das einzig Gute an der Zusammenarbeit mit ihr." Ich tat so, als würde ich auf seinen Bildschirm schielen. „Wie sehr hat sie dich in Rückstand gebracht?"

„Es war schon mal schlimmer." Er zuckte mit den Schultern. „An manchen Tagen kommen die Wörter aus mir herausgesprudelt wie in einem Porno, an anderen Tagen kann ich gar nicht schreiben. Hey, wo bleibt denn eigentlich Meredith in letzter Zeit?"

Das war eine Frage, die ich mir auch schon gestellt hatte. „Ich schätze, sie hat zu tun."

„Habt ihr euch gestritten oder so?"

Ich trat überrascht einen Schritt zurück. „Nein. Wieso?"

„Es hatte nur den Anschein, als wärt ihr ziemlich vertraut miteinander, das ist alles. Und jetzt war sie schon seit Wochen nicht mehr hier." Carlos sah mich vielsagend an. „Hab mich nur gewundert, mehr nicht."

Stirnrunzelnd überlegte ich, wie lange Meredith schon nicht mehr im *Mocha* gewesen war. „Sie hatte wohl andere Sachen zu tun, schätze ich. Nicht jeder kann den ganzen Tag hier rumhängen, weißt du."

Er lachte darüber. „Eigentlich schade, oder?"

„Ja." Ich tippte ihm auf die Schulter, als ich weiterging. „Sehr schade."

Aber was er gesagt hatte, saß. Meredith war monatelang regelmäßig drei- oder viermal pro Woche ins *Mocha* gekommen. Jetzt, wo wir ... nun, was immer wir auch waren, kam sie kaum noch vorbei. Ich sah sie natürlich zu Hause. Und ich wusste, dass sie all diese Hausfrauenpartys organisierte und all die anderen Sachen zu erledigen hatte, die sie zuvor stundenlang im *Mocha* beschäftigt hatten. Aber ... wo erledigte sie das jetzt?

Ich hatte keine Zeit, mich länger damit zu befassen, weil wieder ein ganzer Schwung an Kunden hereinkam und ich an den Tresen musste. Brandy brauchte – trotz all ihrer Café-Erfahrung – ewig, um die einfachsten Getränke zuzubereiten. Sie gab den fremden Geräten die Schuld. Ich vermutete jedoch, dass Sie einfach unfähig war, gleichzeitig zu gehen und Kaugummi zu kauen.

„Mein Kunde", sagte sie mitten in der Hektik. Sie sagte es fast flüsternd, als sie gerade an mir vorbeiging, um einen Muffin aus der Vitrine zu holen, deshalb war ich mir nicht sicher, ob ich sie richtig verstanden hatte.

Ich sah auf. „Hä?"

Sie zeigte mit dem Kinn auf halbe Höhe der Schlange.

„Der da. Mein Kunde."

Ich betrachtete die Reihe, in der ein paar Fremde, ein paar Stammkunden und ein oder zwei Lieblingskunden von mir standen, die ich nicht Brandy überlassen würde. „Wer? Meinst du ... Sadies Mann?"

„Der Typ da", sagte sie und zeigte mit dem Finger in die Richtung. „Vierter von hinten, im Anzug."

„Ja. Sadies Mann.“ Ich musste kurz nachdenken, bis mir sein Name einfiel. „Joe.“

„Ja, Joe!“ Brandy wirbelte zu mir herum, wobei der Muffin fast vom Teller flog. „Er ist verheiratet? Du verarschst mich!“

„Ähm, nein, und bitte serviere den Muffin, bevor der Typ, der darauf wartet, beschließt, über den Tresen zu greifen und dich zu erwürgen“, riet ich ihr. „Er hat Hunger und steht sich schon lange genug die Beine in den Bauch.“

„Ja, ja, klar.“ Sie drückte sich an mir vorbei, um dem Kunden seinen Muffin zu reichen und ihn abzukassieren, während ich die Frau hinter ihm bediente.

Es lief nicht so geschmeidig, wie wenn Darek und ich zusammen arbeiteten, bei Weitem nicht. Aber zumindest gewann Brandy mit der Zeit ein bisschen an Tempo. Abgesehen davon, dass bei dem abwechselnden Bedienen Sadies Mann letztlich mir als Kunde zufiel, woraufhin Brandy sich einfach vor mich drängte.

„Hallo, Joe.“ Sie lehnte sich über den Tresen, vermutlich, um ihm ihre Titten in dem tiefausgeschnittenen Shirt zu zeigen. „Lange nicht gesehen, stimmt's?“

Joe kam nicht so häufig ins Café wie seine Frau, aber er lächelte mir trotzdem zu. „Hallo, Tesla. Hallo ...?“

„Brandy“, sagte sie, als müsste er das längst wissen. „Ich bin's. Brandy.“

Langsam schien es ihm zu dämmern, und er sah darüber ziemlich unglücklich aus. „... Hallo, Brandy.“

„Von *Mary Catherines Kaffeeladen*.“ Ihre Stimme war noch etwas höher und quietschiger als sonst. Sie kicherte.

Er sah aus, als wüsste er nicht recht, woran er sich anscheinend erinnern sollte. „Schön, dich zu sehen.“

„Ich habe abgenommen“, sagte sie, als würde das alles erklären. „Seitdem du mich das letzte Mal gesehen hast. Ich war etwas dicker.“

„Was können wir dir bringen, Joe?“ Ich schätzte, wenn diese unangenehme Situation irgendwann aufgelöst werden sollte, dann musste ich dafür sorgen. Brandy kam nicht auf den Punkt, das war eindeutig, und Joe war zu höflich, um zuzugeben, dass er keine Ahnung hatte, wer sie war.

„Äh … eine große Spezialmischung zum Mitnehmen und einen Scone." Er schenkte mir das Lächeln, das Brandy so gern bekommen hätte, und ihr einen kurzen Blick. „Mit Milch und Zucker, bitte."

„Das kann ich doch machen", fuhr sie dazwischen.

Was sollte ich mich mit ihr darum streiten. Es warteten immer noch vier Kunden in der Schlange, und die meisten Tische waren besetzt. Also bediente ich die nächsten zwei Kunden, während Brandy mit Joes Bestellung kämpfte. Schließlich reichte sie ihm seinen Coffee to go und den Scone in einer Tüte. Sie nahm sein Geld.

Aber sie war noch immer nicht bereit, ihn gehen zu lassen. „Also … Kommst du häufig hierher?"

Joe, der gerade sein Wechselgeld einsteckte, sah auf. „Ähm … nein. Eigentlich nicht, nur ab und zu."

„Wohnst du hier in der Nähe?"

„Wie geht es Sadie?", fragte ich, um ihm aus der Klemme zu helfen.

Er sah erleichtert aus, sein Lächeln wirkte echt. „Müde. Und ziemlich unleidlich."

„Das ist bald vorbei. Grüß sie von mir, ja?" Ich reichte meiner Kundin ihren Kaffee und ihren Bagel und kassierte sie ab, während Brandy noch immer sehnsuchtsvoll Joe anstarrte.

Er nickte und wandte sich zum Gehen. „Mach ich. Bis bald, Tesla. Und … Brandy."

An der Tür blieb er stehen und sah über die Schulter. So etwas wie Wiedererkennen huschte über sein Gesicht, auch wenn es aus der Entfernung schwer zu sehen war. Er nickte ihr zu und ging.

Sie seufzte. Da ich die letzten Kunden bediente, während sie ihm hinterherstarrte, wartete niemand mehr in der Schlange, als sie sich mit großen feuchten Augen und einem zitternden Mund zu mir umdrehte. Ich machte mich auf das Schlimmste gefasst.

„Dieser Typ", sagte sie.

„Joe." Ich wusch meine Hände, wie ich es immer tat, wenn ich Geld angefasst und danach wieder mit Lebensmitteln zu tun hatte.

„Er", sagte Brandy.

„Sadies Mann", sagte ich, um es ihr einzutrichtern. „Du kennst ihn?"

„Er kam früher in das Café, in dem ich gearbeitet habe."

„A-ha." Ich trocknete meine Hände ab und drehte mich um. „Er ist süß."

„So was von süß." Sie sah wieder fröhlicher drein, als ob wir vielleicht etwas gemeinsam hatten. „Wir sind ein paarmal miteinander weggegangen."

Das konnte ich mir kaum vorstellen, wollte es aber nicht so deutlich sagen. „Aha."

„Ja. Er ist fantastisch im Bett."

Das konnte ich mir schon besser vorstellen, sagte es aber ebenfalls nicht. Brandy erwartete sowieso keine Antwort. Sie sah immer noch verzweifelt zur Tür, durch die er gerade entschwunden war.

„Er ist verheiratet?"

„Ja. Seine Frau bekommt demnächst ein Kind."

Brandy fuhr herum. „Nein! Echt! Oh. Scheiße! Verdammt. Das ist ja fürchterlich."

„Ich glaube kaum, dass sie das denken", erwiderte ich stirnrunzelnd.

„Wieso sind die Guten immer schon besetzt?", meinte Brandy verschnupft.

„Ich schätze, weil sie die Guten sind."

Sie verdrehte die Augen. „Was auch immer."

Mein Handy vibrierte in meiner Hosentasche, und da niemand etwas bestellen wollte, ging ich dran. „Hallo, sexy Lady."

„Hallo, Knackpo." Meredith klang verschnupft. „Wie geht's?"

„Viel zu tun, wie immer. Carlos hat nach dir gefragt." Ich sah mich um, ob niemand hereingekommen war oder etwas benötigte, bevor ich mich gegen den Tresen lehnte. Ich beachtete Brandys überraschten Blick nicht weiter. „Er will wissen, warum du in letzter Zeit nicht mehr vorbeikommst."

Sie hustete. „Wie geht das Sprichwort mit der Kuh und der Milch?"

„Warum die Kuh kaufen, wenn ich die Milch gratis haben kann?"

„Genau. Warum für den Kaffee bezahlen, wenn die schöne Barista mit mir zusammenlebt?" Sie hustete wieder. „Mir geht's beschissen. Ich hab Charlie angerufen, aber er nimmt nicht ab. Könntest du mir vielleicht was aus der Apotheke holen?"

„Na klar. Was brauchst du?" Unwillkürlich dachte ich daran, dass ich sie heute Morgen geküsst hatte, als sie noch schlief. Bisher fühlte ich mich nicht krank.

„Etwas gegen Husten und Kopfschmerzen, Fieber. Gliederschmerzen."

„Scheiße, Baby, hast du die Grippe? Ich hab dir gesagt, du sollst dich gegen Grippe impfen lassen."

„Ich hab keine Ahnung, was zum Teufel das ist." Sie klang verärgert. „Kannst du mir das Zeug einfach bringen, ohne mir vorher eine Predigt zu halten?"

„Entschuldige. Na klar. Ich kann es nach der Arbeit holen."

Stille. Dann ein verschniefter, verschnupfter Seufzer. „Ich bin *jetzt* krank, Tesla."

Das war nicht zu überhören. „Ich … Ich bin heute mit dem neuen Mädchen alleine, Schatz. Ich bin mir nicht sicher, ob ich hier verschwinden und nach Hause –"

„Das geht schon in Ordnung." Anscheinend kannte Brandy so was wie Privatgespräche nicht oder hatte keine Scham, solche zu belauschen. „Ich schaff das."

„Wer war das?", fragte Meredith hustend.

„Die Neue." Ich sah auf die Uhr. Ich würde nicht vor fünf Uhr gehen können – dann kam Moira, die Halbtagskraft, um mich abzulösen. „Ich schätze, ich kann meine Mittagspause ein bisschen früher nehmen und in der Zeit die Sachen einkaufen gehen."

„Könntest du das tun? Ich fühl mich wirklich beschissen", sagte Meredith. „Bitte?"

Ich wusste, dass Charlie nicht vor Schulschluss dazu kommen würde, was zwar früher war, als ich regulär nach Hause kam, aber zu spät für jemanden, der krank war. Auch wenn ich es hasste, während der Mittagspause Besorgungen zu machen. „Natürlich. Lass mich erst sicherstellen, dass hier alles in Ordnung geht, und dann ziehe ich los und kauf dir das Zeug. Okay? Hast du schon einen Saft getrunken oder Tee? Vielleicht hilft dir auch eine heiße Dusche. Hast du den Arzt angerufen?"

„Ich brauche keinen Arzt", erwiderte Meredith. „Ich brauche nur meine gottverdammte Medizin, ja? Himmel noch mal, Tesla."

„Ich bin in einer Stunde da." Ich legte auf – nur um festzustellen, dass Brandy mich anstarrte. „Was?"

„Ich kann den Laden hier schmeißen, während du das Zeug für deinen Freund besorgst", sagte sie.

„Das war nicht mein Freund."

„Oh. Es hörte sich an wie dein Freund." Ein Licht ging in ihrem zuvor dunklen Dachstübchen auf. „Oh! Eine Bettgeschichte? Schon kapiert!"

„Es war meine Freundin", sagte ich, um sie zu provozieren.

Brandy zuckte zurück. „Oh." Sie erholte sich so weit von dem Schrecken, um hinzuzufügen: „Das ist kein Problem. Ich hab da kein Problem mit."

„Echt? Gut. Ich bin ja sooo froh, dass du kein Problem damit hast."

Sarkasmus schien nicht gerade ihre Stärke zu sein. „Ja, es ist vollkommen okay. Alles bestens. *No hate*, okay?"

Ich seufzte. „Brandy. Was auch immer. Ich muss mal kurz weg, bin in ein paar Stunden zurück. Kommst du hier wirklich allein klar? Ich könnte sonst versuchen, ob Moira …"

„Nein. Ich meine, heißt sie so? Deine Freundin?"

Ich hätte sie am liebsten geschüttelt. „Moira ist das Mädel, das die Spätschicht hat. Sie ist nicht meine Freundin."

„Oh. Okay. Puh.“ Brandys nervöses Kichern war noch nerviger als ihr normales Gekichere, etwas, das ich nicht für möglich gehalten hätte. „Nein, wirklich. Ich komm klar für ein paar Stunden. Es ist ja auch nicht sonderlich viel los.“

Aber das konnte sich jeden Moment ändern. Ich sah wieder auf die Uhr. Normalerweise gab es zwischen drei und vier noch mal einen größeren Andrang. Bis dahin sollte ich problemlos zurück sein. Wenn Joy hier wäre, würde sie mich niemals gehen lassen, und ich war sicher, dass sie, wenn sie es rausfände, es mir für immer und ewig aufs Brot schmieren würde, aber ich konnte Brandy auch nicht bitten, es geheim zu halten. Und spielte es überhaupt eine Rolle? Ich würde gehen, egal ob ich damit Joys Zorn auf mich ziehen würde oder nicht.

Ich benötigte eine halbe Stunde, bis ich in der Apotheke alles zusammengestellt hatte, von dem ich annahm, dass Meredith es brauchte, und noch mal zehn Minuten, um es nach Hause zu bringen. Ich trug die Tüten in ihr Schlafzimmer, das im Halbdunkeln lag. Sie war im Bett, der Fernseher an. Ich krabbelte auf die Tagesdecke und breitete vor ihr aus, was ich eingekauft hatte.

Sie schniefte und richtete sich in den Kissen auf. „Danke.“

Ich hob eine Flasche hoch. „Husten, Erkältung, Fieber, Gliederschmerzen. Das hier ist für die Nacht. Dies hier unterdrückt den Husten. Ich wusste nicht, welches du brauchst – schleimlösend oder was auch immer.“

Sie verzog das Gesicht. „Wie eklig. Ich brauche was, das die Kopfschmerzen wegmacht, und gegen Halsschmerzen.“

Ich kramte in den Tüten und zog noch ein paar Flaschen hervor. Wir einigten uns auf eine Kombination von Säften und Tabletten, die ich mit ein bisschen Wasser und dem Orangensaft reichte, den ich ebenfalls gekauft hatte. Ich zog auch ein paar Dosen Suppe hervor.

„Hunger? Ich kann dir diese hier machen, bevor ich ins Café zurückgehe.“

„Dosensuppe?“ Meredith verzog wieder das Gesicht. „Fett und Natrium im Saft von toten Hühnchen … Nein danke.“

„Es soll dir helfen, dass es dir wieder besser geht. Tut mir leid, dass ich keine Zeit habe, dir eine frische Suppe zu kochen", sagte ich. „Vielleicht, wenn ich heute Abend nach Hause komme."

Sie machte ein finsteres Gesicht und griff nach einem Taschentuch, hielt es an ihre Nase. Trotz ihrer Klagen schien sie mir nicht so krank zu sein. Ein bisschen verschnupft, ein bisschen heiser, aber das war's. Ohne ihr Make-up sah sie blass aus, mit leichten Rändern unter den Augen, die sie nie gezeigt hätte, wenn sie sich besser fühlen würde.

„Ich muss zurück", sagte ich.

„Nein!" Sie umklammerte meinen Arm. „Nein, bleib, kannst du nicht noch ein bisschen bleiben?"

Ich würde mindestens zwanzig Minuten brauchen, bis ich wieder auf der Arbeit war, wenn nicht noch ein Stau hinzukam. „Leider nicht. Ich muss zurück ins *Mocha*. Die Neue ist da, und sie ist ein echter Albtraum."

Meredith runzelte die Stirn und seufzte zitternd. „Tesla ... komm schon."

„Die Medizin sollte bald wirken. Dann fühlst du dich bestimmt besser." Ich beugte mich vor, um sie auf die Stirn zu küssen. Ich versuchte, bloß keine Bakterien einzuatmen.

„Ich hasse es, krank zu sein!"

„Niemand mag das besonders." Als ich versuchte, mich aus ihrer Umarmung zu befreien, hielt sie mich fest. Ich lehnte mich neben ihr in die Kissen. „Schlaf ein bisschen."

„Ich bin nicht müde." Sie drehte sich zu mir um. „Lass uns ein bisschen gemeinsam abhängen, Tesla. Wir faulenzen nie miteinander rum. Ich seh dich überhaupt nicht mehr."

Das war alles andere als wahr. „Du könntest öfter in den Coffeeshop kommen. Du warst doch früher ständig da."

„Wofür? Du hast ja kaum Zeit, um dich zu mir zu setzen und dich mit mir zu unterhalten."

„Nein, aber ... Du bist doch früher auch immer gekommen, und jetzt nicht mehr. Kein Wunder, dass du den Eindruck hast, du siehst mich nicht mehr." Ich legte ihr eine Hand auf die Stirn. „Ich glaube, du hast kein Fieber. Das ist gut."

„Doch, ich hab Fieber. Ich hab vorhin gemessen. Siebenunddreißig Komma acht."

„Das ist kein Fieber", sagte ich ihr. „Schlaf ein bisschen, das ist das Beste, was du machen kannst."

„Du könntest schon etwas mitfühlender sein", entgegnete sie missmutig.

Ich seufzte. „Meredith, es tut mir leid, dass du krank bist. Aber im Ernst: Du wirst wieder gesund. Und ich muss zurück zur Arbeit. Ich mache um fünf Schluss. Charlie wird gegen vier zu Hause sein. Ich koche uns was zum Abendessen. Wir können alle zusammen einen Film gucken. Faulenzen."

„Das ist nicht dasselbe", murmelte sie.

„Was ist nicht dasselbe?"

„Das ist nicht nur du und ich. Unter Frauen."

Ich lachte, versuchte, sie zum Lächeln zu bringen. „Vielleicht haben wir Glück, und Charlie muss Aufsätze korrigieren oder so."

Sie zuckte mit den Schultern, wandte sich wieder dem Fernseher zu.

„Für Charlie schaufelst du dir Zeit frei, wenn er das will. Nur für Charlie."

Manchmal ist es möglich, dass man sich für Dinge schuldiger fühlt, die nicht wahr sind, als für solche, die es sind. Ich zog mich zurück, sagte nichts. Die Flaschen und Dosen und Tablettenpackungen packte ich wieder in die Tüten, ließ sie aber neben ihrem Bett stehen, falls sie sie benötigte. Sie sah mich erst in dem Moment an, als ich das Zimmer verließ.

„Danke für die Medizin."

„Ich hoffe, du fühlst dich bald besser", sagte ich ihr. „Es ist ätzend, krank zu sein."

„Ja." Sie schniefte und drückte auf die Fernbedienung, um den Sender zu wechseln.

Ich war entlassen.

Ich war nicht gerade bester Laune, als ich ins Café zurückkehrte. Die Schlange reichte bis zur Eingangstür, schlängelte sich sogar um sich selbst, die Tische waren dreckig und vollgestellt mit Tellern, und dass Brandy sich im Schneckentempo bewegte, half auch nicht gerade. Ich drängte mich entschuldigend durch die Menge, wusch mir rasch die Hände und band mir die Schürze um.

„Ich dachte, du würdest das schaffen", sagte ich zu Brandy, die mich verständnislos ansah. Ich begann zu begreifen, dass diese Art Blicke bei ihr normal waren.

„Alles bestens. Wieso, was ist das Problem?"

Ich zeigte auf die lange Schlange brummeliger Kunden.

Sie wirkte verwirrt. „Du hast gesagt, um diese Uhrzeit gibt es immer Gedränge."

„Ja, aber –" Ich verkniff mir den Rest meiner Antwort. „Vergiss es. Lass uns nur ein bisschen an Tempo zulegen."

Die Situation verbesserte sich nicht gerade, als Moira anrief, um sich krank zu melden. Da sie das so gut wie nie tat, konnte ich ihr deswegen nicht böse sein. Aber noch weniger konnte ich Brandy allein lassen. Ich machte mir weniger Sorgen um sie als um meine nachmittäglichen Stammkunden. Es wäre nicht das erste Mal, dass ich vom Öffnen bis zum Schließen des Cafés arbeiten würde, und da Weihnachten sich näherte, käme mir das zusätzliche Geld ganz gelegen, um noch in letzter Minute ein paar Geschenke kaufen zu können.

Ich war jedoch hundemüde und nicht in der Stimmung für Small Talk. Als die Türglocke zehn Minuten vor Schluss bimmelte, dachte ich ernsthaft darüber nach, zu knurren – bis ich sah, wer es war.

„Charlie." Ich hatte noch nichts gegessen, und er sah zum Anbeißen aus. Nun, das tat er immer.

„Hallo." Grinsend beugte er sich über den Tresen, um mich zu küssen. „Bist du bald fertig?"

Ich hatte Brandy nach hinten geschickt, um abzurechnen, aufzuräumen und alles für den nächsten Tag vorzubereiten.

Eine Scheißarbeit, bei der ich normalerweise helfen würde, nur dass mir heute nicht danach war, nett zu sein. „Ja. Muss noch ein paar Kleinigkeiten machen, dann kann ich gehen. Aber was machst du hier?"

„Dachte, ich besuch dich mal auf der Arbeit, weil ich das noch nie gemacht habe." Er hielt inne. „Meredith ist krank."

„Ich weiß. Ich musste ihr vorhin Medizin vorbeibringen. Fühlt sie sich noch nicht besser?"

Charlie zuckte mit den Schultern. Das sagte alles. Ich fasste ihn an der Krawatte und zog ihn zu mir heran, um ihn noch mal zu küssen. In diesem Moment kam Brandy.

Sie blieb mit zwei Tüten Muffins in der Hand stehen. „Ähm ..."

„Hi", sagte Charlie. „Ich bin Charlie."

Bei ihrem Gesichtsausdruck musste ich lachen und fühlte mich mehr denn je, wie Meredith mich genannt hatte: wild. „Die kannst du in die Kühltruhe legen. Und dann geh heim, ich erledige den Rest."

„Bist du ... dir sicher?" Brandy starrte noch immer.

„Ja. Absolut. Ganz sicher." Ich streichelte Charlies Krawatte, als er sich wieder aufrecht hinstellte. „Du hast morgen wieder Spätschicht, vergiss das nicht."

„Ich weiß." Brandy verschwand nach hinten.

Charlie sah mich neugierig an. Ich lachte. „Die Neue. Joy hat sie angestellt."

„Joy, deine Chefin, die, die immerzu motzig ist."

„Peng, peng." Ich zielte mit meiner Fingerpistole auf ihn. „Direkt ins Schwarze."

Charlie nickte, als Brandy wieder nach vorne kam. Sie nahm ihren Mantel und ihren Schal vom Haken und zog sich an, wobei sie mir einen erkennbar neugierigen Blick zuwarf, den ich ignorierte und stattdessen Charlie anlächelte. Ich konnte nicht anders. Ihn hier zu haben, war das perfekte Gegenmittel für diesen langen und so beschissenen Tag.

„Also ... Dann geh ich jetzt mal."

„Schön, dich kennengelernt zu haben", sagte Charlie.

„Dich auch", erwiderte sie, während sie zur Tür ging. „Bist du sicher, Tesla, dass du mich nicht mehr brauchst?"

„Ja", sagte ich und schenkte ihr noch nicht mal einen Blick. „Ich schließe ab."

Das tat ich, sobald sie draußen war, und drehte auch das Schild von *offen* auf *geschlossen*. Dann lehnte ich mich mit einem lauten erleichterten Seufzer gegen die Tür. Charlie, der mir von seinem Platz aus zugesehen hatte, lachte.

„Langer Tag?"

„Du hast ja keine Vorstellung." Ich legte die vier Lichtschalter um, die den vorderen Teil des Cafés erleuchteten, sodass nur noch die Lichter über dem Tresen an waren. Ich hatte Brandy schon die Stühle hochstellen und den Boden wischen lassen, weshalb ich nur noch die Kasse schließen, das Geld in den Safe legen und sicherstellen musste, dass alles für den nächsten Morgen vorbereitet war.

Zuvor brauchte ich allerdings noch was Süßes, aber nichts aus der Kuchenvitrine.

„Mmhhm", sagte Charlie, als ich mich auf die Zehenspitzen stellte, um ihn zu küssen. „Wenn küssen zu deinen Arbeitsanforderungen gehören würde, dann würdest du bestimmt eine Lohnerhöhung bekommen."

Ich drückte mich an ihn. „Schön wär's, oder?"

Charlie legte seine Hände auf meine Hüften, um mich wieder zu küssen. Länger diesmal. Definitiv leidenschaftlicher. Er öffnete den Mund, und als ich zart an seiner Zunge saugte, umfasste er mit einer Hand meinen Hinterkopf. Es war einfach perfekt. Wie immer mit ihm.

Ich seufzte und beendete den Kuss, knabberte kurz an seiner Wange und seinem Hals, bevor ich einen Schritt zurücktrat, um ihm ins Gesicht zu sehen. „Wie war dein Tag?"

„Lang. Nicht so lang wie deiner, aber lang genug."

Er sah so müde aus, wie ich mich fühlte. Ich wollte nach Hause gehen, eine heiße Dusche nehmen und mich aufs Sofa kuscheln – aber es war so angenehm in Charlies Umarmung. Ich schloss die

Augen und legte mein Ohr an seine Brust, lauschte dem beruhigenden, gleichmäßigen Klopfen seines Herzens.

Mit seiner Hand strich er langsam meinen Rücken hinunter. Dann wieder hoch. Runter. Er streichelte mich, was mich zum Lächeln brachte.

„Grrr, grrr“, schnurrte ich.

Er lachte. „Mein süßes Kätzchen.“

Ich sah zu ihm auf. „Wir sollten nach Hause gehen. Lass mich nur kurz hinten gucken, ob Brandy irgendwas vergessen hat. Willst du mitkommen?“

„Klar.“ Charlie folgte mir hinter den Tresen. „Ich hab mich schon immer gefragt, was in den Hinterzimmern der Coffeeshops so los ist.“

„Oh, alles Mögliche.“ Ich wackelte mit dem Zeigefinger vor seiner Nase, während ich gleichzeitig rasch einen Blick schweifen ließ. Ich hatte eine von Joys Listen ausgedruckt, und Brandy schien jeden einzelnen Punkt abgearbeitet zu haben, wenn man ihren Häkchen trauen konnte.

Hin und her gerissen zwischen dem gesunden Misstrauen, lieber zu überprüfen, ob sie auch wirklich alles getan hatte, und dem trägen Wunsch, ihr einfach zu vertrauen – allerdings mit dem Risiko, mir Joys Zorn aufzuladen, wenn morgen doch etwas nicht ihren Erwartungen entsprach –, entschied ich, dass es doch besser war, alles noch mal zu checken. Charlie sah zu, wie ich in Dosen, Kisten und Kartons kramte und auch die Gefriertruhe überprüfte.

„Du bist die Königin in deinem Reich“, sagte er.

Ich drehte mich, sodass ich ihn über die Schulter ansehen und zugleich die Servietten, die falsch weggeräumt waren, an ihren richtigen Platz legen konnte. „Meinst du?“

Er lehnte mit über der Brust verschränkten Armen gegen einen Tisch. Er grinste. „Ja.“

Ich richtete mich auf. „Das macht dich an, oder?“

Er lachte und zog den Kopf ein, wurde leicht rot, wie ich es so liebte. „Irgendwie schon. Ja.“

Ich glitt zu ihm hinüber, dann stolzierte ich vor ihm auf und ab. „Es ist die Schürze, stimmt's? Oder der Duft nach Schokolade, der mich umgibt? Ich weiß, ich weiß. Es ist die Hitze von den Kaffeekannen – die macht dich verrückt."

Er lachte noch lauter und streckte die Hand nach mir aus, aber ich tanzte von ihm weg und wackelte mit dem Hintern. Ich drehte und streckte mich, dann hielt ich inne, um ihm zuzuzwinkern. Er war so hübsch, wenn er lachte, dass ich plötzlich Herzrasen bekam.

„Tesla?" Er war sofort bei mir, mit ausgestreckten Armen. „Was ist los?"

Ich schüttelte den Kopf. „Nichts."

Er legte eine Hand auf meine Stirn. „Du wirst doch nicht krank, oder?"

„Nein."

„Du fühlst dich ein bisschen heiß an", sagte er.

Ich stupste ihn an. „Ich schätze, ich hab Fieber."

„Und da hilft nur ein weiches Bett und Wadenwickel?", erwiderte Charlie, was mein Herz nur noch mehr für ihn schlagen ließ.

„Oder vielleicht, mit dir zusammen zu sein."

Er machte ein ernstes Gesicht. „Hmmm. Was können wir da nur machen?"

Ich küsste ihn. Er küsste mich. Es war etwas Wunderbares, dieser Kuss. Leidenschaftlich und süß, wenn auch ein bisschen nass. Er beendete ihn als Erster, um in mein Ohr zu lachen. Das kitzelte. Ich legte meine Arme um seinen Hals und sprang an ihm hoch.

Charlie fing mich auf.

Kein Zögern, kein Straucheln. Er fing mich genau unter dem Hintern auf, sodass ich meine Beine um ihn schlingen konnte. Er drehte sich, um mich auf der Kante der Spüle abzusetzen.

Es war nichts, was wir geplant hatten, es passierte einfach. Es begann etwas albern – und wurde innerhalb von Sekunden sexy, als er mich wieder küsste, als ich seinen Schwanz zwischen uns hart werden spürte. Als ich ihn mit meinen Fersen dichter an mich heranzog und sein Hemd aus seinem Hosenbund zog, sodass ich hineinfassen konnte.

Seine warme Haut an meinen Handflächen. Das Sich-Heben-und-Senken seines Bauchs unter meiner Berührung. Sein Geschmack, das Reiben seiner Zunge an meiner. Wie er mich festhielt, damit ich nicht fiel.

Meine Finger fanden den Verschluss seines Gürtels und, Sekunden später, die Hitze und Härte seines Schwanzes. Charlie machte ein kleines, sanftes Geräusch in meinen Mund, als ich ihn berührte. Unser Kuss kam zum Stillstand, unsere Münder berührten sich noch.

„Sag, dass du mich willst", flüsterte ich.

Ich hatte eigentlich nichts sagen wollen, aber manchmal brachten Gefühle die Worte zum Vorschein.

„Ich will dich, Tesla." Charlie drückte sein Gesicht seitlich an meinen Hals, wo sein heißer Atem mich liebkoste.

Ich drehte den Kopf so, dass er meine Haut mit seinem Mund berühren konnte, während meine Hand auf und ab fuhr. „Sag, dass du in mir sein willst."

„Ich will in dir sein."

„Wie sehr?" Ich ließ meine Handfläche über die Spitze seines Schwanzes kreisen.

Seine Stimme brach ein bisschen, als er antwortete. „So sehr, dass ich dir nicht mal sagen kann, wie sehr."

Das reichte mir. Mein Rock war so kurz, dass es kein Problem war, ihn hochzuheben, aber meine Wollstrumpfhose war definitiv im Weg. Ich konnte sie in der Position noch nicht mal runterziehen. Wir hätten sie gemeinsam runterziehen können … aber Sex macht einen verrückt. Ich sah zur Werkzeugwand an meiner Linken, griff nach einer Schere, die dort hing, und reichte sie, mit dem Griff zuerst, Charlie, der sie mit hochgezogenen Augenbrauen nahm.

„Schneid meine Strumpfhose auf."

Der Rand der Spüle war breit und flach genug, um mich zu halten, aber ich packte fest zu, als ich mich nach hinten lehnte und die Beine breit machte, um Charlie Zugang zu gewähren. Charlie hielt die Schere mit hochgezogenen Augenbrauen fest, den Mund schmal vor Konzentration. Er sah mich noch einmal an, und als ich nickte, konzentrierte er sich ganz auf die Aufgabe vor ihm.

Ich japste, als das Metall mein Bein berührte, kühl selbst durch die Strumpfhose hindurch. Charlie zog mit Daumen und Zeigefinger an dem Stoff, um ein kleines Loch hineinzuschneiden, dann schob er das Scherenblatt hindurch. Schnipp, schnapp, schnipp, schnapp, bewegte er das Metall an dem zarten Fleisch meines Oberschenkels entlang, schnitt die Strumpfhose durch und kam dabei meiner Möse gefährlich nah.

Ich vertraute darauf, dass Charlie mich nicht schnitt.

Er machte über meine Muschi hinweg eine Kurve, mein anderes Bein hinunter, dann sah er mich an. Glut flackerte in seinem Blick auf.

Er legte die Schere in das Abtropfgitter neben mir und griff dann nach meinen Hüften, zog mich näher an den Rand der Spüle, bis ich seinen Schwanz spüren konnte. Ich war so nass für ihn, so bereit. Ich stöhnte, als er in mich eindrang, bis zu den Eiern hineinstieß. Die Spüle hatte genau die richtige Höhe.

Er vergrub sein Gesicht wieder an meinem Hals, als er mich ausfüllte. Seine Zähne drückten gegen meine Haut, und ich bog den Rücken durch, um ihn noch tiefer in mich aufzunehmen. Als er mich leicht biss, stöhnte ich wieder auf. Es war mehr als nur das, was er tat. Es war das alles. Charlies Zähne, sein Schwanz, das Zerschneiden meiner Sachen, das Wissen, dass er mich nicht fallen lassen würde. Das alles machte mich an.

„Fick mich", flüsterte ich in sein Ohr. Gibt es eine bessere Art, es zu sagen, wenn es das ist, was du willst?

Er biss stärker zu und drang noch tiefer in mich ein – unvorstellbar tief. Ich legte eine Hand auf seinen Nacken, während die andere immer noch den Rand der Spüle festhielt. Ich benutzte meine Fersen, um ihn zu umklammern, ihn anzutreiben. Es würde nicht lange andauern; das konnte es nicht. Ich ritt bereits auf einer Welle des Orgasmus, und Charlies Atmung sagte mir, dass er auch kurz davor war.

Ich denke, wir begriffen beide im selben Augenblick, was wir da taten, aber es war zu spät, um aufzuhören. Dass er nur sehr kurz in mir war, machte mich noch mehr an. Charlie sah mich an, sein Gesichtsausdruck angespannt und vertraut. Ich sah einen Moment des Bewusstwerdens in seinen Augen, doch ich konnte ihn auf keinen Fall sich aus mir herausziehen lassen.

„Küss mich“, sagte ich.

Das tat er, so heftig, dass unsere Zähne gegeneinanderschlugen. Zeine Zunge kämpfte mit meiner. Er fickte mich noch härter, schob aber eine Hand zwischen uns, sodass er mit seinen Fingerknöcheln bei jedem Stoß gegen meine Klit drückte. Es war genau richtig: Ich ging an die Decke wie eine Rakete am Unabhängigkeitstag. Sein Name verlor sich in meinem Mund, wurde von meinem Aufstöhnen verschluckt, als ich kam.

Er kam ein paar Sekunden nach mir, stumm. Sein Kuss wurde sanfter, auch sein Griff. Er bewegte sich noch mit ein paar langsamen Stößen in mir, dann drang er tief in mich ein und sah mir in die Augen.

Wir sagten kein Wort.

Ich hatte keine Angst, schwanger zu werden, weil ich die Pille nahm. Mit jedem anderen hätte ich mir Sorgen wegen Geschlechtskrankheiten gemacht, aber auch wenn wir nie direkt Gesundheitstests ausgetauscht hatten, wusste ich doch, dass Charlie sauber war. Er war seit acht Jahren mit Meredith verheiratet und sagte, dass er in der Zeit mit keiner anderen Frau zusammen gewesen war, und ich glaubte ihm. Meredith und er benutzten keine Kondome. Der einzige Grund, warum Charlie und ich das normalerweise taten, war, dass Meredith anfangs darauf bestanden hatte und wir uns daran gewöhnt hatten.

Er schlüpfte aus mir heraus – etwas, über das wir uns zu Hause im Bett nie groß Gedanken gemacht hatten; hier aber griff ich nach einer Handvoll Papiertücher. Als er einen Schritt zurücktrat und ich von der Kante des Spültisches hüpfte, wurde mir plötzlich auch bewusst, wie wund mein Hintern war. Es war ein leicht peinlicher Moment, als Charlie seine Hose hochzog und den Gürtel zuschnallte, während ich mich mit den Papiertüchern abwischte.

Trotzdem lachte ich, als ich die Reste meiner Strumpfhose berührte und meinen Slip zurechtrückte, den Charlie zur Seite geschoben hatte. Ich zog meinen Rock hinunter, sodass er meine Schenkel bedeckte. „Das wird ganz schön luftig."

„Tesla", sagte er mit leiser, unsicherer Stimme.

Ich umarmte ihn fest. „Mach dir deswegen keine Gedanken."

Er drückte mich an sich, sodass ich seinen Atem auf meinem Haar spürte. „Bist du … in Ordnung?"

Ich war mir sicher, dass ich Charlie in den vielen Wochen, die ich nun schon mit ihnen zusammenlebte, irgendwann gesagt hatte, dass ich die Pille nahm. Aber auch wenn er mit zwei Frauen zusammenlebte, schien er sich doch nie so richtig mit Sachen wie den Tagen oder so auszukennen. „Ich kann nicht schwanger werden, Charlie, keine Sorge."

Seine Mundwinkel gingen nach unten, und in seinem Blick lag etwas Trauriges. „Wenn du …"

„Das werde ich nicht." Ich drückte ihn. „Das alles ist kompliziert genug. Ich bin bei solchen Sachen nicht verantwortungslos."

„So was hat niemand vor."

Ich küsste ihn so lange, bis er meinen Kuss erwiderte. „Wir sollten nach Hause gehen."

„Ja." Charlie hielt inne. „Ich habe Meredith gesagt, dass ich einkaufen gehe."

„Und dann bist du hierhergekommen?", fragte ich überrascht.

„Ich wollte nur kurz reinschauen auf dem Weg zum Supermarkt. Da muss ich jetzt noch hin. Wir brauchen nur ein paar Sachen." Wieder eine Pause. „Ich dachte nicht … Ich meine, ich hatte nicht vor …"

Ich brachte ihn mit einem Kuss zum Schweigen. „Alles ist gut."

Wir wussten beide, wenn Meredith das herausfände, wäre nicht alles gut. Aber das laut auszusprechen würde es so falsch machen, wie wir es beide in dem Moment empfanden. Ich hasste das. Wir machten nichts Verbotenes, betrogen niemanden. Wir waren zwei von dreien.

Ihm zu sagen, dass ich ein Geheimnis bewahren konnte, würde anerkennen, dass wir es zu einem machen mussten. Stattdessen küsste ich ihn wieder. Ich tätschelte seinen Hintern auf die gewohnte Weise, damit es sich anfühlte, als wäre alles in Ordnung.

„Mach du dich auf den Weg. Ich räume hier fertig auf. Treff dich zu Hause."

Er sah ein wenig erleichtert aus. „Ja. Okay. Brauchst du irgendwas vom Supermarkt?"

„Nein, ich hab alles." Mir war eigentlich nicht zum Lächeln zumute, aber ich tat es trotzdem.

Und auch wenn ich ihn eigentlich nicht küssen wollte, bevor er ging, tat ich es.

31. KAPITEL

Anstatt nach Hause zu gehen, besuchte ich Elaine. Ich wollte eigentlich nur vorbeifahren, doch als ich ihren Wagen in der Einfahrt sah, parkte ich daneben. Ich würde halt wieder abhauen, wenn Vic nach Hause kam.

Ich klopfte, obwohl ich noch einen Schlüssel hatte. Eine etwas nervös aussehende Elaine öffnete die Tür einen Spalt, um hindurchzuspähen, riss sie aber weit auf, als sie mich sah. Sie rief die Kinder, während sie die Arme nach mir ausstreckte.

„Warum klopfst du denn?", fragte sie und umarmte mich, so gut das mit ihrem dicken Bauch zwischen uns ging. „Du verrücktes Huhn. Kinder! Schaut mal, wer da ist!"

Ich wurde unterhalb der Knie von einem kleinen wilden Krieger attackiert, der meine Beine umschlang und hochgehoben werden wollte. „Max. Hallo. Wieso bist du denn so spät noch wach?"

„Sie schlafen morgens länger, wenn sie abends später zu Bett gehen", erklärte Elaine. „Ja, ich weiß, du kannst mich ruhig zur Mutter des Jahres küren, aber ich schaff es einfach nicht, morgens um sechs aufzustehen, wenn es noch dunkel ist."

Simone hielt sich zurück, mit verschränkten Armen und Misstrauen in den Augen. Bei ihr würde ich mich ein wenig mehr anstrengen müssen. Aber ich respektierte das. Sie hatte allen Grund, wütend zu sein.

„Simmy. Komm her und lass dich umarmen."

Sie schüttelte den Kopf. Elaine seufzte, schloss die Tür hinter uns und zupfte mich am Ärmel. Max hatte schon begonnen, auf mich einzubrabbeln, ein langer Strom an unverständlichen Wörtern, aber ich nickte trotzdem, als könnte ich ihm folgen.

„Ich wollte gerade heiße Schokolade machen und Popcorn. Willst du auch was?" Elaine führte mich bereits in die Küche, die Kinder trotteten hinter uns her. „Hey, Kinder, lasst sie doch wenigstens mal Luft holen."

Simone hatte kein Problem damit, mich Luft holen zu lassen.

Sie setzte sich auf ihren Stuhl an den Tisch, das Gesicht immer noch grimmig verzogen. Sie trank noch nicht mal ihren Kakao. Elaine verdrehte die Augen, sagte aber nichts.

Ich verstand.

Ich hatte ein Versprechen gegeben und es gebrochen. Und darauf war ich ganz und gar nicht stolz. Also folgte ich Simone, als wir fertig gegessen hatten und Elaine Max ins Bett brachte, ins Badezimmer, um sie beim Zähneputzen zu beaufsichtigen. Sie tat es wesentlich gründlicher als früher, schrubbte und schrubbte, bis ich schließlich aufseufzte.

„Komm, Kleine, Zeit fürs Bett."

Sie lehnte sich vor und spuckte ins Waschbecken, dann warf sie mir im Spiegel einen bösen Blick zu. „Ich muss den Zahnbelag loswerden."

„A-ha. Das da ist Zahnbelag, und ich bin mir ziemlich sicher, dass du ihn losgeworden bist. Komm, ich les dir noch was vor, wenn du möchtest. ‚Anne auf Green Gables'?"

Sie spülte den Mund aus und stellte ihre Zahnbürste weg. „Daddy hat es mir schon zu Ende vorgelesen."

„Ach so, und was lest ihr jetzt? Ich könnte –"

„Daddy wird es nicht gefallen", unterbrach sie mich, „wenn wir weiterlesen. Dann weiß er nicht, was passiert ist."

Es hatte keinen Sinn, mit ihr zu diskutieren, also nickte ich einfach nur. „Okay, gut. Aber lass uns trotzdem zu Bett gehen."

Widerstrebend ging sie mit mir in ihr Zimmer, das neu gestaltet und frisch gestrichen war. „Du hast eine neue Bettdecke!"

„Und Kissen", rief sie, rannte zum Bett und hüpfte darauf herum, bis ihr wieder einfiel, dass sie sauer auf mich war. Sie verkroch sich unter ihre Decke, mit dem Gesicht zur Wand.

Ich setzte mich auf die Bettkante. „Simmy. Rede mit mir."

Ihre Lippen zitterten, und sie gab einen Seufzer von sich, der nicht gespielt war. Ich strich ihr übers Haar, bis sie sich zu mir umdrehte und ihr Gesicht an meinem Bein vergrub. Ihre kleinen Schultern bebten. Tränen traten mir in die Augen, als ich meine Hand über ihr Haar gleiten ließ, wieder und wieder.

„Es tut mir leid, mein Mäuschen." Ich drehte ihr Haar um meinen Finger. „Ich weiß, du bist sauer auf mich, und du hast alles Recht dazu."

„Du hast gesagt!"

„Ich weiß, aber manchmal –"

„Ich weiß, ich weiß", sagte Simone schluchzend. „So ein Scheiß passiert halt manchmal."

Ich biss mir auf die Lippen, um nicht loszulachen, selbst als brennende Tränen meine Wangen hinunterliefen. Ich wischte sie rasch weg, damit Simone sie nicht bemerkte. „Sag so was nicht."

„Das hat Daddy gesagt." Sie setzte sich auf, die Augen und Nase rot, die Wangen nass. „Das hat er Mama gesagt."

„Er würde aber nicht wollen, dass du es sagst." Ich reichte ihr ein Taschentuch, wischte ihr dann aber selbst das Gesicht damit ab.

„Daddy meinte, es hat nichts mit mir und Max zu tun. Oder mit dem neuen Baby."

„Das hat es auch nicht, Süße. Es tut mir leid, dass du das gedacht hast." Ich zog sie noch näher an mich heran und fluchte innerlich, wie ich so einen Schaden bei jemandem hatte anrichten können, den ich so sehr liebte. „Ich habe Mist gebaut. Das tut mir leid."

Simone atmete seufzend ein. „Daddy und Mama haben sich viel gestritten."

Scheiße. „Weil ich gegangen bin?"

Sie nickte wieder. „Und wegen seiner neuen Arbeit."

„Hat Daddy eine neue Arbeit?" Ich streichelte ihr Haar, dann zog ich sie so hoch, dass sie wieder sitzen konnte. „Nicht in der Werkstatt?"

Sie zuckte die Schultern. Ich hätte nicht erwarten sollen, dass sie mehr wusste. Ich musste Elaine fragen.

„Warum bist du ausgezogen?" Simone schniefte wieder.

„Nun … Ich dachte, es wäre an der Zeit. Jetzt, wo das neue Baby kommt, braucht ihr mehr Platz, du und Mama und Daddy und Max. Und ich wusste immer, dass ich irgendwann ausziehen würde. Ich konnte ja nicht für ewig im Keller wohnen."

„Das hat Cappy auch gesagt." Sie sah unter geschwollenen Augenlidern zu mir auf. „Er hat gesagt, du bist ausgezogen, weil du mit anderen Leuten zusammen sein wolltest. Mehr als mit mir und Max und Mama und Daddy?"

„Nur anders, Süße."

„So Erwachsenenkram." Sie klang angeekelt.

„Ja. So Erwachsenenkram."

Simone musterte mich ernst. „Ich weiß, wie Babys entstehen, weißt du. Mama hat mir einen Film gezeigt."

Ich unterdrückte wieder ein Lachen. „Oh, ja?"

„Bekommst du ein Baby, Tesla?"

„Ähm. Nein. Nicht jetzt zumindest." Ich schüttelte den Kopf und nahm sie wieder fest in den Arm. „Aber wenn euer neues Baby da ist, dann komme ich und helfe deiner Mutter, wie ich es auch bei dir und Max getan habe."

Simone schwieg für eine Weile. „Das wird nicht das Gleiche sein."

Ganz und gar nicht. „Die Dinge verändern sich nun mal, mein Mäuschen."

„Ich wünschte, sie täten das nicht."

In diesem Moment wünschte ich das auch.

Sanft deckte ich sie zu und las ihr eines ihrer alten Lieblingsbücher vor, ‚Der kleine Kuschelhase', bei dem sie schon nach den ersten Seiten einschlief. Ich küsste sie auf die Stirn, lauschte für ein paar Minuten dem gleichmäßigen Ein- und Ausatmen und versank in Erinnerungen: Wie leicht sie als Neugeborenes kurz nach der Geburt gewesen war. Welche Wärme sie verströmt hatte. Wie sie die Augen geöffnet und in meine gesehen hatte, als ich ihren blonden Flaum auf dem Kopf gestreichelt hatte.

Das war Liebe. Ich liebte dieses kleine Mädchen, und ich liebte ihren Bruder. Ich würde ihr neues Geschwister auch lieben, das wusste ich. Aber sie hatte recht. Es würde nicht das Gleiche sein. Nichts würde das jemals wieder sein.

Ich traf Elaine in ihrem Schlafzimmer an, gegen die Kopfstütze gelehnt, mit einem Tagebuch und einem Kuli in der Hand. Als ich an den Türrahmen klopfte, sah sie auf und machte mir ein Zeichen, hereinzukommen. Sie legte Kuli und Buch zur Seite.

„Ich versuche, den Überblick zu behalten", erklärte sie. „Sie werden so schnell größer. Simone hat so viel in ihrem Tagebuch stehen, ich will nicht, dass Max sich benachteiligt fühlt. Bei Nummer drei bin ich vermutlich schon froh, wenn ich es schaffe, aufzuschreiben, was er wiegt. Oder sie."

„Darf ich mal sehen?"

„Klar." Sie reichte mir das Buch.

Ich überflog die Seiten. Sie hatte kleine Anmerkungen zu den ersten Zähnen, den ersten Schritten gemacht. Eine Strähne eingeklebt, als seine Haare das erste Mal geschnitten wurden. Es gab auch Fotos, auf denen wir alle unglaublich jung aussahen, auch wenn keines davon älter war als fünf Jahre. Ich sah mir eines genauer an, auf dem ich Simone auf dem Arm hatte, während Elaine und Vic rechts und links von mir auf der Couch saßen.

Mir kamen wieder die Tränen. Diesmal war es Elaine, die mir übers Haar strich, während ich mich neben ihr ins Bett kuschelte. Sie sagte kein Wort, nicht mal ein „Schschsch". Sie reichte mir ein Taschentuch, aber sie wischte mir nicht das Gesicht ab. Das machte ich selbst.

„Was ist los?", fragte sie.

„Ich vermisse euch nur, das ist alles." Ich setzte mich auf und schnaubte ins Taschentuch.

„Du weißt, es gibt keinen Grund, warum du nicht jederzeit hierherkommen könntest."

Ich stieß ein Lachen aus. „Mmm, doch, da ist einer."

„Vic würde das schon gebacken kriegen, Tesla."

„Simone sagt, er hat eine neue Arbeit."

Elaine presste die Lippen aufeinander. „Tu nicht so, als wüsstest du nicht Bescheid."

„Ich weiß. Es tut mir leid. Ich dachte nur, dass es nicht meine Aufgabe war, es auszuposaunen. Ich hab ihm gesagt, dass er mit dir reden sollte. Aber er war …" Ich zuckte die Schultern, fühlte mich immer noch schlecht wegen der ganzen Sache, aber wollte endlich reinen Tisch. „Ich vermute, er hatte gedacht, dass ich ihn besser verstehe. Weil ich es schon wusste."

„Er hat Angst um mich und die Kinder. Die ganze Zeit. Und jetzt, wo das neue Kind kommt, flippt er noch mehr aus. Er sieht zu viel Scheiß in den Nachrichten. Er sieht überhaupt zu viel Zeug. Ich versuche, ihm zu sagen, dass man so nicht leben kann, immer voller Angst … Aber ich schätze, er glaubt, wenn er wieder auf der Straße unterwegs ist und was unternimmt, kann er wirklich was verändern. Uns beschützen. Oder vielleicht denkt er nur, er will bereit sein, uns zu beschützen, wenn etwas passiert – ich weiß es nicht." Sie seufzte. „Ich habe versucht, ihm zu erklären, dass er uns nicht vor dem Bösen beschützen kann, wenn er nicht hier ist, aber das scheint an ihm abzuprallen. Er sagt, er muss die merkwürdigen Schichten arbeiten, weil er neu ist, dass sich das in ein paar Monaten ändern wird, und dass die Zusatzleistungen und das Extrageld es wert wären. Ich hätte ihn lieber hier bei uns, Tesla. Wir haben genug Geld. Es geht uns gut."

„Ich glaube nicht, dass es wirklich um Geld geht", sagte ich leise.

Sie lächelte traurig. „Ich weiß."

„Trotzdem. Er hätte erst mit dir darüber reden sollen." Ich putzte mir wieder die Nase und warf das dreckige Taschentuch in den Papierkorb. Ich wusste nicht, ob meine Nase vom Weinen so verstopft war, oder ob ich eine Erkältung bekam.

„Nun, wenn ein paar Wochen auf der Couch in der Werkstatt ihn davon nicht überzeugt haben, dann weiß ich nicht, was ihn jemals dazu bringen sollte."

Ich sah sie überrascht an. „Wie bitte?"

„Oh, ja." Sie nickte. „Ich hab ihn hochkant rausgeschmissen. Hab ihm gesagt, er sollte besser mal klarkriegen, wo seine Prioritäten liegen, dass er, wenn er Teil der Familie sein will, sich auch besser so verhalten sollte. Keine Geheimnisse haben sollte. Ich sagte ihm, dass wir zwar grade ein weiteres Kind bekommen würden, aber dass ich zwei bereits fast alleine großgezogen hätte, und dass ich das dann vermutlich auch mit dreien schaffen würde."

„Wow." Ich war beeindruckt. „Du gehst ja ab."

Sie lachte, wenn auch nicht sehr glücklich. „Meine Mutter hat uns vier Geschwister allein großgezogen, Tesla. Ich sage nicht, dass ich glaube, dass das leicht sein würde, aber ein Mann, der nie zu Hause ist, bringt einer Familie nichts. Ich liebe Vic, aber wenn er gedacht hat, dass Lügen die Basis für eine starke Ehe sind, dann musste ich ihm halt mal die Leviten lesen."

„Und das hast du ordentlich getan. Gut." Meine Augen fühlten sich heiß an, vom Weinen geschwollen, aber ich fühlte mich leichter.

„Weißt du ... Du kannst wieder bei uns einziehen, wenn du willst. Dein Zimmer ist unverändert. Und ganz ehrlich, ich könnte ein bisschen Hilfe gut gebrauchen. Auch wenn ich jetzt weiß, wo er ist und was er macht – Vic ist die meiste Zeit unterwegs."

„Danke. Aber ..."

Ihr Lachen klang jetzt schon besser. „Ich weiß. In einem Haus voller Kinder zu wohnen ist für dich nicht so attraktiv wie bei, ähm, wie immer du sie nennst."

„Mein Freund und seine Frau. Meine Freundin und ihr Mann." Ich kaute auf der Innenseite meiner Wange herum. „Du findest das merkwürdig, oder?"

„Ich denke, es ist etwas unkonventionell, Süße – aber würde ich je etwas anderes von dir erwarten?"

Es war eine Sache gewesen, dass Meredith mich „wild" genannt hatte, aber zu hören, dass Elaine so was sagte, war etwas vollkommen anderes. Ich runzelte die Stirn. „Warum sagst du das?"

Elaine sah nachdenklich aus. „Nun ... Süße, du bist halt ... du. Du bist Tesla. Du bist immer zu einem anderen Takt marschiert. Und das macht dich zu etwas Besonderem."

„Was ist, wenn ich nichts Besonderes sein will?"

„Jeder ist etwas Besonderes, ob er es will oder nicht." Sie zuckte die Schultern. „Erzähl mir nicht, du willst normal sein."

„Ich will nicht abnormal sein."

Sie gluckste. „Du bist nicht abnormal, Tesla. Wie schon gesagt, du bist halt du. Und wenn es zwei braucht, um dich glücklich zu machen, nun ... Ich schätze, dann hast du Glück, dass du sie gefunden hast, oder?"

„So hört sich das an, als wäre ich furchtbar gierig." Was vermutlich auch stimmte.

„Weil du die Gelegenheit nutzt, die sich dir bietet? Wer würde das nicht tun?" Elaine lächelte. „Aber vergiss nicht: Von zu viel Kuchen bekommt man Bauchschmerzen."

„Also bin ich unkonventionell. Die beiden aber nicht." Ich dachte kurz nach. „Charlie vor allem. Er unterrichtet an einer Privatschule und hat noch nicht mal eine Connex-Seite oder so was Ähnliches, weil eine Lehrerin an seiner Schule gefeuert wurde wegen Zeug, dass sie auf ihrer Seite hochgeladen hat. Privates Zeug, das sie auch als privat eingestuft hatte, und trotzdem hat sie Ärger bekommen."

„Und Meredith?"

Ich musste ehrlich sein. „Ich denke, sie wäre gern wild. Unkonventionell, schätze ich."

„Aber sie ist es nicht?"

Ich dachte daran, wie exakt sie immer alles geordnet haben musste, von den Klamotten in ihrer Kommode bis hin zu den Lebensmitteln im Kühlschrank. „Eigentlich nicht, nein."

„Aber sie mögen dich. Sie haben dich eingeladen, bei ihnen zu wohnen, Teil ihrer Beziehung zu sein." Elaine räusperte sich, als ob sie sich etwas unwohl fühlte. „Ich weiß, du hast so was die ganze Zeit über gesehen, als du aufgewachsen bist, aber du bist dir doch auch im Klaren darüber, dass die meisten Leute an so was nicht mal denken würden, geschweige denn, es tun."

„Ja", sagte ich trocken, „ich weiß."

Sie hob eine Hand vors Gesicht und lachte. „Dein Leben mit Vic und mir ist was vollkommen anderes, und das weißt du."

Ich zögerte. „Aber du weißt, dass Vic und ich …"

Sie sah mich durchdringend an. „Ich weiß, Süße. Das war eines der Dinge, über die er mir damals tatsächlich die Wahrheit gesagt hat – in diesem Sommer."

Ich zupfte an den Fäden, die aus der Bettdecke hingen. „Und das hat dir nie was ausgemacht? Es zu wissen? Ich meine, du hast nie was dazu gesagt, und du hast mich hier wohnen lassen. Warst du nicht …"

„Besorgt? Eifersüchtig?"

Ich nickte.

Elaine schüttelte den Kopf. „Nein, Süße. Was immer zwischen euch beiden passiert ist … Nun, ich will dir nicht wehtun, aber es war etwas vollkommen anderes als das, was Vic und ich miteinander haben."

Darüber musste ich lachen. „Mach dir deshalb keinen Kopf. Ich weiß das. Ich war so froh, als er begann, mit dir auszugehen, das kannst du dir gar nicht vorstellen."

„Doch, das kann ich. Er war gut zu dir und Cappy. Das ist einer der Gründe, warum ich mich in ihn verliebt habe. Und ich wusste, noch bevor er es mir sagte, dass ihr … Sachen miteinander gemacht habt."

„Du wusstest es? Woher?"

Elaine sah ernst aus. „Frauen wissen so was immer, oder?"

Ich gab ihr recht. „Du weißt, dass ich nie, nie wieder etwas mit Vic anfangen würde, oder? Ich würde mich nie zwischen euch stellen."

„Süße, glaubst du, wenn ich etwas anderes dächte, würde ich dich in meinem Haus leben lassen, mit meinen Kindern?"

„Vermutlich nicht." Ich drehte mich auf den Rücken, um an die Decke zu sehen. „Aber es ist unkonventionell."

„Oh, das weiß ich. Glaub mir, meine Mutter hatte genügend dazu zu sagen, dass ich dich und Cap hier wohnen ließ, als ich mit Vic zusammenzog. Vor allem in Bezug auf dich. Aber ich hab ihr gesagt, dass sie das gar nichts angeht, nur Vic und mich. Und wenn er dachte, dass er euch beiden ein Zuhause bieten musste, dann würde ich nicht die böse Hexe sein, die euch beide rausschmeißt. Außerdem, wie gesagt: Wie sehr er sich um euch kümmerte, zeigte mir auch, was für eine Art Mann er ist. Loyal und beschützend. Ich liebe das an ihm, auch wenn ihn das manchmal zur Nervensäge macht."

„Und es ihn verrückt macht", fügte ich hinzu. „Er macht sich zu viele Gedanken darüber, dass die Welt den Bach runtergeht, seiner Meinung nach."

„Und glaubt, er könne uns davor beschützen. Ich weiß." Sie lachte. „Denkst du, ich finde es gut, dass er sich da draußen um die Drogendelikte kümmert, mit diesen Leuten zu tun hat? Nein. Aber ich schätze, wenn es das ist, was er tun muss, dann kann ich nichts Weiteres machen, als ihn zu unterstützen."

„Selbst wenn es dich in den Wahnsinn treibt?" Ich drehte mich um und sah sie an. „Machst du dir keine Sorgen um ihn?"

„Natürlich mach ich das. Aber ich muss halt hoffen, dass alles gut geht. Über was anderes darf ich nicht nachdenken."

Sie beugte sich vor, um mir übers Haar zu streichen. „Du kannst wirklich jederzeit wiederkommen, Tesla, das weißt du. Wir lieben dich. Die Kinder vermissen dich und ich auch."

Ich sagte nichts.

„Er vermisst dich auch", fügte Elaine hinzu.

Ich zuckte die Schultern. „Es war Zeit für mich, auf eigenen Beinen zu stehen, weißt du?"

Sie drückte meine Schulter. „Aber das tust du nicht, Süße. Oder?"

Ich wusste, dass sie recht hatte. Ich hatte einen sicheren Hafen gegen einen anderen ausgetauscht, der sich nicht mehr ganz so sicher anfühlte. Und es zeigte mir nur, wie sehr ich wollte, dass es mit Charlie und Meredith klappen würde, und wie sehr ich wusste, dass es das nicht tun würde.

32. KAPITEL

Charlie und ich spielten Schach, während Meredith auf dem Sofa lag und in einer Zeitschrift blätterte. Er machte mich fertig, was keine große Überraschung war, da ich mir zwar jeden Zug meiner Figuren merken konnte, es mir aber an einer Strategie mangelte. Er versuchte mir zu helfen, aber ich verbrachte mehr Zeit damit, über meine miesen Züge zu lachen, als dass ich wirklich etwas lernte. Zumindest war das Spiel so schnell zu Ende.

„Wir könnten Uno oder so spielen", sagte ich zu Meredith. „Monopoly?"

„Wirklich?" Sie warf mir so einen verächtlichen Blick zu, dass es mir leidtat, überhaupt etwas gesagt zu haben.

„Ich dachte nur … Vergiss es." Ich wandte mich Charlie zu, der gerade die Schachfiguren in den Koffer legte. „Wie sieht's mit dir aus?"

„Ich muss noch Arbeiten korrigieren." Er machte ein trauriges Gesicht. „Was leichter wäre mit einer Handvoll Popcorn."

Ich stand auf, küsste ihn auf den Kopf und massierte kurz die Verhärtungen an seinen Schultern, bevor ich ihn auf die Wange küsste und sagte: „Wie wär es mit einer heißen Schokolade?"

„Deiner selbst gemachten?", fragte er hoffnungsvoll.

„Als ob ich dir so ein Pulverzeug anbieten würde." Ich kniff ihn in die Wange.

Meredith folgte mir in die Küche. Sie hatte ihr Haar zu einem hohen Pferdeschwanz zusammengebunden, der ihre Wangenknochen betonte, ihre makellose Haut, die vollen, seidigen langen Locken. Im Gegensatz zu ihrer eng anliegenden Yoga-Hose und dem dazu passenden Kapuzenpulli trug ich eine alte Jeans von Charlie, zusammengehalten von einem Gürtel, und eines seiner Oxford-Shirts über einem Tank Top. Ich hatte mir die Haare gewaschen, sie aber nicht weiter gestylt; der dunkle Haaransatz war zu sehen, und ein paar Strähnen fielen mir ins Auge, als ich mit Milch, Kakao und Zucker herumwirtschaftete.

„Willst du eine heiße Schokolade?“ Ich hielt den Milchkarton hoch. „Das ist mehr als genug für zwei. Ich kann auch welchen für drei machen.“

Sie schüttelte den Kopf und lehnte sich an die Arbeitsplatte, um mir zuzusehen. „Es ist Samstagabend.“

Ich warf ihr einen Blick über die Schulter zu, während ich Kakaopulver, Zucker und Milch im Topf verrührte und dann langsam erhitzte. „Ja. Und ich muss morgen nicht arbeiten gehen. Das ist fantastisch!“

„Und wir machen heiße Schokolade und Popcorn und sprechen über Brettspiele.“

Ich liebte diesen Gasherd, bei dem man die Hitze genau regulieren konnte. Ich bückte mich, um die Flamme zu überprüfen, und sah sie kurz an, als ich mich aufrichtete. „Ja. Das ist toll. So entspannt.“

Ich brauchte einen Abend wie diesen, an dem ich einfach mal nichts tun musste. Seit Ewigkeiten hatte ich keinen Samstagabend mehr freigehabt. Ich hatte heute in der Frühschicht gearbeitet und war direkt nach Hause gekommen, voller Vorfreude auf einen ruhigen Abend.

Meredith sagte nichts mehr, sah mir nur zu, wie ich die Milch umrührte. Ich wollte sichergehen, dass sie keine Haut bekam. Ich machte kleine kreisende Bewegungen. Dabei fiel mir etwas ein.

„Weißt du was, ich überlege, ob ich Charlie zu Weihnachten einen Milchaufschäumer schenken soll. Was meinst du?“

„Wofür sollte Charlie einen Milchaufschäumer brauchen?“

„Für heiße Schokolade. Und Kaffee. Er trinkt gerne einen Latte –“

„Charlie mag seinen Kaffee schwarz.“

Ich sah sie an. „Häufig ja. Aber er mag auch ab und zu einen Latte macchiato.“

„Seit wann?“

Ich zuckte die Schultern. „Keine Ahnung. Seit ich angefangen habe, ihm einen zu machen? Aber es würde mit einem Milchaufschäumer leichter gehen. Schneller. Er könnte sich morgens selbst einen machen.“

„Hat er gesagt, dass er einen Milchaufschäumer möchte?"

Ich nahm den Topf von der Flamme. „Nein. Aber ich dachte halt, er würde sich darüber freuen. Außerdem", bot ich an, „könntest du ihn auch benutzen."

„Ich habe kein Interesse daran, mir selbst einen Latte zu machen."

Ich hielt inne, sah sie an. „Weißt du, nicht jeder hat das Glück, in ein Café gehen zu können und jemand anderen einen Latte macchiato für sich machen zu lassen."

Nicht, dass sie das in letzter Zeit getan hätte.

„Charlie mag Kaffee nicht mal besonders gern."

Ich drehte die Flamme aus und stellte den Topf zur Seite. Ich sah sie an. „Was schenkst du ihm denn?"

„Ich hab mich noch nicht entschieden." Scheinbar war es ihr egal, dabei war schon in ein paar Wochen Weihnachten.

Ich grinste. „Und was schenkst du *mir*?"

Meredith seufzte. Zuckte mit den Schultern. „Was wünschst du dir?"

„Hey. Was ist los?" Ich versuchte, sie zu umarmen, aber sie drehte sich weg. „Bist du sauer wegen irgendwas?"

„Ich bin sauer, weil Samstagabend ist und wir nur zu Hause rumsitzen wie ... wie ein altes Ehepaar!"

„Wir sind ein altes Ehepaar!", sagte Charlie vom Türrahmen aus. „Wie sieht's aus mit der Schokolade?"

„Gerade fertig geworden. Hab aber noch kein Popcorn gemacht." Ich sah Meredith an. „Du willst ausgehen?"

Sie starrte uns beide an. „Wir sind seit Ewigkeiten nicht mehr zusammen ausgegangen."

Sie war unter der Woche an drei Abenden auf Hausfrauenpartys gewesen. Und ich hatte meistens die Spätschichten im *Mocha* übernommen, zum Teil noch Überstunden geschoben. Ich wusste, dass sie und Charlie auf ein Schulfest gegangen waren, an dem ich natürlich nicht teilgenommen hatte. Aber sie hatte recht, wir hatten schon lange nicht mehr zu dritt Spaß gehabt.

„Ich dachte, wir machen es uns heute zu Hause gemütlich",

sagte Charlie. Ich hatte gerade nach dem Popcorn gesucht, drehte mich aber jetzt zu ihnen beiden um. „Ja, was ist so schlecht daran, gemeinsam abzuhängen? Das haben wir auch seit einer Ewigkeit nicht mehr gemacht."

Sie seufzte. „Na schön. Wie auch immer."

Sie zwängte sich an Charlie vorbei, doch der hielt sie an den Armen fest. „Meredith, warte. Wenn du ausgehen willst ... Ich schätze, das lässt sich einrichten. Stimmt's, Tesla? Worauf hast du Lust, Schatz? Wir haben alle schon zu Abend gegessen. Wir könnten ja mal gucken, was im Kino läuft."

„Vergiss es." Sie sah keinen von uns an. „Ihr beiden könnt euch ja einen gruseligen Film auf Interflix ansehen. Ich gehe nach oben, um ein heißes Bad zu nehmen und zu lesen."

„Wir könnten mitkommen", sagte Charlie, hielt aber inne, als ich den Kopf in seine Richtung schüttelte.

Meredith antwortete ihm noch nicht mal, sondern ging einfach aus der Küche. Charlie und ich starrten uns an. Er sah verwirrt aus.

„Jeder braucht mal Zeit für sich", sagte ich ihm. „Und sie hat eine schreckliche Laune. Das solltest du doch inzwischen kennen."

„Ich wollte nur ..."

„Charlie." Ich ging zu ihm, stellte mich auf die Zehenspitzen und küsste ihn sanft auf den Mund. „Du kannst nichts machen. Sie ist wegen irgendwas schlecht drauf. Und es ist egal, was du jetzt sagst oder tust."

Er nickte und umfasste meine Hüften. „Sollen wir ausgehen? Sie wollte das doch."

Ich versuchte, das Gesicht nicht zu verziehen, was mir nicht ganz gelang. „Wie Mick sagt, du bekommst nicht immer, was du willst, aber manchmal, was du brauchst."

Charlie sah nach oben, als er Merediths Schritte über uns hörte. „Tja ... Ich wünschte, ich wüsste, was sie braucht."

„Ich auch, Süßer", sagte ich seufzend und küsste ihn wieder. „Ich auch."

33. KAPITEL

Weihnachten ist schon immer meine liebste Zeit im Jahr gewesen.

Wir hatten natürlich einen Baum. Er war aus Plastik und bereits mit Lichtern bestückt. Mir gefiel sein Aussehen nicht sonderlich, die Äste waren alle zu perfekt. Sie dufteten nicht. Er war hübsch, aber irgendwie auch leer, überhaupt nicht, wie ein Weihnachtsbaum sein sollte. Ich sagte nichts dazu, da Meredith es so offensichtlich bevorzugte. Bei Vic hatten wir immer einen echten Baum gehabt, den wir alle, inklusive Cap, gemeinsam auf dem Markt gekauft hatten – wir marschierten Reihe für Reihe ab, um den besten auszusuchen. Wir fädelten dafür immer Popcorn auf einen Faden und aßen dabei mehr davon, als auf die Girlande kamen, aber wir hatten auch normalen Schmuck. Jedes Jahr kaufte Elaine uns ein neues, besonderes Stück Schmuck für unsere Sammlung, und ich vermisste das. Ich vermisste sie alle.

Dieser perfekte Baum in diesem perfekten Haus, mit Charlie und Meredith als dem perfekten Paar ... Es gab nur einen Makel in alldem, und das war ich.

Im Gegensatz zu Merediths schnippischem Verhalten in letzter Zeit war sie seit ein paar Tagen aufgedreht und absolut bezaubernd. Sie war wieder die Meredith, wie ich sie damals kennengelernt hatte, sexy und spontan, und ich sollte darüber eigentlich glücklich sein, da ich jetzt nicht mehr nur auf eine etwas alberne Weise verknallt in sie war, sondern tatsächlich eine Beziehung mit ihr führte. Ich hatte nicht einen großartigen und aufmerksamen Partner, sondern gleich zwei.

Warum fühlte ich mich dann nur so alleine?

Zum Teil lag das an den Überstunden, die ich im *Mocha* absolvierte. Da wir während Charlies Weihnachtsferien gemeinsam nach Vermont zum Skifahren wollten, musste ich vorher so viele Stunden schaffen wie möglich. Das bedeutete lange Tage und Nächte, in denen ich nicht mit Meredith und Charlie zu Hause war wie sonst. Jetzt verbrachten sie die Abende zu zweit und waren meist schon zu Bett gegangen, wenn ich nach Hause kam. Wie früher, als ich noch nicht Teil ihres Lebens war.

„Wo ist deine Freundin?", fragte Carlos mich von seinem Laptop aus. „Hab sie seit Ewigkeiten nicht mehr gesehen."

„Oh …" Ich zuckte die Schultern. Es war merkwürdig zu hören, wie er sie meine Freundin nannte, auch wenn ich wusste, dass er sich vor allem einen Spaß erlaubte. „Sie sagt, es wär zu blöd, für den Kaffee zu bezahlen, wenn sie die Barista gratis bekommt."

„Vielleicht hat sie auch nur alle Geschichten gehört, die sie interessierten", meinte Carlos. „Sie hat uns ausgesaugt und ist dann weitergezogen."

Ich lachte, auch wenn ich nicht genau verstand, wovon er sprach. „Hä?"

Carlos schürzte die Lippen. „Unsere Geschichten. Du weißt doch, wie sie immer kam und uns dazu brachte, ihr alles zu erzählen. Vielleicht hat sie sich mit uns gelangweilt, nachdem uns nichts Neues mehr einfiel."

Der Laden war erfüllt vom Duft nach Zimt, Nelken, Lebkuchen. Ein Weihnachtsduft, der plötzlich meinen Magen zum Revoltieren brachte. „Ich glaube, sie hat einfach nur zu tun."

Carlos öffnete den Mund. Schloss ihn und wandte sich wieder seinem Laptop zu. Ich hatte keine Zeit, noch mal nachzuhaken, was er tatsächlich meinte, weil in diesem Moment Sadie durch die Tür kam und ich loslief, um ihr rasch einen Sessel zurechtzurücken. Sie sah aus, als würde sie gleich platzen.

„Was zum Teufel?", fragte ich, aber mit sanfter Stimme, weil ich die Anspannung in ihrem Gesicht sah. „Sadie, wow, solltest du wirklich noch draußen rumlaufen?"

„Ich werde verrückt zu Hause", gab sie zu. „Ich bin schon fast eine Woche über dem Termin. Die Hebamme sagt, sie will noch keine Geburtseinleitung machen, und ich soll mich so viel wie möglich bewegen. Sie sagt, kleine Spaziergänge würden mir guttun."

Sadie gelang ein Lächeln. „Ich hab fünfundvierzig Minuten gebraucht, um meinen Bauch hierherzuschieben. Alles, was ich will, ist eine heiße Schokolade und irgendein Stück Kuchen, und dann werde ich hier in der Ecke sitzen und mein Buch lesen und beten, dass das Kind bald kommt."

Ich lachte mitfühlend. „Ich bete, dass du keinen Blasensprung hast, bevor du wieder zu Hause bist. Du hast eine Hebamme?"

Sie nickte. „Ja. Ich will aber keine Hausgeburt, das ist mir dann doch zu abenteuerlich."

„Meine Freundin Elaine hatte eine Hebamme für ihre beiden Kinder. Zwei Hausgeburten. Sie will das dritte auf die gleiche Art bekommen. So schlecht ist es also nicht", fügte ich hinzu. „Auch wenn ich zugeben muss, für mich wäre das nichts. Wenn ich mal Kinder bekomme, möchte ich eine PDA von der ersten Wehe an."

Sadie lachte leise. „Ja, eine PDA klingt wirklich von Tag zu Tag besser. Joe versteht auch nicht, warum ich etwas durchstehen will, von dem ich jetzt schon weiß, dass es der schlimmste Schmerz meines Lebens sein wird. Ich kann es ihm nicht erklären. Ich schätze, es hat etwas mit Stolz zu tun. Weiblichem Stolz."

Wir glucksten beide, und ich streichelte kurz ihre Schulter. „Ich mach dir rasch eine heiße Schokolade. Wie wäre es mit einem dicken fetten Stück Gewürzkuchen und dazu frische Schlagsahne? Heute Morgen erst geschlagen."

„Ja, ja und nochmals ja. Danke." Sadie schälte sich aus Schal und Mantel und lehnte sich dann seufzend in ihrem Sessel zurück. „Hallo, Carlos!"

Ich ließ die beiden sich begrüßen und ging zurück zum Tresen. Brandy hatte heute mit mir Schicht, und kaum war ich bei ihr angelangt, bestürmte sie mich. „Das ist Sadie?"

Ich drängte mich an ihr vorbei, um Sadies Schokolade zu machen. „Ja."

„Joes Frau?"

Ich sah sie ungeduldig an. „Ja. Sadie. Warum?"

„Einfach so. Ich hab mich nur gefragt, wie sie aussieht, das ist alles."

Bevor ich etwas antworten konnte, klingelte das Telefon, also wartete ich kurz mit der Schokolade, um ranzugehen, da Brandy offensichtlich keine Anstalten machte, den Hörer abzunehmen.

„Tesla, ich bin's." Joy klang müde.

Ich sah auf die Uhr. Sie sollte mich um zwei ablösen. Um noch ein paar Last-Minute-Einkäufe zu erledigen, hatte ich vor, eine Stunde früher Feierabend zu machen. „Hi."

„Ich kann heute nicht reinkommen. Du musst bleiben."

Ärger brachte nichts, aber er ließ sich auch nicht abschütteln. „Was? Nein. Ich kann nicht. Ich hab dir doch gesagt, ich muss heute eine Stunde früher gehen."

„Ich kann nicht!", wiederholte Joy. „Und wir brauchen jemanden, der den Laden schmeißt. Du kannst Brandy oder Moira nicht allein lassen."

Ich sah zu Brandy hinüber, die, Wunder über Wunder, die Schokolade fertig gemacht hatte und ein Stück Gewürzkuchen abschnitt, um beides Sadie zu bringen. „Verdammt, Joy. Wirklich? Kannst du nicht … Ich muss …"

Ich verstummte, seufzte. „Und wenn ich Darek anrufe, dass er reinkommt?"

„Was? Nein! Er arbeitet nicht mehr hier!

Aufgrund der regelmäßigen Updates seines Connex-Status wusste ich, dass Darek gerade zwei Jobs hatte. Einen im *Deli* am anderen Ende der Stadt, der um ein Uhr mittags schloss, den anderen abends in einer Bar. Er könnte vermutlich rund um die Feiertage gut ein paar zusätzliche Stunden gebrauchen, und auch wenn er das *Mocha* nie alleine geschmissen hatte, wusste er doch genau, was zu tun war.

„Aber er könnte sich solange um den Laden kümmern, Joy. Und wenn du nicht reinkommst, muss das jemand machen. Denn ich bin um zwei Uhr weg. Das hatte ich dir gesagt."

Stille. Ich hatte dem Cafébetrieb den Rücken zugedreht und

leise gesprochen, aber jetzt wandte ich mich um, um sicherzustellen, dass niemand meine Dienste brauchte. Das war in der Tat so, nur dass Brandy immer noch mit Sadie sprach. Sie stand so vor ihr, dass ich Sadie nicht sehen konnte.

„Na schön", sagte Joy gepresst. „Schön. Wie auch immer. Ruf Darek an, wenn du musst. Aber ich werd mir das merken."

„Natürlich wirst du das", sagte ich mit ebenso gepresster Stimme. „So wie ich mir merken werde, dass du in letzter Minute Bescheid gibst, dass du nicht reinkommst, nachdem ich dir ausdrücklich gesagt habe, dass ich heute früher gehen *muss*."

Wieder Stille. Brandy gestikulierte mit den Händen, und ich konnte das Auf und Ab ihrer Stimme hören – wie immer unterbrochen von dem Ploppen ihres Kaugummis –, aber ich verstand nicht, was sie sagte. Ich hörte Joy atmen.

„Ich muss Schluss machen", sagte ich. „Ich hab schließlich zu tun."

„Tesla –"

Ich hielt inne. „Ja?"

„Nichts. Ruf Darek an, das geht in Ordnung. Und ich bin morgen wieder da."

„Gut." Ich legte ohne ein weiteres Wort auf. In dem Moment kam Brandy zum Tresen zurück, und die Ladentür öffnete sich bimmelnd.

Sie sah eindeutig zu selbstzufrieden aus für meinen Geschmack. Als ich meinen Blick durch das Café schweifen ließ, sah ich, dass Sadies dampfende Schokolade und ihr Kuchen noch auf ihrem Tisch standen, der Sessel aber zurückgeschoben und sie gegangen war. Ich sah wieder zu Brandy hinüber.

„Was hast du gemacht?"

Sie wirkte überrascht. „Was?"

Ich zeigte zur Ladentür. „Was hast du zu ihr gesagt?"

Brandy machte ein so erstauntes Gesicht, mit weit aufgerissenen Augen, dass ich ihr am liebsten eine reingehauen hätte.

„Ich habe gar nichts gesagt. Außer, dass ich sie gefragt habe, wie es ihrem Mann geht, das ist alles."

Ich reckte den Kopf, um durch die Frontscheiben zu sehen, und erhaschte gerade noch einen Blick auf Sadies roten Mantel. „Das ist alles, ja?“

„Hey, sie hat mich gefragt, woher ich ihn kenne“, verteidigte sich Brandy. „Hätte ich da lügen sollen?“

Noch mehr Wut geriet an die Oberfläche. „Nur damit ich dich richtig verstehe. Du hast einer extrem schwangeren Frau gesagt, dass du mit ihrem Mann geschlafen hast?“

Brandys Unterkiefer sackte nach unten, Schuldgefühle machten sich auf ihrem Gesicht breit. „Ich hab nicht … Ich meine, ich hab nicht gesagt …“

„Du dreckiges Miststück.“

Brandy trat ein paar Schritte zurück. „Hey!“

„Du“, sagte ich, während ich meine Schürze abnahm und sie auf den Tresen warf, „bist wirklich ein widerliches Stück Scheiße. Das weißt du, oder? Warum hast du das getan? Halt, sag nichts. Ich weiß warum. Weil sie einen attraktiven, liebenden Ehemann hat und ein Kind erwartet. Und du, Brandy, hast nichts.“

„So darfst du nicht mit mir reden!“, heulte sie auf.

„Das habe ich aber gerade getan.“ Ich zwängte mich an ihr vorbei und griff nach meinem Mantel. Als ich an Carlos vorbeikam, hielt er den Daumen hoch, doch ich hatte keine Zeit, die Geste zu erwidern. Binnen Sekunden war ich aus der Ladentür und rannte Sadie hinterher, die nur langsam vorankam, sodass ich sie noch auf dem Bürgersteig einholte. „Hey. Mach langsam.“

Ich packte sie am Arm, und sie sah mich mit geröteten Augen an. Aber sie weinte nicht. Ihr Atem kam stoßweise, und ihr Gesicht war blass. Ein paar Haarsträhnen hatten sich aus ihrem Dutt gelöst und kräuselten sich um ihr Gesicht herum.

„Es ist nicht, dass ich es nicht gewusst hätte“, sagte sie plötzlich. „Ich meine, ich wusste über all das vorher Bescheid. Aber ich hätte nicht gedacht, dass ich mal einer von ihnen begegne.“

Ich hatte keine Ahnung, wovon sie sprach, aber ich nickte trotzdem mitfühlend. Der Bürgersteig war vereist, und ich hakte sie fest unter, damit sie nicht ausrutschte. Sie wehrte sich nicht.

„Lass mich dich begleiten, um sicherzugehen, dass du gut nach Hause kommst." Ich war froh, dass ich meine Stiefel mit Profilsohlen angezogen hatte, statt irgendwelche Latschen.

„Danke." Sie hustete weißen Atem aus. „Oh … Tesla, es tut mir leid, aber ich hab noch nicht mal bezahlt!"

„Mach dir darüber keine Gedanken."

Sie atmete zitternd ein. „Ich komm mir so doof vor. Aber ich wollte nicht vor ihr flennen oder so was, und ich hab das Gefühl, dass ich derzeit wegen jeder dummen Kleinigkeit losheule."

„Ähm … hallo?", sagte ich. „Du bist schwanger! Das ist vollkommen okay. Außerdem ist sie echt ein Biest – überhaupt irgendwas zu dir zu sagen. Und ehrlich, was immer sie dir auch gesagt hat, ich bin sicher, sie hat übertrieben."

„Ach … Das weiß ich. Sie stellte es so hin, als wären Joe und sie praktisch verlobt gewesen." Sadies Lachen klang wieder fast normal. „Und ich weiß, dass das nicht stimmt. Aber trotzdem … Wenn du mehr auf die Waage bringst als dein Mann und du aussiehst, als hättest du einen Wal verschluckt, und eine junge, hübsche –"

Ich schnaubte. „Süße, sie sieht aus, als hätte man sie grade zur hässlichsten Frau des Jahres gekürt."

Diesmal klang ihr Lachen vollkommen normal. „Oh. Das ist nicht sehr nett."

„Aber es stimmt. Jeder, der eine Schwangere angreift, ist hässlich." Ich führte sie um eine vereiste Stelle herum. „Wo müssen wir eigentlich lang?"

„Noch einen Block weiter. Du musst mich wirklich nicht bis nach Hause bringen."

„Natürlich muss ich das. Ich wäre ja eine verdammt miese Freundin, wenn ich dich alleine den Weg entlangrutschen lassen würde."

Es hatte sie vielleicht viel Zeit gekostet, bis zum *Mocha* zu gehen, aber für den Rückweg brauchten wir bei Weitem nicht so lange. Sie versuchte, mich zum Reinkommen zu bewegen, aber ich lehnte ab; Joy würde mir schon genügend den Arsch aufreißen, wenn sie mitbekäme, dass ich Brandy allein gelassen hatte. Ich verabschiedete Sadie an der Haustür und wartete, bis sie aufgeschlossen hatte.

„Ich will dich erst nach der Geburt wieder im Café sehen", sagte ich. „Dann kommst du mit deinem hübschen Kind und deinem superheißen Mann und lässt dich von nichts, was diese Zicke sagt, beeindrucken. Okay?"

„Danke." Sadie blieb in der Tür stehen. „Ich wusste, bevor ich ihn geheiratet habe, dass er eine Vergangenheit hat."

„Das ist doch gut, oder?" Trotz der Fäustlinge waren meine Hände kalt. Ich rieb sie gegeneinander, dann steckte ich sie in meine Manteltaschen.

„Ich bin mir nicht sicher, ob das gut oder schlecht ist – es ist einfach so. Ich weiß, ich hätte mich von ihr nicht aus der Fassung bringen lassen sollen. Danke, dass du mich nach Hause begleitet hast, Tesla. Das weiß ich zu schätzen." Sie zögerte wieder. „Du weißt, wenn du mal jemanden zum Reden brauchst ..."

Ich runzelte die Stirn. „Worüber?"

„Egal was. Ich hab meine Praxis zwar auf Eis gelegt, aber das heißt nicht, dass ich nicht mehr zuhören kann."

„Sehe ich aus, als ... bräuchte ich jemanden zum Reden?"

Sie lächelte. „Jeder braucht ab und zu jemanden, Tesla. Ich will nur, dass du weißt, dass ich für dich da bin. Falls dir mal danach ist."

„Okay. Danke." Ich runzelte wieder die Stirn, unsicher, was mich so sehr aussehen ließ, als bräuchte ich eine Schulter, um mich auszuweinen. „Geht es dir wieder besser? Ist alles okay?"

„Ja, alles gut. Danke noch mal."

Ich wartete, bis sie die Tür hinter sich geschlossen hatte, dann ging ich zurück zum Coffeeshop. Ich sah hinauf in den nachmittäglichen Himmel, der sich mit Schneewolken zuzog. Meine Wangen und meine Nase schmerzten in der Kälte, und auch meine Beine. Heute wäre es gut gewesen, eine Jeans anzuziehen. Zum Glück erreichte ich Darek übers Handy, sodass ich noch von unterwegs mit ihm ausmachen konnte, dass er ins Café kommen und mich ablösen würde.

Der Laden war leer, etwas, was so gut wie nie vorkam. Brandy sah mich stirnrunzelnd an, als ich reinkam. Sie ging mir entgegen und passte mich auf halbem Weg zum Tresen ab.

„Du hattest recht. Das war echt Mist, was ich da gemacht habe", sagte sie.

Ihre Entschuldigung war so unerwartet wie unelegant und hätte sich eh nicht an mich richten sollen. „Ja, das war es. Sadie ist eine unserer Stammkundinnen, Brandy. Und schwanger."

„Ich weiß. Ich weiß!" Sie schüttelte den Kopf. Ausnahmsweise kaute sie mal nicht ihr Kaugummi wie eine Kuh. „Das war dumm von mir. Ich fühlte mich einfach … keine Ahnung. Weißt du, wie beschissen es ist, wenn du weißt, dass du bei jemandem, der einen Rieseneindruck bei dir hinterlassen hat, nicht denselben gemacht hast?"

Ich sah sie kritisch an. „Ja."

Sie zuckte mit den Schultern. „Er hat sich noch nicht mal an mich erinnert. Er kam monatelang ein paarmal pro Woche in das Café, und ich hab ihn jedes Mal bedient. Wir gingen miteinander aus, wir gingen was essen, es war großartig. Und der Sex war …"

Sie seufzte, sah verträumt aus, dann wandte sie mir wieder den Blick zu. „Joe vermittelte mir das Gefühl, dass ich schön war, Tesla. Bei ihm fühlte ich mich wirklich schön. Doch dann … Keine Ahnung, vielleicht habe ich ein bisschen zu sehr gedrängt oder was auch immer. Und jetzt erkennt er mich noch nicht mal wieder. Ich weiß, dass ich abgenommen hab und so, aber trotzdem."

Ich wusste, was es bedeutete, dass jemand einem das Gefühl vermittelte, schön zu sein. Ich erkannte durchaus an, dass sie zugab, ein Idiot zu sein, aber das reichte nicht. „Was du getan hast, war wirklich bescheuert und gemein."

„Ich weiß. Und wenn sie das nächste Mal kommt, werde ich mich bei ihr entschuldigen." Brandy sah zerknirscht drein. „Ich mein es ernst. Bitte hasse mich nicht, Tesla, bitte."

Ich verzog das Gesicht, dankbar, dass keiner diesen Schmalz mitbekommen hatte. „Ich hasse dich nicht."

„Du kannst mich nicht leiden."

„Ich kenn dich kaum, das ist alles." Auch wenn sie recht hatte, wollte ich nicht gemein sein.

Brandy sah mich traurig an. „Wie auch immer. Aber ich arbeite jetzt hier, und es wäre toll, wenn wir miteinander auskommen würden."

„Hab ich dir das Gefühl gegeben, dass wir das nicht tun?"

„Nein, aber du kannst mich eigentlich nicht leiden. Das spüre ich."

Na toll, jetzt sollte ich mir auch noch Gedanken darum machen, dass ich vielleicht ihre Gefühle verletzt hatte. Ich hatte keine Zeit, ihr das Händchen zu halten. „Es tut mir leid, wenn ich dir das Gefühl gegeben habe. Hör zu, ich habe Darek gebeten, mich abzulösen, weil ich heute früher gehen muss."

„Der Typ, der gefeuert wurde?"

„Der gekündigt hat, aber ja, genau der."

Brandy verzog das Gesicht. „Ich bekomm das schon hin, bis Moira da ist."

„Joy möchte nicht, dass Moira und du hier alleine seid. Darek ist klasse. Du wirst ihn mögen. Versprochen." Ich sah auf die Uhr. „Verdammt, es ist niemand da."

Sie sah sich um. „Vermutlich sind alle shoppen und so."

„Genau das muss ich auch tun. Ich hab noch eine halbe Stunde, bis Darek da ist. So lange gehe ich nach hinten und bereite ein paar Sachen vor. Kommst du bis dahin alleine klar?"

Sie warf mir einen Blick zu. „Du meinst, ob ich mit dem total leeren Laden klarkomme? Ich denke schon."

In den nächsten vierzig Minuten bereitete ich Sachen für den nächsten Tag vor. Als ich, verärgert über Dareks Verspätung, nach vorne ging, schien der Laden vor Kunden zu bersten, und Darek und Brandy warfen sich schmachtende Blicke zu, während sie nebeneinander am Tresen arbeiteten.

„Hallo", sagte ich.

Er sah zu mir rüber. „Hey, ich hab's geschafft. Brandy zeigt mir gerade, was alles neu ist."

Neu war eigentlich nur sie, aber darauf wies ich ihn nicht hin. Wenn in Cartoons den Figuren Herzen in der Brust hämmern und aus ihren Augen fliegen, ist das ein Zeichen dafür, dass sie sich verliebt haben, meist auf den ersten Blick. Nun, das passiert im wahren Leben auch manchmal, nur ohne Cartoon-Herzen, aber dafür mit glühenden Blicken über gekühlte Süßspeisen hinweg.

Ich ließ sie mit sich allein. Ich hatte eine lange Liste von Dingen, die ich besorgen musste, um sie noch rechtzeitig auf die Post bringen zu können, wie zum Beispiel bestimmte Snacks aus Pennsylvania, die meine Mutter in Cali vermisste. Ich kaufte auch noch ein paar Tüten Lebensmittel für Cap, wo ich schon dabei war. Meiner Meinung nach die richtige Art Geschenk, da mein Bruder gerne Riesenmengen futterte. Ich fand Spielsachen für Simone und Max und auch einen süßen kleinen Plüschschneemann für das kommende Baby.

Und dann, als ich von einem berstend vollen Geschäft zu meinem Wagen hinüberging und an einem Schaufenster vorbeikam, in das ich sonst nie einen Blick warf, spürte ich, wie meine gesamte Welt knirschend und stotternd zum Stehen kam.

Ich hatte natürlich schon vom *Green Bean* gehört. Vom *Mocha* aus gesehen, lag es auf der anderen Seite der Stadt und stand deshalb nicht unbedingt in Konkurrenz zu ihm, aber es war eines der bekannteren Cafés in der Gegend. Und wer saß hier, in der Nähe der Frontscheibe, und tippte irgendwas auf seinem Laptop? Meredith.

Ich blieb mitten auf dem Parkplatz stehen, verdeckt von zwei Wagen, die Hände voller Einkaufstüten, die schnell zu schwer wurden. Sie saß allein an ihrem Tisch, aber nahe genug zu den anderen Gästen, dass sie sich mit ihnen unterhalten konnte. Sie sah auf und lachte, während ich sie beobachtete.

Sie warf ihr Haar über die Schulter, lehnte sich vor, um sich mit dem Mann neben sich zu unterhalten. Er gestikulierte wild, und sie lachten wieder gemeinsam.

Es war für mich genauso schlimm, als würde ich sie dabei ertappen, wie sie nackt einem fremden Mann einen blies. So schrecklich fühlte es sich an. Brutal und atemberaubend und schmerzhaft. Sie hatte mir gesagt, dass sie an den kalten Wintertagen zu Hause arbeitete, damit sie nicht rausgehen musste. Dass sie die Barista zu Hause hatte und sich deshalb keinen Kaffee mehr zu kaufen brauchte.

Meredith hatte mir vieles erzählt, und es schien, als wäre zumindest ein großer Teil davon gelogen.

34. KAPITEL

Ich erwähnte nicht, was ich gesehen hatte. Es hätte sich albern angehört, ihr vorzuwerfen, dass sie mich mit einem anderen Café betrog. Und vielleicht war es ja auch nur Zufall gewesen. Vielleicht war sie, wie ich, shoppen gewesen und hatte beschlossen, auf ein Heißgetränk einzukehren. Denn, egal wie sich das für mich anfühlte, es würde zu ihr passen: ihren Kaffee da zu trinken, wo sie gerade Lust drauf hatte.

Sie bemerkte nicht, dass ich still war, aber Charlie tat es. Er fragte mich nicht nach dem Grund, sondern zog mich nur zu sich heran, um mir einen Kuss auf die Schläfe zu geben und mir das Haar aus der Stirn zu streichen. Seine Umarmung tröstete mich. Ich lehnte mich bei ihm an, sog seinen guten Seife-und-Wasser-Geruch ein. Seine Wärme.

„Ich denke, wir sollten den Skiurlaub canceln", sagte Meredith während des Abendessens, das sie für uns gekocht hatte, als wir beide nach Hause kamen.

Pasta, Sauce, Salat, Knoblauchbrot. Es war das erste Mahl, das wir in dieser Woche alle gemeinsam einnahmen, aber es hatte einen bitteren Beigeschmack für mich. Es schmeckte nach Bestechung.

„Was? Warum?" Charlie wischte ein bisschen Sauce mit seinem Brot auf. „Ich dachte, du hättest schon was gebucht?"

„Nein." Meredith warf ihm von der Seite einen Blick zu. „Nun, es ist verdammt hart, etwas für drei zu finden, das ist alles. Es gibt massig Angebote für zwei oder vier. Kein einziges für drei. Wir müssten zwei Zimmer buchen, was doppelt so viel kostet."

Ich führte gerade eine Gabel voll Spaghetti zum Mund und nutzte das als Ausrede, um nur mit einem Schulterzucken zu reagieren. Meredith wandte sich wieder Charlie zu. Er sagte erst einmal nichts, dann sah er mich an.

„Wie wär es mit einem Zimmer mit zwei Betten?", schlug er vor.

Meredith hatte seinen Blick gesehen und runzelte die Stirn. „Ich bezahl nicht all das Geld, um dann beengt in einem Bett zu schlafen."

„Du kannst ein Bett für dich allein haben“, bot er an. „Ich teile mir eins mit Tesla.“

Ich zuckte zusammen. „Fahrt ihr beiden. Ich bleibe hier.“

Er wandte sich zu mir um. „Aber du hast dir doch schon Urlaub genommen, oder?“

„Es ist schon okay. Fahrt ihr beiden.“ Aber eigentlich wollte ich nicht, dass die beiden alleine fuhren; ich wollte nicht zurückbleiben. Ich hatte mich so auf den Skiurlaub gefreut. Jacuzzi, ein Schlafzimmer mit Kamin, all so was.

Charlie trank einen Schluck von dem Wein, den Meredith ihm eingeschenkt hatte. „Ich schätze …“

„Nein.“ Sie schüttelte den Kopf. „Ich kann jetzt nichts mehr buchen. Es ist zu spät.“

Charlie legte mit einem Klirren die Gabel hin. „Ich dachte, du kümmerst dich darum, Meredith.“

Ich wollte mich in Luft auflösen. Einfach verschwinden. Ich wollte während des Showdowns nicht dabei sein. Aber alles, was ich tun konnte, war, auf meinen Teller zu starren und so zu tun, als würde ich das Essen genießen, das sich jetzt wie Sand zwischen meinen Zähnen anfühlte.

„Ich hab es doch versucht.“ Sie machte ein finsteres Gesicht. „Es ist einfach nicht möglich.“

„Du hättest mir sagen können, dass du Schwierigkeiten damit hast. Ich hätte dir geholfen. Hätte mir paar Sachen im Internet angeguckt“, begann Charlie.

„Himmel, Charlie, ich bin ja nicht vollkommen bekloppt. Ich habe überall nachgesehen. Aber dir ist schon klar, dass Vermont in der Weihnachtszeit ziemlich früh ausgebucht ist, oder? Was soll ich deiner Meinung nach tun? Zaubern?“ Sie hieb auf ihre Pasta ein. „Ich hab dir gesagt, es gibt nichts Vernünftiges für drei. So ist es nun mal.“

„Ihr müsst mich nicht unbedingt mitnehmen“, sagte ich.

Sie sah mich an. Ihr Lächeln verschwand langsam, und etwas Dunkles flatterte in ihrem Blick auf. „Nein. Ich schätze, das müssen wir nicht.“

„Natürlich tun wir das.“ Er drehte sich mir zu. „Ich dachte, du wolltest mitkommen.“

„Nein. Ist schon okay.“ Ich zuckte die Schultern und trank etwas von meinem Wein. „Fahrt doch zu zweit, falls ihr noch etwas reservieren könnt. Das solltet ihr unbedingt.“

Charlie sah nicht sehr glücklich aus, aber er sagte nichts weiter dazu. Später, als ich den Abwasch machte, näherte sich Meredith mir von hinten, schlang ihre Arme um mich und legte ihr Kinn auf meine Schulter.

„Mmhhm“, murmelte sie mir ins Ohr. „Du riechst so gut.“

„Hattest du einen schönen Tag?“, fragte ich, ohne mich umzudrehen. Meine Hände waren voller Schaum.

„Oh. Ja, er war okay. Ziemlich zäh. Ich hab mich stundenlang mit Quittungen beschäftigt und recherchiert. Hey, was hältst du davon, wenn ich noch ein Party-Geschäft übernehme?“

Ich schrubbte die Pfanne, in der sie die Zwiebel und den Knoblauch angeschwitzt hatte. „Was für eins denn?“

„Oh. Nun, es gibt da so eine wirklich lustige Party-Firma mit allen möglichen erotischen Accessoires, Sexspielzeug und so. Die wollte ich mal ausprobieren. *Drunter & Drüber*?“

Sie bewegte ihre Hände in kleinen Kreisen auf meinem Bauch, während meine das Gleiche im schaumigen heißen Wasser taten. „Du verkaufst doch schon *Kitchen-Classics*, *Wachsflamme* und *Jangle Bangles*. Wie willst du das zeitlich schaffen?“

Ihre Hände hielten inne. „Du hältst nichts von der Idee.“

„Was sagt Charlie dazu?“

„Hab ihn nicht gefragt. Wieso sollte ihn das auch was angehen?“

Ich spülte die Pfanne in klarem Wasser, trocknete mir die Hände ab und drehte mich dann zu ihr um. „Aus demselben Grund, warum ihn das alles was angeht. Erstens ist er dein Mann. Zweitens brauchst du vermutlich Geld für die Erstausstattung, stimmt's? Und drittens … Sexspielzeug? Meredith, das Zeug ist … Nun, du weißt, wie er wegen seiner Schule ist.“

Sie verzog das Gesicht und schob sich ein Stück von mir fort. „Ich habe genügend Geld für die Ausstattung. Ich habe diese und nächste Woche jeden Abend eine Party und zwei an den Wochenenden, plus die Bestellungen, die über meinen Homepage-Verkauf reinkommen. Und ich bin es so leid, mir wegen Charlies verdammter Schule Gedanken zu machen. Verflucht noch mal, Tesla, er lebt mit zwei Frauen zusammen. Meinst du, es würde so einen großen Unterschied machen, wenn irgendjemand wüsste, dass seine Frau Dildos verkauft?"

„Keine Ahnung. Dann mach es halt", sagte ich verärgert. „Was geht mich das an?"

Sie runzelte die Stirn. „Wow, was machst du denn für ein zickiges Gesicht?"

Ich zuckte die Schultern.

Ihre Augen wurden schmal. „Was ist los mit dir? Ernsthaft, Tesla. Ich versuche, etwas mit dir zu teilen, über das ich mich freue, und du tust so, als würde ich einen Welpen ertränken. Ist es wegen des Urlaubs?"

Ich öffnete den Mund, um sie mit dem Café zu konfrontieren, aber sie küsste mich, bevor ich etwas sagen konnte. Ein langer, verführerischer Kuss, der mir den Atem nahm und mich vergessen ließ, dass ich sauer war. Sie liebkoste meine Zunge mit ihrer und schob ihre Hand zwischen meine Beine.

„Es tut mir leid, Süße", sagte sie gegen meine Lippen, mit diesem Lächeln, das mich jedes Mal umhaute. „Ich hab wirklich alles versucht. Aber nächsten Sommer können wir drei gemeinsam wegfahren. Zu irgendeinem aufregenden Ort. Versprochen."

Es war schwer, ihr zu widerstehen, und ehrlich gesagt wollte ich das auch gar nicht. Ich ließ sie ihre Finger in meinen Slip schieben, um meine Klit leicht zu reiben. Sie knabberte an meinem Nacken, als sie ihre Finger weiter nach unten schob, in mich hinein.

„Lass uns Charlie suchen", sagte sie. „Ich denke, er muss diese Möse lecken."

Was hätte ich da zu diskutieren anfangen sollen? Aber danach, als sie beide eingeschlafen waren, ging ich in mein Bett und lag noch lange wach.

35. KAPITEL

Es würde das erste Weihnachten seit der Geburt von Simone und Max werden, bei dem ich nicht da war, wenn sie aufwachten und nachsahen, was ihnen der Weihnachtsmann gebracht hatte. Elaine hatte mir gesagt, ich sei herzlich eingeladen, bei ihnen zu übernachten, in meinem alten Zimmer – aber da die Stimmung zwischen Vic und mir immer noch eisig war, wollte ich das nicht. Was immer zwischen uns zerbrochen war, brauchte äußerst lange, um wieder zusammenzuwachsen, zu heilen. Das gefiel mir nicht, aber ich war mir auch nicht sicher, ob ich schon bereit war, etwas daran zu ändern.

Cap verbrachte, zu meiner Überraschung, das Weihnachtsfest mit Missy.

„Aber was ist mit Lynds?" Ich reichte ihm den Schraubenschlüssel, auf den er zeigte.

Er zuckte die Schultern und beugte sich über den Motor, den er gerade reparierte. Seitdem Vic wieder undercover ermittelte, verbrachte Cap mehr Zeit in der Werkstatt. Tja, wenn er nicht grad Missy vögelte, wie es schien. Die Vorstellung war merkwürdig – nicht, dass ich viel Zeit mit den Details verlor … Arrg. Allein, dass er mit jemand anderem als Lyndsay zusammen war. Ich hatte immer angenommen, er würde letztlich mit ihr zusammenkommen, wenn nur einer von beiden den Kopf aus dem Sand ziehen und sagen würde, was er oder sie empfand.

„Was ist mit ihr?"

„Du hast die letzten zwei Jahre den Weihnachtsmorgen mit ihr verbracht."

„Nicht dieses Jahr." Cap richtete sich auf. „Was ist mit dir?"

„Ich esse vermutlich bei Elaine und Vic zu Abend. Sie will mich dabeihaben. Kommst du auch?"

„Vic will dich übrigens auch dabeihaben."

Ich zuckte die Schultern. Cap verdrehte die Augen. Ich seufzte.

„Auf jeden Fall“, sagte ich, „werde ich den Weihnachtsmorgen mit Meredith und Charlie verbringen. Danach fahren sie zu Merediths Mutter. Da kann ich schlecht mitkommen. Also.“

Cap legte den Schraubenschlüssel weg und wischte sich die Hände an einem Lappen ab. „Also. Wie lange willst du das noch machen?“

„Was? Dir helfen? Ich muss um drei auf der Arbeit sein.“

„Nicht das hier“, erwiderte Cap. „Das, was du mit ihnen machst.“

Seine Frage traf mich tief, weil ich sie mir selbst oft genug gestellt hatte. „So lange, wie ich es eben mache. Und es ist kein ‚das‘ oder ‚was‘. Es ist eine Beziehung. So wie die, die du mit wie-hieß-sie-nochmal hast.“

„Oh nein. Nicht wie die, die ich mit Wie-hieß-sie-noch mal habe. Da gibt es nur eine Sie und ein Ich.“

„Missy“, sagte ich. „Sie heißt Missy.“

„Ich weiß, wie sie heißt.“ Mein Bruder runzelte die Stirn. „Stell dich nicht dumm, Tesla. Du weißt, was ich meine. Wie lange willst du noch die Affäre sein, das dritte Rad am Wagen?“

„Ich bin nicht das dritte Rad am Wagen. Ich bin Teil ... Ich bin ... Wir haben eine Vereinbarung. Wir sind ... So ist es nicht.“ Ich hielt inne. „Es ist auch nicht wie bei Mom und Dad.“

„Sie sind miteinander verheiratet, du nicht.“

Ich schluckte Bitterkeit hinunter, hasste es, dass ich nichts dagegen sagen konnte, hasste es, dass ich am liebsten gelogen hätte. „Ja. Nun. Wer sagt, dass ich heiraten will?“

„Du willst nicht irgendwann mal heiraten?“ Cap schüttelte den Kopf. „Scheiße, Tesla, das ist doch totaler Mist. Ich weiß, dass du das willst. Und du willst Kinder, oder? Irgendwann?“

„Irgendwann ist nicht heute.“

Caps Mund zuckte. „Es könnte schon morgen sein. Das weiß man nie.“

„Was ist mit dir?“, ging ich zum Gegenangriff über. „Bist du bereit, um Missys Hand anzuhalten? Sie zu schwängern? Willst du eine Haustür?“

Cap kannte den Adam-Ant-Song genauso gut wie ich. „Alles, was ich will, ist ein Haus auf dem Land. Genau."

„Mit Missy?"

Er sagte nichts. Das brauchte er auch nicht. Ich klopfte ihm auf die Schulter.

„Also", fragte ich, „wie lange willst du das machen?"

„Ahhh, Scheiße", sagte Cap.

Darauf lief es hinaus.

36. KAPITEL

Alles sieht hübscher aus im Schein eines Weihnachtsbaums. Ich schüttelte keines der Päckchen unter dem Baum, aber schob ein paar darunter – kleine Überraschungen zusätzlich zu denen, die ich gemeinsam mit Meredith und Charlie hingelegt hatte. Geschenke am Heiligabend zu öffnen – und nicht am ersten Weihnachtstag, so wie es Tradition war – fühlte sich an wie Betrug. Aber wenn Meredith es so wollte … Nun, Charlie und ich würden wieder mal mitspielen.

„Wir beginnen dem Alter nach", erklärte sie nach unserem reichhaltigen und leckeren Abendessen, Schweinebraten mit allem Pipapo. „Erst Charlie, dann ich, dann du."

Mir war das egal. Es würde mir genauso viel Spaß machen, ihnen beim Öffnen ihrer Geschenke zuzusehen, wie meine auszupacken. Charlie sah unglaublich sexy aus in dem Sweater, den ich für ihn ausgesucht hatte, und Meredith machte „Aaah" und „Oooh" wegen des handgefertigten Glasschmucks, den ich ihr gekauft hatte. Sie sagte nichts zu dem Milchaufschäumer, der Charlie so sehr gefiel. Aber sie hatte ihm eine Thermotasse für unterwegs gekauft sowie einen ganz besonderen Kaffee, sodass unsere Geschenke gut zueinanderpassten.

„Du bist dran, du bist dran!" Meredith grinste, als sie mir ein schweres Paket überreichte. „Ich kann es kaum erwarten, dass du es aufmachst."

Ich hob es hoch. Es fühlte sich schwer genug an für Bücher. Oder Werkzeug. Zu schwer für Kleidung. Vielleicht waren es ja neue Stiefel … vielleicht Skistiefel. Vielleicht wollte sie mich ja damit überraschen. Vielleicht hatte sie doch noch einen Weg gefunden, wie wir zu dritt wegfahren konnten …

„Mach es auf", befahl Meredith. „Die Spannung bringt mich noch um."

Ich fummelte am Klebeband herum. Sie gehörten beide zu der Sorte Mensch, die das Papier einfach aufriss, aber ich öffnete ein Geschenk lieber vorsichtig und hob das Papier auf, auch wenn ich es später dann doch nie verwendete. Lachend warf sich Meredith auf mich, bis ich schließlich das Papier um den Karton herum aufriss.

Es gibt immer diesen Moment, bevor man ein Geschenk öffnet in dem die Möglichkeiten unendlich sind, wenn es alles sein könnte, und du hoffst, dass es genau das ist, was du dir wünschst – egal, was es ist. Besonders, manchmal, wenn es etwas ist, mit dem du nicht gerechnet hast, das du aber trotzdem unbedingt haben willst. Diese kurzen Augenblicke, wenn das Papier zur Seite fällt und der Karton aber noch nicht geöffnet ist … Sie dauern eine Ewigkeit an, und wenn du dann das Päckchen vollständig öffnest und siehst, dass jemand dich gut genug kannte und es ihm wichtig genug war, genau das Richtige für dich zu besorgen … Das ist Magie.

Oder auch nicht. So wie in diesem Fall.

Ich starrte auf die Zusammenstellung von dicken Dildos und Vibratoren in grellen Pink- und Lilatönen. Einer hatte die Form eines Schmetterlings, mit einem kompliziert aussehenden Geflecht aus Riemen und einem Kabel, das zu einer Fernbedienung führte. Ein Set Liebeskugeln aus Metall. Ein paar Tuben Gleitgel. Einige Dinge hatten ein Logo mit einem Namen, den ich wiedererkannte: *Drunter & Drüber*.

Ich brachte keinen Laut hervor. Nicht, weil mir die Worte fehlten – davon gab es so einige, die sich wie Erbrochenes meinen Hals hinaufschoben. Meredith schien es nicht zu bemerken, sondern plapperte irgendetwas von unterschiedlichen Anwendungsmöglichkeiten. Das war schlimmer als die Episode bei den „Simpsons“, als Homer Marge eine Bowlingkugel kauft, weil er selbst gern eine hätte. Schlimmer, als ein Wörterbuch statt einer Videospielkonsole geschenkt zu bekommen. Schlimmer als Klamotten in der falschen Größe, die einen zum Abnehmen ermutigen sollen.

„Mit all dem Zeug brauchst du mich ja nicht mehr“, murmelte ich.

Ich sah Charlie an, dessen Lächeln mich zumindest ein wenig beruhigte. „Plastikzeug und Batterien können dich nicht ersetzen", meinte er.

„Es gefällt dir nicht." Merediths Lächeln wurde säuerlich. Sie zog das Seidenpapier über das Spielzeug und setzte sich zurück. „Ich habe wirklich lange darüber nachgedacht, was davon dir am besten gefallen könnte, Tesla."

Vor ein paar Wochen noch hätte ich sie beruhigt, ihr gesagt, dass ich großartig fand, was sie ausgesucht hatte. Vermutlich hätte ich sogar gleich ein Spielzeug hervorgezogen und es ausprobiert, nur um es ihr zu beweisen. Aber das konnte ich jetzt einfach nicht. „Ich bin mir sicher, das hast du getan."

Das war das Schlimmste: Ich glaubte ihr, dass sie ernsthaft darüber nachgedacht hatte, was mir gefallen könnte – und dann so komplett danebengegriffen hatte. Nicht nur ein kleines bisschen falsch, sondern ganz fürchterlich und bedeutsam falsch.

Sie legte den Deckel auf den Karton. „Tja. Zum Glück kann ich ja alles gegen einen Gutschein umtauschen."

Der Witz war mau, aber zumindest war es ein Witz. Ich lehnte mich vor, um ihr einen Kuss zu geben, und erwischte ihre Wange. „Das brauchst du nicht. Wir werden Spaß damit haben."

Sie zuckte die Schultern. „Schon okay. Kannst du die Ohrringe umtauschen, die du mir gekauft hast? Gegen eine andere Farbe?"

Jetzt benahm sie sich wie ein kleines Biest, aber das war in Ordnung. Damit kam ich schon klar. „Natürlich. Kein Problem. Ich kann sie auch ganz zurückgeben."

Ihr Blick flackerte. Sie wollte nicht, dass ich die Ohrringe zurückgab; sie gefielen ihr, das wusste ich. Aber sie zuckte die Schultern und schenkte mir ein gekünsteltes Lächeln. „Gut. Prima."

„Ich hab noch was für dich", sagte Charlie, und wir drehten uns beide zu ihm um. Er hielt mir eine kleine Schachtel hin, die in hübschem blau-silbernem Papier eingewickelt war. „Hier, Süße."

Die Schachtel passte in meine Handfläche, hatte aber das Gewicht eines Versprechens. Ich legte meine Finger über den Deckel. Etwas in der Box verrutschte.

„Mach es auf", sagte Charlie.

Ich tat es. Eingebettet in ein Nest aus weißem Samt lag ein schlichtes, wellenförmiges Armband aus glänzendem Silber. Es war wunderschön. Es war perfekt.

Ich liebte es.

„Danke!“ Ich nahm es aus der Schachtel und schob es über mein Handgelenk. Das Silber nahm innerhalb von Sekunden die Wärme meiner Haut an. Es war eng genug, dass es mir bei der Arbeit nicht im Weg sein würde, und ich drehte meinen Arm hin und her, bewunderte es.

Es gab keinen Grund, warum ich zögern sollte, Charlie zum Dank zu küssen, aber dennoch tat ich es. Meredith hatte zugesehen, wie er mich mit der Zunge zum Höhepunkt brachte, hatte gesehen, wie wir miteinander vögelten, bis wir nicht mehr konnten. Aber dass sie mir zusah, wie ich ihn küsste, fühlte sich irgendwie falsch an.

Ich küsste ihn trotzdem.

„*Jangle Bangles* hat eine Kette, die dazu passt“, sagte sie, während wir uns noch küssten. „Die zeige ich dir im Katalog.“

Ich setzte mich auf. Ich hatte noch nie etwas von *Jangle Bangles* gekauft, aber ich war mir sicher, dass die Kette nicht dazu passen würde. „Ja, klar. Das wäre schön.“

Sie stand auf, sah zu uns beiden hinunter. „Ich habe noch etwas für euch beide. Eine Überraschung.“

Charlie sah sich in dem Chaos um, das wir im Wohnzimmer fabriziert hatten – Berge von Geschenkpapier, Schnüren und Schleifen –, dann hoch zu seiner Frau. „Was ist es denn?“

„Es geht nicht darum, was es ist, sondern *wo*.“

Ich kannte ihr Lächeln und das Glimmern in ihren Augen. Ich kannte die Art, wie sie sich mit der Zunge über die Lippen fuhr. Ich wusste, dass sie etwas vorhatte, aber ich hatte keinen blassen Schimmer, was.

„Kommt schon. Lasst uns gehen.“ Meredith hielt uns beiden die Hände hin.

Charlie und ich folgten ihr.

37. KAPITEL

„Wo fahren wir eigentlich genau hin?“ Charlie saß am Steuer, aber Meredith hatte eine Adresse in das Navi eingetippt, dessen monotone Stimme jetzt Anweisungen von sich gab.

Ihre Augen leuchteten im Licht des Armaturenbretts. Sie drehte sich zu mir auf dem Rücksitz um. „Es ist ein Club. Eine besondere Party, zu Weihnachten.“

„Tanzen?“ Charlie verzog das Gesicht. „Du weißt, dass ich nicht gerne tanze.“

„Du musst nicht tanzen. Tesla und ich können tanzen. Du kannst zugucken.“ Sie lehnte sich zu ihm rüber, strich mit ihren Fingern die Knöpfe seines Hemds hinab und warf mir einen verführerischen Blick zu. „Oder andere Sachen machen.“

Charlie lachte. „Was für andere Sachen sollte ich in einem Club machen wollen?“

„In dem Club, in den ich mit euch will, kannst du alles machen, was du willst.“

Charlie wirkte verwirrt. „Meinst du so was wie *Spanky's*?“

Das war ein Striplokal, wenn auch nicht so ein gehobenes. Im *Spanky's* gab es Peep-Show-Kabinen und einen Sexspielzeugladen, dazu, wie ich gehört hatte, einen ziemlich schmuddeligen Clubbereich im hinteren Teil mit dunklen Separees und klebrigen Sitzen. Argg.

Meredith verzog das Gesicht. „Igitt. Nein. Dieser Club ist privat. Du brauchst eine Einladung.

Charlie begriff es immer noch nicht. „Wie ein Country Club?“

Sie lachte leise. „In gewisser Weise. Nur nicht für Golf.“

„Wofür dann?“

Ich wusste es, bevor sie es aussprach. „Sie meint für Swinger.“

„Swinger …“ Charlies Augenbrauen hoben sich. „Was?“

„Sie möchte in einen Swingerclub gehen.“ Ich sprach mit ihm, sah aber sie an. „Womöglich bei jemandem privat zu Hause, auch wenn es wie ein Club inszeniert ist. Du brauchst eine Einladung dafür, weil es eigentlich eine private Party ist. Stimmt's?"

„Es wird dir Spaß machen", sagte Meredith. „Versprochen."

Selbst in einem Swingerclub gab es für drei keine richtige Regelung. Charlie und Meredith kamen problemlos als Paar rein – etwas, das für Charlie allein schwer bis unmöglich gewesen wäre. Und ich?

Ich war das letzte Einhorn.

Alleinstehend, bisexuell, weiblich, bereit, mit Paaren ins Bett zu gehen. Ich war das, wonach alle immer suchten, die meisten jedoch vergeblich. Als ich das auf dem Parkplatz zu Charlie sagte, kurz bevor wir reingingen, lachte er ungläubig.

„Es stimmt", sagte Meredith zu ihm. Sie hakte sich bei mir unter. Wir hatten uns zu Hause noch umgezogen, richtig aufgebrezelt, und mit meinen hohen Absätzen war ich endlich fast so groß wie sie. Sie drückte ihr Kinn auf meine Schulter, hielt mich dicht neben sich. „Unsere Tesla wird ein sehr beliebtes Mädchen sein."

„Ich möchte nicht, dass sie beliebt ist", sagte Charlie. „Und bist du dir sicher –"

Meredith küsste ihn, damit er nicht weitersprach. „Ich weiß, du machst dir Sorgen, aber sieh es doch mal so: Niemand wird die Schulleitung anrufen. Jeder, der dich sieht, müsste ja erst mal erklären, was er selbst hier macht."

Charlie war nicht vollkommen überzeugt, das sah ich, aber ich wusste, dass sie recht hatte. „Es hat schon einen Grund, warum die Leute ihr Sexleben unter Verschluss halten, Charlie."

„Komm schon. Sei kein Spielverderber", sagte Meredith. „Es wird dir Spaß machen."

„Das erwähntest du schon." Charlie hakte sich bei mir auf der anderen Seite unter. „Aber wir müssen nichts machen, oder? Nur zugucken."

„Nichts, was du nicht tun möchtest", versprach sie. „Kommt, ich friere mir hier draußen noch den Arsch ab."

Der Club war tatsächlich in einem Privathaus, einer langen, niedrigen Farm auf einem schönen eingezäunten Gelände und nur über einen langen Feldweg zu erreichen. Im hinteren Teil gab es einen Pool, der jedoch über den Winter geschlossen war, auch wenn drei oder vier Whirlpools vor sich hin dampften und blubberten. In dem überdachten Gang zwischen Haupthaus und einer ehemaligen Garage, in der jetzt ein Spielzimmer untergebracht zu sein schien, standen mehrere Wohnwagen. Alles war mit bunten Lichterketten erleuchtet. Auf dem Dach stand ein winkender Weihnachtsmann mit seinem Schlitten.

„Das ist ja ein ganzer Komplex", sagte Charlie, als wir die Eingangsstufen hinaufstiegen.

Der Mann, der uns die Tür öffnete, trug eine Jeans ohne ein Hemd darüber und schien kein Problem mit der Kälte zu haben. Seine Brustwarzen waren gepierct, und um den Bauch hatte er ganz schöne Speckröllchen – die nicht besonders anregend waren. Als ich Charlies Gesichtsausdruck sah, musste ich mich gewaltig zusammennehmen, um nicht laut loszulachen.

„Hi. Ich hatte vorhin angerufen und mit Len gesprochen", sagte Meredith, als würde sie so was ständig machen. „Drei auf den Namen Smith."

„Na klar, kommt rein! Ich bin Harve. Kommt rasch ins Warme." Harve führte uns in ein kleines Wohnzimmer, das im Stil eines Pornos aus den Siebzigerjahren gestaltet war: Ledersofas, Teppiche mit Tigerstreifen, Lavalampen.

Leute in allen Bekleidungsstadien, überwiegend jedoch nackt, saßen in kleinen Grüppchen herum und unterhielten sich.

„Wohnzimmer", sagte Harve unnötigerweise. „Die Spendenbox steht hier. Nur Bargeld. Die vorgeschlagene Höhe der Spenden ist auf dieser Tafel aufgelistet. Die Küche ist da drüben. Wir haben Knabberzeug und Getränke – werft das Geld einfach in die Box. Die Bar ist unten im Keller. Wir haben da auch ein Spielzimmer und eine Tanzfläche eingerichtet. Ein weiteres Spielzimmer gibt es draußen. Der Pool ist geschlossen, aber ihr könnt die Whirlpools benutzen. Badekleidung kein Zwang. Und da das unsere Weihnachtsparty ist, haben wir auch eine Tombola. Mit tollen Gewinnen. Großbildfernseher und so was. Fünf Lose für fünf Dollar.

Er schenkte uns ein breites Lächeln und drückte uns allen eine Broschüre in die Hand. „Hier stehen die Regeln drin. Wenn es irgendwelchen Ärger gibt, dann ruft ihr mich oder Len, okay? Macht es euch gemütlich. *Mi casa es su casa*, kapiert?“

Meredith nickte. „Danke!“

Charlie und ich murmelten ebenfalls einen Dank. Charlie blätterte schon durch die Broschüre, zumindest bis Meredith ihn anstieß, damit er sie weglegte.

„Du lässt uns dastehen wie die totalen Anfänger“, zischte sie. „Mensch, Charlie!“

Ich hakte mich bei ihm unter. „Schon in Ordnung. Ich geb dir eine Einführung. Ich sehe nicht viele alleinstehende Männer hier, auch wenn das schwer zu sagen ist. Zu allererst: Es wird sich dir vielleicht jemand nähern, um dich zu fragen, ob du zugucken oder mitmachen möchtest. Du kannst Nein sagen, und Nein meint auch definitiv Nein. Wenn du bei jemandem mitmachen oder zugucken möchtest, dann fragen Meredith oder ich, nicht du.“

Charlie schien sich nicht sehr wohl zu fühlen. „Du weißt ja einiges darüber.“

Ich zuckte die Schultern und sah mich um. Es war hier offensichtlicher und direkter als im *Compound*, aber ich hatte damals ja auch keinen Zugang zu den Räumen der Erwachsenen gehabt. „Was soll ich sagen? Das Internet bildet, Charlie.“

„Kommt, lasst uns was zu trinken holen. Charlie, leg das Geld in die Box.“ Meredith ging bereits in die Küche, die aussah wie eine ganz gewöhnliche Küche, nur dass am Kühlschrank eine Preisliste hing und auf der Arbeitsfläche noch eine Spendenbox stand.

Charlie nahm ein paar Scheine aus seinem Portemonnaie und stopfte sie durch den Schlitz. „Hast du so was schon mal gemacht, Tesla?“

Ich schüttelte den Kopf und hielt immer noch seinen Arm fest, als wir in die Küche gingen. „Nein."

Er blieb stehen, um mich anzusehen. „Du weißt einfach, wie es geht?"

Ich zuckte die Schultern und lächelte ihn an. „Ich weiß viele Dinge."

„Wegen deiner Eltern?"

Ich nickte. „Sie haben solches Zeug von mir und Cap ferngehalten, aber du weißt schon. Kinder kriegen so was mit."

Charlie nickte ebenfalls und sah sich im kombinierten Küche- und Essbereich um. Meredith hatte sich bereits ein Bier geöffnet und unterhielt sich mit einer Frau in einem roten Kleid. Sie hatte einen gigantischen Busen, und ihre Nippel waren durch den Stoff hindurch zu sehen. Sie zeigte auf den Mann neben sich. Er trug Jeans und, wie Harve, kein Hemd darüber, aber zumindest war er besser in Form.

„Charlie, Baby, willst du ein Bier?" Meredith reichte ihm eins. „Tesla?"

„Nein danke." Ich schüttelte den Kopf. „Ich stelle mich als Fahrer zur Verfügung."

„Gut."

Meredith stellte uns ihre neuen Bekannten Steff und Kirk vor. Sie sagte, dass Charlie ihr Ehemann sei, aber nichts von meiner Beziehung zu ihnen.

Steff sah mich an, also wollte sie mich am liebsten auffressen. „Hi."

Charlie zog mich ein wenig dichter an sich heran. „Hi."

„Das erste Mal?", fragte Steff.

„Das merkt man, hm?" Charlies Lachen war ein bisschen zu laut.

Steff beäugte ihn. „Oh. Absolut. Aber mach dir keine Sorgen, Charlie, morgen früh hast du vergessen, dass du Angst hattest."

„Ich habe keine Angst." Charlie hielt sich die Flasche an den Mund.

Steff lächelte ihn etwas freundlicher an. „Schön."

Dann wandte sie sich Meredith zu und überließ es Kirk, sich mit mir und Charlie zu unterhalten. Wie sich herausstellte, war er Steffs Gast, da Single-Männer eingeladen werden mussten. An der Art, wie sie ganz nebenbei und ohne größere Heimlichkeiten seinen sich hervorwölbenden Schwanz streichelte, war abzulesen, dass Kirk und Steff ab und zu miteinander schliefen, aber er war nicht ihr Mann oder auch nur ihr Freund.

„Es ist toll unten. Da ist eine Tanzfläche und ein paar private Räume“, sagte Steff. „Wollt ihr euch das mal ansehen?“

„Auf jeden Fall.“ Meredith grinste uns über die Schulter an und folgte Steff, mit Kirk dicht dahinter.

Charlie blieb auf der obersten Treppenstufe stehen. Sein Gesicht war ernst, als er mich ansah. Das gleichmäßige Dröhnen der Disco Beats vibrierte unter unseren Füßen, und das Treppenhaus flackerte in bunten Farben auf. Er musste seinen Mund dicht an mein Ohr halten, damit ich ihn hören konnte.

„Tesla, bist du dir sicher, dass du das hier tun willst?“

„Wir sind zusammen, Charlie. Es ist in Ordnung. Ich hab dir gesagt, niemand wird dich zu irgendetwas zwingen, worauf du keine Lust hast. Das gehört zur Etikette. Ich bin mir sicher, dass wir Leute sehen werden, die miteinander vögeln oder Petting machen“, sagte ich, „aber du musst nichts tun, was du nicht tun willst.“

„Ich vögel gern“, murmelte Charlie, und seine Hände fuhren über meinen Körper. „Und Petting finde ich auch ganz gut.“

Ich lachte und entwand mich seiner Umarmung. „Ja, ich glaube, daran kann ich mich erinnern.“

Meredith tanzte bereits, als wir auf dem untersten Treppenabsatz ankamen. Sie drehte sich zu uns um, und ihre Augen leuchteten so begeistert, wie ich es lange nicht mehr gesehen hatte. Sie winkte uns zu sich heran und verzog das Gesicht, als Charlie zögerte.

„Niemand wird mich zu irgendetwas zwingen, das ich nicht will“, sagte er. „Niemand, außer vielleicht meine Frau.“

Ich schob ihn vorwärts. „Es ist kein Tanzwettbewerb. Beweg

die Füße einfach vor und zurück. Du bist nur hier, um mit uns Spaß zu haben."

Er grinste mich über die Schulter an. „Das krieg ich hin."

Meredith begrüßte uns beide mit überschwänglichen Küssen. „Tanz mit mir, Charlie."

Er versuchte sein Bestes, aber es hatte schon seinen Grund, warum er nie tanzte: Vollkommen linkisch, wenn auch anrührend, bewegte er Hüfte und Füße in gegensätzliche Richtungen, während seine Hände ein komplettes, ungelenkes Eigenleben zu entwickeln schienen. Ich wollte nicht über ihn lachen, aber ich konnte nicht an mich halten. Meredith wiederum hatte sich umgedreht, um ihr Gesäß gegen seines zu stoßen, und hüpfte zur Musik. Ihr Bier war längst alle.

Ich brauchte selbst was zu trinken. In einer Ecke gab es eine Bar, mit einem Barkeeper dahinter. Er war tatsächlich vollständig angezogen, was eine Erleichterung für mich war, da ich kein Interesse an seinem Schwanz hatte. Ich wollte nur eine Cola light, sonst nichts.

Ich nahm an der Bar Platz – auf einem Hocker, der wie eine Hand geformt war. Ziemlich abgefahren. Und alles andere als bequem. Es fühlte sich an, als könnte ich jederzeit runterrutschen, wenn ich nicht aufpasste, weshalb ich meinen Absatz in die Fußstütze stemmte und einen Ellbogen auf den Tresen legte.

Charlie und Meredith hatten sichtbar Spaß. Unglaublich, aber wahr: Er lachte, drehte sie immer wieder herum. Er umschlang sie mit seinen Armen. Als sie ihn küsste, erwiderte er den Kuss. Sie legte ihre Arme um seinen Nacken, um ihn dicht bei sich zu halten. Normalerweise wäre das in der Öffentlichkeit womöglich eine zu intime Liebesbekundung gewesen, aber hier wirkte es doch eher brav.

An den Wänden standen noch mehr Ledersofas wie die, die ich oben gesehen hatte. Ein paar offene Türen erlaubten einen Blick in die Räume: Sie waren vollkommen unmöbliert, abgesehen von Matratzen auf dem Boden und Spiegeln an den Wänden und Decken. Die Räume mit verschlossenen Türen sahen vermutlich genauso aus, nur dass dort zwei, drei oder noch mehr Leute gerade die Sau raus ließen.

Nicht, dass man hinter verschlossene Türen gehen musste, um das zu tun. In einer Ecke, die ab und zu vom Discolicht erleuchtet wurde, sah ich eine Frau auf den Knien, die damit beschäftigt war, einem Mann einen zu blasen, während er einem Typen neben sich einen runterholte. In einer anderen Ecke vögelte ein Pärchen – die Frau auf dem Schoß des Mannes – auf einem Schaukelstuhl. Die meisten Leute machten jedoch nichts Schmutzigeres, als rumzuknutschen. Vielleicht sich ab und zu befummeln. Es war nicht gerade etwas wie eine Orgie, auch wenn ich mir sicher war, dass es das noch werden würde.

Das also hatte Meredith gewollt. Es hatte ihr nicht gereicht, Charlie und mich zu haben, also brachte sie uns hierher, um … was? Voyeure zu sein? Oder Exhibitionisten?

Oder einfach nur unkonventionell?

„Hi." Die Frau, die sich auf den Hocker neben mir setzte, trug einen kurzen Rock, der sehr viel Bein zeigte, und ein Korsett-Oberteil, bei dem oben die Brüste hervortraten und unten ein bisschen ihr Bauch. „Ich bin Jessica."

„Tesla." Ich nahm die Hand, die sie mir reichte, und schüttelte sie.

„Bist du alleine hier?" Jessica machte dem Barkeeper ein Zeichen. „Wodka Cranberry und noch einmal, was sie trinkt."

„Ähm … nein, eigentlich nicht. Ich bin mit ihnen da." Ich zeigte auf Charlie und Meredith, die immer noch tanzten und sich küssten. Sie hatte ihre Hand auf seinem Schritt und rieb ihn. Er sah noch immer so aus, als machte es ihm nichts aus.

Jessica hob ihre Augenbrauen. „Ach, wirklich? Ihr seid in einer Menage?"

Es hörte sich so formell an, wie sie das sagte. „Ja. Das sind wir wohl."

„Huh." Sie sah den beiden eine Weile zu, dann wandte sie sich mir wieder zu, mit einem Lächeln, das so freundlich und echt war, dass ich es erwidern musste. „Sie sehen beschäftigt aus. Hast du Lust auf ein Spiel mit mir und meinem Freund? Er guckt nur zu."

Sie lehnte sich ein wenig zu mir herüber. „Du bist sehr süß."

„Danke." Es schien nur höflich, ihr ein Kompliment zu machen; um ehrlich zu sein, machte sie mich ein wenig nervös. Hitze stieg meinen Hals empor und ließ meine Wangen brennen. „Ich mag dein Korsett. Es steht dir verdammt gut."

Sie lehnte sich lachend zurück. „Das hier ist neu für dich, oder?"

„Das hier?" Ich sah mich um. „Auf gewisse Weise. Nicht wirklich. Äh. Ja."

Jessica kicherte und rutschte mit ihrem Hocker etwas näher heran. „Das ist so süß. Aber ungewöhnliche Vorlieben sind nichts Neues für dich."

„Ich schätze nicht." Ich hatte mich noch nie so unerfahren gefühlt wie in diesem Moment.

„Magst du Frauen?"

„Oh, ja. Manchmal." Ich sah unwillkürlich zu Meredith hinüber. Sie hatte Charlie gegen einen Pfeiler gedrückt. Sie tanzten kaum noch. Ich fragte mich, ob er wohl hart war, und wusste, dass dem so war. Zwangsläufig.

„Also … hättest du Lust, mit mir und meinem Freund mitzukommen?" Jessica zeigte unauffällig mit dem Kinn in Richtung eines Typen, der am anderen Ende der Bar mit einem Pärchen in Zwillings-Lederoutfit quatschte. „Er heißt Carl. Wie gesagt, er guckt nur zu."

„Ich …" Ich wusste nicht, was ich sagen sollte.

Bei all den Gesprächen, die wir drei geführt hatten, hatten wir nie darüber gesprochen, was das Dreier-Äquivalent zur Monogamie einer Zweierbeziehung sein könnte. Wir hatten Regeln festgelegt, wie wir Zeit und Raum miteinander teilten, aber wir hatten nie über Treue gesprochen. Ich sah wieder zu Meredith und Charlie.

Sie tanzte immer noch, aber Charlie schüttelte lachend den Kopf. Er lehnte an dem Pfeiler, während Meredith sich vor ihm bewegte, und es schien mir, als hätte er genug.

„Möchtest du sie fragen, Süße?“, sagte Jessica. „Wir wollen eigentlich kein Gruppen-Ding, aber wenn du deine Partner erst mal fragen willst, hab ich damit kein Problem.“

„Ich schätze … Ja.“ Ich trank einen Schluck Limo, weil mein Hals plötzlich trocken war. Bei all meiner blasierten Haltung bezüglich der Regeln an einem Ort wie diesem und wie man Nein sagte, fand ich es trotzdem hart, sie einfach abzuweisen.

„Nicht interessiert?“

„Das ist es nicht“, sagte ich. „Du bist sehr hübsch.“

Sie lachte und lehnte sich zu mir herüber, legte kurz ihre Wange an meine und drückte mich freundlich. Dann setzte sie sich wieder gerade hin. „Oh, Süße. Es ist okay. Du brauchst dir keine Sorgen zu machen, dass du mich verletzt. Du solltest nichts tun, das dich nicht anmacht, stimmt’s? Darum geht es hier doch in erster Linie.“

„Danke. Es hat mir geschmeichelt“, erwiderte ich ehrlich. „Aber ich schätze, ich möchte eigentlich nicht … swingen.“

„Wir haben Räume für alles Mögliche, Süße. Ich zum Beispiel, ich stehe nicht so auf dieses Sado-Maso-Zeug, aber das gibt es hier auch. Nicht so sehr wie in den größeren Clubs Richtung Philly. Hier sind vor allem Swinger. Aber ab und zu gibt es auch das andere Zeug.“ Jessica nippte an ihrem Drink und sah sich nach Carl um, der sich noch immer mit dem Lederpärchen unterhielt. „Bill und Sandy zum Beispiel. Sie stehen auf Dreier mit einem weiteren Mann. Bill lutscht gerne Schwänze. Carl steht nicht auf Männer, aber er und Bill verstehen sich einfach gut. Spielen mehrmals im Monat Golf miteinander. Vermutlich unterhalten sie sich gerade über Baseball.“

„Bist du oft hier?“ Mein Magen knurrte. Ich sah mir die Speisekarte an, die ziemlicher Durchschnitt war. Chicken Wings, Burger, Pommes. „Hast du Hunger? Kann ich dich zu was einladen?“

„Nein danke, Süße. Aber bestell dir was.“ Sie machte eine einladende Geste. „Wir kommen fast jedes Wochenende. Einmal im Jahr fahren wir mit ein paar Freunden in den Urlaub, Leute, die wir hier kennengelernt haben. Normalerweise fahren wir ins *Debauchery* – eines dieser All-Inclusives. Echt nett."

Ich bestellte Zwiebelringe. „Jedes Wochenende. Wow."

Jessica lachte. „Zwiebelringe? Du hast wirklich nicht vor, mit jemandem in die Kiste zu steigen, oder?"

Ich lachte auch. „Schätze nein. Ich bin nur hierhergekommen, weil Meredith es wollte."

„Uh-uh. Ist das deine Lady? Sie scheint deinen Typen verlassen zu haben."

Meredith hatte einen anderen Partner gefunden. Kirk, den Typen von oben. Natürlich hatte sie das: Wann waren wir schon mal ausgegangen und Meredith hatte allein getanzt? Der Unterschied war nur, dass sonst immer ich zugesehen hatte, wie sie einen anderen Mann antanzte, während es diesmal Charlie war.

Ich verabschiedete mich murmelnd von Jessica und ging zu Charlie hinüber. Ich stellte mich auf die Zehenspitzen, um ihn zu küssen. „Ich hab dich gefunden."

Er hatte mit starrem Blick seine Frau beobachtet, wie sie mit einem anderen Mann tanzte; jetzt sah er mich mit einem leichten Lächeln an. „Bin ich verloren gegangen?"

Ich nahm seine Hand. Unsere Finger verschränkten sich. „Ich schätze nicht. Aber ich bin trotzdem froh, dass ich dich gefunden habe."

„Ich bin kein guter Tänzer. Ich hab ihr gesagt, sie soll Spaß haben." Charlie sah wieder zu Meredith hinüber, die sich in der Tat großartig zu amüsieren schien. Lachend, mit funkelnden Augen, die Füße bewegten sich zum Takt.

Kirk legte seine Hände auf Merediths Hüfte, drückte ihren Hintern gegen sein Gesäß, und Charlie machte einen halben Schritt nach vorn. Vermutlich hatte er gar nicht bemerkt, dass ich seine Hand umfasst hatte, bis sie ihn zurückhielt. Er sah auf unsere verschränkten Finger hinunter, dann führte er sie an seinen Mund und küsste meine Knöchel.

„Scheint, als hätte sie den", sagte er.

Ich sah nicht zu ihr hinüber. Ich stellte mich vor ihn – nicht so sehr, um ihm die Sicht zu nehmen, sondern damit er noch etwas anderes zum Ansehen hatte. Ich legte beide Hände auf seine Schultern, ging noch näher auf ihn zu. Drückte mich an ihn.

„Wir werden auch Spaß haben, Baby. Tanz mit mir."

„Ich hab dir doch gesagt …", begann Charlie, aber ich brachte ihn mit einem Kuss zum Schweigen.

Ich sah ihm in die Augen. Ich legte eine Hand auf seine Hüfte, die andere behielt ich auf seiner Schulter, und ich trat einen Schritt zurück, sodass er mir folgte. Die Musik dröhnte immer noch harte und schnelle Beats, aber wir mussten uns ja nicht in diesem Tempo bewegen. Charlie und ich bewegten uns langsam. Im Takt mit der Musik, aber langsam und sanft.

„Du kannst mit mir tanzen", sagte ich zu ihm. „Es ist mir egal, ob du mir auf die Füße trittst."

Ich führte ihn durch eine einfache Schrittfolge, dann noch eine, und auch wenn sie nicht zur Musik passte, klappte es doch ganz gut.

„Ich tanze." Charlies Lächeln erhellte den Raum, auch wenn es nicht seine Augen erreichte. Er küsste mich, streichelte mich sanft und sagte dann in mein Ohr: „Wir tanzen."

Meredith und ihr Partner waren am anderen Ende der Tanzfläche, dazwischen viele andere Tänzer. Ich konnte sie sehen, als Charlie mich in einem kleinen Kreis herumdrehte. Sein Blick haftete auf meinem. Aber ich wusste, dass er sie ebenfalls sah. Wie sie den anderen Mann küsste, sich befummeln ließ. Und sich schließlich von ihm zu einer der offenen Türen führen ließ.

„Hey, Süße, ich schätze, ich weiß jetzt die Antwort." Jessica tauchte neben uns auf, Hand in Hand mit Carl.

„Ja, ich …"

Sie lächelte und schüttelte den Kopf. „Mach dir keine Gedanken deswegen, Süße, alles im grünen Bereich. Auch wenn ihr euch besser beeilt, sie einzuholen. Wenn die Tür erst mal zu ist, darf man nicht mehr klopfen oder so. Aber sie sind in den

Guck-Raum gegangen. Ihr könnt durch das Fenster hineinsehen, wenn ihr wollt."

Charlie hörte auf zu tanzen, ohne sich darum zu kümmern, dass wir von den Leuten um uns herum angerempelt wurden.

„Okay. Okay. Danke", sagte ich.

„Sie hat gerade …" Charlie schüttelte den Kopf.

„Aus diesem Grund sind wir schließlich gekommen, weißt du noch?" Es gefiel mir nicht, und auch nicht, wie Meredith es durchgezogen hatte, aber es war die Wahrheit. „Komm."

Ein schmaler, dunkler Flur führte zu der Rückseite der privaten Räume. Wir blieben vor ein paar schmalen Stufen stehen, die, wie zu einem Logenplatz, direkt zu einem Fenster in der Wand führten.

„Sieh mal, Charlie."

Ich wusste vorher schon, was ich sehen würde. Gemeinsam lugten wir durch das Fenster. Da wir höher standen, konnten wir den gesamten Raum überblicken. Die Spiegel an der Wand. Die Matratze auf dem Boden.

Meredith und Kirk.

Sein Hemd war aufgeknöpft, aber nicht ausgezogen. Seine Hose stand offen. Meredith hatte ihren Rock hochgezogen, den Slip neben sich geworfen. Sie saß auf seinem Gesicht, drückte ihre Klit gegen seinen Mund, während sie ihn ritt. Sie hatte auch ihr Hemd hochgeschoben und ihren BH hinuntergestreift, sodass sie an ihren Nippeln reiben und ziehen konnte. Selbst aus der Entfernung sah ich, wie aufrecht sie waren. Wie hart. Sie drehte sie zwischen den Fingern hin und her, den Kopf hatte sie nach hinten geworfen, sodass ihre Haare fast ihren Hintern berührten.

Sie rieb ihre Möse an Kirks Gesicht, vor und zurück. Kirks erigierter Schwanz tanzte in seiner Hand hin und her, während er mit der anderen Hand Merediths Hintern streichelte. Wieder einmal beobachtete ich sie durch ein Fenster, und ich musste sie nicht hören, um zu wissen, welche Laute sie von sich gab.

Charlie ächzte auf und näherte sich mir auf der Stufe. Das einzige Licht kam durch das Fenster vor uns. Ich spürte seine

Finger auf meinem Knie, und als ich nicht protestierte, wanderten sie höher. Ich sah ihn an; er sah mich an.

Warum wir auch hierhergekommen waren, wie waren noch immer zusammen.

Meredith drückte ihre Klit fester auf die Zunge des Fremden, während sie mit ihren Fingern ihre Nippel reizte. Ihr Mund war geöffnet, die Augen hatte sie geschlossen.

Eine federleichte Berührung seiner Finger auf meinem Schenkel. Höher. Er drängte meine Beine auseinander. Ein sanftes Streichen über den Spitzensaum meines Slips, dann noch mal. Nichts Eiliges oder Brutales. Eine Berührung, so zart und unaufdringlich, dass ich sie auch ignorieren konnte, wenn ich wollte. Ein leichter Druck an meiner Klit.

Reiben. Drücken. Streicheln.

Ich sog die Luft ein. Um mich herum roch es nach Parfüm, Zigaretten und Sex. Die Stufe unter meinem Hintern war hart und unbarmherzig, kein Ort, um sich zu entspannen. Aber das störte mich nicht, weil jeder Muskel in mir ebenfalls hart und zum Zerreißen gespannt war.

Er wartete.

Ich sah zu, wie Meredith von Kirks Mund runterging und sich auf allen vieren auf die Matratze hockte, den Hintern in die Luft gestreckt. Wie er hinter sie trat, um sie zu vögeln, langsam, tief und hart. Ich wusste, wie sich das anfühlte. Sie schüttelte sich, ihr Mund zu einem Schrei aufgerissen, den ich zwar nicht hörte, aber das brauchte ich auch nicht. Ich wusste, wie sie klang, wenn sie kam.

Ich seufzte nicht oder stöhnte oder keuchte. Ich kam schweigend. In mir explodierte die Lust so herrlich und schrecklich zugleich, dass ich blinzeln musste, um klar sehen zu können. Als ich wieder sehen konnte, sah ich nur Charlie.

Er legte seine Hand auf meine Wange, küsste mich zart. „Ich glaube, es ist Zeit zu gehen."

38. KAPITEL

Charlie war sehr still auf der Heimfahrt.

Bei Meredith, die noch mehr quatschte, wenn sie betrunken war, stand der Mund nicht still. Sie redete ununterbrochen von *Der Ranch*, wie viel Spaß sie gehabt hatte, dass wir unbedingt wieder hinfahren sollten. Sie stolperte, als sie aus dem Wagen stieg; ihre Kleidung saß makellos, aber ihr Lippenstift war verschmiert und ihr Haar durcheinander.

Im Haus schlüpfte sie aus ihren Schuhen und ging als Erstes in die Küche, um sich ein großes Glas Wasser einzugießen, das sie in einem Zug austrank. Charlie hängte in aller Ruhe seinen Mantel auf. Meinen auch. Er nahm Merediths Schuhe und stellte sie ordentlich neben die Tür. In der Küche legte er wie immer seine Schlüssel in die Schale neben dem Telefon. Bei dem lauten Geräusch des Metalls gegen das Porzellan zuckte ich unwillkürlich zusammen.

„Ich will das nicht noch mal machen", sagte Charlie.

Ich hatte keinen Alkohol getrunken, aber ich brauchte auch etwas kaltes Wasser. Meredith machte mir Platz, als ich zur Spüle ging, aber sie stand immer noch so dicht, dass ich die leichten Falten um ihre Augen erkennen konnte und ein oder zwei graue Haare. Ich füllte mein Glas und trank, ohne sie anzusehen. Dies war nicht mein Streit.

Aber natürlich war er das.

„Warum nicht?", wollte sie wissen.

„Es hat mir nicht gefallen", sagte Charlie.

Merediths Brauen zogen sich zusammen. Sie stellte ihr Glas in die Spüle – dieses Geräusch war noch lauter als zuvor das von Charlies Schlüsseln. „Warum nicht?"

„Wir haben vorher nicht darüber geredet", sagte er.

„Es sollte eine Überraschung sein."

Charlie lächelte bitter. „Ja. Das war es in der Tat."

Ich wollte kein Wasser mehr, aber ich nahm mein Glas und zwängte mich an ihnen vorbei. „Ich gehe ins Bett."

„Nein“, sagte Charlie. „Du bleibst. Du musst das auch hören.“
Meredith blickte zu mir herüber. „Geh schlafen, Tesla.“
„Nein“, wiederholte er, und es war so ungewöhnlich, dass er einmal widersprach, dass wir beide ihn ansahen. „Sie bleibt. Sie gehört dazu, Meredith. Du hast dafür gesorgt, dass sie dazugehört, also bleibt sie.“
Er hatte recht mit dem, was er sagte, aber mir gefiel nicht, wie er es sagte. Schweigend lehnte ich mich gegen die Arbeitsfläche. Ich saß in der Falle. Meredith warf ihr Haar über die Schulter, und ich entdeckte etwas, von dem ich mir sicher war, dass sie nicht wollte, dass ich es mitbekam.
Sie war nicht so betrunken, wie sie tat. Oh, natürlich, sie hatte ein paar Drinks gehabt, genügend, um sie aufgedreht sein zu lassen. Aber sie war dadurch nicht sonderlich beeinträchtigt. Sie wusste genau, was sie tat und was sie sagte, und sie hatte es die ganze Nacht über gewusst.
Sie verschränkte die Arme. „Sag mir, Charlie. Was gefiel dir denn daran nicht? Wo wir doch darüber gesprochen haben, wie sexy es wäre, wenn wir mal neue Sachen ausprobieren. Wie aufregend das sein würde.“
Charlie drückte die Schultern durch, und er sah kurz zu mir herüber, konzentrierte sich dann aber wieder auf sie. „Wir haben über vieles geredet, Meredith, aber wir haben auch gesagt, wenn es einem von uns nicht gefällt, dann machen wir es nicht noch mal. Ich mochte den Ort nicht.“
„Du mochtest es nicht, dass ich mit dem anderen Typen zusammen war, Charlie, das ist es, was dir nicht gefiel. Warum sagst du nicht einfach die Wahrheit?“
Charlie knirschte mit den Zähnen. „Du hast recht. Das ist es. Es gefiel mir nicht, dir mit einem anderen Typen zuzusehen.“
Sie kräuselte die Lippen und wandte sich mir zu. „Aber dir zuzusehen, wie du Tesla fickst, das ist in Ordnung? Zuzusehen, wie du ihre Möse leckst, das ist okay, ja? Wow, Charlie. Was für eine Doppelmoral.“
„Das ist etwas vollkommen anderes, und das weißt du auch.

Sie ist keine Fremde, die wir in einem Swingerclub aufgelesen haben!“

Ich zuckte zusammen. Charlie wurde sonst nie lauter.

„Nein“, sagte Meredith, und ihre Stimme triefte vor Spott. „Sie ist eine Fremde, die ich in einem Café aufgelesen habe.“

Die Welt drehte sich um mich herum. Ich wollte nicht hier sein, wollte nicht hören, was sie gleich sagen würde. Ich stellte mein Glas auf den Tresen und wollte gerade gehen, als Merediths nächster Satz mich innehalten ließ.

„Darüber hast du dich nie beschwert, Charlie“, sagte sie. „Das ist nur fair. Du hast deins bekommen. Warum sollte ich nicht meins bekommen?“

„Ich bin nicht etwas, das man bekommt“, schrie ich. Ich sah keinen von beiden an. Ihre Worte taten weh, aber dass Charlie ihr nicht widersprach, schmerzte noch viel mehr.

„Natürlich bist du das nicht“, sagte er, aber da war es schon zu spät.

Meredith lachte. „Oh, Süße. Wirklich? Weißt du, wie lange wir darüber gesprochen haben, ein Mädchen mit nach Hause zu bringen, bevor ich dich ausgewählt habe? Eine verdammt lange Zeit. Es durfte nicht irgendein Mädchen sein, weißt du. Es musste jemand Besonderes sein. Jemand Perfektes.“

„Und das bist du“, sagte Charlie, auch wenn ich wusste, dass Meredith wieder ein wichtiges Argument vorgebracht hatte.

Ich stand im Türrahmen zwischen Küche und Flur, und meine Hand suchte nach der Wand, um mich vorm Stolpern zu schützen. Ich drehte mich zu ihnen um, sah sie an. „Das meint sie nicht.“

Sie zählte an den Fingern ab: „Niemand, den wir gut kennen, falls es nicht funktioniert. Es sollte jemand sein, den wir ohne große Probleme wieder loswerden können oder nie wieder sehen müssen, falls wir es beenden wollen. Stimmt’s, Charlie?“

Er machte ein schmerzverzerrtes Gesicht, der Blick leer und der Mund zu einer harten Linie zusammengepresst, aber er nickte.

„Natürlich jemand Attraktives. Sex. Jemand Jüngeres, ohne Kinder oder einem Freund oder einem Ex, der uns in die Quere kommen könnte. Oder einer Familie", fügte sie hinzu. „Jemand, bei dem niemand zu sehr verrücktspielt. Jemand, der niemandem eine Erklärung schuldig ist."

Und da war es wieder – Neid, dieses schreckliche Biest. Es geht nicht immer um das, was jemand anderes besitzt. Manchmal geht es wohl auch um das, was jemand nicht besitzt.

Sie hielt inne, um ihre Worte wie Steine sinken zu lassen. „Jemand Wildes."

Ich verlor die Beherrschung. Ich ging zwei Schritte auf sie zu, mit geballten Fäusten, auch wenn ich nicht vorhatte, sie zu schlagen. „Ich bin nicht wild! Fick dich, Meredith, du hast ja keine Ahnung!"

Sie blinzelte kurz, ihre Wangen gerötet. „Ich habe sehr, sehr lange über dich nachgedacht, Tesla, bevor ich entschied, dass du die Richtige bist. Sag also nicht, dass ich keine Ahnung habe. Du hast es ja schließlich getan, oder? Sogar ohne groß zu zögern. Ich hab dich gefragt, ob du meinen Mann fickst, und du hast es getan."

„Weil ich *dich* wollte", brach es aus mir hervor. „Aber ich bin mir sicher, das war dir auch klar, oder?"

Ihr falsches Lächeln sagte alles, aber sie blickte Charlie an. Dann mich. „Und jetzt? Sag mir nicht, dass du ihn nicht auch willst."

„Meredith", warnte Charlie. „Es reicht. Du bist betrunken. Wir sind alle müde. Und morgen ist Weihnachten, wir haben eine lange Fahrt ..."

„Ach, scheiß auf Weihnachten", fauchte Meredith. „Scheiß auf die Fahrt, scheiß auf das alles. Scheiß auf meine bescheuerte Familie, Charlie. Glaubst du wirklich, ich brenne darauf, in aller scheiß Herrgottsfrühe aus dem Bett krabbeln und zu meinen Eltern zu fahren, damit sie uns wieder einen Gutschein für ein Essen bei *Bob's Big Boy* überreichen können?"

„Dann bleiben wir also zu Hause", sagte er und klang etwas verzweifelt. „Wir schlafen aus. Feiern mit Tesla Weihnachten."

Sie kräuselte wieder die Lippen und sah mich direkt an. „Tesla hat ihre eigenen Pläne."

„Sie kann bei uns bleiben, wenn sie die ändern will", sagte Charlie leise. „Weihnachten sollte man mit denen zusammen sein, die man liebt."

Meredith sog die Luft in einem scharfen, lauten Seufzer ein. Ihre Hand wischte mein Glas von der Arbeitsplatte. Es fiel auf den Boden, zerstob in Glasscherben und Wasser. Wir starrten alle drei auf die Sauerei. Meredith sprach als Erste.

„Himmel noch mal, Charlie, hörst du dir eigentlich auch mal selber zu? Bitte. So hatte es nie werden sollen."

Etwas in mir starb.

„Warum hast du es dann getan?" Unter meinen Schuhsohlen knirschte Glas, als ich auf Meredith zuging, aber sie rührte sich nicht. „Warum hast du mich gebeten, mit Charlie zu schlafen? Warum hast du mich immer wieder gefragt? Warum wolltest du, dass ich hier einziehe, ein Teil von euch werde? Wenn es nicht das war, was du wolltest, warum hast du all das getan?"

Sie atmete zitternd ein. „Weil ich mich gelangweilt habe."

Charlie stöhnte leise und voller Schmerz auf. „Was?"

Sie sah ihn an. Meredith konnte charmant, aufgedreht, sexy, verführerisch, überzeugend und witzig sein. Sie konnte weich oder hart sein, laut oder leise, großzügig oder kleinlich.

Aber das war vermutlich das erste Mal, dass sie ehrlich war.

„Ich hab mich gelangweilt, Charlie. Gott, ich war so verdammt ..." Ihr Atem stockte, und sie schloss kurz die Augen, öffnete sie dann wieder, um ihn anzusehen „... gelangweilt."

Er schüttelte den Kopf. „Ich ... ich verstehe nicht. Was hat dich gelangweilt?"

Merediths Augen glitzerten vor Tränen, und sie schluckte hart. „Du, Schatz. Du hast mich gelangweilt. Alles an dir, von der Art, wie du dir die Haare kämmst und deinen Schlips bindest, bis dahin, dass du immer so lange brauchst, um mich zum Orgasmus zu bringen. Ich war einfach .... Ich war so ... *gelangweilt*, Charlie. Es tut mir leid, aber ich hatte dich so verdammt satt."

„Warum hast du mich dann nicht verlassen?“ Charlie schluckte schwer. Noch mehr Glas knirschte, als er ein paar Schritte zurücktrat, bis er gegen die Arbeitsplatte stieß. Seine Hände waren zu Fäusten geballt, auch wenn ich glaube, dass er genauso wenig vorhatte, Meredith zu schlagen, wie ich.

Sie warf ihm einen irritierten Blick zu. „Weil ich dich liebe, Charlie, und ich dich nicht verlassen will. Ich wollte nur ab und zu jemand anderen vögeln. Ich wollte es … so sehr.“ Sie erschauerte, blinzelte, und silberne Tränen ließen Spuren auf ihrem Make-up zurück. „Ich dachte, wenn du jemanden hast, kann ich auch jemanden haben. Nicht für immer. Nicht, damit der deinen Platz einnimmt. Nur ab und zu. Ich wollte nur ein bisschen Freiheit. Ich wollte ab und zu ein bisschen … wild sein.“

Charlie schloss die Augen, bedeckte sie dann mit der Hand, als er sich abwandte. Seine Schultern bebten. Hilflos wollte ich ihn berühren, aber Merediths vernichtender Blick ließ mich an Ort und Stelle erstarren.

„Du solltest dich nicht in sie verlieben“, sagte sie.

„Aber das habe ich getan“, antwortete Charlie, ohne sich umzudrehen. „Das bedeutet nicht, dass ich dich nicht noch immer liebe.“

In diesem Augenblick verließ ich sie. Ging nach oben in das Zimmer, das sie mir zur Verfügung gestellt hatten, das sich aber nie richtig wie meines angefühlt hatte. Ich wusste, dass sie mir folgen würde, so wie ich wusste, dass Charlie es nicht tun würde.

„Und was ist mit dir, Tesla?“, fragte Meredith mich vom Türrahmen aus.

„Ich liebe Charlie. Ja.“

„Und mich?“

Schweigen legte sich zwischen uns, bis ich endlich sagte: „Lass mich dir noch eine Geschichte erzählen.“

39. KAPITEL

„Es ist an der Zeit für mich, zu gehen“, sagte Vic über die Haube einer alten Karre gebeugt, die er schon seit zwanzig Minuten zu reparieren vorgab.

Ich wusste, dass er nur so tat, weil er ständig an irgendwelchen Muttern und Schrauben und Drähten rumhantierte, aber bisher nicht eine Kleinigkeit ausgewechselt oder zumindest ausprobiert hatte, ob die Karre nach all der Justiererei wieder funktionierte. Er vermied es, mich anzusehen. Ich war schlau genug, das zu bemerken.

Es machte mir Angst.

Ich war an diesem Tag in einem kurzen Jeansrock gekommen, meinem besten Slip und einem engen T-Shirt, unter dem sich meine Brüste abzeichneten, die trotz all meiner Gebete während des Sommers nicht größer geworden waren. Ich war mit dem Vorsatz gekommen, meine Jungfräulichkeit zu verlieren. Ich hatte nicht aufhören können, darüber nachzudenken, oder über Vic, seit der Woche zuvor, als wir auf der Couch im Hinterzimmer rumgefummelt und uns zum Höhepunkt gebracht hatten. Wann immer ich daran dachte, raste mein Herz und meine Klit prickelte.

Aber Vic ignorierte mich, sagte, er müsse gehen, und eine Flutwelle der Scham überrollte mich. „Wo gehst du hin?“

Sein Seufzer war so laut, dass ich ihn deutlich hörte, auch wenn Vic den Kopf noch immer unter der Motorhaube vergraben hatte. Metall klirrte. Er richtete sich auf und zog ein dreckiges Tuch aus der hinteren Tasche seiner Jeans, um sich die Hände abzuwischen. Er lehnte sich gegen den Wagen und sah mich endlich an.

„Es ist Zeit für mich zu verschwinden, das ist alles.“

„Aber der Sommer ist noch nicht vorbei. Wir haben noch zwei Wochen!“

Er schüttelte den Kopf und steckte das Tuch wieder in seine Hosentasche. „Tut mir leid, Kleine.“

Ich reckte mein Kinn stolz nach oben. „Nenn mich nicht so."

„Tesla", sagte er seufzend. Er drückte den Handballen gegen ein Auge, dann fuhr er sich mit der Hand durch das Haar. „Schau. Es tut mir leid."

„Was tut dir leid?" Ich war mutig genug, ihn zu bedrängen. Ich wollte hören, wie er es aussprach, auch wenn ich wusste, dass das wehtun würde.

Vics tiefes Lachen überraschte mich. „Du bist schon was Besonderes, weißt du das?"

„Was soll das heißen?"

„Du bist toll", sagte er.

Noch eine emotionale Welle durchlief mich. Ich näherte mich ihm. Als ich versuchte, ihn auf den Mund zu küssen, drehte Vic den Kopf zur Seite. Unsere Körper berührten sich, aber er ließ mich nicht seine Lippen berühren. Wir blieben so, ohne uns zu bewegen, für ein oder zwei Sekunden – so lange, dass ich dachte, das Universum hätte Zeit genug gehabt, einen anderen Planeten zu erschaffen.

Dann wandte er mir sein Gesicht zu.

Seine Hände ruhten auf meinen Hüften. Sein Mund nahm meinen, und der Kuss, den ich glaubte, ihm zu geben, wurde etwas anderes. Etwas Stärkeres, Härteres. Etwas, auf das ich nicht vorbereitet gewesen war.

Aber ich wollte es. Ich wollte seine Zunge in meinem Mund, seinen Schwanz an meinem Bauch, seine Hände auf meinem Hintern. Ich wollte Vic so sehr, dass es mich schamlos machte, und ich rieb mich gegen ihn, bis er schwer atmend innehielt und meine Oberarme ergriff, um mich ruhigzustellen.

„Du bist jung", sagte er.

„Du bist nur fünf Jahre älter als ich. Mein Dad ist acht Jahre älter als meine Mom. Fünf Jahre sind nichts." Ich leckte mir die Lippen, versuchte aber nicht noch mal, ihn zu küssen.

„Ich muss immer noch gehen." Vic drückte mich sanft zur Seite und ging in sein Büro.

Ich folgte ihm und beobachtete, wie seine Schultern hinuntersackten. All meine großen Pläne verschwanden mit dieser kleinen Geste; Vic wollte mich nicht vögeln. Ich konnte mich ihm noch so sehr an den Hals werfen, es würde mich nur dämlich aussehen lassen.

Der Metallknauf war kühl unter meiner Hand, und ich war schon halb durch die Tür, als er hinter mich trat. Die Tür zudrückte. Vic murmelte meinen Namen, und ich drehte mich zu ihm um. Er war so nah, dass ich seinen Atem auf meinem Gesicht spürte.

„Du bist wunderschön. Weißt du das?"

Ich schüttelte den Kopf. Niemand hatte mir jemals gesagt, dass ich schön war. Ich war klein, die Brüste zu mickrig, der Hintern zu fett. Zu schlau für Jungs, die nicht wussten, wie sie mit Mädchen reden sollten. Zu viel von vielen Dingen, nicht genug von anderen.

„Nun", sagte Vic, „das bist du. Und lass dir nie von irgendjemandem das Gefühl geben, dass du es nicht bist."

Ich machte ein ungläubiges Geräusch, sprachlos, weil ich mir nicht zutraute, irgendetwas zu erwidern.

Sein Kuss war zart und sanft. Romantisch. Er war sehr schön und nur ein klein bisschen unbefriedigend, wenn man es genau nahm.

„Versprich es mir", sagte Vic.

„Was?" Ich stellte mich auf die Zehenspitzen, um näher an seinen Mund heranzukommen, sodass meine Lippen sich auf seinen bewegten.

„Versprich mir, dass du dir von niemandem das Gefühl geben lässt, du wärst nicht schön. Oder nicht wertvoll."

Ich legte meine Arme um seinen Hals. Die Tür war hart in meinem Rücken, der Knauf drohte, sich in meine Nieren zu bohren, wenn ich nicht aufpasste. Aber ich blickte in Vics Augen und sah sehr viel Wahrheit in ihnen. Er meinte, was er sagte. Ich nickte.

„Okay. Ich verspreche es."

Er lächelte und küsste meine Stirn. Das war nicht, was ich wollte. Ich verzog das Gesicht.

„Vic."

„Ja."

„Du gibst mir das Gefühl, nicht schön zu sein."

Er lachte und entzog sich mir. Trat einen Schritt zurück, dann noch einen. Er hielt mir seine Hände entgegen. „Willst du, dass ich Ärger bekomme?"

„Was für Ärger?", entgegnete ich. „Ich bin siebzehn, und sieh dich mal um. Wer soll schon was sagen. Sie sind alle viel zu sehr damit beschäftigt, miteinander zu ficken, als dass sie darauf achten würden, was wir tun."

Ich hörte mich verbittert an, und vielleicht war ich es auch. Dies war, abgesehen von den Stunden in der Woche zuvor, der schrecklichste Sommer meines Lebens gewesen. Ich musste noch zwei Wochen ertragen, bevor meine Eltern mit uns nach Hause fuhren, wo uns eine andere Art der Folter erwartete.

Ich war siebzehn und geil, und ich wusste bereits, wie gut Vic mich fühlen lassen konnte. Ich gierte danach, und es war mir wirklich vollkommen egal, was andere dachten. Als ich das Begehren in Vics Augen aufflackern sah, näherte ich mich ihm wieder ein bisschen. Meine Verführungskünste waren nicht sonderlich raffiniert, aber ich wollte einsetzen, was immer ich hatte.

„Bobby Turner", sagte ich.

Vics Augenbrauen hoben sich. „Was ist mit ihm?"

Bobby Turner war einundzwanzig, ungefähr eins achtzig groß, mit dem drahtigen Körper eines Terriers, und auch genauso zäh. Er besuchte das *Compound* seit seiner Kindheit, aber seine Eltern waren beide vor ein paar Jahren bei einem Autounfall ums Leben gekommen. Seitdem lebte er das ganze Jahr über hier. Er sollte eigentlich Teil der Wartungsmannschaft sein, aber er verbrachte die meiste Zeit im Gewächshaus und auf den Feldern.

„Bobby Turner versucht, mich rumzukriegen. Schon seit einem Jahr."

„Lass ihn nicht an dich ran.“ Vic klang nicht eifersüchtig, nur bestimmt.

„Er hat mit Karen Hoffer gefickt“, fügte ich hinzu.

Sie war Psychologin, verheiratet mit einem Apotheker. Sie hatten keine Kinder, aber sie brachten jedes Jahr ihre zwei kleinen japsenden Hunde mit in ihrem Wohnmobil. Karen war mindestens fünfzehn Jahre älter als Bobby Turner und auch zweimal so dick wie er.

„Mrs Hoffer?“ Vic lachte.

„Ich hab sie zusammen gesehen. Ich hab Bobby Turner auf den Knien gesehen, zwischen ihren Beinen, wie er ihre Möse geleckt hat.“ Ich hatte das Wort noch nie laut ausgesprochen, und ich verhaspelte mich ein bisschen, aber ich war auch stolz, wie es rausgekommen war. Stark. Selbstsicher. Und ein klein wenig sexy. „Sie hat gestöhnt und sich hin und her gewunden, und er mit dem Gesicht voran. Sie fickte sein Gesicht so hart, dass ich schon dachte, sie würde ihm die Nase brechen. Sie kam vermutlich mehr als dreimal.“

Vic schluckte, offenbar peinlich berührt. „Wow. Tja, schön für sie, schätze ich.“

„Er sagte er leckt meine Möse, bis ich schreie.“ Eigentlich hatte Bobby Turner wortwörtlich angeboten, meine Klit mit der Zunge zu lecken und mich mit dem Finger zu ficken, bis mein Inneres nach außen käme. Aber es fiel mir schwer genug, „Möse“ zu sagen.

Vics Lachen wirkte jetzt verunsichert. „Sagt er das?“

„Es wäre mir lieber, du tätest das.“ Da, ich hatte es gesagt. Es war draußen, stand zwischen uns, ich konnte es nicht mehr zurücknehmen, und das Schlimmste, was er sagen konnte, war Nein. Oder lachen. Das würde noch schlimmer sein.

Vic lachte nicht. Er sagte nicht Nein. Er seufzte wieder und rieb sich die Augen. „Tesla, was wir da letzte Woche gemacht haben …“

„Das war fantastisch.“ Ich näherte mich ihm noch ein bisschen.

Er sah zur Couch hinüber, als könnte er sich nicht dagegen wehren, dann zum Fußboden. Zur Tür. Überall hin, nur nicht zu mir.

„Weißt du, was meine Mutter mir über Sex gesagt hat?“, fragte ich.

Vic wirkte wieder gleichgültig. „Ich kann es mir vorstellen.“

„Sie sagte, wenn die Zeit gekommen sei, dann wüsste ich es. Und dass ich auf jeden Fall aufpassen sollte – ich nehme übrigens die Pille. Und dass ich mir jemanden aussuchen sollte, der es nicht verbockt, denn es gibt nur ein einziges erstes Mal.“

„Himmel. Mein Dad sagte mir, ich sollte ihn in der Hose stecken lassen, bis ich sicher sei, dass ich das Richtige tun würde, wenn ich dabei jemanden schwängerte. Und meine Mutter erzählte mir, sie habe mich unter einem Kohlblatt gefunden.“ Vic trat ein paar Schritte zurück und setzte sich auf seinen Schreibtisch.

Ich stellte mich vor ihn hin, auch wenn ich ihn nicht berührte. „Du bist der einzige Mensch, der mir je gesagt hat, dass ich schön bin.“

„Das ist eine verdammte Schande.“

„Es stimmt aber.“ Ich sah ihm tief in die Augen. „Ich will dich, Vic.“

Ein rauer Laut entschlüpfte ihm und ermutigte mich, meine Hände auf seine Knie zu legen, und sie dann etwas höher auf seine Oberschenkel wandern zu lassen. Ich berührte ihn, aber ich bewegte mich nicht gegen ihn, auch wenn ich das gewollt hätte.

„Entweder du oder Bobby Turner.“

Er lachte heiser auf. „Scheiße. Nein. Nicht dieser Typ.“

„Er wird es machen“, sagte ich ihm, obwohl ich nicht vorhatte, jemals mit Bobby Turner zu vögeln, egal wie geschickt er mit seiner Zunge war. „Wenn du es nicht tust.“

„Ich kann nicht.“

„Du kannst“, sagte ich. „Entweder willst du nicht, oder du hast das Gefühl, du solltest es nicht.“

„Beides“, sagte er.

Ich wollte nicht, dass dem so war. Ich bewegte mich nicht. Wir sahen einander eine lange Weile an, bis er schließlich eine Hand auf meine Hüfte legte und mich zu sich heranzog, sodass ich zwischen seinen Oberschenkeln stand.

„Du bist ein kluges Mädchen, Tesla. Und du bist schön, auch wenn dir das noch niemand gesagt hat. Und du wirst jemanden finden, der das mit dir macht, das verspreche ich dir. Aber … es sollte nicht Bobby Turner sein. Oder ich."

Ich war jung und geil, aber ich hatte meinen Stolz. „Na schön. Ich werde nicht betteln."

Er zögerte. „Gut."

„Dann sag mir, worum es letzte Woche ging." Ich drückte seine harten, angespannten Muskeln durch den Jeansstoff.

Sein Gesichtsausdruck zeigte mir, dass ich eine dumme Frage gestellt hatte, aber er gab mir nicht das Gefühl, dass ich dumm war. „Ich bin schließlich auch nur ein Mann."

„Du bist immer noch ein Mann", erwiderte ich, „und du sagst jetzt Nein."

„Ich hätte damals schon Nein sagen sollen."

Ich biss mir auf die Innenseite meiner Wange und dachte darüber nach. „Also … Warum gehst du? Wirklich."

Etwas in seinem Gesicht gab mir die Antwort, ohne dass er ein Wort zu sagen brauchte. Erstaunt trat ich einen Schritt zurück. „Du gehst wegen mir?"

„So kann man das nicht sagen."

„Wie denn dann? Ich meine …" Unwillkürlich sah ich zur Couch hinüber. „Gehst du wegen dem, was wir getan haben? Aber du bist nicht … Du wirst nicht … Du musst nicht …"

„Ich muss", sagte Vic leise. „Es ist mein Job."

„Es ist dein Job zu gehen?" Ich blinzelte die Tränen weg.

Dann lag ich in seinen Armen, an seine Brust gedrückt. Er roch gut, wie Kleidung, die in der Sonne getrocknet war, und ein bisschen nach Schweiß und Motoröl. Seine Arme, die mich hielten, fühlten sich gut an – besser, auf eine bestimmte Weise, als seine Zunge in meinem Mund und seine Finger in meinem

Slip. In Vics Armen hatte ich das Gefühl, dass nichts und niemand mir wehtun konnte.

Außer vielleicht er selber.

„Nein. Es ist mein Job … Hör zu. Ich kann es dir nicht erklären. Scheiße, ich hätte nicht mal was zu dir sagen sollen. Bitte versteh nur, dass es nicht an dir liegt."

Ich drückte mein tränennasses T-Shirt gegen die weiche Baumwolle seines Hemdes. „Ach, wirklich? Es liegt nicht an mir, sondern an dir? Diese beschissene Ausrede?"

„Es ist keine Ausrede." Mit seiner Hand umfasste er meinen Hinterkopf. „Es ist die Wahrheit. Und ich wünschte, ich könnte dir alles erklären. Aber das kann ich nicht."

Ich hatte keine Ahnung, wovon er sprach. Alles, was ich wusste, war, dass er fortging, und ich wollte ihn nicht gehen lassen.

„Du solltest auch von hier verschwinden", flüsterte Vic. Er schob mich sanft von sich weg und sah mir in die Augen. „Zusammen mit Cap. Sag deinen Eltern, dass du nach Hause willst. Zu Hause ist der bessere Ort für dich. Und sie. Du solltest sie dazu bringen, dass sie bald gehen."

Misstrauen breitete sich in mir aus. „Warum?"

Vic fuhr meine Augenbraue mit dem Zeigefinger nach, dann wischte er mir mit dem Daumen die Tränen unter den Augen fort. „Vertrau mir einfach."

Ich vertraute ihm, und aus dem Grund waren meine Eltern, Cap und ich nicht da, als drei Wochen später Bundesbeamte in Zusammenarbeit mit einigen verdeckten Ermittlern aus der Region eine Razzia im *Compound* durchführten. Neben einer großen Anzahl von Marihuanapflanzen fanden sie auch mehrere Felder mit Schlafmohn. Obwohl dic Mitglieder des *Compounds* zu behaupten versuchten, dass sie nur aus ästhetischen Gründen angepflanzt worden waren, waren die Geräte zur Reinigung und Weiterverarbeitung, die in einer der alten Scheunen gefunden wurden, Beweis genug, um zwölf von den ungefähr fünfzig Mitgliedern zu verurteilen, darunter auch Bobby Turner. Während der Razzia starben drei Menschen, als Karen Hoffer eine Schrotflinte hervorzog und auf zwei DEA-Agenten schoss, bevor sie selbst von einer Kugel getötet wurde.

Vic war es zu verdanken, dass niemand von uns verletzt wurde. Weil er für uns aussagte, wurden meine Eltern nie in den Fall verwickelt. Vic rettete uns damals, und viele Monate später, als die Ehe meiner Eltern außer Kontrolle geriet und ich vor Vics Tür aufkreuzte, mit Waschbär-Ringen aus Mascara unter den Augen, Cap an meiner Seite, rettete er mich und meinen Bruder auf ganz andere Weise.

Ich habe tatsächlich nie vergessen, was er mir gesagt hatte: Lass dir nie von irgendjemandem das Gefühl geben, dass du nicht schön bist.

„Warum erzählst du mir das?", fragte Meredith.

Ich zuckte die Schultern. „Weil ich mich mit Charlie immer schön fühle, Meredith. Und mit dir ... tue ich das nie."

Sie sog die Luft ruckartig ein, als würde sie sonst ersticken. Sie ging rückwärts aus dem Raum, schloss die Tür hinter sich. Ich hörte das Auf und Ab ihrer Stimmen, aber sie schrien sich nicht an, und auch wenn ich dachte, dass ich nicht einschlafen könnte, übermannte mich doch irgendwann die Erschöpfung.

Als ich am nächsten Morgen aufwachte, waren sie schon fort. Es gab nur eines für mich zu tun. Nur einen Ort, an den ich gehen konnte.

Ich ging nach Hause.

40. KAPITEL

Vic öffnete mir die Tür. Sein Blick wurde hart, als er mich sah. Er sagte nichts und ich auch nicht. Dann legte er die Arme um mich, zog mich an sich heran und hielt mich fest.

Ich weinte.

Dort auf der Türschwelle, mit Eis unter meinen Stiefeln, der Wärme von drinnen, die uns einhüllte, hielt Vic mich, während ich mich, an seine Brust gepresst, vor Schluchzern schüttelte. Er bot mir keine Ratschläge an, keine Plattitüden. Er tröstete mich mit seiner Umarmung, nicht mit Worten, und das war genau, was ich brauchte.

„Wisch dir das Gesicht ab", sagte er schließlich und reichte mir ein Taschentuch, das er aus seiner Hosentasche gezogen haben musste.

„Iiih." Ich schüttelte den Kopf bei dem Gedanken, mir die Augen mit seinem Rotztuch abzuwischen, musste aber trotzdem wieder losheulen. „Nein danke."

„Komm rein." Vic trat einen Schritt zurück, um mir Platz zu machen. „Es sind alle unten. Du solltest dir vermutlich erst mal das Gesicht waschen. Und, Tesla …"

Ich war schon auf dem Weg zum Badezimmer, blieb aber stehen, um ihn anzusehen. „Ja?"

„Frohe Weihnachten. Es ist gut, dich hier zu haben." Aus dem Wohnzimmer waren aufgeregte Rufe und Lachen zu hören, und Vic blickte kurz in die Richtung, bevor er mich wieder ansah. „Wir sprechen später, okay?"

Die Kinder freuten sich ebenfalls, mich zu sehen. Sie stürzten sich auf die Geschenke, die ich ihnen mitgebracht hatte, und rissen das Papier auf. Dann warfen sie sich mir in den Schoß und bedeckten mich mit Umarmungen und Küssen, die nach Schokolade rochen.

Auch Vic und Elaine freuten sich über ihre Geschenke. Und ich … Es gab einen riesigen Haufen an Geschenken, mit denen ich nicht gerechnet hatte und die mich wieder zum Heulen brachten. Aber irgendwie gelang es mir, sie alle zu öffnen.

Dann kam das Abendessen. Ach, wie schön war es, am Tisch zu sitzen mit unserem vertrauten Porzellan, und Elaines traditionelle Weihnachtsgans zu essen, mit Füllung, Kartoffelbrei, Maisauflauf und diesen Keksen aus der Dose, die sie hasste, aber Vic liebte, und die ich ebenfalls zu lieben gelernt hatte. Wir lachten und aßen, bis wir pappsatt waren. Wir wuschen das Geschirr ab, verputzten den Nachtisch und gingen dann wieder alle ins Wohnzimmer, um uns mit den neuen Sachen zu beschäftigen. Es gelang mir, mich irgendwann davonzuschleichen, um einen Blick in mein altes Zimmer zu werfen, das leer aussah ohne meine Bilder an der Wand und meine Klamotten im Schrank. Das Bett wirkte viel zu schmal, nach den Monaten in einem Doppelbett, aber ich setzte mich trotzdem darauf und legte meine Hände flach auf die bloße Matratze, um die Stellen zu spüren, an denen sich die Federn durchdrückten.

„Es ist immer noch deins, wenn du willst", sagte Vic vom Türrahmen aus, kam herein und schloss die Tür hinter sich. Dann setzte er sich auf den Schreibtischstuhl. „Das weißt du, oder?"

Ich atmete etwas zittrig ein. „Ich war mir nicht sicher."

„Tesla. Du und Cappy … Es ist hier immer Platz für euch. Solange ich ein Zuhause habe, habt ihr es auch."

Es tat so gut, das zu hören, dass ich fast wieder zu weinen anfing. Zu wissen, dass ich zurückkommen konnte, war wichtiger, als wirklich wieder einzuziehen – und ich wusste, dass ich das nicht tun würde.

„Aber du kommst nicht zurück, oder?" Vic lächelte kleinlaut.

Ich schüttelte den Kopf.

Er seufzte und fuhr sich mit den Fingern durch das kurze Haar, verstrubbelte es. Auch wenn ich wusste, dass er vermutlich seit Tagesanbruch auf war, sah er trotzdem bei Weitem nicht so müde aus wie früher. Er rieb sich die Handflächen an den Hosenbeinen. „Wo willst du hin?"

„Ich werd schon eine Wohnung finden, da bin ich sicher. Aber … Kann ich heute Nacht hierbleiben?"

„Natürlich. Allerdings werde ich dich erst beim neuen ‚Resident Evil' schlagen."

Ich grinste. „Du kannst es ja mal versuchen."

Vic grinste ebenfalls, dann lächelte er sanft. „Tesla … Es tut mir leid, was … was immer da passiert ist. Ich hätte nie meine Nase da reinstecken sollen."

„Du hattest ja recht, oder? Du siehst ja, was passiert ist." Ich zuckte die Schultern. „Besser ein Ende mit Schrecken, als ein Schrecken ohne Ende, schätze ich."

„Bist du dir sicher, dass es vorbei ist?"

Ich sah ihn an. „Ich habe mich an das erinnert, was du mir gesagt hast."

Er fragte nicht, was das gewesen war. Er nickte nur. „Nun. Dann ist es gut so für dich."

Es war nicht gut für mich, es war schrecklich. Es brach mir das Herz. Es ließ mich allein zurück, und ich hasste das.

41. KAPITEL

Ich erwartete nicht, dass Meredith mich anrief, aber als mein Handy spät am Abend klingelte, hoffte ich, dass es Charlie sein würde. Er klang müde, seine Stimme war leicht gedämpft. Er sagte meinen Namen, als ich dran ging, und das war's.

„Hört sie zu?", fragte ich.

„Nein. Sie ist unter der Dusche. Sie weiß nicht, dass ich dich anrufe."

Ich lag in meinem alten schmalen Bett in einem Schlafsack, weil meine Bettwäsche noch bei Meredith und Charlie war. Mein Handy lag kühl an meinem Ohr, erwärmte sich aber schnell. Ich kuschelte mich in die Wärme ein, die mein Atem in der Höhle der Laken machte.

„Dann solltest du auflegen", sagte ich.

Ein kurzes Schweigen. „Tesla, es tut mir leid."

„Was genau?" Ich wollte nicht schnippisch sein. Ich wollte nur verstehen.

„Ich weiß nicht. Was sie gesagt hat, schätze ich. So empfinde ich nicht. Du weißt das."

„Spielt das eine Rolle, wenn sie so empfindet?"

Ich wollte, dass es für ihn eine Rolle spielte, aber Charlie seufzte nur. „Sie … hat uns eine Reise gebucht. Hotel, Skipass und all das."

Ich schluckte einen faustgroßen Klumpen. „Gut. Fahrt ihr mal. Und amüsiert euch."

„Ich will, dass du mitkommst."

„Ich kann nicht, Charlie."

Er gab einen tiefen Laut von sich. „Ich kann es absagen."

„Das könntest du", sagte ich, müde und mit wundem Herzen. „Aber das wirst du nicht."

„Es ist noch nicht mal eine Woche", sagte er. „Wir fahren morgen los. Kommen Silvester wieder. Wir können zusammen Silvester feiern, Tesla. Wir legen nur eine kleine Pause ein, bekommen wieder einen klaren Kopf. Es wird alles gut werden. In Ordnung?“

Er klang flehend.

„In Ordnung“, sagte ich.

Aber ich wusste genauso gut wie er, dass nichts wieder gut werden würde.

42. KAPITEL

Am Tag nach Weihnachten wirkte das *Mocha* noch immer festlich, weil wir die Lichterketten bis zum Neujahr hängen ließen.

Ich fühlte mich alles andere als froh. Vic hatte mir einen neuen Mantel gekauft, als Ersatz für den, der in den Glasscherben kaputtgegangen war. Doch nicht mal die neuen Klamotten konnten meine Stimmung heben. Ich trug auch Charlies Armband – was ganz sicher nicht hilfreich war.

„Darek“, sagte ich, überrascht, ihn zu sehen. „Was machst du denn hier?“

„Ich wollte Brandy besuchen.“ Sein Grinsen hatte etwas Schelmisches, Strahlendes. „Sie hat in zwanzig Minuten Feierabend. Ich gehe mit ihr essen.“

Ich hob die Augenbrauen. Darek bemühte sich erst gar nicht, sich zu verteidigen, sondern blieb stumm. Ich schüttelte den Kopf und zeigte auf einen leeren Tisch. Als Brandy nach vorne kam, quietschte sie auf und rannte, ohne auf die Schlange wartender Kunden zu achten, zu ihm hinüber. Ich dachte, dass unsere Chefin sie dafür ganz schön zusammenstauchen würde, aber Joy verdrehte nur die Augen und stellte sich neben mich, um mir beim Bedienen zu helfen.

„Warum machst du nicht früher Schluss“, sagte sie über den Tresen hinweg zu Brandy. Wieder hob ich die Augenbrauen. Joy zuckte die Schultern. „Immer noch besser, als ihnen beim Knutschen zuzugucken.“

Da konnte ich ihr nur zustimmen. Ich beobachtete sie: Ihre Gesichter leuchteten durch diesen frischen Rausch einer neuen … nun, ich war mir nicht sicher, ob es Liebe war. Auf der anderen Seite, was wusste ich schon davon? Anscheinend nichts.

Es war nicht sonderlich viel los, als Darek und Brandy das Café verließen, und ich hatte erwartet, dass Joy wieder nach hinten in ihr Büro ging, um dort zu tun, was immer sie da zu tun hatte. Als sie sich stattdessen vor mich hinstellte und mir in die Augen sah, blieb ich stehen. Misstrauisch trat ich einen Schritt zurück.

„Du solltest heute eigentlich nicht reinkommen", sagte sie.

„Ich weiß."

Sie sah mich prüfend an. „Alles in Ordnung bei dir?"

Aus ihrem Mund war das so eine merkwürdige Frage, dass ich sie zuerst nicht beantworten konnte. Joy sah blass aus, ihr grundsätzlich ernster Mund fest zusammengekniffen. Sie hatte ihr Haar auf Schulterlänge abschneiden lassen, was ihr gut stand.

Ich schüttelte den Kopf. „Nein, nicht unbedingt."

„Bei mir auch nicht", sagte sie unverblümt. „Ich gehe schon seit Monaten wegen meiner Endometriose zu allen möglichen Ärzten, und das nervt. Es tut höllisch weh, ich muss peinliche und teure Prozeduren über mich ergehen lassen, und noch dazu bin ich mir ziemlich sicher, dass ich deshalb keine Kinder bekommen kann. Ein beschissenes Weihnachten, oder?"

„Oh, Joy. Das tut mir leid." Unwillkürlich berührte ich ihre Schulter, zog meine Hand aber sofort wieder zurück.

Sie bellte mich nicht an wie befürchtet, sondern seufzte nur. „Ich benehme mich hier wie eine wild gewordene Furie. Ich weiß das. Und ich beobachte, wie du mit allen Leuten klarkommst. Ich sehe, wie Leute wie Sadie reinkommen … Ich sehe, wie alle um mich herum bekommen, was sie wollen, und ich weiß nicht, wie ich das bekommen soll. Oder schlimmer noch: Selbst wenn ich wüsste, wie ich es bekommen sollte, könnte ich es nicht."

Mir fiel keine passende Erwiderung ein.

„Ich will nicht, dass du kündigst", sagte Joy. „Wir brauchen dich hier, Tesla."

Ich hustete. „Ich will nicht … Ich werde nicht kündigen. Das hatte ich gar nicht vor."

„Gut." Sie nickte kurz, und ihre vertraute finstere Miene lockerte leicht auf zu so etwas wie einem zaghaften Lächeln. „Da bin ich froh."

„Siehst du? Du kannst das", sagte ich. „Lass so was öfter mal zu. Es wird von Mal zu Mal einfacher."

Ihr Mund verzog sich, und sie verdrehte die Augen, aber es wirkte nur halbherzig. „So ähnlich wie bei einem sanften Entzug?"

Ich legte wieder meine Hand auf ihre Schulter und ließ sie diesmal lange genug dort liegen, um sie kurz zu drücken. „Nicht unbedingt."

Sie schenkte mir jetzt ein echtes Lächeln, von der Art, wie sie sonst für Johnny D. reserviert waren. „Lass uns diese schreckliche Weihnachtsbeleuchtung abhängen. Sie tut mir in den Augen weh."

Ich grinste. „Darf ich auch den Musiksender ändern?"

„Oh, zum Teufel! Niemals!", sagte Joy. „So nett will ich nun auch wieder nicht sein."

43. KAPITEL

„Sie ist gegangen.“

Die Worte kamen aus dem Dunkeln, stiegen wie Rauch empor, und ich wäre fast aus meinen nagelneuen Weihnachtsstiefeln von Vic und Elaine gekippt. Ich hatte nicht bemerkt, dass Charlie auf dem Sofa im Wohnzimmer saß. Ich hatte angenommen, dass er und Meredith noch in Vermont waren. Ich hatte ein paar Kisten und Müllbeutel dabei, um all mein Zeug aus der Wohnung zu schaffen, bevor sie zurück waren. Selbst wenn es uns gelingen sollte, etwas zu retten – es war sicher nicht unser Zusammenleben hier.

Die schlichte Wahrheit war: Ich wollte nicht mehr Teil von ihnen sein. Teil von Charlie, ja. Das konnte ich nicht abstreiten. Aber nicht mehr Teil von ihnen beiden.

Ich stellte meine Kisten ab und ging zu ihm, um Licht anzumachen. „Wo könnte sie hingegangen sein? Nach Vermont?“

„Nein. Ich weiß es nicht.“ Charlie sah mich mit geröteten Augen an. Auf dem Couchtisch vor ihm standen eine nahezu leere Flasche Whiskey und ein übervoller Aschenbecher. Er hielt ein leeres Glas in der Hand. „Ich hab ihr gesagt, dass ich nicht ohne dich nach Vermont wollte, dass wir geplant hatten, zu dritt dorthin zu fahren, und dass es sich zu zweit nicht richtig anfühlen würde.“

„Auweia.“ Ich setzte mich neben ihn, ohne ihn zu berühren. „Charlie, Süßer … das war …“

„Es war die Wahrheit“, entgegnete er heftig. Sein Haar war verstrubbelt, sein Hemd am Kragen aufgeknöpft. „Verdammt, Tesla. Es war die Wahrheit.“

Mein Herz tat einen Satz, auch wenn mein Magen sich umdrehte, mit einem koordinierten anatomischen Talent, das ich meinem Körper gar nicht zugetraut hätte. „Sie ist einfach … gegangen? Ohne dir zu sagen, wohin?“

Er nickte, dann legte er eine Hand über seine Augen und atmete flatternd ein. Ich sah einen zerstörten Mann vor mir. Ich war nicht schuld an seinem Zustand. Und ich war mir auch nicht vollkommen sicher, ob es mir gelingen würde, ihn aus diesem Zustand zu erretten.

Aber verflucht noch mal, ich würde es versuchen.

Ich nahm seine Hand und zog ihn zu mir heran. Unsere Münder trafen sich. Zungen liebkosten sich. Unsere Zähne schlugen aufeinander, aber anstatt auf Distanz zu gehen, legte Charlie eine Hand in meinen Nacken, um mich noch dichter heranzuziehen. Sein tiefes Stöhnen ließ mein Herz schneller schlagen. Seine Hand zwischen meinen Beinen noch mehr.

Charlie war schüchtern und süß und freundlich und großzügig mit mir gewesen. Er war lustig und aufmerksam gewesen. Und jetzt war er entschlossen. Entschlossen und verzweifelt. Er drückte mich zurück auf die Kissen, seine Küsse unbarmherzig. Köstlich. Wild. Er schob meinen Rock hoch und zog meine Strumpfhose hinunter, dann drückte er meine Beine auseinander, um zwischen ihnen einzutauchen.

Ich schrie auf, als er mich leckte, seine Lippen sanft und geradezu perfekt an meiner Klit. Als er seine Finger in mich schob, stöhnte er gegen meine Möse. Die ungewohnte Rauheit seiner Bartstoppeln kratzte mein empfindliches Fleisch, wie es besser nicht sein könnte. Dies war harter und schneller Sex, nichts Zartes daran, und mein Körper reagierte ohne Zögern darauf, auch wenn mein Kopf und mein Herz noch ein paar Schritte zurücklagen.

Seine Hände nestelten an seinem Gürtel herum. Sein Schwanz drückte sich für ein oder zwei Sekunden gegen mich, bevor er in mich eindrang. Ich schrie auf, als er mich ausfüllte, noch nicht ganz bereit für ihn, und doch nahm ich seine Stöße nur allzu gerne in mir auf.

Charlie vergrub sein Gesicht an meinem Nacken. Presste seine Zähne gegen meine Haut, biss zu. Seine Hände glitten unter meinen Hintern, schoben mich gegen sich. Die Couch protestierte, als wir sie rockten. Normalerweise hätte ich über die Geräusche, die sie machte, gelacht, und darüber, wie hektisch unser Sex begonnen hatte. Aber jetzt hatte ich nichts anderes im Sinn, als mit meinen Fingern über Charlies Rücken zu fahren – nur der Stoff seines Hemdes hinderte meine Fingernägel daran, seine Haut aufzuschlitzen – und mich ihm hinzugeben.

Die Welt um mich herum näherte sich ihrem Ende, und ich konnte nichts anderes tun, als mit ihr unterzugehen.

Er sagte meinen Namen, als er kam. Dann noch mal, tiefer. Sanfter. Er verlangsamte sein Tempo, stieß noch einmal zu. Dann noch einmal. Dieser letzte Druck seines Schambeines gegen meines schob mich über die Kante in einen Orgasmus, so brillant geschliffen wie ein Diamant, wie Glas. Wunderschön und scharf. Und schneidend.

Keuchend drückte Charlie seine Stirn gegen meine. Whiskey-Atem umhüllte mich. Als er von mir runterging, schmerzte mich der Verlust – zu schnell, zu plötzlich. Er zog seine Unterhosen an und wartete, bis ich meine Strumpfhose und meinen Slip wieder hochgezogen hatte. Er goss sich noch ein Glas ein und nippte daran, dann stellte er das Glas schwer auf dem Couchtisch ab und stand auf. Ich stand ebenfalls auf.

Charlies Mund.

Den wollte ich jetzt auf meinem Körper. Seine Hände und seinen Mund. Zunge, Zähne, Finger. Ich wollte sein Gewicht auf mir spüren, sein Haar, das seidig über meine Haut streicht, das Flüstern seiner Wimpern, wenn er die Augen schloss und mich küsste.

Ich wollte Charlies Mund, und doch drehte ich aus irgendeinem Grund den Kopf zur Seite, als er näher kam. Charlie seufzte und legte seine Stirn an meine. Seine Augen waren geschlossen, aber ich musste meine offen halten. Ich *musste* ihn sehen, so nahe, so dicht bei mir. Jedes Härchen und jede Pore, jede Narbe. Jeden Schönheitsfehler, der Charlie so perfekt machte.

„Wenn ich das nur geahnt hätte“, sagte Charlie. Seine Hände ruhten schwer auf mir, eine auf meiner Schulter, eine an meiner Hüfte. Sein Atem roch nach Whiskey und Zigaretten. Er sah aus wie Charlie, aber er roch nicht wie Charlie.

Ich möchte nicht, dass er sich wünscht, er hätte anders gehandelt.

Bitte Charlie, dachte ich. *Bitte sag nicht, all das wäre besser nicht geschehen.*

Charlie seufzte. „Es ist nur .... Da ist dieser Raum zwischen uns. Diese riesengroße Lücke. Und ich weiß nicht, was ich damit machen soll."

Wir füllen sie, wollte ich ihm sagen, aber ich blieb stumm. Die Worte wollten nicht raus. Wenn ich ihn nicht küssen konnte, wie um alles in der Welt sollte ich ihm dann sagen, dass ich ihn liebe? Dass es egal ist, wohin Meredith gegangen war oder ob sie zurückkam. Alles, was wir brauchten, war genau hier. Wir zwei würden einen Weg finden. Und dann würde alles gut.

Ich könnte ihm *das* sagen, dachte ich, als Charlie sich aus der Berührung löste. Er kehrte mir den Rücken zu. Mit hängenden Schultern. Am liebsten würde ich seine hervorstehenden Schulterblätter berühren, doch stattdessen ballte ich die Hand zur Faust. Ich könnte Charlie sagen, dass alles gut wird. Dass sich schon alles regeln wird. Doch auch wenn ich nicht behaupten konnte, mir wäre noch nie eine Lüge über die Lippen gekommen – Charlie habe ich tatsächlich noch nie belogen. Und ich würde nicht in diesem Moment damit anfangen.

„Es tut mir leid", sagte Charlie erneut mit leiser, heiserer Stimme. Jetzt klang er auch nicht wie Charlie.

„Mir nicht", sagte ich schließlich. „Mir tut all das nicht leid, Charlie."

Und das ist die Wahrheit.

„Ich liebe dich", sagte ich, und Charlie sah von mir weg. „Ich bereue nichts von dem, was passiert ist. Es tut mir leid, dass Meredith damit nicht umgehen kann. Es tut mir leid, wenn du es nicht kannst."

Er schüttelte den Kopf, ganz leicht. Da berührte ich ihn, meine Hand flach auf seinem Rücken. Ich strich mit meinen Fingern sein Hemd hinunter, das zerknittert war von unserem Liebemachen. Ich hakte meine Finger kurz in seinem Gürtel ein, gerade lange genug, um ein klitzekleines bisschen an ihm zu ziehen.

Und dann ... ließ ich ihn los.

„Ich bin gekommen, um meine Sachen zu holen", war alles, was ich sagte. „Ich pack sie zusammen und verschwinde dann."

Charlie saß wieder auf der Couch. Goss sich noch mehr Whiskey ein, aber trank ihn nicht. „Sie hat schon alles zusammengepackt. Es ist im Esszimmer. Ich kann dir helfen, es zum Auto zu tragen."

Das tat mir mehr weh als alles andere zuvor: Meredith hatte mich schon aus dem Haus geworfen, in das sie mich eingeladen hatte, obwohl sie es selbst verlassen hatte. Ohne ein Wort ging ich nach oben in das Zimmer, von dem sie gesagt hatten, es würde mir gehören. Es war von allem leer geräumt, das auch nur im Entferntesten an meine Zeit dort erinnerte. Ich sah sogar unters Bett und fand nichts.

Im Esszimmer stand ein ordentlicher Stapel Kisten, alle mit Klebeband verschlossen. Wann hatte sie das getan? Wann war sie gegangen? Ich schüttelte den Kopf, zwang mich, es nicht weiter an mich heranzulassen, und begann, die Kisten ins Auto zu tragen. Es waren nicht viele, und Charlie half mir, auch wenn er ein bisschen wacklig auf den Beinen war und ich es besser allein getan hätte.

„Ich möchte, dass du weißt ...", sagte er in der Einfahrt. Er stand neben meinem Wagen, und wir beiden froren in der kalten Dezemberluft.

Ich hob mein Kinn und legte eine Hand auf seinen Mund, um ihm das Wort abzuschneiden. Ich wollte ihn nicht sagen hören, dass er mich liebte, nicht, wenn ich davonging und er mich eigentlich nicht aufhalten wollte. Ich stellte mich auf die Zehenspitzen und küsste ihn. Charlie erwiderte den Kuss.

Ich trat einen Schritt zurück. „Dinge enden, Charlie. Das passiert. Vielleicht ... vielleicht kommt sie darüber hinweg und kehrt zu dir zurück."

Er zog mich an sich heran und küsste mich, lang und ausgiebig, aber ich ließ nicht zu, dass ich mich darin verlor. Der Kuss endete, wie das zwischen uns geendet hatte: plötzlich, aber nicht überraschend. Er lehnte sich an mich, vielleicht, um mich noch mal zu küssen, aber ich trat wieder einen Schritt zurück.

„Musst du gehen?“, fragte er.

„Wenn du nicht gewollt hättest, dass ich ausziehe, dann hättest du mich daran hindern sollen, all diesen Scheiß in meinem Wagen zu tragen.“

Er lächelte nicht.

„Jeder hat eine Geschichte“, murmelte ich, öffnete die Wagentür und stieg ein. „Und so endet diese.“

44. KAPITEL

Geschichten enden, aber das Leben nicht. Zumindest nicht, weil du den Menschen verlierst, den du liebst. Das Leben geht weiter. Du weinst dich vielleicht jede Nacht in den Schlaf und wachst am nächsten Morgen immer noch weinend auf, aber das Leben geht weiter, in den Sekunden, die zu Minuten werden, und aus den Minuten werden Stunden, aus den Stunden Tage.

Drei Wochen, nachdem ich Charlie in der Einfahrt stehend zurückgelassen hatte, zog ich in eine eigene Wohnung. Sie war in Laufdistanz zum *Mocha*, im zweiten Stock von einem der Stadthäuser, die die Second Street säumten. Sie hatte eine Miniküche, eine Badewanne mit Klauenfüßen, zwei Schlafzimmer, jeweils gerade groß genug für ein Doppelbett, und ein riesiges Wohnzimmer mit Fensterplätzen und eingebauten Regalen, die sich rasch mit all den Büchern füllten, die ich seit Jahren bei Vic in Kisten aufbewahrt hatte.

Ich hörte nichts mehr von Meredith, obwohl ich ihr mehrere Nachrichten hinterlassen hatte, dass ich mit ihr reden wollte. Ich war nicht überrascht und auch nicht mehr sonderlich verletzt. Schließlich – Carlos hatte recht gehabt – hatte ich ihr alle meine Geschichten erzählt. Es gab nichts mehr zu sagen.

Charlie dagegen rief mich täglich an. Wir sprachen nie lange. Unverbindliche Gespräche über die Arbeit und das Wetter. Es war nicht zu vergleichen mit dem, was wir vorher hatten, aber ich denke, keiner von uns beiden erwartete das.

Es brauchte eine Woche, nachdem ich in meine Wohnung gezogen war, bis ich alles ausgepackt hatte. Ich öffnete die Kisten, die Meredith für mich versiegelt hatte. Ich war auf der Suche nach einem Paar alter Stiefel, aber stattdessen fand ich ein Set goldumrandetes Geschirr mit Rosenmuster. Sie hatte sich zumindest die Zeit genommen, es vorsichtig einzupacken, selbst wenn sie die Kiste nicht beschriftet hatte, und ich nahm einen der Essteller in die Hand, spürte, wie zerbrechlich er war, wie leicht er kaputtgehen konnte, wenn ich nicht gut aufpasste.

Es war noch anderes Geschirr in der Kiste. Die Saucenschüssel, sicher in Luftpolsterfolie eingepackt. Sie hatte mir ihr gesamtes Hochzeitsgeschirr mitgegeben.

Jemand sollte es benutzen, hatte sie gesagt.

Es sah genau richtig aus auf dem Esstisch, den ich aus dem Lager geholt hatte. Er hatte meiner Mutter gehört, bevor sie nach Kalifornien ging und ihr Hab und Gut zurückließ. Ich verwendete auch eine wunderschöne alte Spitzentischdecke, die meiner Großmutter gehört hatte. Ich deckte für zwei. Essteller, Brotteller, Messer, Gabel, Löffel, Glas.

Ich lud Charlie zum Abendessen ein.

Er schenkte mir Blumen.

In den letzten vier Wochen hatte er sich verändert. Sein Haar sah zerzaust aus, als hätte er sich keine große Mühe gegeben, es zu kämmen oder schneiden zu lassen. Die zarten Fältchen um seine Augen waren tiefer geworden, und auch die um seinen Mund.

Ich fand ihn immer noch wunderschön.

Wir machten so angestrengt Small Talk, dass mir das Herz wehtat. Ich bat ihn, sich zu setzen, und nahm den Platz ihm gegenüber ein, um ihm von den einfachen Nudeln aufzutun, die ich gekocht hatte. Ich hatte keinen Hunger, aber ich zwang mich, einen Bissen runterzuschlucken.

„Sie will zu mir zurückkommen“, sagte Charlie, ohne auch nur seine Gabel in die Hand zu nehmen.

Ich legte meine hin. „Sicher will sie das.“

„Ich habe Nein gesagt“, fuhr er fort.

Dann überwand er den Raum zwischen uns und nahm meine Hand. Drückte sie, küsste meine Handgelenke.

„Ich liebe dich, Tesla“, sagte Charlie. „Und ich weiß, ich kann nicht erwarten, dass es wieder wie vorher wird. Aber ich hoffe inständig, dass wir vielleicht noch einmal von vorne beginnen und ... uns ... eine zweite Chance geben können. Denn auch wenn wir vielleicht falsch begonnen haben, möchte ich gerne versuchen, es richtig zu beenden."

Hätte ich da Nein sagen können? Auf keinen Fall. Lachend lehnte ich mich über den Tisch, um ihn zu küssen, ohne darauf zu achten, ob ich mein Shirt in Nudelsauce tunkte oder mein Knoblauchbrot zermalmte.

„Mehr kann man nicht tun, als es zu versuchen", sagte ich.

Jeder hat eine Geschichte.

Und diese beginnt so ...

– ENDE –

DANKSAGUNGEN

Ein besonderer Dank geht an Vicki Vantoch, Autorin von „The Threesome Handbook: A Practical Guide to SLEEPING WITH THREE“, das für mich eine unschätzbare Quelle war, während ich „Zwischen uns“ schrieb.

Wie immer hätte ich schreiben können, ohne dabei Musik zu hören, aber ich bin so froh, dass ich das nicht musste. Bitte unterstützt die Künstler, indem ihr die Songs legal kauft.

Can't get it Right today – Joe Purdy
Closer – Joshua Radin
Come Here Boy – Imogen Heap
Early Winter – Gwen Stefani
Ghosts – Christopher Dallman
Glory Box – Portishead
I Think She Knows – Kaki King
Is Your Love Strong Enough – Bryan Ferry
Journey – Jason Manns
Look After You – The Fray
Nicest Thing – Kate Nash
No Ordinary Love – Sade
Reach You – Justin King
She's Got A Way – Billy Joel
Stiff Kittens – Blaqk Audio
Use Somebody – Kings of Leon
Your Song – Jason Manns

Lesen Sie auch:

Janet Mullany

Im Paradies der Sünde

Band-Nr. 35058
9,99 € (D)
ISBN: 978-3-86278-857-6

Die Zeitverschiebung war schuld daran, dass Lou alles unwirklich und wie in Nebel verhüllt erschien. Gleichzeitig schärfte der Jetlag ihre Sinne. Die Sonne schien hier in England viel heller zu strahlen, und der Kies knirschte ohrenbetäubend unter den Reifen, als die Limousine vor einem imposanten schmiedeeisernen Tor hielt.

„Schönen Urlaub, Miss."

Sie suchte in ihrer Brieftasche nach Trinkgeld und sah unsicher die fremden Scheine an. Aber bevor sie ihm ein paar Pfundnoten geben konnte, war der Chauffeur schon davongefahren.

Die Tür des steinernen Hauses wurde geöffnet, und eine Frau trat heraus. Ihre Lippen waren so grell geschminkt, dass sie in dem blassen Gesicht wie eine Wunde wirkten. Ihr kurzes pechschwarzes Haar bildete einen harten Kontrast zu ihrem hellen Teint. Sie trug Cowboy-Stiefel, einen Leder-Minirock und ein altes Beatles-T-Shirt. In ihrem blutroten Mund hing eine Zigarette.

„Willkommen in Paradise Hall. Ich bin Vivian, und Sie müssen Lou sein. Erzählen Sie den Jungs nicht, dass ich geraucht habe. Kommen Sie rein. Gutes Timing, ich habe gerade Tee aufgebrüht. Möchten Sie eine Tasse? Wollen Sie auch etwas essen?" Noch bevor Lou antworten konnte, führte Vivian sie in einen Raum mit Fliesenboden und einer winzigen Kochnische.

Überall standen Schneiderpuppen herum, an denen hauchdünne Seide, Baumwolle, kostbarer Satin und Samt hingen. Auf einem großen Tisch lagen Stoffballen, daneben Scheren, Stecknadeln, Schnittmuster und eine hochmoderne Nähmaschine.

Viv warf ihre Zigarette ins Spülbecken, goss aus einer braunen Kanne Tee in eine Tasse und arrangierte Scones und Butter auf einem Tablett. „Milch und Zucker? Auf dem Tisch liegt übrigens Ihre Mappe. Ihr Tageskleid nähe ich nach einer letzten Anprobe fertig. Die Ärmel können Sie durch andere ersetzen oder weglassen."

„Gut, danke." Der Tee war heiß und stark, wirkte belebend und zugleich beruhigend. Lou griff nach der Mappe, auf der ihr Name stand. Einige Skizzen glitten heraus. An die Entwürfe waren Stoffmuster geheftet, hübsche Blumendrucke, zart gestreifte Seide. „Viel zum Anziehen habe ich nicht mitgebracht, ich …“ Irritiert verstummte sie. Vivian öffnete gerade den Reißverschluss von Lous Reisetasche und begann, darin herumzuwühlen.

Lou verschluckte sich beinahe an ihrem Scone, als sie sah, wie diese Frau den Inhalt der abgewetzten Ledertasche durchsuchte, die früher Julian gehört hatte.

„Ihre Slips können Sie eventuell tragen“, erklärte Vivian. „Mal sehen… Keine BHs, keine Uhr, keine Kosmetika. Sie bekommen ein Korsett. Das habe ich nach Ihren Maßen angefertigt. Der Seidenschal und die meisten Ohrringe sind okay. Ihre restlichen Sachen hebe ich hier für Sie auf. Wir haben einen Safe.“

„Aber…“

Vivian nahm ein zusammengefaltetes Kleidungsstück aus weißem Baumwollstoff und ein Paar unförmige Socken vom Tisch. „Im oberen Stockwerk gibt es ein Bad und einen Ankleideraum. Da können Sie sich frisch machen und ein wenig ausruhen, während wir Ihr Tageskleid herrichten. Vielleicht ist es albern, aber wir wollen, dass die Gäste in ihren Kostümen die Zufahrt zum Haupthaus hinaufgehen und sich möglichst schnell an die Atmosphäre hier in Paradise Hall gewöhnen.“

Genau das habe ich gebraucht, dachte Lou, eine Domina im Punk-Look, die mich herumkommandiert. Sie umklammerte ihre dampfende Teetasse und folgte Vivian nach oben, in einen Raum voller Kleiderständer und Nähzeug. Auf einem Sofa, das sehr komfortabel aussah, lagen mehrere Kissen und Decken.

Vivian öffnete eine Tür, die in ein großes Badezimmer führte. Darin standen eine alte schmiedeeiserne Wanne mit Klauenfüßen und ein Gestell, über dem flauschige weiße Handtücher hingen. Am Fenster, durch das helles Licht auf den Fliesenboden fiel, flatterten blau-weiß gestreifte Vorhänge.

„Lassen Sie sich Zeit.“ Vivian drehte die Wasserhähne auf. Kurz darauf erfüllte dichter Dampf den Raum. „Für mich sehen Sie wie der Rosen-Typ aus – aber hier gibt’s auch Lavendel- und

Zitronenöl. Genießen Sie Ihr Bad. Wenn Sie fertig sind, rufen Sie mich. Dann trinken wir noch einen Tee und machen die erste Anprobe." Nachdem sie Hemd und Socken an das Gestell gehängt hatte, winkte sie Lou noch einmal kurz zu und ging hinaus.

Lou zog sich aus und goss Rosenöl in die Wanne. Dann tauchte sie ein in die wohlige Wärme und die duftenden Schaumberge. Sie wusch sich die Haare und spülte sie mithilfe des altmodischen Duschkopfs aus, ohne allzu viel Wasser zu verspritzen.

Himmlisch, einfach himmlisch nach der langen Reise... Julian und sie waren nie dazu gekommen, das Badezimmer auf ihrer Ranch renovieren zu lassen. Eine Wanne wie diese hier hätte sie auch gern besessen. Jetzt erschien ihr das alles ganz weit weg. Ihr Zuhause, ihre Pläne – sogar Julian.

Sie döste kurz ein. Als sie aufwachte, ließ sie noch etwas heißes Wasser in die Wanne laufen und wusch ihren ganzen Körper sorgfältig, bis sie vom Kopf bis zu den Zehen sauber war.

Lou spürte ein sanftes Prickeln auf der Haut, eine leichte Erregung. Trotzdem war sie nach Vivians Gepäckkontrolle froh, dass sie ihren Vibrator nicht mitgenommen hatte. Sie trocknete sich ab und zog das weiße Baumwollhemd an – ein unschönes formloses Kleidungsstück und kein bisschen sexy. Andererseits: Wenn man ohne Höschen herumlief und alle anderen das wussten, brauchte man wirklich keine Reizwäsche. Damit hatte sie wohl ihren ersten Schritt ins Regency-Zeitalter getan. Würde sie sich in den nächsten Tagen über einer Schüssel waschen, mit Wasser aus einem Porzellankrug? Was den Zustand der sanitären Einrichtungen betraf, hatten sich Peter und Chris nur sehr vage ausgedrückt. Sie lief schnell über den kalten Fliesenboden in den Nebenraum und legte sich auf das Sofa. Wie wundervoll, mitten am Tag ein Schläfchen zu machen. Die Daunenkissen waren angenehm weich, die Decken aus feinstem Kaschmir.

Als sie erwachte, hatte sich das Licht verändert. Wahrscheinlich waren etwa zwei Stunden vergangen. Um sie herum herrschte tiefe Stille, nur die Vögel zwitscherten vorm Fenster.

Dann hörte sie eine Männerstimme, die aus dem Erdgeschoss zu kommen schien, und die Antwort einer Frau, von den dicken Mauern des Hauses gedämpft. Es dauerte einen Moment, bis sie Vivs Stimme erkannte, die ungewöhnlich sanft und ein wenig klagend klang.

Lou zögerte. Sie fühlte sich nackt in dem Hemd und wollte sich so nur ungern einem Fremden zeigen. Sie schaute sich nach einem Schal um. Vielleicht sollte sie ins Bad zurückgehen und das langärmelige T-Shirt überziehen, das sie auf dem Flug getragen hatte. Oder sie ignorierte die Stimmen und schlief einfach weiter. Schließlich siegte doch ihre Neugier.

Vorsichtig öffnete sie die Tür zur Treppe.

„Du *bist* aber auch ein unartiges Mädchen", sagte der Mann. Er hatte einen amerikanischen Akzent und klang amüsiert ... und sehr sexy.

„Ja, Darcy. Tut mir leid, Darcy."

Darcy? Der Mann hieß wie der Held aus Jane Austens Roman „Stolz und Vorurteil"? Albern – und doch auf merkwürdige Weise faszinierend. Diesen Darcy aus Fleisch und Blut musste sie sehen. Auf Zehenspitzen schlich sie die Stufen hinab und blickte durch die Tür, die nur angelehnt war.

„Was schlägst du vor? Wie soll ich dich bestrafen?" Lässig lehnte der Mann am Tisch. Er war groß, schlank und muskulös. In seinem Regency-Kostüm sah er einfach umwerfend aus. Sein schwarzes Haar war nach vorn gekämmt. Zu einem blauen Gehrock trug er Kniebundhosen aus Wildleder und Stiefel. Die hautenge Kleidung betonte die Wölbung in seinem Schritt.

Mit gesenktem Kopf stand Vivian vor ihm und zog mit ihrer Stiefelspitze das Muster auf dem Boden nach. „Vielleicht solltest du mich ficken, Darcy. Auf besonders erniedrigende Art."

„Hm." Seine Mundwinkel zuckten, er musste unwillkürlich grinsen. „Trägst du heute ein Höschen?"

„Oh ja, Darcy." Sie hob ihren Minirock und zeigte ihm ihren Tanga mit Leopardenmuster.

„Wahrscheinlich bist du schon ziemlich nass."

„Ja. Es tut mir leid“, sagte sie mit gespielter Unterwürfigkeit.

Er richtete sich auf und trat einen Schritt zurück. „Zieh das Ding aus. Für den Rest des Tages wirst du ohne Höschen herumlaufen.“

„Ja, Darcy.“ Sie zerrte den Tanga über ihre Beine.

„Und lass den Rock oben“, befahl er und streichelte seine Erektion, die sich unter dem Leder deutlich abzeichnete.

„Ja, Darcy.“ Gehorsam stand Vivian da und wartete auf seine nächste Anweisung.

„Auf den Tisch.“ Er zog seinen Gehrock aus und ließ ihn auf den Boden fallen.

„Hey, pass doch auf!“, rief Vivian verärgert in ihrer normalen Stimme. „Leg' die Jacke ordentlich auf einen Stuhl. Sonst muss ich sie bügeln, und ich habe schon genug Arbeit.“

„Entschuldigung.“ Er hob das Jackett hoch, faltete es zusammen und zog seine Weste aus. „Okay, weiter geht's. Auf den Tisch mit dir, leg dich auf den Bauch.“

„Wie du befiehlst, Darcy.“ Sie schob die Papiere und Stoffmuster beiseite und hockte sich mit erhobenem Hintern auf den Tisch. Glücklicherweise schaute sie nicht in Richtung der Tür. Wie peinlich, wenn sie mich entdecken würde, dachte Lou.

Darcy warf einen kurzen, bewundernden Blick auf Vivians Hinterteil. Dann nahm er sein Krawattentuch ab, legte es zu seinen anderen Sachen auf den Stuhl und wühlte in den Taschen seines Jacketts, bis er ein Paar Lederhandschuhe fand. Spielerisch schlug er ein paarmal damit auf seine Handfläche.

Lou hielt den Atem an. *Was hatte er nur vor?*

Lesen Sie auch von Megan Hart:

Deutsche Erstveröffentlichung

Band-Nr. 25694
8,99 € (D)
ISBN: 978-3-86278-754-8
eBook: 978-3-86278-795-1
368 Seiten

Megan Hart
Der Duft von Orangen

Wahrheit oder Traum? Emm kann es nicht mehr unterscheiden. Mehrmals am Tag verfällt sie in Trance und tritt eine erotische Zeitreise an – direkt in die Siebzigerjahre. Auf wilden Partys taucht sie ein in das Flower-Power-Gefühl, erlebt Lust und freie Liebe mit dem göttlichen, aufregenden Johnny. Dann trifft sie Johnny auch im wahren Leben. Er ist ihr neuer Nachbar, ein Künstler mit erotischer Vergangenheit. Ein Zufall? Oder steckt mehr hinter Emms erotischen Träumen, als sie ahnt?

Deutsche Erstveröffentlichung

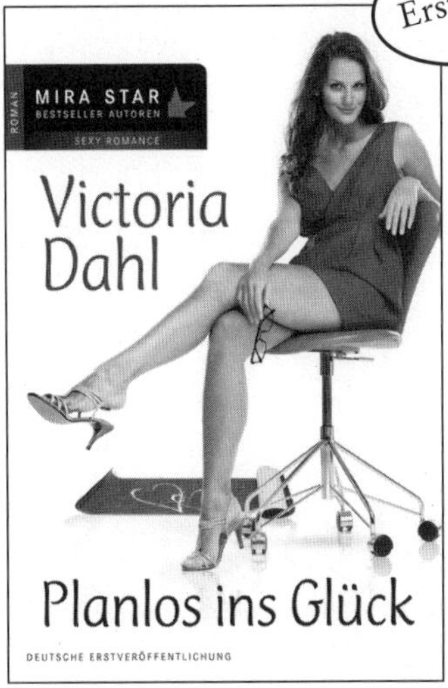

Victoria Dahl
Planlos ins Glück

„Prickelnd, ungewöhnlich und äußerst sexy. Victoria Dahls Buch ist ein ganz besonderes Vergnügen!"
Carly Phillips, New York Times-Bestsellerautorin

Band-Nr. 25683
7,99 € (D)
ISBN: 978-3-86278-745-6
eBook: 978-3-86278-788-3
416 Seiten

Kühl, effizient und konservativ gibt sich die Leiterin des Architekturbüros. Aber Jane Morgan hat auch eine andere Seite. Niemand weiß von ihrer wilden Vergangenheit und der Tatsache, dass sie aus einer ziemlich verrückten Familie stammt. Doch als Chase in Janes Leben tritt, bekommt die sorgsam errichtete Fassade Risse. Denn Chase ist ein Mann wie Dynamit: groß, muskulös, tätowiert – ganz nach Janes Geschmack. Nur leider nichts für ihr perfektes Leben, in dem der Platz an ihrer Seite für einen seriösen Anwalt oder vornehmen Arzt reserviert ist. Aber gegen eine heiße Nacht mit Chase spricht ja nichts, solange es bei einer einzigen bleibt …

„Temporeich, aufregend, prickelnd!“ *Lori Foster, New York Times-Bestsellerautorin*

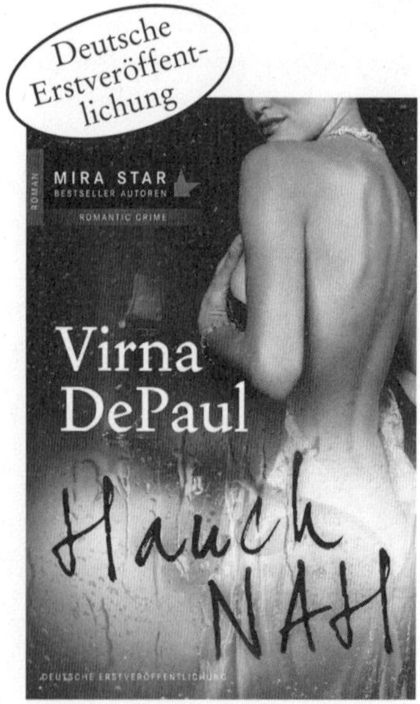

Band-Nr. 25680
7,99 € (D)
ISBN: 978-3-86278-742-5
eBook: 978-3-86278-786-9
320 Seiten

Virna dePaul
HauchNah

Klick – noch ein Schnappschuss von der bunten Marktplatzszene. Dann wird die Welt um Natalie Jones dunkel. Die junge Fotografin erblindet plötzlich und zieht sich völlig zurück. Bis sie wegen ihres letzten Fotos, dem Schlüssel in einem grausamen Verbrechen, ins Visier des Mörders gerät. Special Agent Liam McKenzie soll sie beschützen. In seiner Nähe spürt sie ein erotisches Knistern. Obwohl sie fühlt, dass auch er sie begehrt, geht Natalie auf Distanz. Aus Angst, dass Liam nur Mitleid für sie empfindet … Sie kommen einander keinen Schritt näher – bis der Killer erneut zuschlägt …